张荣翼 李松 著

文学概论

高等院校中文专业创新性学习系列教材

北京大学出版社
PEKING UNIVERSITY PRESS

图书在版编目(CIP)数据

文学概论/张荣翼,李松著. —北京:北京大学出版社,2013.3
(高等院校中文专业创新性学习系列教材)
ISBN 978-7-301-22242-3

Ⅰ.①文… Ⅱ.①张…②李… Ⅲ.①文学理论—高等学校—教材 Ⅳ.①I0

中国版本图书馆 CIP 数据核字(2013)第 038052 号

书　　名	文学概论 WENXUE GAILUN
著作责任者	张荣翼　李　松　著
责任编辑	艾　英
标准书号	ISBN 978-7-301-22242-3
出版发行	北京大学出版社
地　　址	北京市海淀区成府路 205 号　100871
网　　址	http://www.pup.cn　新浪微博:@北京大学出版社
电子信箱	pkuwsz@126.com
电　　话	邮购部 010-62752015　发行部 010-62750672 编辑部 010-62756467
印　刷　者	北京虎彩文化传播有限公司
经 销 者	新华书店
	965 毫米×1300 毫米　16 开本　19 印张　304 千字 2013 年 3 月第 1 版　2021 年 8 月第 4 次印刷
定　　价	49.00 元

未经许可,不得以任何方式复制或抄袭本书之部分或全部内容。
版权所有,侵权必究
举报电话:010-62752024　电子信箱:fd@pup.pku.edu.cn
图书如有印装质量问题,请与出版部联系,电话:010-62756370

《高等院校中文专业创新性学习系列教材》
总编委会

主任委员：赵世举　刘礼堂

副主任委员：涂险峰　於可训　尚永亮

委员（按姓氏音序排列）：

陈国恩　陈文新　樊　星　冯学锋　李建中　卢烈红
王兆鹏　萧国政　张　杰　张荣翼　张思齐　赵小琪

《高等院校中文专业创新性学习系列教材》总序

一

这套系列教材的酝酿已有七个年头儿了。2002年我受命担任武汉大学中文系副主任,分管本科教学工作。正值新世纪之初,经济全球化进程日益加快,我国现代化建设全面推进,高等教育也随之迎来了新的机遇和挑战。面对新的形势,如何更好地培养适应时代要求的高素质人才?这已是摆在我们高等教育工作者面前的不得不思考、不能不应对的当务之急。正是在这一背景之下,为了适应人才观和教育理念的发展变化,我与时任系主任的龙泉明教授策划,以汉语言文学专业为试点,从修订培养方案入手,全方位地开展本科教学改革。举措之一,就是大刀阔斧地调整课程体系,压缩通史性、概论性课程,增加原典研读课程和实践性课程,旨在强化学生素质和能力的培养。与此相应,计划编写配套的教材。起初,为了加大原典阅读的力度,配合新培养方案增设的语言文学名著导读系列课程,我们首先组编了《高等学校语言文学名著导读系列教材》,2003年正式出版。与此同时,也酝酿编写一套适应新需要、具有新理念的基础课教材。从那时起便开始思考、调研、与同仁切磋。经过几年的准备,2006年开始系统谋划和全面设计,2007年正式组建了编委会,启动了编写工作。经过众多同仁的不懈努力,今天终于有了结果,令人欣慰。

这套教材是针对现行一些教材存在的问题,根据当今社会对人才的新要求,为培养高素质、创新型、国际化人才而设计编写的。旨在引导学生进行自主学习、创新性学习,养成勤于思考的习惯,强化不断探索的意识,增添勇于质疑的胆略,培育大胆创新的精神。这也是我们把这套教材命名为"创新性学习系列教材"的用意。全套教材共有12种,基本上涵盖了中文类本科专业的基础课和主干课。

客观地说,现有本科基础课教材已是铺天盖地,其中也不乏特色鲜明、质量上乘之作,但从总体上看,适应新时代新需求的优质教材品种不多,相当多的教材由于时代和条件的限制或受过去教育理念的影响,相对于当今人才培养的新需求而言，还存在着一定的局限性和薄弱点。很多同仁感到不少教材存在的比较突出的问题是：

1. 重知识传授而轻思维启迪和素质能力培育，主要着眼于将基本知识传授给学生。这恰恰顺应了学生从中学沿袭下来的应试性学习的习惯，容易导致学生只是重视背记教材上的知识要点，仅仅满足于对一些知识的记忆，而缺乏能动思考、深入探究和自我训练，不能很好地消化吸收，内化为素质和能力。

2. 习惯于"定于一"，兼收并蓄不够，吸收新成果不多，较少提供启发学生思考和进行思想碰撞的不同学术视角、观点、立场和方法的内容，启发性、研讨性、学术性不足，不利于培养学生的思辨意识、研究能力和创新精神。

3. 内容封闭，功能单一，较少对学生课外自主研习、实践训练、拓展提高给予足够的引导，更未能对具有较大的学术潜能、更多的学识追求以及创新意识的使用者提供必要的帮助。即使学生有进一步阅读、训练、思考、探索的愿望，在学习了教材之后仍往往茫然不知所措。因此教材的有效使用对象也仅限于较为固定、单一、一般的层次。

显然这些问题与当代人才培养的需要是不相适应的。社会的发展呼唤知识基础好、综合素质高、实践能力强、富于创新精神的人才，而不需要只会死记硬背的书呆子。因此，着眼时代需要，转变教育理念，吸收新的教学成果、学术成果和现有教材的经验，进行教材编写的新探索，是完全必要的，也是必需的。

二

我们这套教材正是针对上述问题，根据时代的需要所做的一种新尝试：在重视知识传授的同时，更加注重引导学生思考，帮助学生拓展，强化学生训练，指导学生探究，激发学生创新，着力将传授知识与提高素质、培养能力、启发智慧融为一体，充分发挥教材的综合功能。

正是从上述理念出发，这套教材的编写主要致力于体现如下特色：

1. 注重基础与拓展的有机结合。即在浓缩现行教材重要的基本知识体系的基础上，增加拓展性的内容，给学生提供进一步拓展提高的空间、路径和条件。

2. 体现将知识传授与素质提高、能力培养、智慧启迪融为一体的理念。在教材中增加探究性内容和训练性环节，以促使学生发挥能动性和主动性，激发学生积极思考,深入钻研,注重训练,敢于质疑,勇于创新,从而使学生获得能力的锻炼、知识的积累、素质的提高、情感的熏陶和思想的升华。

3. 贯彻课内外一体的精神,将课堂内外整体设计,注重课内和课外学习的有机衔接,加强对学生课外学习和训练的指导。除了提供课堂教学所需要的内容之外,还增加了指导学生课外自主学习、自我研讨和自我训练的内容,将教学延伸至课外,实现课内课外的有机结合和优势互补,帮助学生有效地利用课余时间。

4. 引导学生改变被动学习、简单记忆的惯性,培养学生进行自主学习、创新性学习的能力和习惯。尽量多给学生一些启发,少给一点成说,把较多的空间留给学生,让学生自己研读,自己咀嚼,自己品味,自己感悟,自我训练。努力构建以学生为主体,以教师为主导,全面调动学生学习积极性和能动性的师生有机互动的新型教学模式。

5. 强化文本研读。即浓缩概论性、通史性内容,加大经典原著阅读阐释比重,促使学生扎扎实实地读原典,把学习落到实处,从而夯实专业基础,汲取各方面的营养,获得全面提高。

6. 构建立体化教学资源系统。除了纸质教材之外,我们还将研制与之配套的辅助性多媒体教学资源,如适应学生自主学习的电子文献库、专题资料数据库、习题与训练项目库、自我检测系统、多媒体课件、网络课程、师生互动学习平台等,为学生提供形式多样、方便适用、全方位的学习服务。

此外,本套教材也与我们已经编辑出版的《高等学校语言文学名著导读系列教材》互为补充、相得益彰。

本套教材在基本结构上,每章都由以下四个板块组成:

1. 基础知识

根据国家有关部门和组织颁布的以及现在通行的各门课程要求,参照全国有影响的各种教材的做法,精选基础性教学内容。本着"守正出新"的原则,去粗取精,提纲挈领,注重点面结合。一方面重视知识的系统性、普适性和知识结构的完整性、科学性,另一方面突出重点问题,深入讲解,并努力吸收较成熟的最新学术成果。此外我们还尽量注意,对于中学讲授过的和其他相关课程有所涉及的内容,一般只作简要归纳和适当拓展与深化,不作重复性铺陈。

2. 导学训练

就本章的课内外学习和训练提出指导性意见,引导学生抓住关键,掌握

方法,自主研习,创新学习。主要包括以下内容:

(1)导学。对本章的学习提出意见和建议,必要时也对主要内容进行归纳,对疑难问题和关键点进行阐释。

(2)思考题。努力避免简单的知识性题目,着重要求学生从不同角度、不同层面对本章的内容进行爬梳、归纳、提炼和发挥,或就一些问题进行理论思考。

(3)实践训练。设计了一些让学生自己动手动口动脑的实践性项目,要求学生联系学过的知识去验证、训练、研讨、演绎、发挥。

3. 研讨平台

就本章涉及的若干重要内容或有争议的问题、热点问题提出讨论,旨在强化、深化学生对这些问题的认识,培养学生的问题意识、质疑精神,提高学生的思辨能力和研究能力。主要包括两方面的内容:

(1)问题概述。就要研讨的问题作引导性的简单概述,包括适当介绍相关的学术史尤其是最新进展,为学生思考提供背景知识,指点方向、路径。

(2)资料选辑。围绕要研讨的问题选辑一些重要著作和论文中的重要片段,包括立场、观点、视角、方法各不相同的材料和最新学术前沿信息,供学生学习、思考,以丰富学生知识,开拓学生视野,启发学生思维。

4. 拓展指南

介绍有助于本章学习理解的文献资料和有助于进一步深化提高或开展专题研讨的文献资料,不仅包括纸本文献,也包括各类电子文献、数据库和网络资源等,以引导学生广泛而有效地利用各种相关资源进行深入学习和探究。主要包括两方面的内容:

(1)重要文献资料介绍。选择与本章内容有关的若干种重要文献进行简要介绍,以便学生有针对性地学习。

(2)其他相关文献资料目录与线索。

以上四个板块中,"基础知识"和"导学训练"是基础部分,主要提供本科生应该掌握的最基本、最重要的系统知识,培养本科生应该具备的素质和能力;"研讨平台"和"拓展指南"两个板块是提高部分,一方面是对基础部分的提高和深化,另一方面也是为进一步学习和研究做好铺垫,指点路径和方法,在程度上注意了与研究生阶段的区别与衔接。主旨是从各科教学入手,引导学生学会怎样自主学习、思考问题、分析问题和解决问题,培养学生的综合素质、研究能力和创新精神。简而言之,提高部分的主要作用是:激发学生兴趣,促使学生学会思考、掌握方法,提高素质和能力。

三

　　这套教材的编写,是我们整体教学改革的有机组成部分。几年来我们一直慎重其事,不仅注重相关的理论思考,而且努力进行实践探索,同时还积极学习借鉴兄弟院校的经验,不断丰富我们的想法。为了保证编写质量,2007年我正式拿出编写方案之后,多次召开会议进行专题研讨;各部教材也都分头召开了编委会,反复研究具体编写方案,不断深化认识、完善思路、优化设计。因此这套教材是集体智慧的结晶,也是我们教学改革的成果之一。

　　在编写队伍方面,我们约请了本院和其他部属重点大学的学术带头人或知名教授担任各书主编和主要撰稿人,并组建了总编委会,负责总体把关,各科教材则采取主编负责制,以确保编写质量。

　　十分感谢北京大学、北京师范大学、中国人民大学、清华大学、复旦大学、南京大学、四川大学、中山大学、厦门大学、西北大学、西南大学、华东师范大学、华中师范大学、暨南大学、华中科技大学、湖南大学、华南理工大学、中国社会科学院研究生院以及上海师范大学、南京师范大学、首都师范大学、华南师范大学、湖南师范大学、新疆大学、北京第二外国语言大学(随机列举)等校同仁的大力支持和积极参与,他们为这套教材的编写奉献了智慧,付出了汗水,增添了光辉。

　　北京大学出版社为这套教材倾注了极大的热情,鼎力支持,尤其是责任编辑艾英小姐参与了很多具体工作,尽心尽力,令我们感动,在此谨致谢忱!

　　古言道:"苟日新,日日新,又日新。"教材建设是一个需要根据社会发展的要求不断与时俱进的常青事业,探索创新是永恒的。我们编写这套教材,无非是应时代之需,在责任和义务的驱动下,为这项永恒的事业做一份努力。毋庸讳言,作为一种新的探索,肯定还有不少需要改进的地方,我们真诚希望使用本教材的老师和同学提出宝贵的意见,帮助我们不断改进和完善,使之更加适应高素质、创新型人才培养的需要。

赵世举
2009 年 7 月于珞珈山麓东湖之滨

目 录

绪 论 …………………………………………………………………… 1

第一章 文学与作品 …………………………………………………… 11
第一节 文学与语言 …………………………………………… 11
第二节 文学与文本 …………………………………………… 18
第三节 文学意蕴 ……………………………………………… 39
第四节 文学体裁 ……………………………………………… 48

第二章 文学与作家 …………………………………………………… 81
第一节 创作主体 ……………………………………………… 81
第二节 创作意识 ……………………………………………… 98
第三节 创作过程 ……………………………………………… 105
第四节 创作思维 ……………………………………………… 115

第三章 文学与读者 …………………………………………………… 130
第一节 文学阅读的历史维度 ………………………………… 130
第二节 文学接受的心理活动 ………………………………… 142
第三节 文学批评方法 ………………………………………… 174

第四章 文学与社会 …………………………………………………… 199
第一节 文学与文化 …………………………………………… 199
第二节 文学与社会 …………………………………………… 210
第三节 文学与意识形态 ……………………………………… 223

第五章 文学与过程 …………………………………………………… 244
第一节 文学的发生与发展 …………………………………… 244
第二节 文学史观 ……………………………………………… 255
第三节 文学思潮及其演变 …………………………………… 271

后 记 …………………………………………………………………… 289

绪　论

在高校中国语言文学一级学科的课程中，"文学概论"具有重要的基础性地位。因为它既包含文学、语言学课程的内容，又可以向人文科学与社会科学吸取知识资源，以至跨越学科边界，成为学科的综合体。这门课程的开设，可以使学生的阅读与创作获得一些理论启示，可以训练学生的抽象思辨能力，可以通过各种知识的整合加深学生的思想修养，提升学生的审美境界。

文学理论的教学实践中存在如下几个方面的难题：第一，由于学生在中学应试教育阶段单纯追求为考试而学习，因而他们的知识结构与阅读范围都有一定的局限性，对文学的理解还停留在感性的粗浅阶段，所以面对"文学概论"课程中陌生而枯燥的术语、概念、范畴以及体系，往往有腻烦、畏难的心理。第二，由于"文学概论"离不开对理论问题的阐释，为了解释某一问题的本质与特征，教师通常需要引证古今中外的文论知识，学生往往会觉得这些知识零乱琐碎，不知所云。第三，文学理论知识具有抽象性、逻辑性的特点。教师所讲述的理论知识，如果缺少生动、现实的事例，学生就会觉得理论问题显得晦涩而又深奥。第四，如果说学习文学作品可以陶冶情操、开阔视野，那么，学习文学理论有什么用呢？甚至有学生认为学习理论会妨碍对文学文本的鉴赏。可见学生对于文学理论的学习目标并不明确。第五，教师相对陈旧的知识结构、枯燥乏味的学术语言也会降低学生的学习兴趣。

"文学概论"作为理论课程虽然具有抽象性、逻辑性、普适性的特点，但是对它的理解不能离开文学本身的实践。如果针对课程特点和学生接受的实际情况，在学习的每个系统性环节之中，相应地建立直观性、自觉性、积极性、巩固性、系统性、可接受性等学习原则，制定或选择一些较好的学习方法，然后灵活机动地执行这个方案，那么，在有限时间内取得较好的学习效果，使他们获得最合理的知识积累和思维开发，不是不可能的。

一、文学理论的特点

文学理论包括文学原理、文学批评与文学史理论三个主要组成部分。文学理论考察文学的规律、性质、原理、特征的问题。文学批评考察作家、作品、思潮、流派、运动等具体的文学现象。文学史理论考察文学发展的规律与历史经验。文学理论主要具有如下三个方面的特点。

(一) 跨学科性

跨学科研究意味着学科互涉,即两种或两种以上的学科知识系统的兼容,而不是一个学科完全取代另一个学科。文学理论思考的是和文学相关的普遍性的问题,因为其关注问题的普遍性,因而不可避免涉及众多学科领域。文学理论与人文科学、社会科学有多方面的学科互涉。例如,与社会学、心理学、伦理学、语言学、历史学、政治学、民俗学、宗教学、民族学等学科有十分密切的关系。N. 弗莱认为:"文学位于人文科学中,它的一端是历史,而另一端是哲学;文学本身并非一个系统的知识结构,批评家必须在历史学的观念框架中寻求事件,从哲学的观念框架中寻求思想。"[①]文学理论以作品、作家等文学现象作为考察对象,但它赖以阐释的思想资源和知识依据则不能离开其他学科。19世纪以来,文学理论经常从美学、社会学、心理学等学科那里借取方法、观念以及术语、概念来建立自己的话语系统,并进一步研究文学的本质、特征等基本原理和原则。

文学理论研究不能局限于某一单一学科的言说,而必须从丰富的文本体验出发,突破现有的学科边界。美学固然是文学的本质属性,但是并不能仅仅把美学作为文学理论的学科边界和最高标准,还应该包括哲学、历史学、政治学、人类学、心理学、社会学等多种学科知识。因此,文学理论只有进行跨学科研究才能适应文学的实际情况。

(二) 反思性

文学理论是对于常识之类的基本经验的研究,那么自身意识也是自我反思的对象。笛卡尔的"我思故我在"、康德的"先验理性"即是自我反思的开端。这种反思意味着,主体反身以自我为客体,犹如在镜中观照自己的形象一样。康德的批判理论就运用了这种反思哲学的方法,他把理性作为最高法官,在其面前一切发出有效诉求的存在都必须为自身辩护。黑格尔

---

① Northrop Frye, *Anatomy Of Criticism Four Essays*, New York: Princeton University Press, 1967, p. 12.

认为事物的本质并不是直接呈现在我们面前的,要想认识它就必须深入到事物的背后,对它进行反思。思想是对事物"反思"的结果。文学理论的研究者应该通过对个体经验的理解,在反思基础上建立起理论的学术品格。总之,文学理论是一门反思性的学科,它是对各种文学实践活动和文学现象进行理性沉思的结果。它通过理论上的反思、概括和研究,为理解和评价文学活动与文学现象提供理论依据与价值尺度。

(三)历史性

文学是一种社会历史现象,文学理论自然也不例外,它的存在和发展是一种历史性的过程。王国维说:"一时代有一时代的文学,唐之诗,宋之词,元之曲,明清之小说,不可更替和重现。"[①]不仅一个时代有一个时代之文学,而且一个时代有一个时代的文学观念。文学理论是对于具体的文学作品、作家、读者的研究,也是对于文学发展的历史规律的探讨,因而,每一时代的文学观念都不可避免会打上具体时代的烙印。任何对于普遍性文学理论观念的建构都必须建立在历史性的基础之上。文学理论是对于某一个时代的文学的反映和实践经验的总结,因而历史化的理解和研究文学理论才能最大可能地认识某一理论的特殊性。通过研究文学理论动态变化的发展史,可以揭示文学理论的真实过程及其内在演化规律,可以展示文学理论演变的真实面貌,以及演化的必然性和可能性。总之,正如每个人都是历史性存在而不能超越历史性,文学理论也不例外。人们必须置身于历史性之中并对自身进行历史性解释。同样,文学理论与其他人文科学、社会科学一样,在本质上它是一门历史科学。

二、学习文学理论的目的

学习文学理论的目的可以概括为人生境界的整体提升,表现为人格的培育与思想的重构。此处的境界并不是指本义上的自然地理环境,而是指精神向度上的灵魂状态。学习的目的在于找到思想上脱胎换骨的方法,具备自我反思的自觉意识和批判精神。境界的营造包括人格精神的培育和思想深度的开掘。通过学习,明白怎样活着才是一个大写的人,如何活着才能拥有更加丰富和深刻的人生。

(一)人格的培育

文学理论的学习可以由文学阅读获得审美情趣,由诗性体悟上升到思

---

① 王国维:《宋元戏曲史·自序》。

想智慧。苏联教育家苏霍姆林斯基很重视美育,他认为,美是道德纯洁、精神丰富和体魄健全的强大的源泉。美的教育要通过陶冶的教学方法来实现,陶冶法又称情境教学法,是指通过创设良好的情境和组织有教育意义的活动,潜移默化地培养学生的思想情操与品德个性。陶冶的方式很多,其中对学生影响较大的主要有人格感化、环境熏陶和艺术陶冶等。学生自觉地从情境中吸取有益的精神营养,获得深入肺腑的审美感受、深入骨髓的思想启迪。文学理论的学习可以使自己从个人的审美体验扩大到大我的价值关怀,提升为人生境界的营构。

人格一词包含心理学与伦理学的内涵,本书此处偏重于指伦理道德的个性品质。文学理论的学习贯穿着人格品质的培育,我们可以利用中国传统的诗教理论作为人格教育的理论资源。

1. 将人格培育与道德修为结合起来

仁是孔子思想的核心,他认为无论个人修为还是国家治理都应该贯穿"仁者爱人"的理念。个人是社会的细胞,也是实施国家大政方针的起点。因而个人的格物、致知、诚意、正心、修身居于齐家、治国、平天下之首。如果说仁是儒家哲学的核心,那么礼和乐是求仁、得仁的两翼,二者相辅相成、密不可分。孔子说:"人而不仁如礼何?人而不仁如乐何?"①仁是礼、乐的应有之义。知者乐水,仁者乐山。他们对于山水的喜爱与品赏是一种发自内心的审美活动。孔子认为这一活动也体现了审美者个人的人格特点。朱熹对此的理解是:"知者达于事理而周流无滞,有似于水,故乐水;仁者安于义理而厚重不迁,有似于山,故乐山。"②他解释了知者和仁者的人格表征,山、水成为了人格的象征。儒家认为求仁、亲仁、得仁不应该是训导、强制的结果,应该是发自肺腑的顺服和喜悦。孟子认为"乐之实,乐斯二者,乐则生矣,生则恶可已也,恶可已,则不知足之蹈之手之舞之"③。对于仁义这种道德理性的吸收应该内化为自己的情感和精神,从而不自觉地"足之蹈之手之舞之"。孟子提出"理义之悦我心"的说法:"口之于味也,有同耆焉;耳之于声也,有同听焉;目之于色也,有同美焉。至于心,独无所同然乎?心之所同然者,何也?谓:理也,义也。圣人先得我心之所同然耳。故理义之悦我

---

① 《论语·八佾》。
② 朱熹:《四书章句集注》。
③ 《孟子·离娄上》。

心,犹刍豢之悦我口。"①他此处讲的是儒家人格精神的教导的层面,下面要讲的是化育的层面。

2. 将人格的培育与心志的自然抒发结合起来

诗歌是诗者内心情感至情至性的表达。白居易说:"诗者,根情、苗言、华声、实义。"②李贽《童心说》指出:"夫童心者,真心也。……若失却童心,便失却真心;失却真心,便失却真人,全不复有初矣。……天下之至文,未有不出于童心焉者也。"③优秀的文学作品蕴含的是人类具有共同感受的真挚情感,其创作者必定具有一颗朴实无华的"童心"。诗歌的抒情方式还顺带引发了音乐与舞蹈。"诗者,志之所之也。在心为志,发言为诗。情动于中而形于言,言之不足故嗟叹,嗟叹之不足故永歌,永歌之不足,不知手之舞之,足之蹈之也。"④可见,诗人的全部激情都可以通过诗歌得以全面表达。在文学理论学习中,学习者既要通过中国古代文论的学习明白古人人格精神的熔铸方向,又要引导以儒家人格精神评价文学艺术作品,并且进而将学做真人的信念内化为个人信仰。

(二) 思想的重构

文学专业的大学生通常多情善感、想象丰富,这是非常可贵的个性品质,在学术研究过程中有待于创造条件发挥其长处。但是,如果对文学作品、文学现象、文学史实的认识停留于感性印象,则未免显得粗浅、支离,也容易被历史专业的人视为缺乏扎实深入的文献功夫,被哲学专业的人视为缺乏思辨能力和中西哲学史的深厚背景,被社会学专业的人视为缺乏严谨细致的田野作业能力。文学专业的学生有才情,有活力,这是走向文学诗性空间的基础。同时,他们也是能够拥有独立思想的。那么,如何通过文学理论的学术训练,掌握获取思想的工具,并且进而拥有思想者的视野和涵养呢?想拥有思想的话,应该进入思想史的学习和研究。思想的研究就是思想史的研究。柯林伍德说:"历史的知识是关于心灵在过去曾经做过什么事的知识,同时它也是在重做这件事,过去的永存性就活动在现在之中。"⑤我们只有在与古人思想的不断碰撞、交流中,才能在继承中有所发现和

---

① 《孟子·告子上》。
② 白居易:《与元九书》。
③ 李贽:《焚书》卷三。
④ 《毛诗序》。
⑤ 〔英〕柯林伍德:《历史的观念》,何兆武等译,北京:中国社会科学出版社1986年版,第247页。

创新。

通常来说,一般意义上的思想史的研究包括如下两个要点。

第一,思想史关注的焦点是主体的观念,但是并不仅仅是对思想家观念抽象的概括,而是应该在尽可能占有文献资料的前提下将思想观念历史化。对于如何处理材料与观点之间的关系,马克思和恩格斯有经典的论述。马克思说:"研究必须充分地占有材料,分析它的各种发展形式,探寻这些形式的内在联系。只有这项工作完成以后,现实的运动才能适当的叙述出来。这一点一旦做到,材料的生命一旦观念地反映出来,呈现在我们面前的就好像是一个先验的结构了。"①我们从别人的研究结论中,看到的似乎是一个"先验的结构",实际上它并非"先验"存在着,而是研究者从大量材料中归纳、总结、提炼的"后验"的结果。马克思本人的研究就是这样身体力行的。正如恩格斯所评价的,马克思"没有一个地方以事实去迁就自己的理论,相反地,他力图把自己的理论表现为事实的结果"②。恩格斯本人也一直坚持历史主义的研究方法。他认为:"共产主义不是学说,而是运动。它不是从原则出发,而是从事实出发。被共产主义者作为自己前提的不是某种哲学,而是过去历史的整个过程,特别是这个过程目前在文明各国的实际结果。"③他进一步说:"我们对未来非资本主义社会区别于现代社会的特征的看法,是从历史事实和发展过程得出的确切结论;脱离这些事实和过程,就没有任何理论价值和实际价值。"④以大量的文献材料作为基础,从中抽象出观念和框架,这是论从史出的基本方法。思想史研究固然需要研究者具有相当高超的理论思维与综合能力,但是并非单纯进行概念演绎的文字游戏,思想的起点应该建立在深厚的史实积累的基础之上。思想史研究应该充分说明思想家的思想同时代环境和人民生存状态的紧密关系。不应该仅仅把思想家的思想大体上当做纯粹上层社会书斋中的珍存,而是要去"追踪思想家的哪些思想,通过种种社会活动、社会渠道渗透到平民中间,沉淀在人民的思想观念中,甚至通过平民的行为方式显映出来"⑤。而这些工作都离不开结合思想家所处的具体历史语境进行深入细致的考辨。也只有坚持回到历史语境而非观念先行,或者以理论削足适履,这样的研究工作才能

---

① 《马克思恩格斯全集》第23卷,北京:人民出版社1972年版,第23—24页。
② 《马克思恩格斯全集》第16卷,北京:人民出版社1964年版,第257页。
③ 《马克思恩格斯全集》第4卷,北京:人民出版社1965年版,第311—312页。
④ 《马克思恩格斯全集》第36卷,北京:人民出版社1975年版,第419—420页。
⑤ 耿云志:《关于中国近代思想史研究对象与方法的思考》,《广东社会科学》2003年第2期。

避免教条主义。

第二,既要有客观的思想史陈述,又要有独创性的解释。"思想史研究的是前人提出的思想和观点,人们的生活态度,社会思潮,乃至一个时代的意识形态或集体无意识。思想家留下的全部文字之所以不能代替后人对他们的研究",是因为如下三个原因:(1)"文字有其独立性,一旦产生后就不属于个人,而有在不同语境下意义增殖的无限可能性。后人很可能比思想家本人更理解他。"(2)"文字的意义是通过后人的接受,即通过后人的理解与解释产生的。别人的理解与解释是思想产生意义和影响的先决条件。"(3)"思想家由于受其视域的限制,无法把握其思想在社会语境和历史语境的意义,而这些正需要通过思想史的研究来加以揭示。"① 上述想法的意思是,其一,思想者的观念往往靠文字传世,但是文字的意义不是不言自明的,文字本身是多义的,阐释文字的方法也是多义的,不同主体的阐释路径更是多元的。正因为阐释的不确定性与复杂性,研究主体通过阐释使死去的思想重新在活着的文字中产生意义。其二,研究者有可能因为时间靠后所形成的历史距离而具有后见之明的优势,这种优势可以化为思想史研究的成果。总之,一代又一代的研究者置身于自己的时代、带着自己的问题,在思想的重新解读中赋予思想者以生命。我们在尊重思想者、掌握阐释方法的前提下,应该着意于个人阐释的独创性。

三、学习文学理论的方法

学习文学理论的方法包括文本鉴赏、批评实践、问题意识三个重要方面。

(一) 文本鉴赏

1. 通过文本欣赏培养情趣、熏陶情感

文学理论中的术语、概念、范畴、体系都来自于对文学作品与文学现象的抽象提炼,学习者可以通过审美体验、创作过程以及文学批评的实践,对这些抽象的概念有清晰的理解。因此学习者有必要在学习时振叶寻根、沿波讨流,回到文学阅读、创作与批评的实践活动。就文学鉴赏来说,首先,学习者从文本具体的语言形式入手,通过词语、句子、段落、篇章的分析领会语言与语篇的基本含义,通过对语言细致的品鉴体会词语的基本义、引申义、

---

① 张汝伦:《现代中国思想研究》,上海:上海人民出版社2001年版,第4页。

比喻义以及象征义。其次,在具体的语境之中掌握文学作为话语的特殊内涵。文学作为审美的、想象的、情感的、体验的世界,在读者阅读中必须使它与现实保持适度的距离。除了文本本身的理解以外,还必须将作家、时代与文本视为一个整体,深入对文本的美学趣味、社会意义、审美价值的分析和判断。文学的阅读是一种审美解读,目的是获得特殊的精神愉悦。文本鉴赏中既要重视学习者个体性的阅读体验,又要超越个人一般的趣味水平,力图站在更高的时代历史、哲学思想的高度对作品进行高屋建瓴的评价。

以余光中的《乡愁》为例。"小时候,故乡是一枚小小的邮票,我在这头,母亲在那头。/长大后,故乡是一张窄窄的船票,我在这头,新娘在那头。/后来啊,故乡是一方矮矮的坟墓,我在外头,母亲在里头。/而现在,故乡是一湾浅浅的海峡,我在这头,大陆在那头。"我们可以通过诗歌的外在形式分析它的节奏美,可以通过"邮票"、"船票"、"坟墓"、"海峡"等意象分析浓郁的乡思哀愁。通过诗人对自然、人生的深切体验,对人生真谛、美的真谛的诗意发现,我们可以通过想象在诗歌中建立一个充满美妙思绪的精神家园。我们沉浸于美妙的文学世界之中,可以感觉到自身本质力量对象化所带来的自由与和谐。在对作品传达的情调韵致的细致品味中可以得到人生的感悟和启迪,由此也让我们的心灵得到滋润和调养。

2. 具体个案和宏观视野相结合

文学理论的学习,最终目标应该是理论问题的分析与探讨。那么,如何通过具体感性的方式以一孔窥全豹,达到对理论宏观视野的把握呢?学习者应该在精通文学理论内涵的前提下,通过大量的文学作品个案,深化个人的理解。例如,在学习意象这个问题时,可以结合屈原的《离骚》、李商隐的《无题》、闻一多的《红烛》和《死水》、戴望舒的《雨巷》、李金发的《弃妇》、穆旦的《旗》等作品,检视意象在中国诗歌中的美学意蕴。同时又要将这种分析联系中国文论的理论阐述,如《周易·系辞》中"立象以尽意"的含义,王充《论衡·乱龙》中"夫画布为熊麋之象,名布为侯,礼贵意象,示义取名也"的用意,以及叶燮"必有不可言之理,不可述之事,遇之于默会意象之表,而理与事无不灿然于前者也"的观点。除了上述的历史梳理,还可以从跨文化的比较视野出发,联系庞德的《地铁车站》:"人群中这些面孔幽灵一般显现;/湿漉漉的黑色枝条上的许多花瓣。"庞德的意象主义诗论超出了西方的传统,接受了东方的许多审美原则。庞德认为一个意象是在瞬息间出现的一个理性和感情的复合体。这个定义包含着意象结构的内外两个层面,内层的"意"指诗人主体理性与感情的复合或情结;外层的"象"指一种形象的呈现。两者水乳交融,缺一不可。以意象为中心,我们可以跨越中外古今的文学文本,体察文学家的艺术匠心与精神世界。文学理论的研究针对的是普遍性的文学问题,但这种思考离不开对个别现象的聚焦、归纳、概括与提升。一位优秀的文学理论的学习者,同时也应该是文本细读的佼佼者。

(二) 批评实践

1. 问题意识

文学研究的批评实践,首要的是具有明确的问题意识,从强烈而敏锐的问题意识入手去理解理论的语境化特点。人的思想从根本上说,都是应对生存环境的挑战而产生的。作为思想史研究对象的思想,是具体回应各种历史时代出现的挑战性问题而提出的各种思考和主张。作为思想史的研究者也应该将自己所处时代的个人感受、个人趣味、个人志向与研究对象结合起来,带着明确的问题意识去理解研究对象,同时也从主客体之间的精神交流中寻找解决当下问题的思路。文学理论的学习不能先预设理论框架,然后寻找文学例证论证理论的普适性,而是应该带着问题意识与文本阅读经验,对个人理解的思想结果进行反思,进而用文学理论解释这些阅读经验的根源与意义。没有文本阅读经验与问题意识,就难以发现有价值的理论问题,也难以获得分析文学现象的能力。

2. 学习与科研互动

大学本科阶段,文学教学的目标是培养具有汉语言文学专业基础、人文综合素质和实际应用能力的人才。为了实现这个目标,文学理论的学习要落到实处,要见出成效,还有待于学生将文学的感悟、体验与理性思索通过合适的方式表达出来。除了即兴发言、课堂回答、集体争鸣等方式以外,学生可以一步一步掌握写论文的方法。论文是个人思想、才情的集中体现,既需要具有敏锐的问题意识,又需要具有深厚的学养。具体途径是,继承古代的思想,引进西方的学术,关注眼前的问题,阐述自己的主张。从而凸显个人学术特色,开拓自己的学术领域。

3. 文学理论知识的迁移

文学理论知识的本性是分析性、沉思性的,也是自反性的。它是思维的思维,我们用它向文学和其他话语实践中感知事物的范畴发出质询。为了理论学习的深入巩固,我们必须从文学实践的层面进行知识的迁移训练。文学理论知识的迁移包括知识输入与思想输出。这种研究性学习的实施一般可分为三个阶段,即进入问题情境阶段、完成体验阶段、表达交流阶段。

在学习过程中,这三个阶段可以交叉、交互推进。

文学理论的体验、阐释与实践,这个过程是一个审美解释的流程。学习者通过审美体验,以及对审美体验的反思,产生出较为抽象的审美意识,使主体获得理智的自觉,从而把握审美意义。例如卞之林的《断章》,"你站在桥上看风景/看风景的人在楼上看你/明月装饰了你的窗子/你装饰了别人的梦"。诗的上节摘取的是一幅日常生活中人们观景的画面。从桥、楼、观景的人出发,读者视通万里、遐思迩想,在个人生命体验中可以幻化出青山、绿水、烟波、扁舟、杨柳、云彩等等空灵的意象。诗歌以寥寥物象把那若隐若现的虚化的背景留给读者去遐想,而把画面的焦点聚集于看风景的桥上人和楼上人。该诗既有鲜明生动的形象,又有兴味盎然的情思,还具有某种奇妙的哲理——两个观景者在游目骋怀、怡然自得时,相互之间又有极具情趣的戏剧性关联,这可以使读者领悟到宇宙、社会、心灵之间的呼应与默契。再如,梵高画的《农鞋》。海德格尔认为,应该通过去蔽找到隐蔽的存在,从而揭示一双农鞋尚未说出的东西。这幅梵高的作品敞开了农鞋包含的农妇的存在,即大地与世界的关系。海德格尔的思路不同于西方传统的演绎、归纳,也不同于中国的自然思维和历史思维,即天命、代天地立言的自明性。他借助现象学的方法,追问艺术作品本源、追问存在自身。海德格尔认为西方理性传统导致西方科学的危机,因为演绎、归纳本身的自明性是黑暗的。而现象学是走向事物本身,走向遮蔽的事物,让这一事物显示出来,去掉我们对它的遮蔽以及事物自身的遮蔽。去蔽本身可能就是遮蔽,因此要不断去蔽不断还原。通过对于绘画作品的理论分析,学生掌握一种认识与思考的方法,通过领会存在者之存在,走向艺术、人生、真理的意义显现的自由之路。

上述内容简略谈到了文学理论学习的训练目标以及方法、思路,这一切成果的取得离不开以学生作为教学主体,激发其自身的兴趣和潜能。文学理论并不是灰色的,其知识来源于文学发展的实践,其学习也应该随着时代的发展、学习主体认知方式的变化而相应调整。文学理论总的学习特点是诗性与理性的融合,其最终目标是人格与思想的重构。

第一章　文学与作品

人们谈论文学首先离不开分析文学作品,因为作家的创作对象与读者的欣赏和批评都是围绕作品而存在的。作家需要作品显现自身的存在,读者阅读也需要作品的存在作为前提条件,文学史则主要是文学作品的发展历史。谈到文学作品又离不开文学作品赖以显现自身的语言,文学从根本上说是语言性的。无论是探索语言与世界的关系,还是将文学作品看做独立的文本,寻找文本的结构或者消解文本的结构,都离不开理解文学作品在何种程度上作为语言在说话。

既然文学作品借助语言显现自身,那么,对于作品的理解首先应该建立在对于语言以及文学语言的理解的基础之上。本章将文学作品视作一种独立的社会存在,来考察文学与语言、文学与文本、文学意蕴以及文学体裁。本章第一节着重讲述文学与语言的关系、文学语言的特点;第二节讲述文学与文本的关系、文学与话语的关系;第三节讲述文学意蕴的内涵,即文学意象、文学意境与文学典型;第四节讲述文学的主要体裁,即诗歌、散文、小说、戏剧文学、影视文学与网络文学。

第一节　文学与语言

语言作为人类特有的符号系统,是人类认识自我、沟通他人、走向社会的工具,也是思想情感沟通的物质载体。语言体现了人类的思维活动,它是传承文化、传播思想的重要媒介。

纵观中外文论史,学界关于文学与语言的关系主要有两种看法。第一,认为语言是文学的载体,即语言是手段和工具,文学表达是目的。俄国批评家别林斯基认为,在文学中,"语言的独立的兴趣消失了,却从属另外一种最高的兴趣——内容,它在文学中是压倒一切的、独立的兴趣"①。高尔基说:"语言把我们的一切印象、感情和思想固定下来,它是文学的基本材料。"②第二,认为语言是文学的本体,即语言是文学存在和显现价值的本体。

文学作品是语言的艺术,这是它与其他艺术作品最大的区别。文学作品是语言表述的产物,语言是文学作品的物质外壳。作家通过语言表达自己的思想和感情,读者通过语言获得情感经验、审美体验与思想内涵。语言是文学作品传情达意的工具和载体,它是文学形象与其他艺术形象相区别的基本特征。高尔基称"文学的第一个要素是语言"③。

本节介绍关于文学语言的两种观点以及文学语言的基本特点。

一、文学语言的理解

文学语言的理解,也就是文学语言的意义和解释问题。关于文学语言的理解,中国古代文论主要有两种看法。

(一) 言可尽意

孔子要求语言表达要"文质彬彬"。"质胜文则野,文胜质则史。文质彬彬,然后君子。"④他认为文学语言朴实多于文采,就未免粗野;文采多于朴实,又未免虚浮。文采和朴实配合适当,这才是君子。总而言之,他说"辞达而已矣"⑤。意思是,言辞足以达意便罢了。朱熹对此的合理解释是,"辞,取达意而止,不以富丽为工"⑥。"仲尼曰:'志有之,言以足志,文以足言。不言谁知其志?言而无文,行而不远。'"⑦孔子认为,有志气的人,说话也充满了志气,而且话语里文采斐然;说话写文章如果没有文采,流传就不会久远。

关于语言与意、象之间的关系,"子曰:'书不尽言,言不尽意。'然则圣人之意,其不可见乎? 子曰:'圣人立象以尽意,设卦以尽情伪,系辞焉以尽

---

① 〔俄〕别林斯基:《文学一词的一般意义》,见《文学的幻想》,满涛译,合肥:安徽文艺出版社1996年版,第550页。
② 〔俄〕高尔基:《论散文》,见高尔基:《论文学》(续集),冰夷等译,北京:人民文学出版社1983年版,第337页。
③ 高尔基:《论文学》,北京:人民文学出版社1978年版,第332页。
④ 《论语·雍也》。
⑤ 《论语·卫灵公》。
⑥ 朱熹:《论语集注》。
⑦ 《左传·襄公二十五年》。

其言,变而通之以尽利,鼓之舞之以尽神.'"①孔子认为,书、言、意之间不可直接通达,于是圣人通过立象来沟通三者。"象"的含义正如下文所解释的:"是故夫象,圣人有以见天下之赜,而拟诸其形容,象其物宜,是故谓之象。"②圣人因为看到天下的事物十分繁杂,从而比拟其形状容貌,象征其事物所宜,所以就叫做卦象。具体说来,《易传》主要是通过卦辞和爻辞来解释意义。关于言意关系,《庄子》有一个著名的"言"不尽"意"的观点。他说:"筌者所以在鱼,得鱼而忘筌;蹄者所以在兔,得兔而忘蹄;言者所以在意,得意而忘言。"③他打比方说,竹笼是用来捕鱼的,捕到鱼就遗忘了竹笼;兔网是用来捕兔的,捕到兔就遗忘了兔网。庄子想说明的问题是,语言是用来表达思想意识的,掌握了思想意识就忘言语。他指出了言意二者难以得兼的困境,即语言是有言说的边界的,而意义的内涵无限,非语言所能穷尽。王弼从言、象、意的角度重新解释,走出了《庄子》言不尽意的困境。他说:"夫象者,出意者也;言者,明象者也。尽意莫若象,尽象莫若言。言出于象,故可寻言以观象;象生于意,故可寻象以观意。"④他认为,因为"言出于象",因而可以通过语言追索象的存在;又因为"象生于意",因而可以从形象之中理解意义之所在。接下来,王弼推论道:"故言者,所以明象,得象而忘言;象者,所以存意,得意而忘象。"⑤因为言语是用来解释形象的,因而往往获得形象就忘记了言语;因为形象之中包含着意蕴,所以往往获得意义就忘记了形象。

(二) 言不尽意

如上所述,言不尽意说滥觞于庄子。他的《天道》篇曰:

> 世之所贵道者,书也,书不过语,语有贵也。语之所贵者,意也,意有所随。意之所随者,不可以言传也同。而世因贵言传书。世虽贵之,我犹不足贵也,为其贵非其贵也。故视而可见者,形与色也;听而可闻者,名与声也。悲夫,世人以形色名声为足以得彼之情!夫形色名声,果不足以得彼之情,则知者不言,言者不知,而世岂识之哉!

庄子认为,世人之所以尊贵于道,是根据书上的记载,而书上所记载的不过

---

① 《易传·系辞上》。
② 同上。
③ 庄子:《庄子·外物》。
④ 王弼:《周易略例·明象》。
⑤ 同上。

是言语,言语有其可贵之处。言语之可贵处在于达意,而意有所从出之本。意所从出之本,是不可以用语言相传授的,而世人却看重语言,把它记载于书而流传。世人虽珍贵它,我还是认为它不足珍贵,因为那被珍贵的并不真正值得珍贵。故而,用眼可以看见的,是形状与颜色;用耳可以听到的,是名称与声音。他感叹道,世人以为得到形状颜色名称声音就足以获得其真实本性;依据形状颜色名称声音确实不足以得到其真实本性。他得出结论说,真正知晓的人并不言说,说话的人并没有真知,可是世人并未懂得这个道理。

《庄子·秋水》篇曰:"可以言论者,物之粗也;可以意致者,物之精也;言之所不能论,意之所不能察致者,不期精粗焉。"庄子认为,书写固然具有记录的重要功能,但是,意义并不是语言所能完全传达的。人们往往停留于语言表现的形象、声音、颜色,但是没有洞穿其背后的深邃内涵。从文学角度来看,庄子对言意困境的揭示,恰恰引导人们去思考文学表意功能的巨大潜能。后世学者对此也有重要的认识,刘勰曰:"神道难摹,精言不能追其极。"①微妙的道理不易说明,即使用精确的语言也不能完全表达出来。他谈到创作思维的时候说:"至于思表纤旨,文外曲致,言所不追,笔固知止。至精而后阐其妙,至变而后通其数,伊挚不能言鼎,轮扁不能语斤,其微矣乎。"②他认为,有些为思考所不及的细微的意义,或者为文辞所难表达的曲折的情致,是不易说清楚的,也就不必多谈了。必须有精细的文笔,才能阐明其中的微妙之处;也必须有懂得一切变化的头脑,才能理解各种写作方法。从前伊尹不能详述烹饪的奥妙,轮扁也难说明用斧的技巧,这的确是很微妙的。

与"言不尽意"的说法有联系的是,庄子还提出了"得意忘言"说,如前所引。他认为,言语是表意的工具,言者不必过于看重言语。如果获得了言语所传递的意义,言语本身则不必在意了。

言可尽意与言不尽意两种关于语言意义的不同解释,出自不同的理论依据,各有一定的真知灼见。

古人主张言不尽意的说法,这是对言与意的边界的区分,也体现了对于言语背后的意义的探索精神。严羽以"妙悟"论诗,提出"禅道惟在妙语,诗

---

① 刘勰:《文心雕龙·夸饰》。
② 刘勰:《文心雕龙·神思》。

道亦在妙悟","以禅喻诗,莫此亲切"。① 在文学表意实践中,语言毕竟是传情达意的主要工具,因此,应该努力探索如何充分发挥语言的表意功能,从而传达言外之意、韵外之致。

二、文学语言的特点

文学语言,即文学作品中所使用的语言,它是在一般书面语的基础上,为文学表现的特殊需要而形成的具有特色的语言。文学语言虽然与日常语言、科学语言在文字、语法方面有很多相同之处,但是文学语言具有特殊的审美和表情功能,主要包含如下三个方面的特点。

(一) 形象性

文学语言的形象性表现在,它把事物的特性、人物的性格、生活的场景、抒情主体的思想情感,形象生动地描摹出来。只有通过形象性的语言,读者才能获得具体感受,如临其境,如见其人,如闻其声,如触其物。

与反映内容相联系,文学在反映现实生活的形式上也不同于其他意识形态,形象性是它的首要特征。文学语言的形象性体现在以形象反映社会生活。别林斯基说:"哲学家用三段论法说话,诗人则用形象和图画说话。然而他们说的都是同一件事。政治经济学家被统计材料武装着,诉诸读者或听众的理智,证明社会中某一阶级的状况,由于某些原因,业已大为改善,或者大为恶化。诗人被生动而鲜明的现实描绘武装着,诉诸读者的想象,在真实的图画里显示社会中某一阶级的状况,由于某些原因,业已大为改善,或者大为恶化。一个是证明,另一个是显示,可是他们都是说服,所不同的只是一个用逻辑结论,另一个用图画而已。形象性的语言是作家塑造艺术形象的基本材料。"②苏轼在《百步洪》中描绘了小船在波涛激流中向前的美景:"有如兔走鹰隼落,骏马下注千丈坡,断弦离柱箭脱手,飞电过隙珠翻荷。"诗中设置了七个比喻,展现了七个意象。

文学语言塑造形象与绘画的直观生动不同,因为文学的媒介是观念性的语言符号,而不是线条、色彩、造型等视觉符号。文学形象的出发点是文字符号,以及与文字相关的音、形、义。读者需要根据语言将概念转换加工成宛在目前、栩栩如生的视觉形象。读者一旦通过文字捕捉了意义,文学形

---

① 严羽:《沧浪诗话》。
② 中国社会科学院外国文学研究所编:《外国理论家、作家论形象思维》,北京:中国社会科学出版社 1979 年版,第 79 页。

象就可以永久固定下来。为了能使文学语言富有形象性,作家往往需要多种手法加以实现。运用修辞手段是体现文学形象的重要途径。例如,"问君能有几多愁,恰似一江春水向东流"(李煜《虞美人》),"试问闲愁都几许?一川烟草,满城风絮,梅子黄时雨"(贺铸《青玉案》),运用了比喻的手法。"红杏枝头春意闹"(宋祁《玉楼春》),运用了通感的手法。"羌笛何须怨杨柳,春风不度玉门关"(王之涣《出塞》),"蜀道之难,难于上青天"(李白《蜀道难》),运用了夸张的手法。总之,使用语言应当做到准确、鲜明、生动,最大可能地体现文学语言的表现力。

(二) 蕴藉性

人类的语言有指称功能和表现功能。普通语言侧重运用指称功能,例如科学著作、论文和报纸杂志上所运用的一切书面语言。瑞恰慈认为科学语言和文学语言的区别在于,科学语言是指称性(referential)的,其功用是指称事物,真是真、假是假、雾是雾、花是花,不容混淆。文学语言则是情感性(emotive)的,其功用在于表达情感,真假难分、非花非雾,例如诗歌、散文、小说、戏剧文学等文学作品中所使用的语言。文学语言的运用,不在于传达准确的逻辑内容,它主要是营造一种能感染读者并使之动情的审美氛围。文学语言使读者真实地感受人生和体验人生,获得心灵的陶冶。文学语言中往往蕴含着作家丰富的知觉、情感、想象、暗示等心理体验,始终注意发挥语言的表现功能,因而比普通语言更富于心理蕴涵性。

《周易·系辞上》:"子曰:'书不尽言,言不尽意。'然则,圣人之意,其不可见乎?子曰:'圣人立象以尽意,设卦以尽情伪,系辞焉以尽其言,变而通之以尽利,鼓之舞之以尽神。'"[①]阐明易象的存在本身即是为了超越语言的有限性,去表达深邃的意义。《文心雕龙·隐秀》曰:"隐也者,文外之重旨也。"所谓"隐",就是字面意义以外的内容。唐诗僧皎然说:"两重意以上,皆文外之旨。"又说:"但见情性,不睹文字,盖诗道之极也。"[②]司空图强调诗贵含蓄,要求"不著一字,尽得风流"[③]。叶燮说:"诗之至处,妙在含蓄无垠,思致微渺,其寄托在可言不可言之间,其指归在可解不可解之会,言在此而意在彼,泯端倪而离形象,绝议论而穷思维,引人于冥漠恍惚之境,所以为至

---

① 《周易·系辞上》。
② 皎然:《诗式》卷一。
③ 司空图:《诗品·含蓄》。

也。"①欧阳修《六一诗话》引梅尧臣语云:"含不尽之意,见于言外。"杨万里评论诗歌说:"诗有句中无其辞,而句外有其意者。"②文学作品语言这种内指性,深刻地显示出它与其他文体语言的差异。

(三) 音乐性

汉语具有音乐美。从音节上看,汉字原先以单音节为主,但有向复音化迈进的趋势。汉语文学的诗词长短音、单复音相结合,造成一种参差交错、铿锵整齐的表达效果。节奏是语言情绪、情感的构成部分,是传达情感最直接、最有力的方式,它体现在诗歌句子的内部,以及句与句、节与节之间的联系和结构上。韵脚在文字上交替出现,形成回环绵延的旋律感。文字平仄的变化、不同的音高,产生声律的美感。

魏晋之后,出现了讲究对仗、轻重、高低、开阖、抑扬的古典诗歌"律绝体"的近体形式。近体诗讲究平仄、对偶、长短和轻重的格律规范,它与古诗不同之处在于开始和音乐分家,而看重汉语言本身的音乐性。这类诗不仅在诵读上会产生起伏不平的音乐感,意象与情感也在虚—实、明—暗、上—下的变化中推进、对照与转换,从而衍生出更多的意蕴与内涵。

西方语言也具有声音、节奏与韵律的音乐感。美国美学家布洛克(H. Gene Block)说,艺术表现本身,乃是使某种尚不确定的情感明晰起来,而不是把内心原来的情感原封不动地呈示出来。通过声音、节奏与韵律来抒情正是诗歌抒情的一个基本路径。西方诗歌在古代同音乐与节奏有传统的联系。希腊人称抒情诗歌是"用来演唱的诗"。在文艺复兴时期,经常把抒情诗与竖琴和长笛联系起来。近代以来西方兴起了自由诗,但从爱伦·坡到叶芝、庞德、瓦莱里的诗仍然强调诗歌抒情的节奏。瓦莱里认为,诗歌与小说不同之处在于它不提供一种虚假的生活幻象,而是引发或再造活生生的人的整体性与和谐,对人的影响是深层的,"诗会扩展到整个身心;它用节奏来刺激其肌肉组织,解放或者激发其语言能力,鼓励他充分发挥这些能力"③。瓦莱里道出了诗歌的音乐本质。卡西尔则认为:"欣赏莎士比亚剧作的情节热衷于《奥塞罗》《马克白思》或《李尔王》中'剧情细节的安排',并不必然意味着一个人理解和感受了莎士比亚的悲剧艺术。没有莎士比亚

---

① 叶燮:《原诗》。
② 杨万里:《诚斋诗话》。
③ 〔法〕瓦莱里:《论诗》,瓦莱里:《文艺杂谈》,段映虹译,南昌:百花文艺出版社2001年版,第338—339页。

的语言,没有他的戏剧言词的力量,所有这一切就仍然是十分平淡的。一首诗的内容不可能与它的形式、韵文、音调、韵律分离开来。这些形式成分并不是复写一个给予的直观的纯粹外在的或技巧的手段,而是艺术直观本身的基本组成部分。"①他指出了形式美是文学作品审美价值的重要方面。

第二节　文学与文本

上述第一节对于文学语言特点的分析,是从文学作品的视野来探讨语言的。然而,20世纪西方文论的语言学转向,将文学的探讨推向了作为文本意义的存在来思考。之所以认为20世纪是一个语言学的世纪,是因为从哲学到文学理论,"语言学转向"(Linguistic turn)产生了深刻的影响。理查德·罗蒂认为,"所有哲学家是通过谈论合适的语言来谈论世界的,这就是语言学转向"②。他指出,就语言学转向对哲学的独特贡献而言,这种贡献根本不是元哲学的。"实际上,它的贡献在于帮助完成了一个转变,那就是从谈论作为再现媒介的经验,向谈论作为媒介本身的语言的转变,这个转变就像它所表明的那样,使人们更容易把再现(representation)问题置于一旁而不予考虑。"③维特根斯坦认为:"我之语言疆界即我之世界疆界。"④"语言学"转向包括如下内涵:以索绪尔的语言观为理论起点,俄国形式主义、捷克布拉格学派、英美新批评以及法国结构主义等诸种文学理论一脉相承。以福柯为代表的后结构主义思潮推动语言向话语转型,试图建构带有跨越学科和文化政治色彩的理论。

从语言所指的物质对象来看,作品与文本都指向同一对象,即创作活动之后产生的成果和阅读活动之中面临的对象,它们都是指以语言形态存在的实体。从文学理论的不同理解来看,作品与文本是两个不同的概念。作品更强调与作家主体的联系,而文本更强调自身结构和系统的独立性和自足性。

本节讲述的内容是:从作品到文本的转型,文本的性质与类型。

---

① 〔德〕恩斯特·卡西尔:《人论》,甘阳译,上海:上海译文出版社1985年版,第198页。
② Richard Rorty (ed.), *The Linguistic Turn: Essays in Philosophical Method*, University of Chicago Press, 1992, p.8.
③ Ibid., p.373.
④ Ludwig Wittgenstein, *Tractatus logico—philosophicus*, London: Routledge, 1961, p.68.

一、从作品到文本

形式主义文论将文学作品(work)视作自主的结构系统,分析其语言、技巧、风格和结构功能。英美"新批评"文论认为文学文本是一种具有独立结构的语言系统。法国结构主义文论认为文学文本是一种特殊的文学惯例与代码定势。后结构主义文论强调文本的"互文性"内涵。罗兰·巴特认为任何文本都是未完成和开放的,有赖于读者的自主的和自由的阅读。后现代主义文论则将文本(text)视作一种反中心的网络结构,颠覆了作品论所默认的确定意义。正如卡勒所说:"文本这个文学研究的核心概念经历了许多突变。对古典语文学家来说,文本过去是、现在仍然是一个强有力的学科构成的对象,但文本却从古典语文学家的著述中旅行出来,走向了后现代的文学理论家,对后者来说,这个概念的意思可用默维特一本精彩之作的书名来概括:'文本:一个反学科对象的谱系学'。"[1]概而言之,文学文本论认为,文本的内涵主要有如下四个特点。

(一) 文学的自主性

在现代西方文论范式中,形式主义文论是一种文学自主论。它强调作品是一个自主的、封闭的系统结构,独立于外在的社会文化。詹姆逊(又译杰姆逊、詹明信)对这一自主文学观念评论说:"[现代主义的]意识形态很容易辨识:首先是它假定美学是独立自治的,具有最高的价值,如果没有这种价值,各种批评家和实践者无论多么赞扬艺术及其特殊性和不可同化的经验,这种赞扬也不能真正地被认为是现代的意识形态。……它赋予美学以一种不可比拟的超验价值(实际上,这不需要以描述其他类型的经验结构来完成——无论是社会的还是心理的经验——美学是独立的,不需要从外部证实)。"[2]文本论强调文学背后的意义,即坚信作品语言和形式背后必定存在客观本质和意义,并且通过语言形式的细读可以最终发现这一意义。

(二) 文学文本是一种自主自为的存在

文学自主性是指作品独立于作者、读者以及外在世界,是一种自在自为

---

[1] Jonathan Culler, *The Literary in Theory*, Stanford: Stanford University Press, 2007, p. 99. 另参见 John Mowitt, *Text: The Genealogy of AnAntidisciplinary Object*, Durham: Duke University Press, 1992。此处的译文参考了周宪:《论作品与(超)文本》,《外国文学评论》2008 年第 4 期。

[2] 詹姆逊:《单一的现代性》,王逢振主编:《詹姆逊文集》第 4 卷,北京:中国人民大学出版社 2004 年版,第 136 页。

的存在。文本中心论认为,文学研究应该聚焦于作品本身。对此,艾布拉姆斯认为,以文本客体存在为中心的取向,"是把作品当做有其内在关系的各部分构成的自足实体来加以分析,更重要的是,只能根据其存在方式所固有的标准来加以评判"①。文本自在自为存在的理论依据来自对于文学形式本体论的分析。例如,考察文学性问题、陌生化问题、作品的"主导"结构、诗歌的张力与悖论以及含混等等,甚至将作品作为技术分析的对象。

(三) 文本作为一种方法论的领域

罗兰·巴特以文本概念取代作品概念,意味着一种新的文学观的建立,一种新的文学视野的诞生。如果说作品具有物质属性的话,那么文本则是在作品的穿越之中形成其意义的。他说:"作品可以被拿在手里,而文本则维系在语言之中,它只存在于言说活动中(更准确地说,唯其如此文本才成其为文本)。文本不是作品的分解,而作品是文本想象性的附庸;或再强调一次,文本只在生产活动中被体验到。可以得出的一个结论是,文本决不会停留(比如停留在图书馆的书架上);文本的构建活动就是'穿越'(尤其是穿越某个作品、几个作品)。"②正如文本在拉丁语意味着"编织物",不同文本的交叉带来文本意义的增值,因为文本意义是生产性、动态性、开放性的。

(四) 文本作为一种能指的游戏

与作品探索意义指向不同,文本的意义在不断的延异之中,它是一种能指的游戏,处于差异、断裂和变化之中。

如果说形式主义文论的作品论认为文学作品存在一个系统结构的中心的话,文本则恰恰是去中心的,在延异之中衍生生产性的意义。巴特认为:"文本就是回归语言。像语言一样,文本是被结构起来的,但却是去中心化的,没有终结。……结构是一个既开放又无中心的系统。"③克里斯蒂娃认为:"文本也就是生产性,这意味着:1)文本与它置于其中的语言的关系是重新分配的(解构的—建构的),因而通过逻辑和数学的范畴探究文本要比纯语言学的范畴更好;2)诸文本的交换,亦即一个文本的话语空间中的互

---

① M. H. Abrams, *The Mirror and the Lamp*, Oxford: OxfordUniversity Press, 1953, p. 26. 此处的译文参考了周宪:《论作品与(超)文本》,《外国文学评论》2008 年第 4 期。

② Roland Barthes, *Image Music Text*, London: Fontana Press, 1977, p. 157. 此处的译文参考了周宪:《论作品与(超)文本》,《外国文学评论》2008 年第 4 期。

③ Ibid., p. 159. 此处的译文参考了周宪:《论作品与(超)文本》,《外国文学评论》2008 年第 4 期。

文性,这些话语来自其他文本,彼此交错并中立化了。"①文本在此意义上已成为一种关系而不是实体。如果说结构主义文论还专注于文学性问题的话,德里达的解构思想则更为激进,他认为:"没有什么内在的标准可以确保一个文本不可或缺的文学性,也不存在什么确定的文学本质或存在。"②

从作品到文本的观念转型,其内在理路是现代性与后现代性文学理论的分野。对此,伊格尔顿认为:"后现代思想的典型特征是小心避开绝对价值、监视的认识论基础、总体政治眼光、关于历史的宏大理论和'封闭的'概念体系。它是怀疑论的、开放的、相对主义的和多元论的,赞美分裂而不是协调,破碎而不是整体,异质而不是单一。它把自我看做是多面的、流动的、临时的和没有任何实质整一的。后现代主义的倡导者把这一切看做是对大一统的政治信条和专制权力的激进批判。"③这一分析对于文本的性质来说也是十分切中肯綮的。

总之,文学观念的嬗变可以如此概括:作品论意味着作者可以成为作品意义阐发的中心权威;文本论则意味着对于作品中心、本源或根基的颠覆,从而文学的意义转向多元化、相对主义和不确定性。

二、文本话语的性质定位

20 世纪的"语言学转向"主要表现为:在方法论上,人们把语言学的理论模式作为一种新的认知范式,广泛用于各种学科的研究;在观念上,人们彻底抛弃了工具论的语言观,强调语言的本体性,认为人类关于客观世界的知识其实是由语言"再现"或"建构"的,与其说人在支配语言,还不如说是语言在支配着人。

文学文本(the text of literature)是指创作出的文学作品的文本。从其所指而言,文学文本同我们日常语汇中的文学作品极为相近。然而,当我们说文学作品时,这个作品是包含了作者意谓、批评家阐释、读者的个人悟解在内的意义网络,它是由一整套内容与形式相互关系所构成的系统。而文学文本则是一件较为单纯的存在,它仅指由作者写作出来的,由各种语词按照一定构词规则、修辞关系构成的表达物。将文学文本与文学作品的概念区

---

① John Mowitt, *Text: Genealogy of An Antidisciplinary Object*, Durham: Duke University Press, 1992, pp. 105-106.

② Jacques Derrida, *The Act of Literature*, London: Routledge, 1992, p. 73. 此处的译文参考了周宪:《论作品与(超)文本》,《外国文学评论》2008 年第 4 期。

③ 〔英〕伊格尔顿:《后现代的幻象》,华明译,北京:商务印书馆 2000 年版,第 1—2 页。

别开来,是有学理上的必要性的。当我们言说文学的状况时,实际上是融入了我们自己的理解,是涉及文学作品层面的,也就是说,文学文本在某种意义上是康德哲学中的"物自体",它只是我们讨论问题的起点,但构设出这样一个起点并承认它的相对自足的意识构成特点,可以使得人们对于文学作品的讨论持一种开放的胸襟,也可以使得同一文学文本在不同时代和不同社会语境中的理解歧义得到更为方便与合理的解说。

文学文本是一个相对封闭的概念,它是把文学文本看做一个有自我组织和协调能力的整体。在文本中,一些单独看来有多种释义可能的话语,在文本的整体性中可以得到合理的安置。

以一个实例来说。清代"扬州八怪"之一的金农应邀参加一个酒宴,席间按文人惯例以赋诗行酒令。众人约以"飞"、"红"二字嵌入诗句中,其中一友人在仓促间赋得一句为"柳絮飞来片片红",这句诗倒是合乎平仄声韵的要求,也履行了"飞"、"红"二字入诗的约定,可人们都知道桃红柳白这一常识,柳絮的白色与"片片红"的描写严重脱节,引得众人在席间忍俊不禁,友人颇为尴尬。这时金农就出面解围,指出该诗看似不合常理,但它是有出处的,并当即杜撰说是出于某古代名人的笔下,全诗如下:廿四桥边廿四风,凭栏犹忆旧江东。夕阳返照桃花渡,柳絮飞来片片红。在金农口占的诗中,本来不合生活逻辑的"柳絮飞来片片红",因结合了"夕阳返照桃花渡"的诗句,夕阳余晖会给天空抹上红的底色,在这时即使是白色的物体也会因光线的作用而呈现红色,这就使不合逻辑的诗句成为合乎逻辑的表达了。与此同时,金农杜撰说它是一首古诗,这句单独来看讲不通的诗句在全诗中可以说通,由此也就显示出席间诸人的无知,使友人在被人嘲笑之后挽回了面子。

上述例子说明了文学文本的整体性,即结构功能上的自我组织和协调能力,它可以使各个单个的话语在文本中得到出于整体角度的说明。文学文本赋予其中话语合理性的能力,使文本成为一种有意义,进一步说是有权威地位的整体。但当我们这样认识之后,那么附带地也就有另一问题出现了,那就是文学文本的整体性是其权威性的保障,那么由各文学文本构成的"文学"乃至由文学、宗教、哲学等构成的整体的观念文化,又何尝不具有相关的性质呢?很多文学文本,单独来看也许看不出什么眉目,但结合其他的文学文本之后,其意义、思想深度就会有所不同了。在20世纪西方文学批评中,原型批评是颇有影响的一支,即从文学的乃至文化的整体观念出发,认为单个的文学作品都是对人的某一文化原型观念的表达,当早先的某一文学表达触及人们的某一文化观念后,以后的文学就可能围绕该蓝本进行多种表达,而原本的作品或作品中的某一主题、表达方式、形象、叙事类型等就成为一种原型。只有对原型有所认识,才可能对围绕原型来表达的作品有较深的认识。如在莎士比亚的剧作《哈姆雷特》中,哈姆雷特与雷欧提斯在决斗之前,曾在奥菲利亚葬礼上有过争执,正是由此争执才引起双方决斗,争执的双方都同死者有亲密关系。哈姆雷特是死者的恋人,雷欧提斯则是死者的兄长,两人在与死者最后吻别时发生了冲突。这里的背景原因在于,最后吻别作为一种仪式是由古老的殉葬制演化而来,而殉葬者是死者生前最可信赖、最为亲密、不离左右的人。因此,出于与哈姆雷特有杀父之仇,雷欧提斯制止哈姆雷特的吻别,并羞辱了他。而哈姆雷特则出于对个人名誉的维护以及对自己恋爱的纯洁性的辩白,提出了与对方决斗的要求。如果不能理解这一文化背景,则会觉得两人火气太大,用不着为一点礼节上的差错就拿生命作为赌注,只有当我们了解了殉葬制及其演化而成的吻别仪式之后,这里冲突的严重性才显露出来。这一点单凭《哈姆雷特》的文本并不能提供充分的说明,必须要有民俗学的有关背景知识作为资源。

文学文本的表达虽以文本结构作为相对完整的组织,但它也与文本之外的文化有所交流、融汇,其中包括与其他文学文本之间的相互映照、参证。在文学阅读中,我们读到的不仅仅是一首诗,而是古往今来许多诗歌的交响。文学作品的表意不像日常工具性语言那样简明、浅显,它置身在人类历史文化的广大空间之中,各种情感、观念、意象通过历史时空进行对话。文本之间的这种交织、互涉的关系,也是法国结构主义符号学家克里斯蒂瓦所说的符号系统之间的"互文本"(intertext)的问题。在她看来,所有文学作品都是从社会、时代等因素构成的"大文本"中派生而出的,它们有着相近的文化母本,因而彼此之间可以相互参照。她相信:"任何文本都是互文本;三个文本之中,不同程度地并以多少能辨认的形式存在着其它文本。例如,先前文化的文本和周围文化的文本。任何文本都是过去引文(citations)的一个新织体。"①这说明了所有文学文本之间相互交融的关系。

清代有两位短篇小说领域的大家,一位是《聊斋志异》的作者蒲松龄,另一位是《阅微草堂笔记》的作者纪昀。纪昀晚出,他既受到蒲松龄小说的一定影响,同时也对蒲氏小说有所不满。蒲松龄是以狐鬼之事来反衬人间,以狐鬼之行强于人间行事来表达他心中的不平。纪昀则是以写狐鬼来暗合

---

① 转引自王一川:《语言乌托邦》,昆明:云南人民出版社1994年版,第250页。

人间,狐鬼之行体现的是人间行迹的逻辑,以此寓教化之理。在纪昀的小说中,有一则讲了这样的故事:两位老者夜行郊外,害怕遇见鬼魅,正犹豫间,又来一老者与二人交谈,说鬼不可信,也不可怕,为二人壮胆。谈到天亮时,有人呼唤新加入的老者离去,老者转瞬消失,并声明自己是一老鬼,因孤单而同人交晤,见二人怕鬼便来开导,现在辞行并致谢。在这里,鬼的言行与人基本无异。在另一则故事中,写一个不怕鬼之人的经历:夜半,有物自门隙蠕蠕而入,薄如夹纸。入室后,渐开展作人形,乃女子也。曹殊不畏,忽披发吐舌,作缢鬼状。曹笑曰:"犹是发,但稍乱;犹是舌,但稍长,亦何足畏!"忽自摘其首置之案。曹又笑曰:"有首尚不足畏,况无首耶!"鬼技穷,倏忽灭。在这则故事中,人鬼之别为"犹是……但……",由此句式表达出人与鬼的逻辑是共同的。如果说蒲松龄小说是以鬼狐世界来表达另一种故事,即所谓"异史氏"说的"别一种历史"和别一种故事话语,纪昀小说则是讲二者为同一故事的不同版本,由此强调了"不乖于风教"的创作。蒲松龄、纪昀的两种小说作为清代短篇小说的代表,彼此之间就有互文本的关系,即两种文本在讲述自己的故事时,也都在对方的言说中显示出自己的不同风范,离开了这一互文本的性质,则其自身的性质也难以完全澄清。

三、文学文本的社会定位

文学文本与文学作品既是同一关系,也存在着差异性。文学文本与文学作品首先是父子式的血缘关系,其次才是所处时代相互作用的社会关系。文本话语性质的定位,对于梳理文学互文本之间的关系,了解各个不同的文本之间的联系,有着至关重要的作用,是理解的基础。文本阐释学上的定位,对于阐发读者阅读作品的意义、价值大有裨益。以大文本的思路看待文学,也许可以比较全面深刻地认识文学。

我们可以从一个实例来看。唐代王勃《秋日登洪府滕王阁饯别序》中有一联语"落霞与孤鹜齐飞,秋水共长天一色",在很大程度上是南北朝时庾信《马射赋》中"落花与芝盖同飞,杨柳共春旗一色"的翻版。如果从文学作品角度来看,那么就应联系作者等方面来作分析,就会说王勃有意沿袭了前人的文句表达,说文句出自何处。这一解说不会有什么错讹,但我们从文学文本的角度来看,则它们之间是相互镜映的。固然王勃也许是有意的,也许只是熟读了前人作品后无意中套用了前人的佳句,有仿袭的性质,但由于王勃的句子意境更佳,气魄更大,意象也更生动,成为中国文学中的名句,又由于王勃的影响反过来使得庾信本来算不上十分有名的文句平添了几分影响力。从文学文本的角度来看,这种文学现象使我们扩展了视野,开拓了研究思路,同时也可以为文学研究的新的可能提供更广阔的天地。

我们以"文学文本"一词作为文艺学的语汇,乃是源自于20世纪以来的结构主义和解构主义理论。在该理论中有一种将文学写作物孤立起来,作为一个相对封闭和自足的整体来看待的基本立场。而我们在这里论说文学文本的社会定位,显然是要将文学与社会作为一个相关的整体来看待。这样,我们与结构主义和解构主义理论,在认识的出发点上就有了不同。不过在结构主义学者那里实际上也经常是将文学与文学之外的其他方面结合起来看的。列维-斯特劳斯在《结构人类学》、《忧郁的热带》等著作中,将文学文本的结构看做人的心理的一种折射,是一种"政治无意识"或其他社会性的无意识的自然表露。阿尔都塞在《保卫马克思》中,将文学写作物视为整个社会结构的"意识形态国家机器"的重要组成部分。当他相对孤立地看待文学文本时,其实是要平等看待文学文本与文学之外事物的联系,消除作者、读者、美学与艺术的观点等与写作物相关方面的优先权,以便文学文本能够更自由地与社会的某一方面建构起一种认识上的关系。解构主义思想家德里达则明确地对事物结构体系封闭性、自足性的观点提出了批判,认为按照结构主义的观点,结构的意义是由结构的整体来决定的,同时结构又总被人赋予一个中心,是中心的性质赋予了结构整体的外延和基本内涵。由此就产生了一个矛盾,结构的中心如在结构之内,它就应被结构的整体性所制约而不是由它来支配整体,那么,中心的决定性意义要想确立,就不能作为结构整体的一分子,而是外在于结构的一个因素。可这样一来,中心就不能再作为结构的中心来看待了。中心在结构之内,又在结构之外,这一点貌似背反,其实在理。而这个"理"是现实的存在之理而不是认识上的合逻辑之理,这个理的存在本身就是对结构主义观点的一个嘲弄。因此他的结论是:"围绕中心的结构这一概念,其实只是建立在某个根本基础之上的自由嬉戏的概念。"[①]作为自由嬉戏,将文本作封闭性的认识与尔后或同时又作更广泛的开放性联系的研讨途径,其实是完全可以理喻的,如果说它有什么矛盾的话,那只是结构主义观点的前提本身具有矛盾使然。

经过上文的一些说明,下面论说文学文本社会定位的主要方面。

[①] 德里达:《结构,符号,与人文科学话语中的嬉戏》,王逢振等编:《最新西方文论选》,桂林:漓江出版社1991年版,第134页。

(一) 血缘关系定位

血缘关系,是指有机体之间由于遗传功能而生发的关系。它可以是父母与子女的关系,也可以是兄弟姐妹之间的关系,还可以是叔侄之类关系。它的核心是父母与子女的生育关系,而其他方面的关系都是由生育关系所派生、延伸而来的。

上文曾指出,文学文本的概念是强调写作物的自足、封闭的性质,它甚至有意割裂开文学的作者与其写作物的必然关系。那么,这里又从二者之间的父子关系来论说,岂非自相矛盾?我们应当承认矛盾的存在,然而,这里要着重指出的是,文学写作物可以从作者方面来看,同样也可以从批评者角度来看。就写作物所处的文化背景而言,这实际上已取消了作者与文本之间关系的唯一性和优先权,这一认识实际上体现了文学文本一词的内涵。在明确了这一认识前提后,我们又可以说作者是写作该文本的人,这一事实是谁也无法否认的,只要我们不以作者视角作为理解文本的唯一视角,那么从作者与文本间的关系来看文本的特性就是很合理的。作者与他写作的文本的关系类似于父子关系,正像父亲使儿子降生人世一样,作者使用他的笔来使文本降生于世。美国女性批评的代表人物之一苏珊·格巴曾在题为《"空白之页"与女性创造力问题》的论文中,将男性生殖器官称为"笔",认为它是在女性身体中书写自己创造力的工具。从这个意义上看,男性之"笔"作为书写工具使其对后代具有命名权。那么作家之笔作为作家书写出文本的工具,也同样是给自己的创造物命名的。他不光是实际上给自己的写作物书写出标题,而且在读者看来某一文本由谁而写,这本身就成为影响阅读的一个重要提示。在阅读之前就可以预定出一个阅读的期待视野,而在阅读之后,人们也往往会以对作者的一般了解来看待该文本的含义。在文学史上,人们的实际兴趣是在文学文本上,但对于文本的了解往往是从作者入手的。诸如莎士比亚研究、杜甫研究等专题,是从作者入手来解开他所写文本的纽结。而作者是谁呢?当然不仅仅是一个人的署名,而且是由对他作品、生平研究得来的有关信息的承载者,是一个有关知识系统、有关研究范式的集结点。然而,我们在这一认识中已不同于简单地以"作者/作品"的方式来看待原来文学的父子关系了,即作者不是现实生活中的一个实际生活者,而是研究者出于研究目的而拟设的一个目标,它与作者的自我认定可以一致,也可以很不一致,甚至是相互抵牾的。

在简单地以父子关系来看待"作者/作品"关系时,似乎只是作者决定了作品,作品的表达是由作者所赋予。而我们将作者也作为一个研究对象,作者是谁也有待于我们从其文本入手在各个方面加以考察之后,则作者也不只是出于他和文本二者的关系就能完全自足地决定其写作物了。实际上,对于一件文学文本的归类可以有多种角度,如《哈姆雷特》剧本,它的作者是莎士比亚,因此它和所有的莎士比亚作品归为一类;同时它又是文艺复兴时代的剧作,于是它和所有该时期的欧洲剧本归为一类,这时就有并非莎士比亚的作品在此系列中,而莎士比亚的一些诗歌则不在此列。在不同的分类角度中,前者我们更多地看到莎士比亚本人思想和艺术上的特性,后者我们则更多地看到文艺复兴时代的思想在各个作家那里的具体化,更多地看到时代风格的特性。从文学文本的立场来看文学写作物,则它既是作者的创造物,也是某个时代的创造物。在美国文论家哈罗德·布鲁姆看来,诗人的写作不只是他与文本产生父子关系,而且还在于他是在文学前驱者的影响之下来从事写作的。前驱者是令人信服、敬畏的榜样,同时也由于前驱者的存在,使诗人在写作时感到压抑,他力图用自己的笔来反抗前驱者的影响。哈罗德·布鲁姆在著作中引述了美国诗人史蒂文斯在一封信中表达的意见:

> 我非常同情你对我这方面的任何影响之否认。提起这类事总会使我感到刺耳。因为,就我本人而言,我从来没有感到曾经受到过任何人的影响;何况我总是有意识地不去阅读被人们尊如泰斗者如艾略特和庞德的作品——目的就是不想从他们的作品中吸收任何东西,哪怕是无意中的吸收。可是,总是有那么一些批评家,闲了没事就千方百计地把读到的作品进行解剖分析,一定要找到其中对他人作品的呼应、摹仿和受他人影响的地方。①

布鲁姆否定了当事人在创作中受到别人影响,尤其是受到大师级作家创作的影响。布鲁姆对此事的否认恰恰可以见出受人影响已成为当代作家创作中的焦虑之源。作者可以说它与作品是父子关系,可是在旁观者看来,可能他的作品与前人的作品之间有着嗣传关系,而作者只起了助产士的作用。布鲁姆认为,当一个诗人希图以父亲的身份来看待他的写作物时,实际上又有一个先在的早于他而且有知名度的诗人似乎占据了父亲角色的位置,因此后世的诗人首先要同前代诗人进行一场斗争,才能真正被视为其所写作品的父亲。在这里,"是父亲和儿子作为强大的对手相互展开的斗争:犹如

---

① 〔美〕哈罗德·布鲁姆:《影响的焦虑》,徐文博译,北京:三联书店1989年版,第15页。

拉伊俄斯与俄狄浦斯相逢在十字路口"①。

作者与作品,以及前代作者与该作品的关系,使得文学中的血缘关系呈现出多种定位的可能性,而在不同的定位中,文学文本的内涵就会折射出不同的色彩。

(二) 社会关系定位

文学文本是作者在一定社会条件下写就的,当一个文本表达出作者的思想时,该思想也反映了作者在所处时代条件下的生活态度、美学观念等。因此,从作者写作的时代背景入手来分析文学文本,是把握文学文本意义的重要途径。孟子曾提出释读活动中的知人论世说,就是说在阅读文本时不仅要看到字面表达的意义,还要了解作者当时的写作意图以及他在字面上表达一种什么样的意思。孟子就曾对《诗经》中的《小弁》一诗发表过这类解释。当时,孟子门人公孙丑求教于孟子,指出按告子的理解,《小弁》一诗体现了怨的情愫,而《诗经》在儒学体系的观点来看应是中和之美的典范,即使有某种怨怒哀惧之情,也是以"怨而不怒,哀而不伤"的分寸来表达的,因此《小弁》一诗体现的情感色彩似有过之。孟子回答说:"固哉,高叟之为诗也!有人于此,越人关弓而射之,则己谈笑而道之;无他,疏之也。其兄关弓而射之,则己垂涕泣而道之;无他,戚之也。《小弁》之怨,亲亲也。亲亲,仁也。固矣夫,高叟之为诗也!"②孟子在这段论说中,首尾两次说到"高叟之为诗也",开头说这句话像是在同意告子(高叟)的意见,然后再陈述自己的理由。文末再重复这句话时,则可见出只是同意《小弁》一诗有怨的色彩,但并未同意所谓该诗为"小人之诗",没有体现《诗经》中和之美的见解。孟子之说的道理何在呢?他的例证是说有人放箭,而旁边的人可能被伤,如果射箭者只是一个外人,那么在劝阻他的行为时就应"谈笑而道之",注意说话时的礼节分寸;如果射箭者就是自己的兄长,那就不妨"垂涕泣而道之",直接陈说其中利害,以自己的真情来打动行为者。在后一种情形中,充分表达了言说者的内心情感,较少掩饰和客套。以此来看《小弁》一诗,尽管各家解说有异,但都是将其理解为诗中主人公由于父亲昏聩而遭打击的事,错在父亲一方。在父与子的矛盾中,由于二者有直接的血缘关系,因此言说时也就没有讲究多少分寸,体现了亲人之间更自然的关系。

---

① 〔美〕哈罗德·布鲁姆:《影响的焦虑》,徐文博译,北京:三联书店1989年版,第10页。
② 《孟子·告子下》。

在孟子评诗的事例中,可以见出的一点是,对于诗歌文本的言说不只是看文本字面的意思,还要看该文本在其时其地由何人来言说的问题。这一点是可以明确见到的,但对于普通读者来说已不是那么容易了解到了。而在孟子的上述言说中难以直接见出的就是当孟子说"亲亲,仁也"时,正是鲜明地表达了儒家关于"仁"的思想。他是以爱人之心来待人,这种爱的最自然、最基本的出发点是家庭成员之间的亲情,而儒家所制定的一整套礼法制度,包括礼乐上的规矩,则是将家庭中父子之间的长幼尊卑秩序扩大到社会各阶层之间的关系。礼乐典章体现的尊卑之别,是靠一套固定的规矩来体现的,它要求不以当事人的个人心境、爱好为变化。这就自然地要求对个人的情感加以克制。其怨而不怒的中庸姿态,就是在承认人有自己的心理波动的前提下,将其限制在尽可能低的水平上,不影响社会秩序的实际运行。

以上对文学文本在社会关系上的定位,是就重构文本创作时的写作背景来立论的,它是评述文学文本时减少误解和歧见的有效途径。但对于广大读者来说,他们阅读文学作品时可能并不那么仔细地去鉴别其时代背景上的关系,也并不都具有对作品写作时状况加以考察的专业素质。因此,普通读者是按照他们能够理解并愿意如此理解的方式来接受文本所传达的意思的。如果说孟子倡导的知人论世的文学阅读曾以强大的意识形态力量来强化的话,那么广大读者的我行我素也有强大的商业文化力量的支持。读者个人化的读解可以推进文学产业化,而把文学作为一项产业来经营的出版商家则更希望实现图书的利润。法国文论家埃斯卡尔皮曾以《格列佛游记》和《鲁滨逊漂流记》两部英国小说为例来作过分析。这两部书当时都富于严肃的政治意味,其中前者表达了对英国议会政治的批判,后者则描述了英国的海外殖民政策对于文明的积极传播。两书的主题在出版时都是明确的,普通读者也没有感到多少玄奥之处。然而,时过境迁,英国的议会政治逐渐成熟并稳定下来,而英国的海外殖民政策作为当年欧洲列强向海外攫取原料、开拓市场的方式,也早已在历史的演进中成为一段往事。由于这一变化,出版商们就将两部小说作了新的包装,作为一种富于幻想、充满生活奇遇的故事,改编为连环画或以少儿读物的姿态推向市场。由此,两部小说的政治含义淡出而显示了"外面的世界很精彩"的意义,并不要求小读者去了解书的写作背景,只要将其当成儿童公园里的一种冒险游戏来读就行了。这样一种改型的包装,对小说的意义阐说比许多评论家的反复说明更有影响。原有的文本可以在儿童读物的方式下得以改装,那么同样道理,对成人

而言也不难找出相应的改装理由。因此,特里·伊格尔顿有一段话切中肯綮,他说:

> 但是,也有可能人们事实上根本不是在评价"同一部"作品,尽管他们可能觉得他们是在评价同一部作品。"我们的"荷马并非中世纪的荷马(引注:荷马为古希腊诗人,此言"中世纪"可能论者笔误),同样,"我们的"莎士比亚也不是他同时代人心目中的莎士比亚;说得恰当些,不同的历史时期根据不同的目的塑造"不同的"荷马与莎士比亚,在他们的作品中找出便于褒贬的成分,尽管不一定是同一些成分。①

伊格尔顿所说的"不同",就在于作者写作的时代背景的内涵与读者结合自身处境来阅读的内涵存在着反差。作者是一个或几个,有确定的数额。而读者在理论上讲是没有限额的,不同时代有着不同时代的风貌,读者也就由自身的时代氛围结合他所理解的写作背景来阅读文本。由此,文本与社会之间关系的定位也就可以多样化。

(三)阐释定位

在对文学文本的定位中,我们还得结合读者来理解,事实上定位也主要是读者的事。文学文本由作者写出后就放在那里,由谁来看,从何种角度来看,最终是要由读者确定的。

对于文学作品来说,每一个人所看到的文学作品中的形象,都是由作品文字提供的描写经自己大脑中适当的想象而合成的。文学塑造了什么形象,作者可以给出一个说法,广大读者中的每一个人都可能给出另一个说法,只要这些说法让别人看来是可以接受、可以理解的。另一些说法似乎没有多大的可信度,然而这些不同的说法中没有哪一种具备绝对优先的、排他的理由。如果我们将这些不同说法的言说者比作战阵上的骁将,那么,谁又是统领众将的恺撒?骁将的数量并没有严格的限定,可找到恺撒的希望却十分渺茫。由此看来,接受美学倡导者姚斯的观点具有一定的合理性。他说:"一部文学作品,并不是一个自身独立、向每一时代的每一读者均提供同样的观点的客体。它不是一尊纪念碑,形而上学地展示其超时代的本质。它更多地象一部管弦乐谱,在其演奏中不断获得读者新的反响,使本文从词

---

① 〔英〕特里·伊格尔顿:《文学原理引论》,刘峰译,北京:文化艺术出版社1987年版,第15页。

的物质形态中解放出来,成为一种当代的存在。"①姚斯认为,文本只是文本,文本的意义是由它的言词与读者的悟解二者合成的,就相当于音乐会上演奏的贝多芬乐曲,既有贝多芬作曲的贡献,也有音乐指挥和乐手的贡献。在音乐演奏现场,并不只是将乐谱转化为音响的形式传达出来,还涉及演奏人员对乐曲的理解,而这会使得乐曲呈现很大的风格差异。

在对文学文本的阅读上,实际上也有一个阅读中的再理解、再创造的问题。这里不光涉及对文本意义的阐释,意义阐释已经是对文学文本作出定位再加以理解之后的工作步骤了。对一个文学文本的定位本身就是读者的一项颇具开拓性的工作。以李白的诗《静夜思》为例:"床前明月光,疑是地上霜。举头望明月,低头思故乡。"这是一首以思乡为主题的诗,我们可以将它与王维的一首思乡诗放在一起来读:"独在异乡为异客,每逢佳节倍思亲,遥知兄弟登高处,遍插茱萸少一人。"李白的诗是由此处之月遥想到月光也照在故乡,由此处与故乡可同望一月来写故乡之思;王维则干脆点明了此处的思乡之情后,将此处的情形隐去,而写故乡的亲友、兄弟此时的活动,由他们的思忆自己来写出自己此时对他们的思念。不同的笔法写出了相同的体验,可以见出不同文学文本各自的艺术魅力。

对李白的《静夜思》还可换一种角度看,它的思乡是由月而起的,那么就可以将月作为一个传达作者情感的媒介。又由于月在中国古典诗作中是一个常见意象,可以说它是一种诗歌原型,因为按照荣格对原型概念所作的解释,原型是指某一形象在作品中循环出现或反复出现的文学单位,诸如某种形象、主题、叙事模式(大团圆之类)、情感意向等。李白诗作中出现过多种月的意象,如"少儿不识月,呼作白玉盘,又疑瑶台镜,飞向青云端"(《长干行》),"清风朗月不用一钱买,玉山自倒非人推"(《子夜吴歌》),"我欲因之梦吴越,一夜飞渡镜湖月,湖月照我影,送我至剡溪"(《梦游天姥吟留别》),"举杯邀明月,对影成三人"(《月下独酌》),"人生得意须尽欢,莫使金樽空对月"(《将进酒》),"却下水晶帘,玲珑望秋月"(《玉阶怨》),"云想衣裳花想容,春风拂槛露华浓,若非群玉山头见,会向瑶台月下逢"(《清平调》)等。在这各种对月的吟诵中,写出了少儿时代的天真,写出了醉酒状态中月的亲切,写出了独处之时内心的孤寂,只有明月可鉴,甚至写出了一个假想中的女子,与恋人约会恋人却不至时内心的矛盾,可以说它是生活百

---

① 〔德〕姚斯:《接受美学与接受理论》,周宁、金元浦译,沈阳:辽宁人民出版社1987年版,第26页。

态的形象表征了。那么在《静夜思》中，李白由床前的月光勾起乡情，这一乡情的具体指涉就可以非常丰富，远非月的词义所能概括。在对仅20个字的《静夜思》的解读中，如果只是从简短的文字来看，那么这是文本的方面；如果结合王维的诗，再结合李白自己的其他诗作对月的描写来读，那么这是该文本之外的内容。以上还只是一个文本与另一个或几个文本结合起来认识的事例，实际上，我们还可以将它与文化整体的"大文本"结合起来认识。

（四）文本定位的可能框架

李白《静夜思》的中心意象是月，除了李白自己在诗中对其有吟咏之外，在别人的大量诗作中也有过吟咏。应该说，在并不十分崇尚对形而上境界的思辨的中国文化中，一些具体的艺术意象里就包含哲思、玄想的成分。试看张若虚《春江花月夜》的一个片断：

> 江畔何人初见月？江月何年初照人？
> 人生代代无穷已，江月年年只相似。
> 不知江月待何人，但见长江送流水。

这段文字十分抒情，但抒情的背后也在说理。它是以可见之月写出了个人生命时间的瞬时性与客观时间的恒久性之间的矛盾，以恒久之月来代表恒久的客观时间，短暂的个人生命依靠"人生代代无穷已"的种群力量来形成一种抗衡。那么日月山川相对于个人生命来说都是恒久性的，为何以月而非以日来作喻呢？原因在于月之光与阴阳之道是相配的。在中国文化中，至少道家思想是崇尚阴柔一面的。所谓"知其雄，守其雌，为天下溪谷"，"唯不争，故天下莫能与之争"，"江海所以能为百谷王者，以其善下之也"，"天下莫柔弱于水，而攻坚强者莫能之先，以其无以易之也"。[①] 月阴柔的一面正合于崇尚道家的诗人的心态，因此意象作为创作心情的寄托，更是一种生活信念的形象表达。

如果从张若虚诗中月的意象再来反观李白诗中之月，道理是可以相通的，因为除了一般的中国文化思想的浸润之外，李白所信奉的也是道家思想，他对月的吟诵难免投射出道家思想的观照视角。如果我们从《春江花月夜》中体会到月作为永恒性的一种表征与个人之间的某种张力，再回头来看李白的《静夜思》，则"举头望明月，低头思故乡"就体现了落实到个人体验上的永恒的思乡主题。由此体会到的作品意蕴当然与仅限于文本范围

---

① 《道德经》。

的解读会有很大不同。

那么,这种从大文本角度来读解文本的合法性何在呢？人们有权追问这样的联系是否太宽泛了,是否有些随意。关于这一点,只要看我们前文对李白其他诗作中咏月诗句的引用就可以说明。在上文引述的诗作中,与《静夜思》的咏月当然有所不同,但由于都是李白所作,人们就不会怀疑这一联系的依据。实际上,作为一个人的李白与作为一个诗人的李白是可以有所不同的,作为一首诗作者的李白与作为另一首诗作者的李白也同样可以有所不同。正如利奥塔所指出的：

> 《苏联见闻》是"知识分子"的作品,《伪币制造者》是"创造者"的作品。因为这两本书是同一作者所作,就从同一角度来判断它们,这对这两本书都是不公正的。两者之间的联系不止是微弱,它根本就不存在。①

可以说,由于读者对李白其他诗作的颖悟有助于对《静夜思》的品味,所以这一本来并无必然联系的文本间的关系就得以建立了。同样道理,如果《春江花月夜》有助于对《静夜思》的鉴赏,那么这一联系也同样是有理由建立的。

从根本上来说,各个文学文本都是相对独立的个体,将一个文本与另一个文本联系起来,不管是同一作者的联系也好,还是具有同一意象、同一主题、同一时代背景、同一写作风格等方面的联系也罢,都是读者试图在更高的理解层次来阅读文本,从而将自己的理解以某种形式再投射到文本的结果。从这个意义上讲,它是一种真正的对话。文本作为物性的呈现本来只是自言自语的,它不可能针对读者的困惑来回答什么,然而当读者将文本与外界的某一事物联系起来认识后,文本的意义在此框架中就有了变化,这就相当于一件物品在不同光线的照射下呈现出不同色彩那样自然。从文学阅读、文学批评的角度来说,如何合理化地运用这种联系,需要认真、系统地思考。

四、文学潜文本

在论说文学作品时,可以先将作品的意义暂时悬置起来,在承认它是有

---

① 包亚明主编：《后现代性与公正游戏：利奥塔访谈、书信录》,谈瀛洲译,上海：上海人民出版社1997年版,第119页。

意义的文字组合的前提下,将它看成一个独立的文学的事实,不妨说,它是文学的文本(text)。将文本与作者联系起来看是一种文学研究的维度,将文本与读者联系起来看又是一种维度。① 在承认了文学文本存在的状况后,文学的潜文本(the hidden text)的存在就并不让人意外了。

文学潜文本是指在文学文本中潜藏着的另一套意义系统,必须经由对文本之外的内容的探掘方可找到。同一个文学文本潜藏着姿态各异的潜文本,大体有作者寓意型、形象暗示型、文本语境型、社会耦合型等几种。而文本与潜文本的对话关系也有多种运作方式,甚至要从文本所在的语境、从读者阅读时的心理来作分析。因而,文学批评不只是对文学文本的批评,它也涉及潜文本的批评,并且潜文本可以渗入到批评中,成为影响批评见解的重要因素。于是,作品(文本)、作品的可能意义和语境意义与批评者三方构成了一种新的对话关系格局——双向的乃至多向的话语格局。

(一) 文学潜文本概念的提出

文学潜文本是相对于文学文本所提出的概念,文学文本是一个有意义的文字组合的系统(可以暂时将意义的来源问题悬置起来),文学潜文本就是在文学文本中潜藏着的另一套意义系统。

唐代诗人李商隐写作了不少脍炙人口的好诗,虽然诗的意义显得扑朔迷离,但从直观的层面上看大都可以作为对两情相悦、相依、相思、相离的情愫的抒写。在中国传统文化的语境中,单纯表达情思的作品往往被视为滥情。所以,在诗中除了对爱情有所抒写外,还应该别有寄托。李商隐对自己的诗作就作过一段解释,说是"为芳草以怨王孙,借美人以喻君子"②。就是说,在诗中作为形象来塑造的芳草美人是曲笔地表达了"王孙"、"君子"等意象或概念的。芳草美人是文本字面上就可以看到的方面,是文本的内容;君子、王孙则是由字面来暗示、象征、比喻的方面,属于潜文本的内容。

文学潜文本潜藏于文本的字面表达之中,但是,它的意义却可能不是由文本字义的发掘就可以寻觅到的。换句话说,是要经由对文本之外内容的探掘才可以找到。这可以通过李清照的五绝《夏日绝句》中的表达来说明。

> 生当做人杰,死亦为鬼雄。
> 至今思项羽,不肯过江东。

---

① 参见 M. H. 艾布拉姆斯《镜与灯》中有关论述,郦稚牛等译,北京:北京大学出版社 1989 年版,第 5—6 页。
② 李商隐:《谢河东公和诗启》。

这首诗是以怀古、悼亡作为文本的主题,没有什么深奥难懂之处,当年项羽在与刘邦争霸中,垓下一战全军覆没,落得一个自刎乌江边的可悲结局。对于项羽之死,《史记》有很精彩的描写,它仿佛成为了项羽人生旅途中最为光彩照人的一笔:项羽在最后关头以自戕来表达他不肯屈服的姿态。这种姿态也正像海明威在《老人与海》中表达的人生境界:对于一个英雄,你可以消灭他,但你不可能征服他!但是,《史记》对于项羽形象的描写涉及了作者司马迁的个人情绪。联系到他曾被汉武帝刘彻处以宫刑,再从《史记·高祖本纪》对刘邦的市井无赖式个性的揭示来看,他对项羽英雄性的描写恰好反衬出刘氏王朝的卑鄙龌龊,可以说歌颂项羽正是对消灭项羽的刘氏王朝的抨击。如果撇开个人恩怨的关系,项羽乌江自刎的"壮举"性质就值得商榷了。这一点唐代杜牧《题乌江亭》一诗就提出过异议:

> 胜败兵家事不期,包羞忍辱是男儿。
> 江东子弟多才俊,卷土重来未可知!

杜牧诗中认为"男儿"本色并不在于像项羽那样不惧死,而更在于能"忍",能有"包羞忍辱"的精神,项羽如能做到这一点,也不是没有重振旗鼓的可能性,不至于因战败就放弃逃生的机会。杜牧这一见解是符合中国文化的精神的。老子认为:"曲则全,枉则直,洼则盈,敝则新,少则得,多则惑……夫唯不争,则天下莫能与之争。古之所谓曲则全者,岂虚言哉?诚全而归之。"①意思是,委曲能求全,屈就会伸展,低洼变高处,敝旧可新鲜,少取反多得,贪求人惑乱,不和人竞争,天下无人可与相争。孟子也说:"我善养吾浩然之气。敢问何谓浩然之气?曰:难言也。其为气也,至大至刚,以直养而无害,则塞于天地之间……"②在孟子看来,人的气性应达到包容天地的开阔境界,不应以一时一地的得失而举止失措。据此,项羽就是以死来躲避生的选择,他不敢面对现存的生存境遇,不敢承担起生的责任。人对死的选择是困难的,而在有了选择死的勇气之后又能再选择生,则需要更大的毅力,并非凭一时之勇可以办到。

以此来反观前述李清照追怀项羽的诗句,就显得是杜牧诗作立场的倒退,她缺乏了一种超脱于具体历史事件的视点。但是,这恰恰是李清照诗作的潜文本在起着作用。李清照生活在两宋之交,经历了南迁的流离之苦,她

---

① 《老子》。
② 《孟子·公孙丑》。

的生活也因为战乱而频添烦忧,国事家事上的变故连成一体,她在个人生活境遇上的每一件不遂心的事,都可以延伸到对政局时事的焦虑上。当时,南宋军队在战场上往往是一战即溃,甚至有时还没有同敌兵正面遭遇就逃跑了,这样的一种现实使得李清照发出了感慨:至今思项羽,不肯过江东! 在这段诗句中,李清照已不是简单地对古代人物项羽作何评价,而是希望在军队中能出现那种抱定赴死的决心来与敌死战的将领。这首诗的文本是对古人的赞美,而其潜文本则包含着对现实状况的讽刺和对未来的希冀。

(二) 文学潜文本的类型

同一个文学文本潜藏着不止一个潜文本。对姿态各异的潜文本,可以大体归纳为四种类型。

1. 作者寓意型

这是最为常见的状况。作者在写作他的文本时,或者是借题发挥,或者是咏物言志,或者是不便于明言之事以寓意的方式在作品中曲折地表达,或者是作者想到的一个道理通过文学形象来加以传达。文学的潜文本在这种状况下实则是作品营构的文学文本深层次的思想内容。较为典型的例子如鲁迅先生的《狂人日记》,用"铁屋"象征中国传统社会的封闭性和牢狱性质,而"狂人"则俨然是在该社会看来极不正常、有着颠覆性的革命者。

在此类型中,潜文本往往有类似于双关语的作用,它在文本表达的意思之外,表达了一种更深层次的意思。在《前赤壁赋》中,作者苏轼与友人泛舟于赤壁,顺着友人的怀古思路也发表了一番感慨:

> 客亦知夫水与月乎? 逝者如斯,而未尝往也;盈虚者如彼,而卒莫消长也。盖将自其变者而观之,则天地不能以一瞬;自其不变者而观之,则物与我皆无尽也,而又何羡乎? 且夫天地之间,物各有主,苟非吾之所有,虽一毫而莫取。惟江上之清风,与山间之明月,耳得之而为声,目遇之而成色,取之无禁,用之不竭:是造物者之无尽藏也,而吾与子之所共适。①

这一段议论在文本中来看,只不过是苏轼与友人整个游览活动中的一个环节,或者说是文本中极为重要的一环,但毕竟也只是一环,并不具有代表活动整体的意义。而从潜文本的层次来看,上述感慨体现出了苏轼对宇宙人

---

① 苏轼:《前赤壁赋》。

生终极价值的认识。这种诗性人生的态度是他生活信念的基础,这种超越性的存在方式不只体现在这一游览过程之中,而且在他的一生中都起着重要的支配作用。

2. 形象暗示型

这种类型重在"暗示"。它可以是作者有意为之的。然而,作者之意经由形象来传达时,形象与抽象的意义并不是一一对应的关系,作者之意投射到形象中,而形象在作用于读者时,读者却有可能从中体会到另一种意思,甚至是彼此无关或截然相反的意思。一位英国学者写过一本小册子,叫做《哈姆雷特面面观》,历数了自《哈姆雷特》问世以来一些有影响的文学批评见解:有些人将哈姆雷特视为人文主义的斗士,有些人认为他偏离了人文主义精神,只是一味沉溺在狭隘的个人复仇的情愫之中;有人从他的思想中看到了人性光辉的一面,有人则恰恰由此看到了人的潜意识中龌龊的一面,等等。由于形象提供的暗示并没有一个明确的解说,所以读者就可能产生与作者的思想不同,但对于形象隐含的意义来讲也多少有可以说得过去的见解。

3. 文本语境型

文本语境型是指一部作品表达了一个相对完整的意思,但这个意思如何来读解,还应结合它的言说语境、阅读语境和整个文化氛围作为背景的"大语境"来进行。解构主义批评家海登·怀特指出,在对历史的讲述中,事件只是一个连贯的事实,而这些事实的意义不是由它自身,而是由如何来讲述它显示出的。[①] 一个人身处半山腰的场景,作为一个事实没有什么意义,但讲述他是从山脚爬上来的,就有一种"上进"的含义;但如讲述他是从山顶走下来的,又难免唤起人"下坡"的印象。而这个在半山腰的人事实上并没有变化,并且他下一步的行动是"上"还是"下",其实也并不受讲述方式的约束。

文本语境应是指文本话语表达所处的语言环境,但它也可能嵌入到了文本中,使文本内部与外部构成一种复杂的交响状态,使得一个文本与它的潜文本相互挤兑、撕扯、摩擦,成为一种有深度的话语模式。这可以从《论语》中孔子与他学生的一则对话来看:

[①] 〔美〕海登·怀特:《作为文学虚构的历史本文》,见张京媛编:《新历史主义与文学批评》,北京:北京大学出版社 1993 年版,第 163 页。

>子之武城,闻弦歌之声。夫子莞尔而笑,曰:"割鸡焉用牛刀?"子游对曰:"昔者偃也闻诸夫子曰:'君子学道则爱人,小人学道则易使也'。"子曰:"二三子,偃之言是也。前言戏之耳。"①

这是一段孔子公开向自己学生认错的故事。孔子说这段乐曲的演奏太一般化了,演奏的气氛又显得庄重或隆重了些,而弟子子游认为,老师说过"道"的重要性,音乐是"道"的显现,怎么会有"过于"庄重一说呢?孔子承认了子游对他的批评的合理性。其实,从个人感受来讲,孔子对所听的那段乐曲是颇有微词的,但从与礼教相关的"乐教"来看,"乐"其实是用一套文化仪式来固化中国伦理关系秩序,使尊卑有序、长幼有别,使人在悠扬的乐曲声中认同社会等级秩序的合法性。由此来看孔子与学生的对话,就在师生问答中体现了师生间在"真理"上的平等,老师勇于承认自己言论的有误,同时也在更大的语境中体现了中国文化的某种特色,而后一点是必须结合语境才能看出来的。

4. 社会耦合型

这是指文学作品的表达中,也许是作者有意的寄寓,也许只是无意的巧合,总之作品中的意义与社会上某种状况达到了密切相关的效果。

譬如,清朝时有人仅因写下了"清风不识字,何事乱翻书"就被问罪,这当然是文化暴政滥施淫威,但反过来看,也算是在诗句中耦合了清朝文坛上的黑暗,那些"不识字"的官吏们,却来监管文化事业,岂不是正同一阵乱风吹来翻乱了书页的状况相似吗?这类情形的出现当然是不正常的,但它出现的土壤、根基,就在于文学与社会有着耦合机制。

耦合机制在文学的传播和影响上也起着作用。比如影片《秋菊打官司》,秋菊打官司有一个动机:要个说法。为此,她进行了长达数月的上告活动。秋菊的举动,是农民有了维权意识的体现。美国学者亨廷顿指出,现代化引起了人们自觉的阶级意识和其他意识,"意识到了各自的利益和要求"②,那么,"要个说法"在全国成为流行语,也就使得人们意识到自身利益的某些不足,反映了特定时期人们的一种躁动不安的心理。也就是说,一部本来是反映农村生活的作品,在接受过程中却被耦合到了远离乡村生活的整个社会生活中。

---

① 《论语·阳货》。
② 〔美〕塞缪尔·亨廷顿:《变化社会中的政治秩序》,王冠华等译,北京:三联书店1988年版,第35页。

在以上各种类型的潜文本中,潜文本都没有直接"出场",但是,正因为有潜文本的衬托,显示在字面上的文学文本才有了较大的思想容量和深度,并且有了耐人寻味的阅读效果。

第三节 文学意蕴

文学意蕴是文学的灵魂,是文学文本的思想与情感内涵审美化的表达。文学意蕴是外在形象与内在蕴涵的融合统一。它既有形而下的表层意味,又有形而上的深层意味。刘勰在《文心雕龙》中标举"隐秀",对文学意蕴有深刻论述。他提出了如下主要观点:"情在词外曰隐,状溢目前曰秀","隐也者,文外之重旨者也","隐以复意为工","义主文外,秘响旁通,伏采潜发"。通常优秀的作品中,作家本人的倾向性非常隐蔽,所谓"深文隐蔚,余味曲包"。① 也就是说,深厚的作品富有不显露的文采,包含婉转曲折的无穷余味,讲究以一定的技巧去传达意蕴,"内明而外润,使玩之者无穷,味之者不厌"②。

文学作品的意蕴通常体现出含蓄性、多义性的特点。本节分别围绕意象、意境、典型三个关键概念予以分析。

一、文学意象

文学意象是作家在文学作品中通过艺术思维与艺术语言所创造的审美形象。中西文论中都有意象理论的不同表述,下面分别进行阐释。

(一) 中国的意象理论

关于意与象的关系这一问题,汉语文献中最早的明确说法可以见于《易传》。如下一段论述从哲学意义上分析了言、意、象之间的关系。

> 子曰:"书不尽言,言不尽意。"然则,圣人之意,其不可见乎?子曰:"圣人立象以尽意,设卦以尽情伪,系辞焉以尽其言,变而通之以尽利,鼓之舞之以尽神。"(《易·系辞上》)

孔子认为文字不能写尽言语(所能表达的意思),言语不能表尽心意(所想到的意境)。那么,圣人的心意就不可见了吗?孔子的意思是:圣人创立卦

---

① 刘勰:《文心雕龙·隐秀》。
② 同上。

象以穷尽所要表达的心意,设置卦爻以穷尽所要表达的真伪,用文辞以穷尽所要表达的言语,变动(阴阳爻)使之通达,以穷尽天下之利,鼓动起舞(而行蓍)以穷尽其神妙。"圣人立象以尽意",《易传》解释说:"易者,象也。象也者,像也。"《周易》是讲卦象的,而卦象是象征万物的。"天垂象,见吉凶,圣人象之","圣人设卦观象系辞焉而明吉凶",《周易》以卦象表征宇宙万物的矛盾对立,以卦爻辞形象生动地阐明具体事物的旨趣与人事吉凶,让人们趋利避害,也就是以言明象,以象显意。

"象"在先秦文献中是一个哲学范畴,到魏晋南北朝时成为了文学理论概念。这一术语受到过佛教和魏晋玄学的影响。释僧卫的《十住经合注序》曰:"抚玄节于希音,畅微言于象外。"意、象合用,最早见于汉代王充《论衡·乱龙》:"夫画布为熊麋之象,名布为侯,礼贵意象,示义取名也。"此处的"意象"指的是以"熊麋之象"来象征某某侯爵威严的具有象征意义的画面形象,它与易象的高度抽象性不同,只是在借代和象征的手法意义上而言,和孕育于心灵、表现为多种艺术形式的审美意象相距甚远。刘勰在关于艺术构思的论述中提到,应"积学以储宝,酌理以富才,研阅以穷照,驯致以怿辞。使玄解之宰,寻声律而定墨,独照之匠,窥意象而运斤"①。他认为,为了做好构思工作,首先要认真学习来积累自己的知识,其次要辨明事理来丰富自己的才华,再次要参考自己的生活经验来获得对事物的彻底理解,最后要训练自己的情致来恰切地运用文辞。这样才能使懂得深奥道理的心灵,探索写作技巧来定绳墨;正如一个有独到见解的工匠,根据想象中的样子来运用工具一样。他赋予了意象以文学理论的内涵。

意象包括意与象两个方面。何景明云:"意象应曰合,意象乖曰离,是故乾坤之卦,体天地之撰,意象尽矣。"②意与象二者应该和谐统一的。意与象的融合应该自然而然,如胡应麟所说,达到"意象浑融"③,即水乳交融。意象的内涵是含蓄蕴藉、韵味无穷的言外之美。对意象的强调,意味着对含蓄蕴藉、意在言外的韵味之美的推崇。南宋严羽从禅理角度认为,"诗者,吟咏情性也。盛唐诸人惟在兴趣,羚羊挂角,无迹可求。故其妙处透彻玲珑,不可凑泊,如空中之音,相中之色,水中之月,镜中之象,言有尽而意无穷"④。他用空中之音、相中之色、水中之月、镜中之象来形容这种"言有尽

---

① 刘勰:《文心雕龙·神思》。
② 何景明:《与李空同论诗书》。
③ 胡应麟:《诗薮》内编卷五。
④ 严羽:《沧浪诗话·诗辨》。

而意无穷"的空灵玄远的诗境。明代王廷相提出文艺作品富有意象的缘由。他说:"夫诗贵意象透莹,不喜事实粘着。古谓水中之月,镜中之影,难以实求是也。……嗟乎!言征实则寡余味也,情直致而难动物也,故示以意象,使人思而咀之,感而契之,邈则深矣。此诗之大致也。"①明代李东阳用意象的标准评价了晚唐诗人温庭筠《商山早行》诗的名句"鸡声茅店月,人迹板桥霜",认为"音韵铿锵,意象俱足,始为难得"。

总之,中国古代文论家追求的最高艺术境界是文学作品含蓄蕴藉、意在言外的审美效果。

(二) 西方的意象理论

西方文论也有意象(image)的说法,然而与中国的意象概念不同,强调客观性和理性。而中国的意象概念建立在天人合一、主张以象体道的中国文化传统中。

康德认为审美意象是想象力所形成的一种形象。人的想象力创造出来的"超越自然的东西",即审美意象,它是主体的"内心意象"的感性显现。意象主义(Imagism)的代表庞德高举意象的旗帜以对抗客观和理性,赋予了它更强的主观性和反理性的色彩。他认为,一个意象是在一刹那间呈现理智和情感的复合物,正是这样一个"复合物"的呈现同时给予人一种突然解放的感觉:从时间局限和空间局限中摆脱出来的自由感觉。他还认为意象是"一种超乎系统论语言的语言",是诗人传情达意的特殊工具,是诗歌的核心之维。

二、文学意境

(一) 意境的界定

意境是中国传统诗学与美学的核心范畴。相对于意象而言,意境是一系列意象的构成。意是指思想感情,境是指景象。意境是指作家的主观情意与客观物象相互交融而形成的审美境界。情景交融,心物合一,谓之意境,它具有"境生于象而超乎象"的特点。

(二) 意境的类型

意境一词最初来自佛教文献。佛教经典将修炼者希望达到的某种悟道的境地称为"境"或"境界"。唐代这一概念被广泛运用,并进入到文学理论

---

① 王廷相:《与郭价夫学士论诗书》。

中。唐代诗人王昌龄最早在诗学中提出意境一词。他认为,"意须出万人之境,望古人于格下,攒天海于方寸"。他将诗境分为"三境":"诗有三境,一曰物境,二曰情境,三曰意境。物境一:欲为山水诗,则张泉石云峰之境极丽绝秀者,神之于心,处身于境,视境于心,莹然掌中,然后用思,了然境象,故得形似。情境二:娱乐愁怨皆张于意而处于身,然后驰思,深得其情。意境三:亦张之于意而思之于心,则得其真矣。"①关于意境的类型还有两种说法,刘熙载的《艺概·诗概》提出诗歌有四种境界:"花鸟缠绵,云雷奋发,弦泉幽咽,雪月空明。诗不出此四境。"

王国维根据作者主观介入程度的差异而从美学上区分"有我之境"和"无我之境":"有我之境,以我观物,故物皆着我之色彩;无我之境,以我观物,故不知何者为我,何者为物。古人为词,写有我之境者多,然未始不能写无我之境,此在豪杰之士能自树立耳。"②王国维引用西方美学思想中有关优美与壮美的区分,概括说明这两种境界基本形态的美学特点:"无我之境,人惟于静中得之。有我之境,于由动之静时得之。故一优美,一宏壮也。"③

(三) 意境的特点

意境的第一个特点是情景交融。

情景是谢榛诗论所研讨的中心问题之一。他认为"诗乃模写情景之具","作诗本乎情景"④,主张诗歌内在的情感要深长,外在的景物要远大,情景应融合,做到"情景适会"⑤。怎样才能做到"情景适会"呢?这种"适会"是在客体触发主体的感兴过程中发生的。在这种状态中,主体"思入杳冥"、"无我无物",主客体之间就达到了完全的融合统一。

王夫之对于情景关系有精彩的解释,他说:"关情者景,自与情相为珀芥也。情景虽有在心在物之分,而景生情,情生景,哀乐之触,荣悴之迎,互藏其宅。情、景名为二,而实不可离。神于诗者,妙合无垠。巧者则有情中景,景中情。"⑥王夫之的诗歌创作理论特别注重意境的创造。他认为诗歌意境的构成莫不由情、景两大元素。"景以情合,情以景生,初不相离,唯意

---

① 王昌龄:《诗格》。
② 王国维:《人间词话》。
③ 同上。
④ 谢榛:《四溟诗话》卷二。
⑤ 同上。
⑥ 王夫之:《姜斋诗话》。

所适。截分两橛,则情不足兴,而景非其景。"①在王夫之看来,诗歌中的情、景是彼此依傍、缺一不可的。他更进一步深入考察,提出诗歌中情景结合的方式有三种:其一是"妙合无垠",结合得天衣无缝,无法分别,这是最高境界;其二是"景中情",在写景当中蕴涵着情;其三是"情中景",在抒情过程中能让人感到有景物形象在。总之情景互相融合才能构成诗歌的意境美。

王国维精炼地指出:"文学中有二原质焉,曰景,曰情……苟无敏锐之知识与深邃之感情者,不足与语文学事。"②在各种意象的体系构成中,既有鲜活生动的景象,又有颇富玩味的意蕴,这二者有机融合而形成和谐自然的艺术境界。正如上文提到的意与象应该和谐统一,意与境的美学境界也应该体现于二者自然结合。朱承爵提出意境融彻的说法:"作诗之妙,全在意境融彻,出音声之外,乃得真味。"③意与象、意与境的关系实际上是情与景、心与物的关系,最高境界可以用"意象浑融"、"情景妙合"、"意境融彻"来概括。

第二个特点是虚实相生。欧阳修在《六一诗话》中引梅尧臣的话说,"必能状难写之景,如在目前,含不尽之意,见于言外,然后为至矣"。"状难写之景如在目前"说的是实境,而虚境则为"含不尽之意见于言外"。虚景与实景、有限与无限彼此融合,相互统一。

王国维认为"境界"具有"言外之味,弦外之响",正如宋代严羽所说的"兴趣"、清代王士禛所说的"神韵",皆体现出"言有尽而意无穷"的美学特色。王国维还举例指出五代、北宋词从整体上突出体现了"境界"的这一特色,因而成为他所称许的词史上最高艺术成就的代表。同时他又从反面以南宋词人姜夔为例,说明作品若无意境,即使词人格调高洁清绝,终不能成为一流词人。

第三个特点是超以象外。刘禹锡说"境生于象外","片言可以明百意,坐驰可以役万景";司空图有"象外之象,景外之景"、"味外之味"、"韵外之致"的说法;严羽有"空中之音,相中之色,水中之月,镜中之象"的著名论述。作家不但通过塑造一定的艺术境界表现情景、事物,而且通过身心感知的人生体悟,表达对宇宙人生深广的哲理沉思。

王国维将境界标举为文艺的审美本质。他说:"词以境界为最上,有境

---

① 王夫之:《姜斋诗话》。
② 王国维:《文学小言》。
③ 朱承爵:《存余堂诗话》。

界则自成高格,自有名句。""沧浪所谓兴趣,阮亭所谓神韵,犹不过道其面目。不若鄙人拈出'境界'二字,为探其本也。""言气质,言神韵,不如言境界。有境界,本也;气质、神韵,末也。"① 可见意境是中国古代文学的最高评价标准。王国维认为:"元剧最佳之处,不在其思想结构,而在其文章。其文章之妙,亦一言以蔽之,曰:有意境而已矣。"② "文学之事,其内足以摅己而外足以感人者,意与境二者而已。上焉者意与境浑,其次或以境胜,或以意胜,苟缺其一不足以言文学。"③ 王国维在《人间词话》中所提倡的"境界"理论,可以看做是对意境范畴的很好总结,他的意境说成为意境理论走向成熟的标志。

"意境"与"意象"都有思与境偕、情与景合的含义,二者都追求意在象外、言尽意不尽的韵味。就区别来说,意象是构成意境的基本单位,指作品中具有象征意义和诗意的形象;意境则指整个作品体现出来的氛围与境界,它是主体与客体、内容与形式的融合所形成的独特的审美世界。

(四) 意境的营造

中国古代诗人和文论家除了论述意境的内涵、类型和特点之外,还结合诗歌创作深入探讨了意境营造的方法和技巧。

皎然认为诗歌创作要处理好"意"与"境"的关系问题。"诗情缘境发",诗歌创作是诗人的情意受外界触发而引起的结果,情意又要凭借境象描绘来抒发。他说:"夫诗人之思初发,取境偏高,则一首举体便高;取境偏逸,则一首举体便逸。"④ "取境"的高低是决定诗歌创作品格高下的关键。具体说来,取境有难易之分:取境容易则创作顺畅,表现为"佳句纵横"、"宛如神助";"取境"困难则构思艰难,"须至难至险,始见奇句"。⑤ 这辛苦得来的"奇句",如果"观其气貌,有似等闲,不思而得",即没有斧凿痕迹,那么,也可视作上乘。

司空图认为神思与情境贵在和谐统一、彼此融会。他说:"长于思与境偕,乃诗家之所尚者。"⑥ "思"指创作中的神思,艺术思维活动。"境"指客观情境。司空图认为"韵味"是鉴赏诗歌意境的标准,强调诗歌要有"咸酸"

---

① 王国维:《人间词话》。
② 王国维:《宋元戏曲考·元剧之文章》。
③ 王国维:《人间词乙稿序》。
④ 皎然:《诗式》。
⑤ 同上。
⑥ 司空图:《与王驾评诗书》。

之外的"醇美"之味。他的"韵味"说本于钟嵘的"滋味"说,但有发展变化,主张诗歌应具有"韵外之致"、"味外之旨"、"象外之象"、"景外之景"①。具体分析,"韵外之旨"是指有意境的作品有表层文字、声韵覆盖下的无尽情致;"味外之旨"侧重有意境的作品所具有的启人深思的理趣;而"象外之象"和"景外之景"则是指有意境的作品在表层描写的形象之外,还能让鉴赏者联想到朦胧模糊的多重境象。这种情致、理趣、境象,在作品中都是潜伏着的存在,要依靠鉴赏者以自己的审美经验去体会、召唤、再现出来。严羽认为诗歌应追求含蓄深远的艺术意境,他在《沧浪诗话》中提出"禅道惟在妙悟,诗道亦在妙悟"的观点。这些看法使追求言外之意的文学创作方法得到了进一步的繁荣和发展。

三、文学典型

(一) 文学典型的含义

"典型"(Tupos/type)一词源自古希腊,原意是指铸造东西用的"模子",其引申义则成为了西方文论的核心范畴。文学典型,也称典型性格、典型人物、典型形象。它主要是就叙事类文学而言,指具有鲜明、独特个性的艺术形象,是个性与共性、特殊与普遍的高度统一。文学典型能够深刻地反映社会生活某些本质特征,具有丰富的人生意蕴和内涵,具有独特的审美价值。典型性是文艺创作的基本法则,要使文艺作品反映出生活的本质,并且有更高的审美价值,需要具有典型性。

在典型的范畴里,典型人物占了很重要的位置。真正的典型人物,"每一个人都是一个整体,本身就是一个世界,每一个人都是一个完满的有生气的人,而不是某种孤立的性格特征的寓言式的抽象品"②。生活世界是典型人物的土壤,典型人物以其鲜明的个性、独特的生存方式,成为艺术形象的高级形态。别林斯基认为,典型性是创作的基本法则之一,没有典型性,就没有创作。福楼拜认为,必须永远把自己的人物提高到典型上去。伟大的天才与常人不同的特征即在于他有综合和创造的能力,他能综合一系列人物的特征而创造某一种典型。

典型人物通常具有独特、丰满、鲜明的个性,深刻的社会概括性,以及人物的个性和社会概括性的统一。总之,文学典型是个别与一般、现象与本

---

① 司空图:《与李生论诗书》。
② 〔德〕黑格尔:《美学》第1卷,朱光潜译,北京:商务印书馆1997年版,第303页。

质、偶然与必然的统一,作家主观与客观现实的统一,真善美的统一。叙事艺术所刻画的人物性格必须达到上述各种因素的综合统一。从文学批评标准来看,是否具有鲜明的典型是评定优秀作品的重要依据。

(二) 文学典型理论的发展阶段

文学典型是西方文论的经典概念,具有长久的发展历史,主要可以分为三个阶段。

第一,17世纪以前的类型说。这一时期的典型概念强调普遍性、共性以及概括性,实际上将典型视作类型,即把典型作为类的代表,是某一类人的完备状态的体现。它的特点是为一般而寻找特殊,共性鲜明突出,而个性从属于共性。亚里士多德认为世界是由各种本身形式与质料和谐一致的事物所组成的。"质料"是事物组成的材料,"形式"则是每一事物的个别特征。"形式"这种个性是在"质料"这种共性条件下形成的,体现了个性从属于共性。

第二,18世纪以后的个性典型观。歌德、黑格尔等人开始用个性与共性、必然与偶然相统一的观点来解释典型。这种个性典型说,重视描写独特、丰富、复杂的个性,而把共性融化于个性中。歌德说:"我们应该从显出特征的开始,以便达到美。""不说现实生活没有诗意,诗人的本领,正在于他有足够的智慧,能从惯见的平凡事物中见出引人入胜的一个侧面。必须由现实生活提供做诗的动机,这些就是要表现的要点,也就是诗的真正核心;但是据此来熔铸成一个优美的、生气灌注的整体,这却是诗人的事了。"[①]黑格尔认为"特征"(charakteristische/characteristic)是指"组成本质的那些个别标志",是"艺术形象中个别细节把所要表现的内容突出地表现出来的那种妥帖性"。[②] 黑格尔上述说法重视典型的个性特征。他还注意到环境对典型形成的作用,开始把典型与具体现实和个别性联系起来,形成以强调个性为主的"个性特征说"。黑格尔认为人物性格塑造的原则在于,"性格同时仍需要保持生动和完满性,使个别人物有余地可以向多方面流露他的性格……把一种本身发展完满的内心世界的多彩性显示于丰富多彩的表现。"[③]黑格尔的话可以理解为,人物的外在形象极其具体、生动、独特,他通过外在形象表现的本质极其深刻丰富。

---

① 〔德〕爱克曼辑录:《歌德谈话录》,朱光潜译,合肥:安徽教育出版社2006年版,第4页。
② 〔德〕黑格尔:《美学》第1卷,朱光潜译,北京:商务印书馆1979年版,第22页。
③ 同上书,第307页。

第三,19 世纪 80 年代末的马克思主义典型观。马克思主义文论代表人物的典型观基本上是个性—环境说,即要求在典型环境中完成典型人物的个性与共性的统一。恩格斯认为应该塑造典型环境中的典型人物,他在给玛·哈克奈斯的信中说:"据我看来,现实主义的意思是,除细节的真实外,还要真实地再现典型环境中的典型人物。"①他的意思是,文学典型不但要精细刻画人物的个性特征,而且要将个人性格的典型与社会环境相结合,从而充分反映出整个社会环境的现实状况,深刻揭示出驱使主人公如此思想和行动的社会环境。

中国在元代之后也出现了与西方典型理论相关的探讨,这与小说、戏曲创作的兴起、成熟是有关系的。李渔论述戏曲的人物塑造时说:"欲劝人为孝,则举一孝子出名,但有一行可纪,则不必尽有其事,凡属孝亲所应有者,悉取而加之,亦犹纣之不善不如是之甚也,一居下流,天下之恶皆归焉。"他认为,人物的个性既要具有某一方面的特色,又要具有普遍性的特点。具体办法是,"先以完全者剪碎,其后又以剪碎者凑成"②,不妨称之为"剪碎凑成"说。李贽的容与堂本《水浒传》评点本,第一次明确地提出人物性格论,开始了对小说人物形象性格的深入评论与分析。他在《水浒传》第三回回评中指出:"《水浒传》文字妙绝千古,全在同而不同处有辨,如鲁智深、李逵、武松、阮小七、石秀、呼延灼、刘唐等众人,都是急性的,渠形容刻画来各有派头,各有光景,各有家数,各有身份,一毫不差,半些不混。读者自有分辨,不必见其姓名,一睹事实就知某人某人也。"此处的"同"指人物的共性,"不同"指人物的个性。作家很注重发掘人物性格相同前提下的个性差异。金圣叹高度评价了《水浒传》人物性格的典型性。一方面是有鲜明的个性。"别一部书,看过一遍即休,独有《水浒传》,只是看不厌,无非为他把一百八个性格都写出来。……一百八个人性格,真是一百八样。"例如,施耐庵将李逵、武松、林冲、鲁智深等人物形象塑造得惟妙惟肖。另一方面又体现了典型人物共性的特点。《水浒传》中的人物,"任凭提起一个,都似旧时熟识"。③ 贾宝玉、林黛玉这两个人物形象体现了明清小说人物塑造的最高水平。对此,脂砚斋评论道:"按此书中写一宝玉,其宝玉之为人,是我辈于书中见而知有此人,实未目曾亲睹者,又写宝玉之发言,每每令人不解,宝玉之

---

① 《马克思恩格斯选集》第 4 卷,北京:人民出版社 1995 年版,第 683 页。
② 李渔:《闲情偶寄》。
③ 金圣叹:《读第五才子书法》。

生性,件件令人可笑。不独于世人亲见这样的人不曾,即阅今古所有之小说传奇中,亦未见这样的文字。于颦儿处为更甚,其囫囵不解之中实可解,可解之中又说不出理路。合目思之,却如真见一宝玉,真闻此言者,移之第二人万不可,亦不成文字矣。余阅《石头记》中至奇至妙之文,全在宝玉颦儿至痴至呆囫囵不解之语中,其诗词雅谜酒令奇衣奇食奇玩等类,固他书中未能,然在此书中评之,犹为二著。"[1]上述文字说,"宝玉之为人""实未目曾亲睹",意味着人物形象的鲜明个性;"合目思之,却如真见一宝玉",说明生活中存在宝玉形象的影子,宝玉这一形象具有一定的共性;"其囫囵不解之中实可解,可解之中又说不出理路",则体现了人物典型的艺术魅力。

20世纪20年代中国从西方舶来了典型理论,它深刻影响了新中国成立以来的文学批评标准与文学理论建构。

第四节 文学体裁

文学体裁是文学作品的形式因素之一。作品体裁也叫文体、文类等。它是指运用语言、塑造形象、谋篇布局而呈现出来的文学样式。所有文学作品的内容都要通过不同的具体样式来表达,没有具体表达样式的文学作品是不存在的。文学体裁是各民族的文学发展历史中沉淀下来的相对稳定的结构方式。

文学体裁除主要分为诗歌、散文、小说和戏剧文学四种类型以外,也包括影视文学与网络文学。本节将抓住每种体裁的核心特征进行分析。

一、文学体裁的分类方法

根据中外文学实践的状况,有如下三种划分体裁的方法。

(一)二分法

中国古代和希腊按照是否合韵,将文学作品分为韵文和散文两大类。刘勰在《文心雕龙·总术》说:"今之常言,有文有笔。以为无韵者笔也,有韵者文也。"即文学作品可分为无韵的笔和有韵的文。亚里士多德的《诗学》将有韵文类如史诗和戏剧称为诗,而把无韵的各种文类归入散文,形成韵文和散文的"二分法"。

---

[1] 《脂砚斋红楼梦辑评》,俞平伯辑,北京:中华书局1960年版,第253页。

上述"二分法"比较笼统,未能细致反映各种不同的文学体裁的特点。随着文学体裁日益丰富多彩,科学、精细的分类势必出现。

(二) 三分法

"三分法"起源于古希腊。亚里士多德在《诗学》一开头就谈到史诗、悲剧、喜剧以及其他艺术都是摹仿,只是摹仿所用的媒介不同,摹仿的对象不同,摹仿所采取的方式不同。他说:"假如用同样媒介摹仿同样对象,既可以象荷马那样,时而用叙述手法,时而叫人物出场,[或化身为人物],也可以始终不变,用自己的口吻来叙述,还可以使摹仿者用动作来摹仿。"① 亚里斯多德所讲的三种摹仿的方式实际上形成了三种不同的文学体裁:"象荷马那样"用"叙述手法"的就是象荷马史诗那样的叙事类作品;"用自己的口吻来叙述"的就是抒情类作品;"使摹仿者用动作来摹仿"的就是戏剧类作品。

"三分法"根据文学作品塑造形象、表达思想感情、反映社会生活的不同表现方式进行分类,鲜明地区别出叙事性、抒情性、戏剧性这三个最基本、最重要的特点,具有相当的科学性和概括力。因此,它至今仍被广泛地采用,人们在文学的创作和鉴赏中都十分重视这些特点。

(三) 四分法

"四分法"根据形象塑造的方式、语言运用、表现方式和结构体系等几方面的基本特点,对各式各样的文学作品进行分析归纳,划分为诗歌、散文、小说、戏剧文学四大类。目前中国文学理论普遍采用这种分法。从中国文学发展的历史状况来看,诗歌、散文出现得最早,小说、戏剧是后来逐步发展起来的。

诗歌、散文、小说和戏剧这种"四分法"是直到今天仍通行的约定的文类划分方法。它具有一定的适用性:依据的分类标准比较全面,划分的各种体裁内在特点和外部形态比较鲜明,容易区别;同时各种体裁的名称具体明确,与作品的特点相符,便于掌握。但是,中国近年来迅猛发展的大众传播媒介改变了文学的生态,电影、电视、网络、短信的深入普及刷新了传统意义上的文学状况,也对以往的文体分类方法构成了挑战。

二、文学体裁的发展规律

曹丕的《典论·论文》把文章分为四科:"夫文本同而末异:盖奏议宜

---

① 〔古希腊〕亚理斯多德:《诗学》,罗念生译,北京:人民文学出版社 1962 年版,第 9 页。

雅,书论宜理,铭诔尚实,诗赋欲丽。此四科不同,故能之者偏也;唯通才能备其体。"曹丕认为文章的本质特征是相同的,即用语言文字来表现一定的思想感情。但是文章的具体表现形态,即文体特征、语言形式、体貌风格等并不相同。他列举出八种文章,分成四类,分析了它们各自的特征,后世学界称之为"四科八体"说。其中奏议与书论属于无韵之笔,铭诔诗赋属于有韵之文。其本质相同,都是用语言文字来表现一定的情感。但其"末异",也就是说,在文体特征上,奏议要文雅,书论重说明,铭诔尚事实,诗赋则应该华美。雅、理、实、美,就是"末异",它们都是关于文体的不同风格体貌。但是这与现代的"四分法"并不相同。

  陆机的《文赋》提出"十体"说。"诗缘情而绮靡,赋体物而浏亮。碑披文以相质,诔缠绵而凄怆。铭博约而温润,箴顿挫而清壮。颂优游以彬蔚,论精微而朗畅。奏平彻以闲雅,说炜晔而谲诳。"陆机的"十体"说比曹丕的"四科八体"说更加细致、更加准确了;在各类文体具体排名次时,曹丕将纯文学的"诗"、"赋"二体排列在八体最后,而把朝廷的应用文体"奏"和"议"放在最前,到陆机的文体论,则把这种次序完全颠倒过来了,最先排列的是"诗"和"赋",最后才是"论"、"奏""说"。这说明陆机对审美文学的认识和重视确实比曹丕前进了一步;陆机概括十类文体的审美特征时也远比曹丕具体准确,可以说是地道的文体风格理论了。

  刘勰在论述文学创作的继承和革新问题时,对文学体裁的发展有精辟的看法。《文心雕龙·通变》曰:"夫设文之体有常,变文之数无方。何以明其然耶? 凡诗、赋、书、记,名理相因,此有常之体也;文辞气力,通变则久,此无方之数也。名理有常,体必资于故实;通变无方,数必酌于新声:故能骋无穷之路,饮不竭之源。然绠短者衔渴,足疲者辍涂;非文理之数尽,乃通变之术疏耳。故论文之方,譬诸草木:根干丽土而同性,臭味晞阳而异品矣。"刘勰的看法是,作品的体裁是具有一定的规则和特点,但写作时的变化却是无限的。怎么知道是这样的呢? 从诗歌、辞赋、书札、奏记等等文体的分类即可得知。名称和写作之理都有所继承,这说明体裁是一定的;至于文辞的气势和感染力,惟有推陈出新才能永久流传,这说明变化是无限的。名称和写作之理有定,所以体裁方面必须借鉴过去的著作;推陈出新就没有限量,所以在方法上应该研究新兴的作品。这样,就能在文艺领域内驰骋自如、左右逢源。就创作的方法,他打比方说,汲水的绳子太短的人,就会因打不到水而口渴;脚力软弱的人,也将半途而废。刘勰认为,其实这并不是写作方法本身有所欠缺,只是不善于推陈出新罢了。所以讲到创作,就好像草木似的;根干附着于土地,乃是它们共同的性质;但由于枝叶所受阳光的变化,同样的草木就会有不同的品种了。

文学是不断向前发展的,文学体裁也在发展演变之中,因此,文学体裁的划分只是在已有文学样式的前提下进行。新的文学体裁会不断出现,因而文学体裁的分类只能是相对而言的。总之,文学体裁的各种分类不仅有历史性,而且是相对的。各种体裁并不是绝无关系,彼此之间常有一些相同或相似的特点。

三、诗歌

在原始时代,诗歌往往同音乐、舞蹈结合在一起。随着社会生活和文学的发展,诗歌逐渐成为一种特定的文学体裁。

在中国各民族文学的发展中,诗歌艺术是最先兴起的一种体裁。其中,文学起源阶段,伴随着劳动号子、祭祀的祷词咒语、婚娶求偶活动,出现了歌谣,这是基于实用目的的语言表达而发展成为诗歌的。在印刷术未发明之前,创作要能够流传下来,其主要手段就是依靠押韵,为了便于人的记诵。因此,诗的韵律就成为诗所应该遵循的范式。现在看来,合辙押韵只是诗的外部特征,通常将其划归到诗歌形式的范畴,这是从诗歌发展史意义上说。合辙押韵是诗歌的根本,是诗之所以为诗的基础。诗歌不仅讲究语言的韵律,还有丰富的想象性和强烈的抒情性。诗歌语言的一系列形式特点之间有着内在联系,如讲究韵律、节奏、声调,都与抒情性有着密切的关系。诗歌可以分成不同的品种。从内容的性质分,可分为抒情诗和叙事诗。从形式上分,可分为格律诗、自由诗、散文诗等。

诗是一种文体,更是一种人类对于无限可能性加以思索的话语。在现代科学理性统辖人的思维的状况下,诗还是现代人的精神避风港和栖息地,是人类的文化得以在精神世界延续的"避难所"。一句话,诗是现代人的神话。作为神话,诗是对人在现实中面临的不可能性的克服。可能性的世界属于哲学研讨的课题,不可能性的世界则是哲学的边界乃至进入到宗教领域的研讨课题。在不可能性这个域来论述诗歌,目的在于在高度抽象的意义上把握诗歌艺术的特性。在对不可能性类别进行甄别的前提下,梳理出诗歌超越不可能性的几种状况,并以此说明对诗歌而言的不可能性,其目的在于阐述"不可能性"这样一个范畴对于诗歌研究的重要意义。

诗最难超越的是语言上的不可能性。这种不可能性体现在多个方面,包括从抽象层次上所说的"书不尽言,言不尽意",也包括在具体创作时,作品中人物语言与作者感受的不相吻合，语言的韵律对作者的制约等。有时，作者在创作时除了对人物、对自己的构思加以斟酌外，很大程度上就是在同语言进行一场斗争。中国古典诗歌中的"炼字"，其实就是利用语词的边际意义，即在词典中未加以标明，在习惯用法上也不会如此表述，但在诗所表达的特殊语境中，又可以增强阅读效果的特殊用法。"炼字"使得该字词在阅读中有一种突兀感，但又能够被阅读者所接受，就是所谓的"陌生化"效果。中国古典诗词中诸如王安石"春风又绿江南岸"的"绿"，宋祁"红杏枝头春意闹"中的"闹"，都是"炼字"的典型。

"炼字"不是中国文学所特有，而是反映了文学陌生化的普遍性。美国女诗人斯坦因一首诗中的描写就体现了这个性质，她写到：玫瑰是一朵玫瑰是一朵玫瑰是一朵玫瑰。(Rose is a rose is a rose is a rose.)按理说，玫瑰当然是玫瑰，说玫瑰是它本身，这是一种同语反复，在语法逻辑上是无意义的，但在诗中通过反复而达到了强调效果的特别作用。此处的问题在于，玫瑰一词在英语中已经具有非常强烈的文化色彩，以至于当该词出现于创作中时，人们首先是想到它在文化中的象征意义和历史所赋予它的意义，譬如英国历史上出现的红白玫瑰战争，英国文化中以玫瑰表达爱情，若干作家在表达玫瑰时的不同风格，等等。这样的联想作用在文学阅读中往往有着加强阅读的思想深度的积极意义。但也不应否认，在这种联想中，玫瑰只是成为了一个语词，一个符号，一种一旦说出之后其意义就延伸到其他方面，而自身不过就是一种传达意义的工具的境地。斯坦因强调"玫瑰是一朵玫瑰"，则是停留在视觉经验，保留文学作为一种体验途径的价值，使人能够从文学表达、文学体验中感受到世界的色彩、形状等感性形式的东西，而不至于让抽象意义吞噬具象的价值。由此可见，诗歌确实是语言艺术的一个门类，但是诗歌的价值还有着超越语言意义的特性。

诗是作为对不可能的超越而显示其魅力的，这样，它的无所不能就是一种外指性的存在，即指向诗歌之外的世界。那么，当诗作为诗，作为对不可能状况的克服时，它也必须在诗的有关假定范围进行运作，诗不能离开自身规定性的范围，不能逾越自身的限度。结构主义诗学家乔纳森·卡勒曾表达过这样一个观点："应该承认，文学研究的出发点并不仅仅是语言，特别在今天，它是一套印刷成书的写成的文本。"[①]当我们上文说诗可以超越日

[①] 〔美〕乔纳森·卡勒：《结构主义诗学》，盛宁译，北京：中国社会科学出版社1991年版，第198页。

常语言经验时,在这个超越过程中,超越的承载者即文本形式,就成为对诗的规定限度。

四、散文

从文学体裁的特点来看,"散文"是指与韵文,尤其是与诗歌相对而言的概念,它是作者自由抒发人生情感与表达思想的产物。目前学界通常认为,广义的散文概念包括诗歌等韵文以外的一切文学文类,例如小说、诗歌,以及非文学的实用文类,如新闻文类、科学论著、应用文等。狭义的散文才专指文学意义上的散文文类。从文体的四分法来看,散文是与诗歌、小说和剧本并列的一种文学文类,它的语言形式灵活、表述对象广泛。就表达方式来划分,散文主要有抒情性散文、记叙性散文、议论性散文三种形态。抒情性散文采用"托物言志"、"借景抒情"等方式抒发作者的感情。记叙性散文偏重写人叙事,包括传记文学、报告文学、游记等。议论性散文夹叙夹议,偏重议论,包括小品、随笔、杂文等。

(一) 散文之真

散文的真体现在作者以真诚的心态抒发真情实感。元好问评点陶渊明的诗歌说"一语天然万古新,豪华落尽见真淳",这一评价体现了对于自然之真的崇尚。

当代著名散文家余光中曾经比较过小说、诗歌和散文的区别,他说:

> 在一切文学的类别之中,最难作假,最逃不过读者明眼的,该是散文。我不是说诗人和小说家就不凭实力,而是诗人和小说家用力的方式比较间接,所以实力几何,不易一目了然。诗要讲节奏、意象、分行等等技巧,小说也要讲观点、象征、意识流等等的手法,高明的作家固然可以运用这些来发挥所长,但是不高明的作家往往也可以假借这些来掩饰所短。散文是一切文学类别里对于技巧和形式要求最少的一类:譬如选美,散文所穿的是泳装。散文家无所依凭,只有凭自己的本色。[①]

小说通过虚构的人物和情节来叙事,诗歌通过高度精致的语言来抒情。而散文是绝不矫揉造作,忌讳无病呻吟的,它是作者不事雕琢、任性随情的本色书写的产物。作者以散文形式向读者毫无遮拦地袒露自己的真情,表达自己的好恶,书写自己的感悟。从散文写作中潜在的对话结构,读者可以认

[①] 余光中:《余光中散文·自序》,《余光中散文》,杭州:浙江文艺出版社 1997 年版,第 1 页。

识到作者的经历、人品和性情。王充论述文字表达真情实感的原理说："文由胸中而出,心以文为表。实诚在胸臆,文墨著竹帛。外内表里,自相副称。精诚由中,故其文语感动人深。"①王国维的"境界"、"意境"具有真实自然之美："大家之作,其言情也必沁人心脾,其写景也必豁人耳目。其辞脱口而出,无矫揉妆束之态。以其所见者真,所知者深也。诗词皆然。持此以衡古今之作者,可无大误矣。""能写真景物、真感情者,谓之有境界。否则谓之无境界。"②

(二) 散文之散

1. 体裁之散

苏轼谈论他的创作方法道："吾文如万斛泉源,不择地皆可出。在平地滔滔汩汩,虽一日千里无难。及其与山石曲折,随物赋形,而不可知也。所可知也,常行于所当行,常止于不可不止,如是而矣已。其他虽吾亦不能知也。"③他认为为文贵在遵循内在的自然。

散文和诗歌、小说、剧本等文学样式一样,表达的是作者对人生的审美感受。但是,散文在取材方面比诗歌等文类更为自由、广泛,它拥有丰富、宽广的题材领域。散文可以描摹现实生活中的真人真事,也可以虚构故事、自由抒情。其题材可以是历史遗迹,也可以是自然美景,可以是日常琐屑小事,也可以是国家民族大业。总之,题材不在于大小,在于自然而然出自作者性灵。举凡作者有意、有情之事都可以随笔成文。遵循内在之自然,方为王夫之所谓"不法之法"或"非法之法","自然即乎人心"。

2. 结构之散

散文在结构上,不像诗歌、小说、戏剧文学那样,有严格的文体规范甚至程式。散文一般不要求有完整的情节和人物性格,而是通过某些生活片断的描述,来表达作家的生活感受与思想情感。然而,散文虽然有形式之散,而内在精神上却未必是散乱的。在作者自由随意的书写中,实际上始终围绕着所要表现的主要思想情感。形似散而空,实际上密而实,可谓形散而神不散。堪称典范的有范仲淹的《岳阳楼记》、欧阳修的《醉翁亭记》、苏轼的《前赤壁赋》以及朱自清的《荷塘月色》等作品。作家李广田在《谈散文》一

---

① 王充:《论衡·超奇》。
② 王国维:《人间词话》。
③ 苏轼:《文说》。

文中对散文这一体裁有着精辟的论述,他认为:

> 散文的特点就是"散"……散文的语言,以清楚、明畅、自然有致为其本来面目,散文的结构,也以平铺直叙、自然发展为主,其所以如此者,正因为散文以处理主观的事物为较适宜,或对于客观的事物亦往往以主观态度处理之的缘故。写散文,实在很近于自己在心里说自家事,或对着自己人说人家的事情一样,常是随随便便,并不怎么装模作样。……如把一个"散"字作为散文的特点,那么就应当给小说以一个"严"字,而诗则给它一个"圆"字。如果把散文比作行云流水,那么,小说就是精心结构的建筑,而诗则为浑然无迹的明珠。说散文是"散"的,然而即已成为"文",而且假如是一篇很好的散文,他也绝不应当是"散漫"或"散乱",而同样的,也应当像一座建筑,也应当像一颗明珠。①

虽然散文具有取材方面的广泛性和结构形式上的灵活性特点,但"形散神不散"是散文的核心特征。散文的外部形态有散漫的特点,谈古论今,说东道西,然而散文的内部关系却相当统一,具有明确的主旨、通贯的线索。

(三) 散文之用

散文之用是指散文的文学功能。

余光中认为,散文的功能体现在如下六个方面。

第一是抒情。"这样的散文也就是所谓抒情文或小品文,正是散文的大宗。"②散文抒情贵在将感情寄托于叙事、写景、状物之中,而避免空洞、露骨,沦为滥情。

第二是说理。"这样的散文也就是所谓议论文。但是和正式的学术论文不尽相同,因为它说理之余,还有感情、感性,也讲究声调和词藻。"③传世名作有韩愈的《杂说四》、王安石的《读孟尝君传》、苏轼的《留侯论》等说理散文,气势滔滔,声调铿锵,形象鲜活,情绪饱满,而不是冷冰冰的抽象说理。

第三是表意。"这种散文既不是要抒情,也不是要说理,而是要捕捉情理之间的那份情趣、理趣、意趣,而出现在笔下的,不是鞭辟入里的人情世故,便是匪夷所思的巧念妙想。表意的散文展示的正是敏锐的观察力和活

---

① 李广田:《谈散文》,《文学枝叶》,益智出版社1948年版,转引自王永生主编《中国现代文论选》第1册,贵阳:贵州人民出版社1982年版,第630—632页。
② 余光中:《余光中散文·自序》,《余光中散文》,杭州:浙江文艺出版社1997年版,第2页。
③ 同上书,第3页。

泼的想象力，也就是一个健康的心灵发乎自然的好奇心。"①例如，"家居不可无娱乐。卫生麻将大概是一些太太的天下。说它卫生也不无道理，至少上肢运动频数，近似蛙式游泳"。这种雅舍小品笔法既无柔情、激情要抒，也没有不吐不快的议论要发，却富于生活的谐趣，娓娓道来，从容不迫，也能动人。

第四是叙事。"这样的散文又叫做叙事文，短则记述个人的所经所历，所见所闻，或是某一特殊事件之来龙去脉，路转峰回；长则追溯自己的或朋友的生平，成为传记的一章一节，或是一个时代特具的面貌，成为历史的注脚，也就是所谓的回忆录之类。"②叙事除了需要记忆力和观察力之外，反省力和想象力则能赋予文章以洞见和波澜，而跳出流水账的平铺直叙。有时为求波澜生动、光影分明，也不免用到倒叙、插叙等叙事手段。

第五是写景。"所谓'景'不一定指狭义的风景。现代的景，可以指大自然的景色，也可以指大都市小村镇的各种视觉经验。"③现代社会生活，例如田园风光或城市面貌，目之所触都可入景。广义的景也不应限于视觉，街上的市声、陌上的万籁，也是一种景。景存在于空间，同时也依附于时间，所以春秋代序、朝夕轮回，也都是景。景有地域性：江南的山水不同于美国的山水，热带的云异于寒带的云。大部分的游记都不动人，因为作者不会写景。景有静有动，即使是静景，也要把它写动，才算能手。"两山排闼送青来"，正是化静为动。"鬓云欲度香腮雪"也是如此。只会用形容词的人，其实不解写景。形容词是排列的，动词才交流。

第六是状物。"物聚而成景，写景而不及物，是不可能的。状物的散文却把兴趣专注于独特之某物，无论话题如何变化，总不离开该物。"④所状之物可以指草木虫鱼之类的生物，也可以指笔墨纸砚之类的非生物，还可以指弹琴、唱歌、开会、赛车等种种人类动态。余光中认为，"状物的文章需要丰富的见闻，甚至带点专业的知识，不是初摇文笔略解抒情的生手所能掌握的。足智博闻的老手，谈论一件事情，一样东西，常会联想到古人或时人对此的隽言妙语，行家的行话，或是自己的亲切体验，真正是左右逢源。这是散文家独有的本领，诗人和小说家争他不过"⑤。

---

① 余光中：《余光中散文·自序》，《余光中散文》，杭州：浙江文艺出版社1997年版，第3页。
② 同上书，第4页。
③ 同上。
④ 同上书，第5页。
⑤ 同上。

上述对散文功用的归类,是为了论述方便起见。而实际上,一篇散文往往包含了多种功能,并非纯粹抒情或者纯粹叙事,只是有所偏重而已。抒情、说理、表意、叙事、写景、状物六种功能之中,"前三项抽象而带主观,后三项具体而带客观。如果一位散文家长于处理前三项而拙于后三项,他未免欠缺感性,显得空泛。如果他老在后三项里打转,则他似乎欠缺知性,过分落实"。如果将散文的各种功能对应于小说、诗歌、散文的文体特点而言,则"抒情文近于诗,叙事文近于小说,写景文则既近于诗,亦近于小说。所以诗人大概兼擅写景文与抒情文,小说家兼擅写景文与叙事文"。① 余光中认为,就作家能力而言,"能够抒情、说理的散文家最常见,所以'入情入理'的散文也较易得;能够表意、状物的就少一点;能够兼擅叙事、写景的更少。能此而不能彼的散文家,在自己的局限之中,亦足以成名家,但不能成大家,也不能称'散文全才'"②。而他列举的散文的六项功能,可以作为衡量一位散文家是"专才"还是"通才"的基本要素。

五、小说

小说运用虚构手法叙事,以塑造人物形象和叙述故事为主,重视人物性格刻画。根据字数多少,小说分为长篇、中篇、短篇小说。根据语言的时代性,分为文言小说与白话小说。

(一)小说的历史

汉语的"小说"一词最早来自《庄子·外物》:"饰小说以干县令,其于大达亦远矣。"此处的"小说"与文体无关。班固的《汉书·艺文志》提到的"小说家",其"小说"指琐屑之言。中国古代小说的源头是远古时代的神话和传说,后来出现了六朝志怪小说、唐代传奇、宋元话本以及明清章回体小说。中国现代小说则始自五四运动。西方的叙事传统非常悠久,其小说源自古希腊的神话和史诗题材,还有中世纪的英雄史诗、骑士传奇、民间故事,以及寓言。17世纪西班牙作家塞万提斯的《堂·吉诃德》是西方现代小说的高峰。18、19世纪则出现了浪漫主义和现实主义小说的新发展。

(二)小说的特点

小说的特点主要体现在叙事性,即以叙述的方式讲述故事。

---

① 余光中:《余光中散文·自序》,《余光中散文》,杭州:浙江文艺出版社1997年版,第5—6页。
② 同上书,第6页。

1. 虚构性。小说作为虚构性的叙事文体,不同于一般的日常生活的叙事,它强调以虚构的方式反映社会生活事件,具有假定性、虚拟性。金圣叹比较《史记》和《水浒传》之后提出了"以文运事"、"因文生事"的说法:前者是"以文运事",后者是"因文生事"。"以文运事"是指"事"是实际存在的,不能虚构,只能对事进行剪裁、组织,以此构成文字。"因文生事"是指"事"本不存在,要靠作家的自由虚构去创作,以此产生文字。他认为这种虚构可以更自由地发挥作家的艺术创作才能。从这种比较中,金圣叹肯定了小说作品可以而且应该虚构。从这种角度出发,他指出《水浒传》"却有许多胜似《史记》处"。

2. 叙事者。在小说阅读中,应该将叙事者与小说家区分开来。叙事者是小说家创造出来替他讲述故事的某个人,是叙事行为的承担者。托多洛夫认为,作品中人物和叙事者的关系可以分为三种类型:第一,叙事者大于人物。叙事者从后面观察作品中的人物和事件,他知道每一个人分别见到的、感受到的,但这些人物自己却不知道彼此的想法。第二,叙事者等于人物。叙事者对作品中的人物与事件同时进行观察。叙事者与人物知道的一样多,在人物对事件的答案没有找到解释之前,叙事者也不能向我们提供什么。第三,叙事者小于人物。叙事者从外部观察作品中的人物与事件。叙事者比作品中任何一个人物都知道得少,无法进入人物的意识。

3. 叙事视角。叙事视角是叙述话语中对故事内容进行观察和讲述的特定角度、叙述故事的方法,以及作者所采用的表现方式或观点,读者由此得知构成一部虚构小说的叙述的人物、行动、情境和事件。根据叙事者的人称,即叙事者在小说中是以旁观者的姿态来叙事,还是用作品中人物"我"来叙事的问题,一般可以分为三种类型:第三人称叙述、第一人称叙述和人称变换叙述,也就是小说叙事的全知叙事、主观叙事、纯客观叙事三个类型。通过"我"或"他"来叙述作品中的事,可以有三种不同的聚焦方式。在这三种聚焦方式之中所体现的不仅仅是叙事技巧,还会整合出不同内容。第一,可采用站在人物后面的方式,能看到人物眼前所见,也能看到他内心所思,还能知晓事件的各个细节和因果关系,大于人物的视野。这种全知全能的聚焦角度是一种常见的表达方式,在许多作品中都有。第二,可以站在人物的位置,只见到人物的所见所思,等于人物的视野。一些日记体、自传体或意识流类的作品常用这种聚焦方式,可以拉近读者同人物的心理距离。第三,可以站在人物前面,只写出人物所见的客观状况,但对人物所思则不能见出,小于人物的视野。这种叙事方式较为少见,在一些侦探小说中较为典型,可以展现案件扑朔迷离的特征。

(三) 小说的要素

传统小说理论强调小说叙事与人物、情节、环境三个要素的关系,讨论这三个要素之间的关系,构成了传统小说理论的主要内容。

第一,小说的人物。

小说的主人公可以是一个或几个人,也可以是其他的被赋予人物特征的对象如动物甚至植物等。在三要素中,人物是核心要素。小说通过肖像描写、动作描写、心理描写或者人物语言塑造饱满传神的人物形象。

人物是叙事类作品题材的核心,它受题材的可能性和主题需要的制约,同时又制约着情节结构和环境描写。小说要以人物描写为中心,人物形象刻画得成功与否,是衡量小说成就的重要标志。它不受时间、空间的限制,可以自由地转换场景、时间,展示各种各样的生活画面;能兼用人物语言和叙述人语言,通过人物的对话、独白以及肖像描绘、心理剖析、行动描写,直至环境烘托,多方面地刻画人物形象。塑造人物应该以丰富的生活经验为基础,努力做到深刻广泛的社会概括和鲜明独特的个别性的有机统一,使人物既有强烈的时代感又有浓郁的生活气息。

第二,相对完整的故事情节或事件场面。

情节是指故事的发展过程,依据一定的时空顺序和因果关系组织而成。情节的基本构成是开端、发展、高潮和结局。有的作品的情节构成还有序幕和尾声。小说情节的发展由人物行动构成,由人物性格、人物的内心欲求以及人物之间关系决定。人物性格是推动情节发展并决定其发展趋向的内在动因,小说借助情节展示出来的也就是人物性格成长和发展的历史。情节的丰富完善有助于塑造人物丰满的性格,人物的典型化有赖于情节的典型化。故事的矛盾冲突是作品中人物之间的纠葛、矛盾和斗争。情节建立在矛盾冲突的基础上。就人物类型的划分而言,"扁型人物"有类型化的特点,是围绕着单一的观念或素质塑造的;"圆型人物"则有性格复杂丰满、形象栩栩如生的特点。

第三,典型而具体的环境描写。

环境是指人物活动于其中的时、空背景,包括人物具体的生活环境和围绕人物展开的人物之间的关系。人物是小说的核心因素,而从最一般的意义上说,任何一个人物,都只能是一个特定时间、空间中的存在,小说中人物的行动、由人物行动构成的事件,也都是在一定的时间和空间中完成的。因此,小说在刻画人物时,还必须提供一个人物活动的空间,也就是我们所说的"背景"。环境和人物相互依存,互为条件,环境描写服从于塑造人物和表现主题的需要。作品中的环境,应当是文学人物所生活的、能够体现一定历史时期社会本质的特定环境,它在某种程度上促成了典型人物性格的形成和发展。

总之,对于叙事类小说来说,三要素之间互相依存,相互渗透。人物是核心,情节是人物性格形成和发展的历史,环境是人物活动的空间和行动的依据。

六、戏剧文学

戏剧是一种综合艺术,它包含文学、绘画、雕塑、音乐、舞蹈等艺术成分。上述艺术部类被剧作家和导演综合融汇形成了独特的舞台语汇。相对来说,戏剧文学的基础——文学剧本具有一定的独立艺术价值。作为文学剧本,它为戏剧文学提供舞台演出的脚本,它的特征与戏剧艺术的特点是紧密相连的。戏剧艺术的本质和特征决定和制约了剧本的创作,同时,剧本在内容和形式上都要充分考虑戏剧舞台表演的直观性、长度限制等方面的特点,以及观众的接受习惯和剧场环境。剧本的写作要考虑给表演的二度创作留下空间,剧本叙事只能通过人物的动作和台词来实现。剧本具有双重身份,它既是文学读本,属于文学作品(可以成为案头剧);又是舞台演出的脚本,是半成品,属于戏剧艺术的组成部分。

(一)戏剧的历史

中国古代戏剧源自秦汉时代的巫觋、俳优和歌舞百戏,后来出现了唐代的参军戏、宋杂剧、金院本、元杂剧和明清传奇。中国戏剧文学到宋元时代才成熟。中国传统的戏文是歌唱、音乐、舞蹈相结合的戏曲底本,话剧是上世纪初从欧洲传入的。西方古代的戏剧源自祭祀酒神的歌舞表演,后来经过古希腊、罗马、文艺复兴、新古典主义、启蒙主义、浪漫主义和现实主义戏剧等等重要的发展阶段。当代学者认为戏剧艺术有四个基本特征:"一、从言说方式看,戏剧是史诗的客观叙事性与抒情诗的主观叙事性这二者的统一;二、从艺术的构成方式看,戏剧是一种集众多艺术于一体的综合性艺术;三、从艺术运作的流程来看,戏剧是包括编剧、导演、演员、作曲、舞台美术、剧场、观众在内的多方面艺术人才的集体性创造;四、从艺术的传播方式看,戏剧艺术是具有现场直观性、双向交流性与不可完全重复的一次性艺术。"①这是对戏剧艺术非常全面完整的理论概括。

(二) 戏剧的特点

戏剧文学的基本特征如下:

1. 戏剧的冲突性

戏剧文学在处理矛盾冲突、情节线索、舞台角色以及场景时都必须做到集中和精炼。戏剧要有"戏"才有吸引力,其戏剧性主要体现在引人入胜的矛盾冲突,人物性格因而得以彰显。戏剧冲突是戏剧艺术表现矛盾的特殊艺术形式,是戏剧性的集中体现,表现戏剧冲突是戏剧和剧本的基本特征之一。

黑格尔认为,冲突是戏剧的基本特征,是艺术理想(理念)在戏剧中实现的主要途径(手段)。动作或情节实质上是冲突发生、发展和解决的过程。理想的发展和实现须通过冲突,冲突则引起人物的动作。没有冲突,就没有戏剧。强调戏剧冲突,从根本上说,是为了适应戏剧舞台演出的需要。戏剧冲突又要相对集中,矛盾的集中性和激烈性,是戏剧冲突不同于一般叙事作品矛盾冲突的主要特点。老舍认为:"写戏须先找矛盾与冲突,矛盾越尖锐,才越会有戏。戏剧不是平板地叙述,而是随时发生矛盾,碰出火花来,令人动心,在最后解决了矛盾。"②

戏剧冲突的引发源于人物的性格、命运和利益之间的对立。戏剧理论家布罗凯特概括了戏剧冲突的几种类型,他说:"一个剧本要激起并保持观众的兴趣,造成悬念的氛围,就要依赖'冲突'。事实上,一般对戏剧的认识便是:它总包含着冲突在内——角色与角色之间的冲突,同一角色内心诸般欲望的冲突,角色与其环境的冲突,不同意念间的冲突。"③在不同的戏剧中,戏剧冲突的表现形态可以是多种多样的。一种情况是指引起冲突的根本原因源于人物内在的矛盾,由此导致了事件的发生和外在的动作。另一种情况是指引发矛盾的原因虽然是外在的事件,但是矛盾后来的发展、激化却是源于矛盾双方内在的不协调。

---

① 参见董健、马俊山:《戏剧艺术十五讲》,北京:北京大学出版社2004年版,第13—22页。
② 老舍:《老舍论戏剧》,北京:中国戏剧出版社1981年版,第221页。
③ 〔美〕布罗凯特:《世界戏剧艺术欣赏——世界戏剧史》,胡耀恒译,北京:中国戏剧出版社1987年版,第28页。

2. 戏剧的动作性

亚里士多德很重视戏剧的动作性,他对悲剧的定义就凸显了动作的意义。他说:"对一个完整、有一定长度的动作的摹仿;它的媒介是语言……摹仿方式是借人物的动作来表达,而不是采用叙述法。"[①] 他认为,情节是悲剧的首要原则,而一定的动作运行的过程就构成了情节。美国戏剧家理论乔治·贝克说:"通过多少个世纪的实践,认识到动作确实是戏剧的中心","动作是激起观众感情的最迅速的手段"。[②]

3. 戏剧的语言

戏剧文学的人物语言是表演的基础和基本手段。戏剧语言应该高度个性化,含蓄精炼,流畅悦耳。戏剧语言以对话为主,具有构建戏剧情境、推动剧情冲突、表现人物性格的功能。

第一,戏剧文学的语言要做到尽可能通俗易懂,明朗动听,这是起码的要求。一方面便于演员朗朗上口,另一方面便于观众亲切入耳。在语言运用上,要注意平仄排列的音调之美,抑扬有致。书面上美好的字,不一定在口中也美好。创作者必须为演员着想,选用音义俱美的字词。总之,应当从语言的各方面去考虑与调动,以期情文并茂、音义兼美。剧作者有责任去挖掘语言的全部奥秘,不但在思想性上要有"语不惊人死不休"的雄心,而且在语言之美上也要不甘居诗人之下。

第二,戏剧语言的个性化。老舍从写小说的经验中总结出写戏剧语言的两个办法:"第一是作者的眼睛要老盯住书中人物,不因事而忘了人;事无大小,都是为人物服务的。第二是到了适当的地方必须叫人物开口说话;对话是人物性格最有力的说明书。"[③] 人物语言要做到什么人说什么话,什么话表现什么性格,要能够实现"话到人到"。在小说创作中,作家一边叙述,一边加上人物的对话,在适当的时机利用对话揭示人物性格。"剧本通体是对话,没有作者插口的地方。这就比写小说多些困难了。假若小说家须老盯住人物,使人物的性格越来越鲜明,剧作者则须在人物头一次开口,便显出他的性格来。这很不容易。剧作者必须知道他的人物的全部生活,

---

[①] 〔古希腊〕亚理斯多德:《诗学》,罗念生译,见亚理斯多德、贺拉斯:《诗学 诗艺》,北京:人民文学出版社 1962 年版,第 19 页。

[②] 〔英〕乔治·贝克:《戏剧技巧》,余上沅译,北京:中国戏剧出版社 1985 年版,第 25 页。

[③] 老舍:《戏剧语言——在话剧、歌剧创作座谈会上的发言》,《剧本》,1962 年第 4 期。

才能三言五语便使人物站立起来,闻其声,知其人。"①如果"对话不能性格化,人物便变成剧作者的广播员"②。应该全面考虑语言运用的技巧。"所谓全面运用语言者,就是说在用语言表达思想感情的时候,不忘了语言的简练、明确、生动,也不忘了语言的节奏、声音等等方面。这并非说,我们的对话每句都该是诗,而是说在写对话的时候,应该像作诗那么认真,那么苦心经营。比如说,一句话里有很高的思想,或很深的感情,而说的很笨,既无节奏,又无声音之美,它就不能算作精美的戏剧语言。观众要求我们的话既有思想感情,又铿锵悦耳,既有深刻的含义,又有音乐性,既受到启发,又得到艺术的享受。剧作者不该只满足于把情节交代清楚了。"③

第三,根据戏剧表情达意的需要,戏剧文学的人物语言要有动作性的特点,并且要有"话中有话"的潜台词。戏剧人物语言的动作性指的是不仅让观众听,而且让观众看,语言要和姿态、手势、表情、形体等等动作结合起来。"潜台词"指的是,有些话人物虽然没有说出来,但是观众却可以根据剧情,意会到其中潜藏的言外之意、弦外之音。

(三) 戏剧的类型

根据容量大小,戏剧文学可分为多幕剧、独幕剧;根据表现形式,可分为话剧、歌剧等;根据题材,可分为神话剧、历史剧、传奇剧、市民剧、社会剧等;根据戏剧冲突的性质,可分为悲剧、喜剧和正剧。

悲剧作为戏剧艺术的重要种类,亚里士多德在《诗学》中这样界定:"悲剧是对于一个严肃、完整、有一定长度的行动的摹仿;它的媒介是语言,具有各种悦耳之音,分别在剧的各部分使用;摹仿方式是借人物的动作来表达,而不是采用叙述法;借引起怜悯和恐惧来使这种情感得到陶冶(宣泄、净化)。"④亚里士多德从摹仿对象、摹仿媒介、摹仿方式三个方面及悲剧摹仿的特殊目的来界定悲剧这一艺术的性质、特征和作用。他一方面认为悲剧是由悲剧人物"遭受不应遭受的厄运而引起的",另一方面又认为悲剧人物的遭受厄运是由于自己的某种过失或人性弱点所致,悲剧人物并非完美无缺,而是与我们十分相似。这是基于悲剧主人公的特点及其"过失"、悲剧效果等方面对悲剧作出的明确界定。鲁迅说:"悲剧将人生的有价值的东

---

① 老舍:《戏剧语言——在话剧、歌剧创作座谈会上的发言》,《剧本》1962年第4期。
② 同上。
③ 老舍:《对话浅论》,《电影艺术》1961年第1期。
④ 〔古希腊〕亚理斯多德:《诗学》,罗念生译,北京:人民文学出版社,1962年版,第19页。

西毁灭给人看。"①悲剧可以分为三类:命运悲剧;性格悲剧;社会悲剧。

喜剧是通过内容与形式的错位而引读者发笑,它的实质是"将那无价值的撕破给人看"②。喜剧通过讽刺、幽默、夸张的手法体现对象的可笑性,把戏剧的各个环节,包括戏剧冲突和戏剧情境的许多因素,乃至人物的语言、动作和形态等等,加以漫画化,通过人物和社会生活不同侧面的相互悖逆和乖讹,产生滑稽戏谑的效果。

正剧又称为悲喜剧,兼有悲剧和喜剧成分。正剧反映的矛盾冲突通常总是以先进战胜落后、正义战胜邪恶获得解决,以正面人物战胜反面人物而告终。正剧包括社会问题剧和英雄正剧。

七、影视文学

基于不同的传播媒介,影视文学包括电影文学剧本和电视文学剧本。这些剧本是电影与电视的文学基础,也是拍摄影视片的依据,还可以作为读者阅读的文学作品。电影文学追求鲜明的动态画面、逼真的银幕形象以及蒙太奇效果。电视与电影既有相似点,又有区别。电视在画面造型上追求以小见大,注重情节铺设,强调矛盾冲突。电影艺术和电视艺术的特点有内在的联系。电影艺术和电视艺术的存在方式影响着电影文学和电视文学的特点。

(一)影视的历史

电影艺术的出现已经有一百多年了,它是现代大工业生产条件下技术发展的产物。摄影师通过以每秒钟摄取若干格画幅(无声片16格,有声片24格)的速度,将对象运动过程拍摄在条状胶片上,这样许多格动作就逐渐成为了静止的画面。这些胶片的拍摄来自不同的距离与角度,记录了各种不同的人物与场景。创作者将许多段胶片,经过一定的处理衔接组合起来,制成可供电影放映机放映的完整的影片。电影是用能连续拍摄镜头画面的电影摄影机摄制成片的。放映机放映的影片与拍摄的运转速度相同,一系列镜头画面连续地投映到银幕上,于是人们就可以看到拍摄保存下来的影像了。电影文学属于语言艺术,它通过语言叙事情节、描写镜头、塑造形象,反映电影所要表现的社会生活和思想情感。

---

① 鲁迅:《再论雷峰塔的倒掉》,《鲁迅全集》第1卷,北京:人民文学出版社2005年版,第203页。
② 同上。

电视出现于 20 世纪 30 年代。它的拍摄工具是电视摄像机,将景物图像进行光电转换变为相应的电信号,用无线电发射机发送给电视机用户,电视机将信号还原为画面和声音。

(二) 影视的特点

影视文学的共同特点是,它们都可以根据摄影镜头的距离、角度、光线等特性,采取各种表现手法,塑造出多种多样生动、鲜明、可见的艺术形象。在角度处理上,有仰摄、俯摄、摇摄、倒摄、推拉镜头等方法。在距离方面,有特写、近景、中景、全景、远景等各种镜头画面。

蒙太奇结构是影视文学的共同特征。"蒙太奇"(法语 montage 的音译),原意指构成、装配的意思。蒙太奇被挪用为电影术语之后,指的是影片镜头的剪辑与组合。苏联电影艺术家普多夫金论述蒙太奇,就明确指出蒙太奇是"将素材分解成许多片断,然后把这些片断组织成一个电影的整体"的理论。如何构成呢?他的方法是:"以若干镜头构成一个场面,以若干场面构成一个段落,以若干段落构成一个部分等等",这样,就能"把各个分别拍好的镜头很好地连接起来,使观众终于感觉到这是完整的、不间断的、连续的运动"。[①] 普多夫金的蒙太奇观念是以片段的联结去叙述思想的,是自成体系的、完整的。"借助于电影技术而发展到极完善形式的分割和组合方法,我们称之为电影蒙太奇。"[②] 一部影片的全部内容,分切无数不同的镜头画面,分别拍摄完毕之后,根据剧本的既定思路将不同的镜头有机剪辑组接起来,各个画面之间因而产生连贯、呼应、悬念、对比、暗示、联想等关系,于是故事叙述、人物刻画、光影表达得以实现。普多夫金和库里肖夫做过一个试验。他们分别拍了四个不同画面的镜头:第一个是一位演员毫无表情的面部特写;第二个是一盘汤;第三个是一口棺材,里面躺着一具女尸;第四个是一个小女孩正在玩玩具狗熊。他们把第一个镜头与其他三个镜头分别进行联结观看,当即产生三种不同心理情感的艺术效果。当第一、二镜头联结时,观者感到那个演员显露的是面对女尸沉重悲伤的面孔;当第一、四镜头联结时,观者感觉那个演员看着玩耍的女孩而露出喜悦的神色。[③] 上述实验说明,不同画面的镜头组接的顺序和方式,将会呈现不同的影片

[①] 〔苏〕多林斯基编注:《普多夫金论文选集》,史慧生、何力译,北京:中国电影出版社 1962 年版,第 112、119—120、135 页。

[②] 同上书,第 151 页。

[③] 〔苏〕普多夫金:《论电影的编剧导演和演员》,何力译,北京:中国电影出版社 1984 年版,第 121 页。

内容。

蒙太奇结构也是影视艺术的核心特征。它并不是一个镜头加一个镜头的简单组合,而是一种艺术的创造。它表现的思想感情和产生的艺术效果,也不是两个镜头相加之和,而是不同镜头画面联结而产生的,是原画面所没有的第三种意义。因此,影视文学的创作不能不受蒙太奇的影响和制约。电影、电视编剧都应该熟悉和掌握蒙太奇的规律,在剧本中运用蒙太奇的结构表现方法,组织镜头的生活画面,创造丰富多样的艺术形象,表现复杂深刻的思想内容。

八、网络文学

网络文学是全球因特网技术迅猛发展的结果。有人将报纸、广播和电视之后出现的因特网媒介称为第四媒体。因特网具有容量巨大的浏览服务器、快速便捷的信息传输功能。

严格说来,网络文学并非指印刷作品的网络化,也不是指描写网络生活题材的文学作品,它应该是指由网民通过电子计算机写作、通过网络发表与传播的原创性作品。例如有的网络文本可以将文字、声音、动画、摄影、摄像、影视等等多种媒介组合起来,实现多个媒体的综合传播。还有,如利用网络交互作用创作的网络接龙作品,即由众多网上写手就某一题目共同续写一部作品。

网络文学最特别的文本存在样式是超文本(hypertext),即通过借助因特网技术和信息技术制造各种具有文本链接功能的文本,实现阅读的自主性和自由性。纳尔逊认为,"超文本这个概念表示非顺序的书写文本,它给予读者各种分叉选择,并允许读者作出种种选择,最好在一个互动的屏幕上阅读。就像通常所想象的那样,它是一个通过链接而关联起来的系列文本块体,那些链接为读者提供了不同的路径"[1]。超文本具有如下三个特点。

(一) 超文本链接

将电子文本的关键词设置成为不同颜色,或者下划线格式,或者不同字体,或者图案,从而提醒读者注意超文本链接的关节。通过这些入口,读者可以不断根据路径指引和个人兴趣点击多个文本链接,从而进入一个无限可能的意义迷宫。由一个网络电子文本与其他相关文本链接,从而形成文

---

[1] George P. Landow, *Hypertext 3.0: Critical Theory and New Media in an Era of Globalization*, Baltimore: The Johns Hopkins University Press, 2006, pp. 2-3.

本之间的互文网络关系,于是超越了原有的特定文本。不仅网络文本自身成为了无限扩展、自由链接的无中心结构,而且也造就了自由无疆的阅读行为。链接的文本既可以是文字,也可以是声音、视频等多媒体资源。超文本实际上创造了一种超媒体的文学形式。

(二) 读者更大的自由度

由于读者可以根据自己的意志选择文本内容和路径,阅读的自主性和生产性大大加强了。印刷文本原有的秩序打破了,电子文本的多媒体提供感觉方式上的新奇感和多元化,以及阅读内容和方式的无限可能性,并且使读者对文本的理解变得更加自由。

在网络文学的传播中,用户可以对网络里的文学信息进行加工、处理、修改、放大或重组,成为文学信息的操作者,享受个人化的文学信息服务。同时,用户可以通过网站设置的评论、论坛、电子邮件等对网站所发布的文学信息进行及时反馈,与网站、其他用户共同探讨问题、发表意见。

(三) 非线性的文本

文本的非线性,即文本组合的随机性、偶然性、不确定性和无序化。阿赛特认为:"非线性文本就是这样的作品,它没有把文本单元(scripton)置于一个固定的顺序之中,无论是时间的顺序还是空间的顺序。事实上,通过某种控制论的动因(使用者,文本,或这两者),一种任意的顺序由此诞生了。"①传统文学的传播形式都是线性传播,都体现出一种时间流程的不可逆转性和空间界面的不可交替性。网络文学传播突破了时间和空间的二维的限制,以超链接的阅读方式,使得网络中的信息处于相互通融状况,从而为受众提供了无限选择的可能和广阔探索的自由。

网络文学还可能体现出文学的开放性,使作者成为一个"在场"的主体,使文本成为作者与读者互动的桥梁。超文本学者兰多认为:"超文本提供了一个可无限再中心化的系统,它暂时性的聚焦点有赖于读者,在另一种意义上说,读者变成了真正主动活跃的读者。超文本的基本特征之一,就是它是由链接的诸多文本块体构成的,因而它们并没有组织的轴心。……虽说缺少中心会给读者和作者带来麻烦,但这也意味着任何使用超文本的人,都可以把他们自己的兴趣作为此刻漫游的实际组织原则(或中心)。一个

---

① Espen J. Aarsen, "Nonlinearity and Literary Theory", in George P. Landow, ed., *Hyper/Text/Theory*, Baltimore: The John's Hopkins University Press, 1994, p. 61.

人把超文本当做无限的非中心化或再中心化系统来加以体验,部分原因在于超文本会改变任何一种文献,只要文献链接着一个以上的暂时的中心,或链接着可由此来调整自己并决定是否去往下一个文献的局域位置图。"[1]网络文学的超文本特性体现了后现代的多元主义、对话主义、非中心主义以及不确定性的特点。

网络文学实现了科技与人文的融合、自由与开放的统一。与传统的文学形态相比,网络文学具有如下几个鲜明特点:第一是作者身份的匿名化,或者虚拟性。虚拟性造就了网络文学的交流性。这里所说的网络文学的交流性并不是从媒体的角度来说的,而是指网络文学作者和读者之间的特殊关系——一种虚拟状态下的"非常态"交流方式。这首先是一种真实、积极的交流方式。由于网络的虚拟性和说话者的隐匿性,在无所顾忌的情况下,网络文学作者和读者之间的交流更坦诚、幽默,或者具有鼓动性。在网络环境下,毫无芥蒂的交流和排除功利之外的帮助,形成网络文学创作和接受的独特交流环境。第二是文本信息的数字化。第三是写作手段的多元化。第四是阅读方式的链接性。第五是沟通方式的网络化。网络文学的上述特点对传统文学的存在方式产生了巨大冲击,其发展方兴未艾。

【导学训练】

一、关键词

文本:也被译作"本文",是指由符号组成的系统。人们可以从语言、话语、符号,而不是从作家的角度对文本进行理解和解释。它具有封闭性、自足性、能指性等特点。广义的文本泛指一切具有释义可能的符号链,例如广告、建筑、影片等。

话语:话语理论是西方语言学转向后在学术界出现的一种学术思潮,强调思想文化在本质上是一种"话语活动"。话语理论将一切思想文化现象视作特定的话语形式。"话语"性研究则将"生活世界"中各种文化现象和社会存在看成"话语"形式(包括语言性的和非语言性的),然后分析其形成的机制。"话语"作为一个指涉宽泛的概念,指意义、表征和文化所由构成的任何路径。文学包含了复杂的权力关系和社会网络,是压抑与抵制相抗衡的场域。

意象:在中国古代诗歌理论中,"意"指作者的思想情感,"象"指形象与物象,"意象"即思想情感与形象的融合。西方文论把意象视为诗人的主观意念与外界的客观

---

[1] George P. Landow, *Hypertext* 3.0: *Critical Theory and New Media in an Era of Globalization*, Baltimore: The Johns Hopkins University Press, 2006, pp. 56-57.

物象猝然撞击后的产物。

意境：指作家的思想情感与外界环境和谐统一的艺术境界或审美境界。它体现为意象浑融，情景妙合，意境融彻。意境是中国古典诗学特有的重要范畴。

文学典型：指典型人物或典型性格。典型人物是指文学作品中显示出特征的富于魅力的性格。典型的美学特征包括特征性和艺术魅力。典型环境是指全面而充分显示了真实的现实关系的社会生活环境。典型人物的刻画应该基于典型环境，典型环境应该烘托出典型人物。

文学体裁：又称文学样式，是文学作品形式的一个要素之一。根据形象塑造、语言运用与结构布局等因素有机综合而成，呈现出作品的外部形态。

二、思考题

1. 文学语言的特点。
2. 语言转向的含义。
3. 文学意象的含义。
4. 文学典型的特点。
5. 文学体裁的分类。

【研讨平台】

一、文学潜文本问题研究

（一）文学文本与潜文本的对话效果

文学的潜文本潜藏在文本字面的表达中，但它不是一般意义上的隐伏不露，显示为蛰伏的状态；它的潜藏更像是一段河流之下的暗流，暗流是不能直接观察到的，但暗流是在与水面流向相反、相异的运动中存在的，在此意义上，它同文本有一种"对话"关系。作家池莉写的《烦恼人生》中，主人公印家厚的生活就是以《哈姆雷特》中主人公的烦恼作为潜文本来安排的。当哈姆雷特以"生存还是毁灭"的哲理难题，让一代代包括中国读者在内的人们深思时，池莉却以印家厚式的烦恼来作出了新的烦恼的演绎。她在创作谈中说：

> 哈姆雷特的悲哀在中国有几人有？……我的许多熟人朋友同学同事的悲哀却遍及全中国。这悲哀犹如一声轻微的叹息，在茫茫苍穹里缓缓流动，那么虚幻又那么实在，有时候甚至让人们留意不到，值不得思索，但它总有一刻使人感到不胜重负。①

这种"轻微的叹息"却又是"重负"，在小说中有详细的演绎。在这种以哈姆雷特

---

① 池莉：《我写〈烦恼人生〉》，《小说选刊》1988 年第 2 期。

式悲哀作为反衬的潜文本之外,小说中还有一个潜文本,那就是印家厚在故事中写了一首与诗人北岛《生活》同题的诗,北岛对生活的诠释是"网",印家厚则是写"《生活》:梦"。是的,这正是印家厚之烦恼所在,他也有生活中的梦幻,但一旦理智地面对生活时,那种"梦"就被现实的网切割成无数碎片,现实的合理性是建立在梦境的幻灭和破碎基础上的。

哈姆雷特的烦恼是梦境中的烦恼,"生存还是毁灭"作为一个问题,只有在澄静的心中才有,而印家厚式的烦恼则是走不进一个梦境,哪怕这只是一个烦恼的梦境。住房难、行路难、办事难,在困难重重中印家厚渴望有一个让人暂时忘记现实的梦境。但是,达到梦境也难,印家厚的处境就是这样。小说中有一段描写:

> 空中一絮白云停住了,日影正好投在印家厚额前。他感觉了阴暗,又以为是人站在了面前,便忙睁开眼睛。在明丽的蓝天白云绿叶之间,他把他最深的遗憾和痛苦又埋入了心底。

可以说,印家厚是想在生活的烦恼中暂时休憩一下,想闭目养神,而在这时一片云朵投下的阴影也使他想到又"是人站在了面前",这简直是一个挥之不去的梦魇,一种无处躲避的尴尬处境。在这里,印家厚头脑中的生活之梦就在现实的生活之网中逐渐被捕捉、被驱逐了,印家厚的烦恼是无梦的烦恼。他只好做一个在生活之网中被编好了程序的机件,这样才能消解掉这一烦恼。

这种潜文本与文本之间的对话效果,除了可以作为文本思想层次深度上的建构来安排之外,它也可以作为一种更为明晰的作品的话语风格来演示,譬如王朔小说中人物的"侃"就很典型地体现了这一状况。在他的《一点正经没有——〈顽主〉续篇》中,主人公的一些话颇有王朔式的幽默感。

文学的潜文本有多种类型,所以,在文本与潜文本的对话关系上也可以有多种运作方式,有时它根本不是由作者,也不是由作品本身就能窥见的,而要从文本所在的语境,从读者阅读时的心理来作分析。乐黛云在论及"文革"时期作为"样板戏"的《红灯记》时说的一段话,就提供了一个生动事例。她说:

> 例如,"表叔"这个词表示"父亲的表兄弟",这个原义是不会变的,后来,由于《红灯记》的广泛传播,泛指并非亲眷而又比"亲眷还要亲"的革命同志。"文化大革命"后,人们把"无事不登门""来必有所求"的人称作"表叔",因为《红灯记》中有一段唱词:"我家的表叔数不清,没有大事不登门。"最近,香港有些人把内地出去的,没有眼光而又急功近利的商人称作"表叔",取意于《红灯记》中表叔的联络暗号:"卖木梳,要现钱。"①

由此可见一个词的意义可以变化无穷,一段文本的意义就更不用说了。其实,

---

① 乐黛云:《比较文学与中国现代文学》,北京:北京大学出版社 1987 年版,第 312 页。

《红灯记》的剧作文本在"文革"时作为文艺创作的"样板",这本身也很难说就是它应有的位置,因为创作并不是按图纸来加工的活动,简单地树立样板来作创作圭臬,这本身就是对创作活动的一种束缚。那么,该剧中"表叔"一词的多种词义的变迁过程,实际上并不是文本内在地蕴含的,而是《红灯记》文本在不同历史语境中变迁的问题,它由处于文化独尊中的样板位置逐渐滑入到被人谐谑,消解了神性的边缘位置。这一变化正是在语境中潜文本与文本的对话中达成的。

(二) 文学的潜文本与文学批评

上面对文学潜文本状况的一些论述,可以得出的一个结论是:文学批评不只是对文学文本的批评,它也涉及了潜文本的批评,并且潜文本可以渗入到批评中,成为影响批评见解的重要因素。

这一认识单从上面论述的方面来看,似乎是顺理成章,但它已或多或少地触碰到了人们对于文学批评的一些见解。有些人认为,所谓文学批评,就是应看到、揭示比一般读者,甚至比作者都更深刻的认识,发掘出作品的有价值的方面。这一认识倾向对于反拨批评中的随意性的做法是有积极意义的,并且在批评的学科建设上也有一些积极作用,但它只是把批评看成一种"检验",而不是也看做一种"生产",这是不合乎批评的实际状况的。

马歇雷认为,文学是一种意识形态生产,文学生产是要在现存意识形态的基础上,展示出它的新的方面,而这新的方面并不在文本的陈述中,而是在它之外:"对于一部文学作品的认识,不是简单地解释或剥开其奥秘,而是一个新的认识的产物,是对这部文学作品中未曾说出的重要意义的阐述。"① 这种"新的认识"可以是相对于以往作品而来的新的认识,如巴尔扎克小说对于资本主义时代"金钱"的批判。从当时的新兴资产阶级的眼光来看,资本主义意味着一个平等的社会,贵族在政治上、经济上的特权被剥夺或至少是受到限制。它是一个民主的、以法制来实现社会秩序稳定的社会。而巴尔扎克的《人间喜剧》,则从资本主义社会冠冕堂皇的表面,揭示了它在运作中龌龊的金钱的腐蚀性,和金钱对于人性的残害。这种认识又是在资本主义正处在上升势头,并据此来消解掉封建权威的根源上来认识的,在当时来说无疑有一种新颖的特性,所以恩格斯曾称赞他的作品对于法国社会是"深刻"的描写。这种"新的认识"还可以是发现作品"未曾说出的"东西,即作品的沉默处,是从作品形象中演绎出批评者可以发现的一种症结。

以蔡元培的"红学"研究来说,就是从索隐,即从作品文字来探求微言大义的,其中有些说法从文学角度来看多少有些偏讹。他指出:"《石头记》者,清康熙朝政治小说也。……书中红字多影朱字。朱者明也,汉也。宝玉有爱红之癖,言以满人而爱汉

---

① 〔法〕马歇雷:《文学分析——结构主义的坟墓》,见陆梅林选编:《西方马克思主义美学文选》,桂林:漓江出版社1988年版,第637页。

族文化也;好吃人口上胭脂,言拾汉人唾余也。……"①蔡元培在文中先指出了对《红楼梦》可以只读故事,也可以读出其中情调,还可以从中见出曲笔,那么,他的读法显然是读的曲笔隐含的意思了。

这种曲笔隐含的意思可能符合作者原意,也可能同作者原意无关,事实上从索隐的方法可以得出若干种不同的见解,而要想把这些见解都统一在一起是很困难的。进一步说,要把它们统一起来再用文学形象来表达则是几乎不可能的。因此,从理论上说,应该指出这样的批评见解已不是从作品中发掘意义,而是潜文本与文本的对话、磨合的关系中有所发现。

从潜文本与文本的对话关系来看文学批评,可以使批评的自主地位具有合法性。因为,如果把批评仅视为是对文本意义的发掘,那么批评再深刻、再中肯,再有创意和启发价值,也不过是对作品中已有之义的呈现,而从这种双方的对话关系来看文学批评的性质,则对话关系是由批评来梳理和架构的,对话中呈现的意义也不是文本的文中之义,而是批评家从两者对话的状况中发现的,这就使得批评有了一个广阔的活动空间。这一点同传统的阐释学批评,仅仅从文本与批评者(阐释者)双方的关系来理解文学批评的途径有了根本不同。对此,伊格尔顿的评论是有洞见的:

> 阐释学无法承认意识形态问题——无法承认这一事实:人类历史的无穷对话常常是权势者对无权势者的独白;或者,即使它的确是"对话",对话双方——例如,男人和女人——也很少占据同等地位。②

这种不同等的地位就在于"对话"的双方,往往是一方有"言说"的权力,而另一方则是沉默的,只能被动聆听言说者的声音,伊格尔顿所说的男人和女人的关系是这样。同样地,在文学中也是作者的言说、作品在传播过程中的言说占据统治地位,而批评只是取一种"忠实"传达作者原意的作用,实际是作品在"独白"。

反过来,在作品——批评这样双方对话的关系中,引入了潜文本概念后,就使作品(文本)、作品的可能意义和语境意义(潜文本)与批评者三方构成了一种新的对话关系格局,它使得作者、作品的言说受到潜文本言说的阻遏,从而双方有一种对话性,在这对话性中再加上批评者同这两者的对话,于是原来的单向话语的格局,才真正地形成双向的、乃至多向的话语格局。作品原来的沉默处,那种并未从字面上凸现的意义也由对话激活了起来。原来的一部作品,在不同话语格局的拟构中又形成新的面貌,即形成了新的作品。可以说,创作上只有一个莎士比亚,而批评的工作则使它有了二十个、五十个……在这个意义上讲,批评的"正解",即唯一正确解释的假说被撇开了,有一点儿群魔乱舞、正神缺席的意味。但是,读一部作品倒并不是要从中找到

---

① 蔡元培:《石头记索隐》,《小说月报》1916年第七卷。
② 〔英〕特里·伊格尔顿:《二十世纪西方文学理论》,伍晓明译,西安:陕西师范大学出版社1986年版,第92页。

一个谜底。如果一部作品给人的印象是一片花园、一个游乐场,一座由话语和意蕴构筑的审美乌托邦,则它也许有更大的价值,而批评则可以作为这一价值的见证。

二、文学诗性问题研究

文学是语言艺术各类别的统称,按照文学体裁"四分法"的分类方式,诗是与小说、散文和戏剧文学并列的一种文体,但这一"并列"并非是平等的,诗的性质可以说体现了一切文学乃至艺术的精神蕴涵。黑格尔说:"诗比任何其它艺术的创作方式都要更涉及艺术的普遍原则,因此,对艺术的科学研究似应从诗开始。"①在他看来,其他艺术都包含有诗性。俄国革命民主主义的美学家车尔尼雪夫斯基则说得更干脆:"一切其它的艺术所能告诉我们的,还不及诗所告诉我们的百分之一。"②无独有偶,在中国古代文论中也是强调"诗"的作用,孔子告诉其子孔鲤,说"不学诗,无以言"③。这既可以说是孔子要求儿子按照《诗经》的"乐而不淫,哀而不伤","发乎情,止乎礼义"的内涵来陶冶性情,同时也是由于言说时以"诗"为基轴,可以使表达合乎规范,增强语言的魅力。在某种意义上讲,文学作品作为文学的特性就在于诗性,它使文学表达具有形象感、情感性,并且在文字的有限表达中引发人们无限的想象。

(一) 文学诗性与形式

文学诗性是诗的,也是其他文体都必备的特性。人们一般所说的"打油诗"并不缺乏诗的形式,而是缺乏与该形式相关的诗性内涵。在这种形式与内涵对举的认识中,似乎有着将内容与形式二分的传统见解。其实,20世纪的一些文论和批评的见解,所反对的就恰恰是将文学形式仅仅视为形式,即文学形式应是内容化了的形式,形式本身就包含了内容。如诗的分行排列,表达精炼的特点,就体现了内容的跳跃性,也体现了阅读时具有更大想象空间的可能性。因此,"打油诗"之类其实是有诗的外观形式,而缺乏的是诗的诗化了的形式。

下面以贾岛的一首诗为例,分析文学诗性的特点。

> 松下问童子,言师采药去。
> 只在此山中,云深不知处。

首先,松下问童子,问者是谁?从该诗作者是贾岛来看,它应当是贾岛的发问。然而,作者在作品中的"我",可以只是一种叙述视角的表白,并不能同作者自我完全等同,因此这里的问者也可以不是贾岛。该诗没有这个问者的有关提示,可以是"我",也可以是第三人称的"他"。在这种模棱两可中,文本提供了一个可以由读者去"填空"的想象空间。实际上读者自己也可以化身为这个问者,从而使阅读增添一

---

① 〔德〕黑格尔:《美学》第3卷下册,朱光潜译,北京:商务印书馆1981年版,第14页。
② 〔俄〕车尔尼雪夫斯基:《生活与美学》,周扬译,北京:人民文学出版社1957年版,第74页。
③ 《论语·季氏》。

种亲历感。接下来,第二句是对童子回答的描述。"言师采药去",这个"师"是上句所问的实质内容,即问童子不是找童子而是找其师。在首句不谈问师却在第二句来回应,就体现了诗句的跳跃感,它使上句残缺的部分得以补全。并且,这个"师"本来只是童子的老师,但诗中泛言为"师",也就体现了对他的尊崇。这个"师"不在此处,他采药去了。如果说一个人的"所是"(Being)是由他的"所为"(Doing)来体现的话,那么由采药颇能显出"师"的风韵,他不像一些山民那样上山采药砍柴仅为衣食而劳作,同时采药也与一些达官显贵为了政事、名利而奔忙有很大差异。再往下的第三、第四句意为采药者,只在此山中,却云深路遥,难以寻觅。由此可以反观到其师远避尘世、不落俗务的生活选择。

这首诗只有短短20个字,但它包含的诗性内蕴是充分的、丰富的。它在语义表达层面之外还有透过语义而显露的诗性层面,正是这后一层面的表达使得它成为了诗。

我们还可以从一首翻译的现代诗《留言条》来领会诗性表达的特色,它同上一首诗正好构成了古今、中外之间的反差,同时在诗性表达意义上,二者又有着同一性。

> 我吃了
> 放在
> 冰箱里的
> 梅子
>
> 它们
> 大概是你
> 留着
> 早餐吃的
>
> 原谅我
> 它们太好吃了
> 那么甜
> 又那么凉①

这首诗给人的印象不太像诗,它没有什么微言大义式的话语,所写的东西都是日常生活中细枝末节的小事,我们可以很容易地将它还原为生活中的实际的留言条,无需改动一字,只是将分行书写结构改为散文式书写的方式就能完成这一转换:"我吃了放在冰箱里的梅子,它们大概是你留着早餐吃的。请原谅。它们太可口了,那么甜又那么凉。"在承认它可能作为真实的,并且是毫无文采的留言条之后,又发现它是

---

① 此处汉语译文据张隆溪:《二十世纪西方文论述评》,北京:三联书店1986年版,第117—118页。

诗,它是以诗体形式来写的,并且作者是美国负有盛名的诗人威廉斯(William Carlos Williams,1883—1963)。那么这首诗的诗性何在呢?这里得承认诗人名气和诗行排列的外包装起到了一些作用。另外,更重要的是它体现了一种对诗的庄严性的亵渎,它表明诗的语言可以是卑琐的、平庸的,将人们对诗的崇敬感推到了应予怀疑的境地,而这种反美学的诗性表达正是现代艺术和文学的一种普遍状况。进一步,我们可以进入到该诗文本的具体分析。前述已指出了它在文采上并没有什么值得人去品味的修辞效果,可以将它看成是由话语表达的张力提供的魅力。诗中的讲述者是以一种歉疚的心情来表达他对先前行为的反省,但在这一表达歉意的诉说中,讲述者在提出"请原谅"的同时,却津津乐道于那些梅子给他的口感享受,是"那么甜,又那么凉",这里就有了"吃了梅子——不该吃——终究想吃"的话语转折。如果说一部好的作品应该是"一波三折","文似看山不喜平"的话,那么这首诗恰恰就有此特性,它体现了人性的自然成分与文化成分间的冲突。

从中外、古今的层面来分析的上面两首诗,他们当然都是有诗性的。前者短小,似乎还来不及展开就已匆匆结束,但它有诗性,其诗性就在于它有充分的言外之意,让人在面对诗句时生发出比字面内容大得多的想象。后者显得平淡,平淡得仿佛是以日常生活中的日用文体来表达的日常感受,但它也有诗性,其诗性的外观保证是诗的包装,其内在质量的保证则是写出了两种情愫的冲突。也许可以这样来说,文学的诗性在于它是对语言表达意思这一实用目的的超越。然而是怎样的超越呢?是审美的超越,即超越不是本体性的,在写作中并未真实地改变所写对象的性质,而是感知性的,是换一角度来看待所写的生活。对此,什克洛夫斯基的关于艺术特性的论述就显得确有几分道理,他认为:"被人们称为艺术的东西之所以存在就是为了要重新去体现生活,感觉事物,为了使石头成为石头的。艺术的目的是提供作为一种幻象的事物的感觉,而不是作为一种认识;事物的'反常化'程度及增加了感觉的难度与范围的高难形式的程序,这就是艺术的程序,因为艺术中的接受过程是具有自我目的的,而且必须被强化;艺术是一种体验人造物的形式,而在艺术里所完成的东西是不重要的。"①他提出这一论点时,是为了论证艺术的形式化特征是艺术的本性,那么,如果撇开他的论述目的,从文学的诗性表征来看,也是于理可通的。

(二) 文学诗性的传统形态

当我们将文学的诗性说成是一种对日常生活的审美超越,并且这种超越主要是感知性的而不是本体性的之后,接下来就应该具体地剖析这一超越的基本形态了。这就是意境和典型两大基本范畴。

关于意境,这一由唐代出现的文论概念在古人的行文中并未加以梳理,他们只是

---

① 伍蠡甫、胡经之主编:《西方文艺理论名著选编》(下),北京:北京大学出版社 1987 年版,第383 页。

用该概念来评说和描述文学。大体说来,今人对于意境的阐释有两大类型。一种是"意加境",即主观的意与客观的境相融合为意境,如有论者指出:"意境的美学特征在于意与境二者的浑然融切,具体地说,它表现为主观和客观的契合无间,艺术形象的情境交融。"①这种"意加境"的意境说,在很大程度上代表了今人的普遍认识。另一种是"意之境",持此论者从语义学角度作了考察,认为"境"是"竟"的变体,其本意是边界、界线,它是一种尺度而不是实"景",因此它与"意"并不构成对举的关系,并且意境说的产生也始于佛经的翻译,其"境"作为心灵的界限来理解才便于说通。如诗僧皎然曾说,"境非象外,心非境中,两不相存,两不相废"②,这里的"境"就是意境中的境,它是指人的心灵可能很狭小,而狭小的限制就来自心灵自身;人的心灵也可能很博大,这种博大的心灵没有什么外在力量可以框定它。再从唐代司空图、宋代严羽等人的诗论来看,也是"意之境"作为意境的阐释更为恰切。所谓"超以象外,得其环中","羚羊挂角,无迹可求"的境界,是说形象可以暗示的意蕴,而不是指意蕴与客观景物的结合③。

至于文艺学中的典型一词,则源于西方文论的系统。虽然在各种具体论著中对典型的定义有所不同,但大体而言都将其表述为以个性化方式塑造出的,比同类个体更具有普遍性意义的客体(形象、作品中的情感、氛围等)。其实,将典型定义为"个性加共性"的客体只是从文学描写的结果上得来的认识,而它的原初的含义是类型、代表、有突出特征者的意思。英语中,典型一词来源于拉丁文,它的本义就是如此。就是说,文学中的描写要达到特殊的效果,就得在对具体形象的描绘中写出更广阔的内容,其个性的表达是为了更显出共性的一种途径。在某种意义上也是要达到"超以象外,得其环中"。所以有论者指出:"当我们说一件事物是'典型'的,常常不只是指它具有该类事物的某种共性或普遍性,而主要是指它足够地或明显地体现了该类事物之所以为该类事物的本质特征或本质规律。"④这一认识是比"个性加共性"的解释更深刻地揭示了典型一词的内涵。

当我们将中国古代文论中的意境和西方传统文化中的典型两个范畴作了大致梳理后,可以见出,这两个范畴都鲜明地体现了文学诗性的审美超越的特点。具体来说,文学的意境是一种主体移位的感知,鉴赏者不是看做品中的对象与原物有何关系,而是看它此刻对于鉴赏者来说有何意味,意境深远的作品让人细细品味,而后又感到回味悠长;文学的典型则是对客体聚焦、放大的感知,它敦促鉴赏者由对形象的

---

① 曾祖荫:《中国古代美学范畴》,武汉:华中工学院出版社1985年版,第287页。另,李泽厚也持此观点,见《"意境"杂谈》,辑入《美学论集》,上海文艺出版社1980年版。
② 皎然:《唐苏州开元寺律和尚坟铭》。
③ 对此观点,可参阅陶东风:《中国古代心理美学六论》,南昌:百花文艺出版社1990年版;顾祖钊:《艺术至境论》,南昌:百花文艺出版社1992年版。
④ 李泽厚:《"典型"初探》,《新建设》1963年第10期。

观照联想到生活中的原型,反过来又让人看到典型比之于生活原型来说,多出的理想成分和色彩,它的效果是让人震惊(shock),久久难忘。下面将二者差异作一图示:

类别	典型	意境
性质	客体移位的感知	主体拟设的感知
心理效果	震惊,难忘	陌生,回味
与生活的关系	结合到生活原型来看	与生活原型有一段距离
哲学性质	以一见多,以一总多	一则为多,留驻于一

可以说,典型与意境是两种不同的审美超越,而它们都是文学诗性的基本形态。

(三) 文学诗性的现代形态

剖析了典型与意境这样两种诗性形态之后,文学的诗性形态是否就一览无余了呢?应该说这还不能代表全部文学诗性的形态,其原因如下。

从文学自身的状况来看,19世纪中叶出现的象征主义诗歌运动,开创了一个诗歌创作革命的时代。也就是人们所说的现代派文艺萌发的时代,再到20世纪初哲学领域的"语言转向"则开创了一个诗学革命的时代,即整个文艺学由对文艺本质的研讨开始转到了更具形而下意义的文学语言的关注。在这一背景下出现了新的文化层次,这种新的文化首先是有破坏性的,它造成了传统的"文化话语的断裂";其次也是具有建设性的,即"当代文化正在变成一种视觉文化,而不是一种印刷文化"①。在文明社会以前,人们的信息攫取与交流是依赖于"看",即所谓"耳听为虚,眼见为实"。心理学上的统计数据表明,人对外界信息的感知中有90%是由视感官来完成的,由此也可见出"看"的重要性。接下来自文字出现到20世纪的上半叶,作为文明社会阶段,它的信息传播和交流的核心已转到了"读"的层次上,在"读"的文化中,信息的感受渠道仍以"看"为主,但它更多地是涉及理解的问题,并且"读"也可以由听觉渠道来获得。可以说,"读"的文化是以文化来对人的生理感受方式的修改。自20世纪中叶以来,电影、电视在信息传播上发挥了越来越大的作用,书本印刷和手写的传播方式越来越多地被新的传媒夺去了地盘。在这电子传媒的传达中,图像、图表、文字乃至音响的多种信息传达途径的优越性一展无遗,它重新恢复了以前"看"的文化的重要性。在这样一个变化的背景下,文学中的诗性当然也就会有新的形态。

对此问题,德国法兰克福学派的理论家本雅明曾说到现代艺术与传统艺术之间的差异。他把传统艺术称为"有韵味"的艺术,其主要特征是独一无二性和审美观照时的距离感,而现代艺术则走向了"机械复制的时代"的阶段,它的大量复制的特点消解了传统艺术由于手工制作而具有的独一无二性,并且又由于复制品可以广泛出

---

① 〔美〕丹尼尔·贝尔:《资本主义文化矛盾》,赵一凡等译,北京:三联书店1989年版,第156页。

现在不同的场合,就使接受者能够尝试自己对作品作出理解和诠释,而不是像艺术品展厅里只能对作品作出一种权威性的阐释那样。本雅明认为"这两方面的进程导致了传统的大崩溃"①。试想,在音乐厅演奏某位大师的乐曲时,听众们正襟危坐,他们的心灵中是在聆听乐曲的圣洁的声音,而录音磁带和唱片的生产则可以把演奏复录出来,那么它的播放就可以是在餐室、卧室等私人空间,也可以是在候车室、会议厅等公共场所,在这些非音乐厅的现场中,人们的聆听效果就可以是截然不同的。在这种已不同于传统的文学创造和接受的氛围下,文学艺术中的诗性形态也就不能不有所变化。由于"语言转向"和"读"的文化向"看"的文化的更高层次的回归,读者的"参与"意识得到了肯定,在一定程度上读者已由被动聆听转到了主动参与创造的角色上。又由于机械复制使得艺术品的独一无二性受到消解,人们阅读艺术作品时,已由规定的氛围、场景向着多样化的状况发展,人们对作品意义由语境变化而有重新设定的问题。由此也就可以说,设定和参与是当代审美文化实现审美超越的新形态。

关于超越的形态问题,其实在文学之外的艺术中已有了充分的表达。如音乐中的即兴演奏,事先并无规定的乐谱和主题,它是现场演奏中乐手与听众相互交流的产物,演奏者通过调动听众情绪来达成演奏的效果。在美术中有一种环境艺术,在它的艺术展示中,作品连同欣赏作品的人都是艺术效果的组成部分。有时,环境艺术家甚至鼓励观众由静观变为动手,如环境艺术家阿伦·卡普兰曾说:"在我心目中每个参观者都是环境艺术的一部分,以前我不是这样考虑的。所以现在我给予观众有机会来搬动某些东西,扭动开关——仅仅是些小事情。……它对于参观者来说暗示一种不可推卸的责任。"②卡普兰这里说到的"参与"是在形而下的动手意义上说的,它也包括将读者自行其是的理解合法化,读者意识反馈给作者,从而影响作者下一步的创作等方面。

至于设定,它首先同接受语境的变化有关,传统的艺术往往是在规定好了的情境中接受,在阐释作品的含义时,其实是在规定的情景下来读出的东西,而当今的艺术接受,由于复制性作品已多于"原作"呈示的状况,而复制品的欣赏大多是难以规定的,这样的结果就使得读者可以而且应该从自身状况来读出新的东西,它要求读者自己来设定新的阅读语境。

其次,事物的"是"(to be)很大程度上取决于人的"做"(to do),因此创作时就有可能是设定出某种形态、场景,再从该形态和场景中言说它的意义。这两方面的状况共同促成了设定成为审美超越的基本形态。以前者来说,英国作家斯威夫特当年写的《格列佛游记》是政治讽刺小说,是对当时英国议会民主的委婉抨击,而在今天它

---

① 本雅明:《机械复制时代的艺术作品》,引自王才勇:《现代审美哲学新探索》,北京:中国人民大学出版社1990年版,第23页。

② 引自〔美〕艾德里安·亨利:《总体艺术》,毛君炎译,上海:上海人民美术出版社1990年版,第61页。

成了有趣的儿童文学作品。至于后者,诸如卡夫卡的《变形记》,写格里高尔变成了一只甲虫,这正是一种典型的设定,是假设在现实的压力下,成为畸态的人会是什么样子。我们也可将参与同设定的差异列表如下:

类别	参与	设定
性质	主体移位的感知	客体拟设的感知
心理效果	陌生,回味	震惊,难忘
与生活的关系	与生活原型关系不大	结合到生活原型来看
哲学性质	多种参与方式,一则为多	以一见多,以一总多

将本表与前文的典型与意境对比的表列作一比较,可以见出,它大体是将前一表列的基本元素作了新的调整,元素仍是原来就具有的,只是重新调整后体现的整体的质有了差异。

(四) 文学诗性的时代性

由上述对文学诗性基本形态的剖析,可以说它是审美活动中主体和客体、移位和聚焦等四种不同组合类型的差异所致,这是对文学诗性形态的静态分析。由这种分析我们切不要以为文学诗性就是静态的构成,实际上,这四种基本形态是美学的产物,如中国的意境论美学和西方传统的典型论美学各有其产生氛围,根本不可能在同一文化中自然地产生。至于诗性在当代形态中的设定和参与,参与是对机械复制时代艺术僵化的反弹,也是对"看"文化回归的拥抱,而设定则是由于传统和权威在当代社会或是部分失效,或是走向多元之后的一种自然状态的反应,应该说,参与更多地属现代艺术,而设定则有更多的后现代艺术的成分,虽然对此二者也不能作截然划分。

文学是时代的产物,文学诗性也是时代精神的折光。这种时代精神不是黑格尔意义上的抽象物,而是在我们日常生活中所接触到的各种事物体现的意义。意识形态的作用是影响人改造人的思维和情趣,而在今天日常生活中的变化就有类似作用。夏季空调、冬季暖气,这是人们生活中的消费品,在这消费中也改变了人的生活。郭沫若《天上的街市》呈现的遐想是纳凉时的诗情,而在空调进入家庭后,纳凉的情趣已荡然无存。白居易《问刘十九》中"绿蚁新醅酒,红泥小火炉,晚来天欲雪,能饮一杯无?"的围炉夜话的情趣在一个有暖气的房间中就成为不合时宜之举,此时行为、实践的作用显然就强于一套旧有规范的作用。如果说纳凉或围炉取暖时,文学常以讲故事的方式出现,那在有空调的房间里,可能是以电视以及电视录像的方式来呈现了。

总之,文学是人"诗意的思"的产物和行为,作为有诗意的对象,它应有一些确定的性质、元素,这在我们前面的剖析中已有述及,同时作为在历史中的人的"诗意",它又有着一些特殊的、受着具体历史条件制约的状况。而这两个方面的关系如何调整,将是需要我们作进一步思考的问题。

【学术选题参考】

1. 语言与话语的区别。
2. 作者中心论的基本内容。
3. 作者之死的含义。
4. 蒙太奇的含义。
5. 超文本的内涵。

【拓展指南】

1.〔古希腊〕亚理斯多德:《诗学》,罗念生译,北京:人民文学出版社1962年版。

本书主要探讨史诗和悲剧问题。亚里士多德认为,悲剧是用语言对一定长度的行动的摹仿,悲剧的审美效果是借引起怜悯和恐惧从而净化、陶冶人们的性情。悲剧有六个艺术成分:情节、性格、言词、思想、形象和歌曲,其中最重要的是情节,也就是一连串的人物行动。

2.〔清〕李渔:《闲情偶记》,北京:中国戏曲出版社1959年版。

作者认为戏剧的中心事件对于一部成功的作品十分重要。由一个具体人物的一个具体事件,可以牵连出其他人物和事件。起"主脑"作用的一人一事可以引发包含戏剧冲突的、情节曲折的戏剧故事。

3.〔俄〕巴赫金:《文学作品中的语言》,潘月琴译,钱中文主编:《巴赫金全集》第四卷,石家庄:河北教育出版社1998年版。

作者认为,文学语言是一种具有自我意识的语言,它不仅仅是为一定的对象和目的所限定的交际和表达的手段,更是自身描写的对象和客体。文学语言作为对象,并不等于作者"心灵的呼喊",它包含着在语言中早已有之的、各种风格的"他人话语",是一个复杂而又统一的体系,具有"多语体性"。

4.闻一多:《诗的格律》,原载《晨报副刊》1926年5月13日。

作者认为诗歌的格律涉及形式与节奏包括节的对称与句的均齐,以及句式、音尺、平仄与韵脚;汉语诗歌具有音乐美、绘画美和建筑美。

5.焦菊隐:《豹头、熊腰、凤尾》,《焦菊隐戏剧美学论集》,上海:上海文艺出版社1979年版。

作者认为戏剧结构要做到豹头、熊腰、凤尾。"豹头"指戏剧提出的问题和事件要单一、醒目、富于戏剧性。"熊腰"指作品的中部要做到扎实、饱满,有如熊腰。"凤尾"指的是戏剧的结尾要挺拔有力,使复杂错综的情节线索重归于单一,最好做到出人意料又合乎情理,因此前面的伏笔不可缺少。

第二章　文学与作家

前一章介绍了与作品相关的基本知识，这一章介绍文学创作的主体——作家。没有作家就没有创作，作家的创作是整个文学活动重要的组成部分。作家的体验、心理、个性和修养等主观因素，对文学创作具有直接的影响。同时，一定时代的历史环境和文化语境，以及文学传统、文学体制等外在条件，也会直接或间接制约、影响作家的创作活动。

本章的作家论包括如下四个方面的内容：创作主体、创作意识、创作过程、创作思维。

第一节　创作主体

在文学理论中，关于创作主体的认识有两大基本观点：第一，以作家作为文学创作的中心，突出创作主体在创作过程中的作用。中国古代文论的感物说关注主体心灵对外在之"物"的"感受"或"感悟"。与此相关的创作理论有"养气说"、"虚静说"、"才、胆、识、力"说、"胸有成竹"等观点。西方象征主义则认为文学创作是意识与潜意识交互作用的过程；表现主义认为文学创作是表现人的直觉的过程；弗洛伊德的精神分析学认为创作的动力是潜意识、幻想、梦和性欲，荣格的精神分析学说则认为文学创作表现了人类的"集体无意识"。第二，以文本作为文学创作的中心。受西方的语言学转向和接受美学的影响，学界出现了突出"文本"作用的各种理论，如"作者之死"、"自动写作"等理论思潮。

本节分别介绍作者中心说、文本中心说以及作者地位变化的原因。

一、作者中心说

作者中心说认为，作者是文学创作的主体，作者的创作动机、价值判断、情感经历等个人因素被置于十分重要的地位。

（一）中国文论关于作者中心说的基本观点

中国古代文论从作者的角度来思考文艺的本质，主要有言志说和缘情说两种观点。言志说认为文艺是心志的表现，缘情说认为文艺是情感的表现。

《尚书·尧典》说："诗言志，歌咏言，声依咏，律和声；八音克谐，无相夺伦，神人以和。"朱自清将这段话称为中国诗论的"开山的纲领"①。

《毛诗序》曰："诗者，志之所之也，在心为志，发言为诗。情动于中而形于言，言之不足故嗟叹之，嗟叹之不足故永歌之，永歌之不足，不知手之舞之，足之蹈之也。"②诗，是用来表现情致的，当多种心理因素在心里处于激活状态时就是志，用语言表达出来就是诗。情感在心里被触动和唤起必然就会表达为语言，语言不足以表达情致时，就会吁嗟叹息，吁嗟叹息不足以表达情致时，就会引声长歌，引声长歌还不足以表达情致，就会情不自禁地手舞足蹈以尽兴。

情感说侧重从人的心理意识层面来解释艺术的起源，认为艺术起源于人的情感表现的需要，情感通过声音、语言、形式等载体表现出来时，就产生了音乐、文学、舞蹈等艺术。"诗缘情"则出自陆机的《文赋》。刘勰的《文心雕龙》提出"缀文者情动而辞发"的看法，意即文学创作是作家的内心有所活动，然后情感才表现在作品之中。

扬雄认为："故言，心声也；书，心画也；声画形，君子小人见也。"③他提出了言为心声、书为心画的观点，由"声画形"观照，则君子、小人之高下人格判然有别。元好问认为，文学作品的思想感情应该真实地反映作者内在的心灵世界。他说："心画心声总失真，文章宁复见为人。高情千古《闲居赋》，争信安仁拜路尘。"④该诗通过强烈的对比，热情地歌颂了真情倾诉的陶渊明，毫不客气地批评了西晋诗人潘岳"心画心声总失真"的写作缺陷。叶燮在《原诗》中，把创作客体分为理、事、情三个方面，把创作主体分为才、胆、识、力四个要素："以在我者四，衡在物者三，合而为作者之文章。"⑤"曰

---

① 朱自清：《诗言志辨》，《朱自清古典文学论文集》（上），上海古籍出版社1981年版，第190页。
② 《毛诗序》。
③ 扬雄：《法言·问神》。
④ 元好问：《论诗三十首》。
⑤ 叶燮：《原诗》。

才、曰胆、曰识、曰力,此四言者所以穷此心之神明。"①这是从创作主体出发,分别讲审美判断力、审美表现力、主体的自信力、作品的生命力。袁枚提倡"性灵"说:"凡诗之传者,都是性灵,不关堆垛。"②性情是"性灵"的主要内涵。"诗者,人之性情也,性情之外无诗。"③"文以情生,未闻无情而有文者。""以为诗写性情,惟吾所适。"④"性灵"说所表现的应该是创作主体的真性情:"尝谓千古文章传真不传伪。"

"言志"说与"缘情"说,共同之处在于都强调了诗歌所表达的是主观思想感情,不同之处在于"言志"说突出的是理性化的思想感情,"缘情"说则突出诗歌或文学所表达的是感性化的情感或情绪。

王国维作为"意境"理论的集大成者,强调"意境"的形成过程是"情"与景的相互融会过程。五四运动时期,"为艺术而艺术"的主张强调文艺创作是自我表现的过程。总之,上述观点都认为,文学是作家内在思想、情感、个性、幻觉、心绪等等表达的产物。

(二) 西方文论关于作者中心说的基本观点

西方文论史上,作者中心论有一个延续很长的理论思潮,主要代表有浪漫主义、唯美主义、象征主义、弗洛伊德主义、现代主义以及非理性哲学等。这些理论谱系强调作家情感、灵感、天才对于文学创作的影响,重视作家情感的自由表现和个性的解放。

康德提出艺术是类似游戏的自由活动,主要由天才这种艺术家天生的心理能力创造出来,想象力在其中发挥着首要的作用和功能。康德在《判断力批判》中提出,文学艺术是一种无须凭借概念的主体的情感愉悦。他认为,文艺虽然是一种令人愉悦的情感,但它包含着理性内容,并具有判断先于快感的高级形式。费希特认为只有精神性的"自我"才是唯一实在,"自我"决定"非我","自我"创造"非我"。他从主观唯心论出发,将文学看成是主观心灵的产物,是纯然主观的东西。歌德主张艺术家的心灵与自然的一致,认为艺术家表现了自己的真实心灵,就能捕捉到自然的奥秘,抵达事物的内在。艺术最终成为艺术家"自己的心智的果实,或者说,是一种丰产的神圣的精神灌注生气的结果"⑤。歌德认为艺术家的创作能力来自于

---

① 叶燮:《原诗·内篇下》。
② 袁枚:《随园诗话》。
③ 袁枚:《随园诗话补遗》卷一之一。
④ 袁枚:《随园诗话》。
⑤ 〔德〕爱克曼:《歌德谈话录》,朱光潜译,北京:人民文学出版社1978年版,第137页。

天才,而天才来自于神的启示。"人应该把它看做来自上界、出乎望外的礼物,看做纯是上帝的婴儿,而且应该抱着欢欣感激的心情去接受它,尊重它。它接近精灵或守护神,能任意操纵人,使人不自觉地听它指使,而同时却自以为在凭自己的动机行事。在这种情况下,人应该经常被看做世界主宰的一种工具,看做配得上接受神力的一种容器。"①席勒将文学区分为"素朴的诗"和"感伤的诗",即大体相当于我们现在所说的现实主义文学和浪漫主义文学。诗人冷静地摹仿现实,尽量避免对所描绘的事物的主观评价,于是创作了"素朴的诗";而诗人侧重表达事物所激起的感情,则有了"感伤的诗"。他认为,"诗的观念,那无非是尽可能完善地表现人性"②。文学的本质是对人性的反映。由于历史上人性表现各异,也就有了不同的文学分类。受康德关于艺术自律性的影响,席勒认为艺术是以一种特殊的"活的形象"为对象的游戏。这种游戏活动的特点是超越现实功利、自由无羁的。总之,席勒从抽象的人性出发理解文学与艺术的本质。作为德国古典哲学集大成者的黑格尔则认为,世界的本原就是"绝对精神",美正是"绝对精神"矛盾运动的产物,"美是理念的感性显现"。

　　斯达尔夫人认为,诗是诗人情感的自由表达,诗人情感来自于人的内在灵魂,客观世界是情感表现的象征物。她说:"只有人心,它的内部活动,是惟一可以引起惊讶的东西,惟一能激起强烈感受的东西。"③她强调诗的"天才"是一种内在的气质,"须通过强烈的感情才能感觉到,而天才便以这种感情渗入一个被赋予天才的人"④。而诗歌则是"天才"的事业。浪漫主义作家雨果认为,诗是感情的表现。"诗人乃是这样一种人,具有强烈的感情,并运用比一般更有表现力的语言,来传达这种感情。"因而,"除了感情外,诗几乎就不存在了"。⑤华兹华斯认为诗人"比一般人具有更锐敏的感受性,具有更多的热忱和温情,他更了解人的本性,而且有着更开阔的灵魂;他喜欢自己的热情和意志,内在的活力使他比别人快乐得多;他高兴观察宇宙现象中的相似的热情和意志,并且习惯于在没有找到它们的地方自己去创造。"他极力强调情感对于诗歌的重要性:"诗都是强烈情感的自然流露",

---

① 〔德〕爱克曼:《歌德谈话录》,朱光潜译,北京:人民文学出版社 1978 年版,第 168 页。
② 伍蠡甫:《西方文论选》(上),上海:上海译文出版社 1979 年版,第 490 页。
③ 〔法〕斯达尔夫人:《论文学》,徐继曾译,北京:人民文学出版社 1986 年版,第 297 页。
④ 伍蠡甫:《西方文论选》(下),上海:上海译文出版社 1988 年版,第 122 页。
⑤ 伍蠡甫:《欧洲文论简史》,北京:人民文学出版社 1985 年版,第 245 页。

"情感给予动作和情节以重要性,而不是动作和情节给予情节以重要性"。①而这种情感并非完全是诗人的原初情感,而是回忆的产物,掺杂有理性思索的因素。他说,诗歌"起源于在平静中回忆起来的情感。诗人沉思这种情感直到一种反应使平静逐渐消逝,就有一种与诗人所沉思的情感相似的情感逐渐发生,确实存在于诗人的心中"②。柯勒律治认为"激情必定是诗的灵魂,或者换种话说法,想像是灵魂,它在天才诗人的作品中到处可见"。他将"想象说"作为自己批评理论的支柱。诗歌来源于有生命的"观念",它的产生涉及更高级的"想象"能力、"理性"和"意志",因此是"天才"的作品。浪漫主义诗人雪莱指出,"诗是最快乐最良善的心灵中最快乐最良善的瞬间之记录"。他在《为诗辩护》中说:"人不能说:'我要作诗。'即使是最伟大的诗人也不能说这类话;因为在创作时,人们的心境宛如一团行将熄灭的炭火,有些不可见的势力,像变化无常的风,煽起它一瞬间的光焰;这种势力是内发的,有如花朵的颜色随着花开花谢而逐渐褪落,逐渐变化,而且我们天赋的感觉能力也不能预测它的来去。"③接着明确地指出,创作需要灵感,没有灵感就不可能有优秀的诗歌。因此,诗人应当留心观察并耐心等待灵感袭来的瞬间。总之,浪漫主义颠覆了新古典主义对于理性的重视,而是侧重非理性和个人情感。浪漫主义文学理论将文学视为作家主观心灵的产物,是作家内心感受、情感体验的自由表现,强调情感、想象是造就文学不可或缺的重要条件。

第一个主张"为艺术而艺术"并且将这一观点付诸创作实践的是法国艺术家戈蒂埃。他在长篇小说《莫班小姐》的序言中论述了"艺术至上"、"为艺术而艺术"的唯美主义文学思想。他提出了艺术和社会生活无关、艺术的目的在于美和艺术形式的美学自律观。

波德莱尔的唯美主义思想含有象征主义的元素,强调运用想象去分析、综合各种素材,利用象征和暗示来表现内心生活。而外部的物质世界恰恰是作家应该规避的。他认为,"艺术除了表现它自身之外,不表现任何东西。它和思想一样,有独立的生命,而且纯粹按自己的路线发展"。"生活

---

① 伍蠡甫:《西方文论选》(下),上海:上海译文出版社1988年版,第5页。
② 同上书,第16页。
③ 〔英〕雪莱:《为诗辩护》,缪灵珠译,刘宝端编:《十九世纪英国诗人论诗》,北京:人民文学出版社1984年版,第153页。

摹仿艺术远甚于艺术摹仿生活。"①马拉美特别强调"暗示"的重要性,认为通过"暗示"才能体会诗歌的趣味。他说:"直陈其事,这就等于取消了诗歌四分之三的趣味,这种趣味原是要一点点的去领会它的。暗示,才是我们的理想。一点一滴地去复活一件东西,从而展示出一种精神状态,或者选择一件东西,通过一连串疑难的解答去揭示其中的精神状态:必须充分发挥构成象征的这种作用。"②通过暗示,诗人得以沟通不同于现实世界的另外的存在。后期象征主义者保尔·瓦莱里继续高举马拉美的象征主义旗帜,他认为,"象征主义"就此成为与今天起支配乃至控制作用的思想观念完全对立的精神状态以及精神产物的文字象征。③叶芝认为诗歌应排除外在世界和日常意志的干扰,用各种形式和想象力来充分体现微妙的内心世界。为了求得理性与感性的统一,他把"象征"分为感性的象征和理性的象征。

19世纪末至20世纪50、60年代是西方现代主义的发展时期,主要的思潮有后期象征主义、意象主义、未来主义、表现主义、达达主义、超现实主义等。非理性是其思想精髓。现代主义思想主要奠基人有叔本华、尼采、柏格森、弗洛伊德等人。

尼采"酒神精神"的提出,清楚地预示着"强力意志"学说的诞生。"酒神精神"作为生命意志的最高表现方式,其本质意义在于对生命价值的肯定。弗洛伊德认为文学是性欲的升华;一般而言,人类的文明可以说是建立在本能的压抑之上的。他在《创作家与白日梦》一文中论述了文艺作品与创作者欲望满足的关系,认为一篇作品就像一个"白日梦"一样,艺术是成年人的"游戏",是童年游戏的继续和替代。弗洛伊德把由原欲所形成的"个体无意识"确定为艺术表现的客体。瑞士心理学家荣格在此基础上提出了"集体无意识"的概念,而且由此推论,认为整个人类文化与文学都是"集体无意识"("原始意象")的呈现。

综上所述,作者中心范式的内涵体现在如下三个方面:"第一,作者是一个特殊主体,无论将之界定为神、英雄还是天才,都是把诗人看做一种具有超然能力的创造性主体;由此必然导致了第二个结论:诗人乃是文学活动

---

① 〔英〕王尔德:《谎言的衰朽》,赵澧、徐京安主编:《唯美主义》,北京:中国人民大学出版社1988年版,第142—144页。

② 〔法〕马拉美:《谈文学运动》,黄晋凯等编:《象征主义·意象派》,北京:中国人民大学出版社1989年版,第41页。

③ 〔法〕瓦莱里:《象征主义的存在》,胡经之、张首映主编:《西方二十世纪文论选》第一卷,北京:中国社会科学出版社1989年版,第86页。

的重心所在,没有诗人就没有文学作品及其读者,甚至批评和理论也将不复存在;由前两个观念逻辑地推出第三个结论:作品及其意义的阐释的根据在诗人。换言之,作者是作品意义的起源、根源和根据。于是,作者(author)变成了权威(authority)。作者支配作品因而具体呈现为三种关系:发生学的起源关系,亦即作者是作品生产者,作者是因,作品是果;法律上的所有(著作)权关系,作者是作品权利的拥有者;阐释学的意义关系,作品意义的探究必须溯源到作者生平传记中去才能获得根据。这一理论的典型形态是所谓'作者意图论'(author-intentionalism),认为作者意图是作品意义阐释惟一可靠的根据。"[1]这种作者中心论把握住了文艺的主体性、自由性、创造性、虚构性特征,把握住了文学的情感性和个体性特征。当然,有必要指出的是,作者中心论应该避免忽视文学与外在世界的关系,避免把情感表现束缚在个人狭隘的主观空间,使文学成为一种狭隘的情感的宣泄。

(三) 作者偶像的形成

文学是由人来创作的,这个创作作品的人便是作者。应该说,文学在口头传诵时代是并无作者偶像的。在文学中强调作者的地位,与文字出现后文学从口头文学发展到笔录文学的状况有关。之所以强调作者的权威地位,主要有三个原因。

1. 文字摹仿对象、表达意义

早期文字的出现,标志着人类社会已从蒙昧阶段过渡到文明阶段。但这一过渡是一个渐进的过程,在文化的后一发展阶段还会保留前一阶段文化的痕迹,由此,原始人摹仿巫术的思维模式就会对采用象形文字的人产生影响力。按照学术界的认识,"摹仿巫术是以象征律(principle of symbolism)原则确立的,即施术给一种象征的人(纸人、泥人、蜡人等),则同样的这个人本身却感受到了魔术力。这种我们将它称之为摹仿巫术(imitable magic)"[2]。如果说用象征的方式可以对摹仿对象施以魔力的话,那么,象形文字就是采用摹仿对象的方式来造型的,而这些文字在使用中又表达了作者的意思,由此就可以认定文字能产生魔力。

2. 阅读能力的重要性

在早期人类历史上,能认字、写字的人是少数,而文字可以记录大量有

---

[1] 周宪:《重心迁移:从作者到读者——20世纪文学理论范式的转型》,《文艺研究》2010年第1期。

[2] 高国藩:《敦煌巫术与巫术流变》,南京:河海大学出版社1993年版,第212页。

价值的信息,这就是说,识字者可以更便捷地掌握知识。并且,由于早期历史的发展节奏是迟缓的,现今人们几年就可以感受到的变化,在古代也许是几个世纪的进程才能达成,这就使既有知识能长期保持其有效性。"文字的力量来源于它同知识的联系;而知识却来自祖先,生者须借助于文字与祖先沟通。这就是说,知识由死者所掌握,死者的智慧则通过文字的媒介而显示于后人。"①这一认识在今天的人看来也许有些奇特,但在漫长的古代社会中,伟人、哲人似乎是过世之人才能享有的声誉,一个人的思想学识的魅力,往往要在较长时间后才可能得到社会的确认。因此,能够同伟人、哲人的思想进行对话,从而间接证实自身的水平,是只有通过阅读——其中包括文字的辨认——才可能达成的。反过来,由于对阅读的看重,也就自然地会更看重提供阅读内容的写作。

3. 文字具有穿越时空的能力

一个人的言说,可能由于说者的地位而造成"一言九鼎"和"人微言轻"的不同效果,但如果言说不经文字书写,也就往往"言之无文,行而不远",会由于口头话语只能凭记忆传诵,大都难以传承很长时间,而文字记录后的话语就可以较大程度地超越话语传达的时空界限。孔子当年自矜地说,要作《春秋》,"使乱臣贼子惧",也就是依仗着书面写作具有跨越时空限制的突出能力。书面传达如此重要,社会的统治机制必然会看重它的功能。在中国,南北朝时期的官位世袭制是以教育权的垄断来达到效果的;隋唐以后的科举制,则是以"招贤"的方式,使人才揽集在官宦集团中,同样也达到了控制书面话语,进而稳定社会秩序的效果。韩愈曾说:"愈少驽怯,于他艺能自度无可努力,又不通时事,而与世多龃龉,念终无以树立,遂发愤笃专于文学。"②由这段自述可以看出,韩愈早年将文学作为谋生手段,而后来学成之后,就从所学的学业中觅得了自己谋生的位置,同时也在德教、政教的框架中,被"专于文学"而得到的思想所归化了。这样,社会的权力机制承认作者的权威,而作者的权威又是合乎统治集团的利益的,由此形成了社会权力机制内部的平衡。

从上述三方面的原因,我们也就不难理解作者在文化中获得偶像地位的成因了,以至于作文成就了"死而不朽"。文学作为人无法逾越自然生命大限的一种权威或代偿性的举措,使人在自然生命终结后,还能被人纪念、

---

① 张光直:《美术神话与祭祀》,沈阳:辽宁教育出版社1988年版,第71页。
② 韩愈:《答窦秀才书》。

尊崇,这是一种精神上文化上永垂不朽的途径。《左传》曰:"太上有立德,其次有立功,其次有立言,虽久不废,此之谓不朽。"①这就是所谓立德、立功、立言的"三不朽"。文学作者虽不是唯一的立言者,但他作为立言者之一毕竟可以跻身于不朽者的行列。由此,文学作者由最初的无名作者阶段,进入到了可以成为文化偶像的阶段。在中国文学史上,屈原是第一个留下姓名的诗人。在他之前的诗人都只是无名作者,但到了屈原,则两千多年来一直被人记诵,并且他的英名还会长久地流传下去,因为文学史上已不可能撇开屈原来讲述文学的发展线索了。

二、文本中心说

20世纪"语言学的转向"的内涵主要表现为:在方法论上,人们把语言学的理论模式作为一种新的认知范式,广泛用于各种学科的研究。在观念上,人们彻底抛弃了工具论的语言观,强调语言的本体性,认为人类关于客观世界的知识其实是由语言"再现"或"建构"的。与其说人在支配语言,还不如说是语言在支配着人。

(一) 索绪尔的语言学理论

从文本角度探讨文学与社会的关系,涉及文学的"内部规律",而语言恰恰是探讨文学内在性不可回避的问题。从学理渊源来看,索绪尔的语言学理论奠定了文本中心论的基础。他将语言视为符号系统,具有"能指"和"所指"的界分,而二者关系的基本原则是"任意性"。同时,他对语言的研究进行了区别和分类,指出语言和言语、共时和历时、纵向和横向等对立因素,为结构主义方法论建构了基本的研究模式。索绪尔主张对语言进行"共时"的研究,强调共时性的重要性。按照索绪尔的语言学理论,要考察一部文学作品,其目的就是找出它所用的语法规则,找出语言中的"能指"和"所指"的关系。现实世界与语言世界实际上是分离的。在文学中,语言因素之所以获得意义并不是语言与外界事物联系的结果,而是作为一种结构、一种有关系统的组成部分的结果。

(二) 形式主义文论

形式本体论把文学作品的"文本形式"作为一种独立客体,认为文学的本质就在于文本形式客体本身。文本形式是一个独立自足的本体,与它自

---

① 《左传·襄公二十四年》。

身以外的作家意图(意图谬误)和读者倾向(感受谬误)没有关系。文学的意义是由文本结构决定的。这种观点的代表有俄国形式主义和英美新批评派。

形式主义文论注重从文学的形式,尤其是语言形式方面来认识文学的本质,认为决定文学之所以为文学的是文学的形式。这主要是俄国形式主义者对文学本质的认识。

俄国形式主义者提出了"形式"(form)和"材料"(material)的划分,认为主题(包括形象、思想和情感)和语言组成了材料,形式则作为艺术手法,将材料组织起来并使之获得审美效果。[①]

什克洛夫斯基认为,文学艺术的根本在于作品本身的手法,也就是陌生化(又译为反常化)的组织语言的手法,而不在于作品反映的客观材料本身。托马舍夫斯基认为,文学的本质在于一种特殊的艺术性言语,是具有自我价值并被记录下来的言语,这种言语与日常语言是有区别的。雅各布森认为,文学的本质在于文学作品之所以成为文学作品的东西,即文学性,它存在于文学作品的语言形式之中,即文学的构造原则、手段、元素等。韦勒克指出:"文学研究界今天首先应当认识到确定研究内容和中心的必要性。应当把文学研究同思想史的研究,同宗教及政治观念和情绪的研究区分开来,而这些研究往往被建议用来替代文学研究。很多在文学研究方面,特别是比较文学研究方面的著名人物,根本不是真正对文学感兴趣,而是热衷于研究公众舆论史、旅游报道和关于民族特点的见解。总之,对一般文化史感兴趣。文学研究这个概念被他们扩大到竟与整个人类史等同起来了。就方法论而言,文学研究如不决心将文学作为有别于人类其他活动及产物的学科来研究,就不可能有什么进展。为此,我们必须正视'文学性'这个问题,它是美学的中心问题,是文学艺术的本质。"[②]

布拉格学派的代表人物穆卡洛夫斯基(Jan Mukarofsky)的理论秉承俄国形式主义的观点,坚决反对对文学作品"内容"(content)和"形式"的划分,同时认为,一件艺术作品并不是作者个人的主观事件,也不仅仅是社会内容的反映,它是客观的、独立于其作者的,由这种特定艺术的整体结构的

---

① 参见〔英〕特伦斯·霍克斯:《结构主义和符号学》,瞿铁鹏译,上海:上海译文出版社1997年版,第74页。

② 〔美〕韦勒克:《比较文学的危机》,黄源深译,于永昌等编:《比较文学研究译文集》,上海:上海译文出版社1985年版,第133页。

演变所决定,而文学史家的任务就是建构一个文学作品的演变系列。①

形式本体论强调的是作品本身及其内在结构。法国文学理论家茨维坦·托多洛夫说:"形式主义理论是结构语言学的起始。"②他们的理论追求是对"建立在文学材料的特殊性基础上的一种独立的文学学的向往"③,因此,提出了"文学性"的概念,同时进一步明确指出,"诗学的任务(换言之即语文学或文艺理论的任务)是研究文学作品的结构方式。有艺术价值的文学是诗学的研究对象"④。

形式主义文论存在如下两个方面的缺陷:第一,它无视文学的内容和思想性,过分夸大了形式的决定性地位。它通过寻找一种永恒的结构来解释文学,无视文学本身具有的内涵的丰富性与感性愉悦。第二,它在无视社会文化、创作主体对结构的作用的同时,也忽视了接受者的主体活动对于文学意义的影响。

(三) 结构主义与后结构主义

结构主义文论认为,文学的本质在于文学作品的结构。

结构主义语言学的理论认为:第一,文学是具有自身规律的系统;它是具有内在性,能够自我生成、自我调节和自我参照的整体。第二,一个语言成分应当按照其在关系网中所处的位置而不是按照某种因果规律进行解释。第三,文学文本并未完全传达作者的意思,而是创造了一个结构,把它作为一个形式来等待意义的充实。这就使文学活动具有了无限的开放性和可能性。所以,作家并不是意义的决定者,罗兰·巴特提出了"作者之死"。第四,既然文学本身不再是一个个独立的文本,而是一种秩序、一种结构、一种话语,那么,寻找文学研究的恒定模式和文学中的深层结构,或者说寻找一切文学言语背后的文学语言,建构文学的元话语,就成了结构主义文学理论的主要任务。结构主义文学批评则把对结构的分析和对普遍有效的文学程式的探寻作为主要目的,早期的罗兰·巴特、格雷马斯、托多洛夫等人对

---

① 穆卡洛夫斯基语,参见 René Wellek, "Theory and Aesthetics of the Prague School", in *Discriminations: Further Concepts of Criticism*, New Haven and London: Yale University Press, 1970, pp. 275-301。

② 〔法〕茨维坦·托多洛夫:《俄苏形式主义文论选》,方珊等译,北京:中国社会科学出版社1989年版,第5页。

③ 艾亨鲍姆语,引自〔法〕茨维坦·托多洛夫:《批评的批评——教育小说》,王东亮、王晨阳译,北京:三联书店2002年版,第21页。

④ 〔俄〕鲍里斯·托马舍夫斯基:《诗学的定义》,《俄国形式主义文论选》,方珊等编译,北京:三联书店1989年版,第76页。

叙事结构的分析也是如此。

结构主义理论认为,符号是"能指"和"所指"的结合,是二者的复合体。① 而德里达彻底地切断了"能指"和"所指"的关系,人们只需注意"能指"而忘记"所指",只剩下了"能指"的"踪迹"(trace),语言只是文字游戏。"延异"使文本和写作不再具有时空稳定性的意义,文本只是成为供读者去发现和追溯的一组"踪迹",这组踪迹随后就会和作为其他踪迹的文本相遇,发生联系,彼此组织成一个语言的网络。一个新的文本就是语言的再分配的场所,这就是所谓的"互文本性"(intertextuality)。而这一追溯"踪迹"的延异过程会无限进行下去,所以文本也就不存在什么所指涉的终极意义,读者在阅读时也无需尊重原文所"虚拟"的稳定意义,可以任意驰骋想象,使语言和文本无限敞开。福柯的意识形态话语分析深受阿尔都塞的影响,他将话语视为意识形态的特殊形式,与纯粹的语言学没有关系,是人们在特定的历史条件和社会环境中,决定自己应该说什么、怎么说的潜在机制。福柯将这种思想应用到文学上,对"作者"的身份提出了质疑。他认为,既然科学的文本属于已经确立的真理,也就是真实性已经不再归结于产生这些文本的个人,那么,作者作为真实性标记的作用已经消失了。作者的确定不是历史的事实,而是批评家们在不断的阅读中操作的结果。作者只是文本在社会中存在、流传和起作用的方式而已,只是一个"功能体",构不成文本的主宰。因此,"必须剥夺主体(及类似主体)的创造作用,把它作为讲述的复杂而可变的功能体来分析"②。

作者中心论遭到的重大颠覆来自罗兰·巴特和福柯。前者提出"作者之死"说,后者提出"作者功能"论。巴特认为:"我们很清楚,为使写作有其未来,就有必要颠覆那样的神话;读者的诞生必须以那作者之死为代价。"③巴特所提倡的写作就是一种抄写者或读者第一人称现在时的述行活动,就是编织文本无穷无尽的符号之网的过程。所以,他强调文本是由多重写作构成的,它们源自多种文化并相互对话、相互戏仿、相互争执,而将这多重性汇聚在一起的并不是作者,而是读者。他指出:"我们懂得,为了使写作有

---

① 〔法〕罗兰·巴特:《符号学原理》,马宁译,赵毅衡编选:《符号学文学论文集》,南昌:百花文艺出版社2004年版,第283页。

② 参见〔法〕米歇尔·福柯:《什么是作者?》,赵毅衡编选:《符号学文学论文集》,南昌:百花文艺出版社2004年版,第523页。

③ Roland Barthes, "The Death of the Author", in William Irwin (ed.), *The Death and Resurrection of the Author?*, Westport: Greenwood, 2002, p.7.

理想的未来,就必须颠覆写作的神话;读者的诞生必须以作者之死为代价。"①而所谓的"作者之死",具体含义则是:"从约定俗成的角度来看,作者死了;其公民身份,其含具激情的个人,其传记性角色,业已消失了;令人敬畏的作者身份,文学史、教学及舆论对其叙述有证实和补充的责任,这些都被抹去了,不再笼罩其作品了。"②在这种情况下,作者只是一个写作符号,虽然作者的身份对于意义来说是必需的,但是他已经丧失了固定的意义,文本完成之后,谁在叙述已经没有意义,只有文本这个话语体系留待读者阐释和回味。所以,只有"作者之死"才是文学创作的开始。

巴特宣判"作者之死"后不久,福柯就提出了"作者功能"论。他不同意巴特"作者死了"的判断,而是主张从"作者功能"角度来思索作者问题。福柯说:"很清楚,在对一部作品(无论是一个文学文本、一种哲学体系或一部科学著作)做内部或结构分析时,在确定心理学的和传记式的参考时,对主体绝对特性和创造角色的问题就会产生怀疑。然而,不应完全抛弃主体,而应该重新考量主体,不是回到一个本原主体的议题,而是要把握他的功能、他对话语的介入以及所依赖的系统。我们不应再提出如下问题:一个自由的主体是如何穿透密致事物并赋予它们以意义的?一个自由主体是如何从内部激活话语规则来实现其谋划的?确切地说,我们应这样问:在什么条件下和通过什么形式,一个类似于主体那样的实体出现在话语的秩序中;他占据了何种位置并呈现何种功能?在每一话语类型中遵循何种规则?简言之,不必再把主体(及其替代者)视作创造性的角色,而是应该把他当做话语复杂多变的功能来分析。"③虽然,福柯认为作者并未死去,主体还是存在,但是认为他发生了变化,这种变化只有通过话语功能才能说清楚。作者功能即话语的功能,对作者的分析也就是对话语的分析。概言之,一切都无法逃脱话语,一切均在话语的掌控之中。研究话语就是分析它们传播、增值、归属和征用等方式及其变化。

形式主义、结构主义文论强调了文学作品的语言、形式、结构的决定性意义,把握住了文学的本质,有助于理解文学与其他学科(如哲学、心理学等)、文学与其他艺术样式(如音乐、绘画、电影等)相比较而具有的独特本

---

① Roland Barthes:"The Death of Author", *Modern Literary Theory*, *A Reader*, ed. Rice and Waugh, Edward Arnold Press, 1992, p. 116.
② 〔法〕罗兰·巴特:《文之悦》,屠友祥译,上海:上海人民出版社2002年版,第37页。
③ Michel Foucault, "What Is an Author?", in Hazard Adams & Leroy Searle (eds.), *Critical Theory since 1965*, Tallahassee: University Press of Florida, 1986, p. 48.

质与规律。这种对文学本质的认识是以往的理论所不能完成的。

三、作者偶像的失落与重生

(一) 影视媒体与"作者"含义的重新认定

在影视文化视野中,"作者之死"并不是指作者真的寿终,而是指他从原先万能的宝座上被新的力量所颠覆。作者虽未死去,但他活动的能量确实受到了约束,作者神圣的光环在新的偶像光环的映照下,显得黯然失色。

在新的力量对作者地位的颠覆中,影视媒体的出现是一个十分重要的因素。在文字出现以前的社会,信息的传达是由"看"来承担的。这里的"看",是指普通人的信息摄取量约90%由视觉感官来承担;"听"的信息的权威性总不及视觉感知的信息,即"耳听为虚,眼见为实"。而在文字出现之后,它在使视觉感官继续发挥作用的同时,以"读"来取代了"看"的地位。发展到极端,就是对于书本的迷信,将书籍中的话语推崇到"经"的地位,要求读它的人以"宗经"的态度来接受它,并且在自己写作时也要贯彻前代典籍所表达的精神。而影视媒体的出现,则是对"读"的文化的反拨,它使人们重新学会了"看"。但这种"看"已不同于过去,过去的"看"是相对自由的,而影视的镜头则框定了观者的"看",并且使观者看到日常生活中不多见或根本难以看到的东西。如影片中表现一个人心理的变化,可以用大特写的镜头来聚焦他的手指的轻微颤抖。由此,观者可以知晓人物内心的情绪状况。本雅明曾指出,电影镜头给我们打开了一片视觉无意识的天地。影视媒体出现后的冲击力是人们始料未及的,人们在两三千年间逐渐建立的书本文化的权威性,被迅速崛起的影视文化掠走了大片领地。

丹尼尔·贝尔曾对现代社会的变化作过一番描述,其中谈及电影时说:"青少年不仅喜欢电影,还把电影当成了一种学校。他们摹仿电影明星,讲电影上的笑话,摆演员的姿势,学习两性之间的微妙举止,因而养成了虚饰的老练。在他们设法表现这种老练,并以外露的确信行为来掩饰自己内心的困惑和犹疑时,他们遵循的'与其说是……他们谨小慎微的父母的生活方式,不如说是……自己周围的另一种世界的生活'。"[①]作者原先可能被看成全知全能者、人们心灵的塑造者,但是在视觉文化冲击下,作者的重要性至少已经被影视明星夺去了一部分。

---

① 〔美〕丹尼尔·贝尔:《资本主义文化矛盾》,赵一凡等译,北京:三联书店1989年版,第115页。

在丹尼尔·贝尔所谈及的现象中有两点值得注意:第一,通过电影,青少年们不是学习和摹仿前辈的榜样,而是学习远离自己所熟悉的世界的另一种生活,它使得"读"的文化所强调的传统的权威受到挑战。第二,"读"的文化是以作者为偶像的,虽然书中也可能塑造出许多英雄,但人物的形象并不会遮掩作者,而是像众星拱月那样,衬托出作者的才华。然而在影视的"看"的文化中,影视明星是活跃在前台的栩栩如生的形象,他们才是偶像。作者、编剧这种以笔来"写"的人,则属于后台工作者,仿佛只是后台的辅助人员,远没有戏剧表演中编剧提供"一剧之本"的那种权威性。

在这里,作者的文学作品在被改编、摄制成影视作品时,作者原先所显示的统摄其作品的权威,被影像的扮演者所遮掩了。并且,原先作者笔下的文字可以体现出一种自由的、开放的态势,作者只需考虑用文字来表达其创作意图,而在影视剧本中,他必须考虑所写文字是否适合视像的传达,一切都得被影视媒体的技术要求过滤一遍。作者在影视媒体面前不能以一般的文学作者姿态出现,他必须是编剧,即能够懂得影视艺术的规律、特性的人。而在编剧的工作中,他又不能像普通戏剧的编剧那样有提供"一剧之本"的根本权威,只是提供一种艺术表达的可能性。影视艺术的制作是需要较大财力的,这就会有市场效益的经济压力,一般由制片人来定夺。影视艺术有时会胎死腹中,很大程度上就不是艺术的原因而是经济等原因。在进入实际的影视作品的制作时,作者(编剧)的作品又受到影视导演的加工、改造,剧本只是提供剧情的脚本,而真正的创作构思是由导演负更大的责任的。此外,拍摄出来的影视作品又是由影视演员来演绎的,他们不是作者笔下描绘的形象,而是有血有肉的真人;演员的个人才能在表演中有很重要的意义,他们作为直接面对观众的人,往往是一部影视作品最有吸引力的角色。可以说,在影视镜头面前,文字作者先被导演"巧取",再受到演员的"豪夺",作者对一部影视作品所起的作用已所剩无多了。从影视作品的角度上来看,作者是编剧。但影视艺术作品作为一门综合的、集体参与的艺术,可以说演员、导演、拍摄乃至后期工作人员都是作者,文学作品的作者被湮没在一大群与文字写作无关的创作者之中。

(二)"已死"作者的重生

作为一种文化机制的视觉文化策略,要求"作者已死";同时,新的大众传媒在对文学的操作中,也要求"作者已死"。然而,作者是现实存在的。当做者用笔写下他的言词时,他就是用字迹符号的"白纸黑字"、用一种纸面上的"痕迹"记录了他在写作此刻的思想。即使作者作为肉体生命消失了,这些痕迹还可以显示作者生前的精神状态。因此,"作者已死"是对偶像的颠覆,它有着另一意义上重生的可能。

罗兰·巴特在提出"作者已死"的口号时,抨击将作者视为创造世界的上帝的看法。他指出:"文本并不是释放简单的'神学'意义(作者——上帝信息)的词汇系统,而是一种多范畴的空间,在这个空间中,多种多样的书面形式或者协调或者不协调,但这些书面形式中没有一个是原创作者。"[1]以他的观点看,作者创作出的只是文本,而该文本的意义是进入了社会文化交流的语境后才得以确认的。就像一句"你好",它可以是问候语,可以是某些场合下的揶揄,也可以是一种评价,还可以是录音电话中传来的并无感情色彩的磁带的声音,它只是开场白的一个标志。当我们说某一文学作品是何种意味时,总是加入了读者包括专家级读者的体悟的。从罗兰·巴特的这一假说,可以推论说:文学阅读不仅是传统意义上的"接受",而且也是一种创作,一种真正意义上的生产。作为创作和生产,阅读活动可能再造出作者原来写作时并未想到的东西。它在读者个体上是使作品含义清晰的过程;而在作品释义的整体上看,则是建造了意义的迷宫。

当做者似乎在文艺理论上被反复地、多次地"杀死",不再构成对某种理论进行阐述时必须推倒的障碍后,作者作为一种文学史上的维系点而不是作为偶像的意义就凸现出来了。法国解构主义者福柯,在他的《作者是什么?》一文中,就对"已死"的作者进一步认定了其必死的道理,同时也提出了其重生的可能性。他说:"一部小说的作者可以不只对他自己的文本负责,如果他在文学界获得某种'重要性',他的影响会产生有意义的蔓延。举一个简单的例子:人们可以说安·拉德克利夫不只是写了《尤多尔佛的秘密》和其他一些小说,还使19世纪初歌特式传奇的出现成为可能。"[2]福柯在这里实际上将文学的影响关系作为思考的维度,"作者之死"不是只以文学文本作为研讨对象就可以揭橥的。福柯还探讨了作者之名的文化含义。就一般场合而言,一个人的姓名只是他的称谓、他所出身的家族姓氏的传承,其实改换一下姓名对这个人的实质并无影响,但作者之名会受制于他所写的作品,"它不只是一种表示,一种指某人的符号,在某种程度上,它等

---

[1] 转引自〔英〕珍妮特·沃尔芙:《艺术的社会生产》,董学文等译,北京:华夏出版社1990年版,第154页。

[2] 〔法〕米歇尔·福柯:《作者是什么?》,王逢振、盛宁、李自修编:《最新西方文论选》,桂林:漓江出版社1991年版,第455页。

同于一种描写"①。如"莎士比亚"是指创作了剧本《哈姆雷特》的人,假如莎士比亚根本就没有写过《哈姆雷特》,则这个名字的意义也就迥然不同。

(三) 跨越偶像的诱惑

作者可以成为一种偶像,也可以成为人们不愿提及的对象,在这一矛盾中,实则体现了同一问题,即跨越偶像的诱惑。跨越偶像,这是表明一种心态,即人们需要偶像,以此作为文化上的坐标,同时又需要跨越它,以实现自身的成就感。这就好比武士希望自己战胜对手,但同时对手也是武功高强者,需力战方能取胜,这样的胜利才是有价值的。

落实到文学领域来说,作者、诗人等进行艺术创作的人,需要有前代文学大师的引领,以他们的成就作为自己努力的目标,同时又需要在适当时机再"贬低"那些早先也许过高评价了的先驱。对此,哈罗德·布鲁姆的《影响的焦虑》一书指出,那种"一个诗人促使另一个诗人成长"的理论是悖谬的。② 例如,屈原、李白等伟大诗人的确树立了文学史上的丰碑,同时他们往往压制了而不是促进了后代诗人的创作。布鲁姆指出,后代的诗人要想跻身于"伟大"的行列,就必须像俄狄浦斯弑父那样,成为自己早先所崇慕的先驱的叛逆者。后代的杰出诗人是需要先驱的,他们创作成功之前将其作为自己创作的引导者、借鉴的对象;而等到自己的创作获取成功之后,也需要有前代先驱来陪衬自己的成功,使先驱的成就俨然是自己成功的一个准备阶段。后代诗人这种对前代作者的尊崇是有附加条件的,他们不可能一味地鼓吹被誉为先驱的偶像,这样自己在跨越偶像时才不至于显得是一种僭位的行为。③

同样,在文学批评、文学史的研究过程中,也需要有作者情况的记录。我们可以作一个设想,假若文学史上的所有作品都是无名氏——匿名作者创作的,那么,文学史就成为历代文学作品的汇编和评论了。没有了作者,我们也就在很大程度上失去了理解的根基。从普通读者的阅读来说,知晓屈原被逐的背景之后读《离骚》,与不知晓时读它的感受,是绝对不一样的。更重要的是,文学史的进程有后代作者对于先驱的崇拜与自由借鉴的推动。某一文学思潮的出现往往是由一两个杰出者率领一批人进行的,如果没有

---

① 〔法〕米歇尔·福柯:《作者是什么?》,王逢振、盛宁、李自修编:《最新西方文论选》,桂林:漓江出版社1991年版,第449页。
② 〔美〕哈罗德·布鲁姆:《影响的焦虑》,徐文博译,北京:三联书店1989年版,第310页。
③ 同上。

作者影响的存在,也就难以深入到这一文学进程的细节方面。然而,需要明确作者的存在,并不等于无条件地抬举他们。批评家要在对杰出作家的作品分析中建树自己的学术成就,但假如一切都得看做者的脸色行事,则批评家的自由余地就不大了。批评家在阐释作品主题、意蕴时,可以参照作者的自白,但如果需要的话,他们也完全可能抛开作者的意见来作完全独立的阐释。批评的工作要求作者是一个文化上的坐标点,但作者作为绝对的偶像则可能是有害的。文学史的撰写也有一个实际问题,即一方面应该写出先驱对于后代创作的示范作用,另一方面也应该写出后代创作对各个先驱的文学史地位的挑战。如陶渊明在生前甚至在唐代都并不"杰出",经北宋苏轼大力推崇,才真正成为了伟大诗人;在陶诗地位上升的同时,也就相对地使另一些诗人及其诗作的地位下降了。如果作者是不可触动的文化偶像,也就不利于文学史研究的展开。

总之,作者是创作他的作品的人,而这个作品只要有值得记诵的价值,作者的存在就不会是无足轻重的。反过来,人们真正关心的是作品,由对作品的兴趣才进一步延伸到了作者方面。所以,作者可以作为文化上的偶像,也可以作为"作者已死"的不被提及的存在。作者作为偶像被崇拜,还是被遗忘,这两种评价态度的背后都有其文化成因。在现代社会中,这两方面的因素都有很强的影响。

第二节 创作意识

在对文学进行理论的审视时,自觉地思考和研究作者的创作意识及其潜在的阅读属性,是一种很有价值和意义的工作。本节介绍创作意识的三种类型,即铸造、烛照、逐潮。它们的客观存在,显示出文学创作自身的特征。

一、创作与阅读的关系

文学创作是作家创造文本的活动,在这一创造活动中,作者面对的是文本,但他心目中悬想的是文本的读者。对这一不在场的读者,作者有着自己的期待和要求。接受美学的理论家伊瑟尔曾指出:"文学批评家在高谈阔论文学的效应或对文学的反应时,往往包括了许多类型的读者,一般说来,根据批评家是否关注反应的历史或文学文本的潜在效能,可以划分出两个范畴:第一个范畴是'真实的'读者,他的阅读反应已有定论。第二个范畴是'假设的'读者,本文各种可能的实现都集于他一身。"①根据这样一种理论,那么在作者创作时,现实的读者并不在场,作者是按照"假设的读者"的需要来写的;对假设的读者,作者写作时既考虑到了他们的状况,同时也会向读者提出自己的要求(伊瑟尔"假设的读者"含有读者的"理想化"的意思,也含有待现实化的意思)。这样,在文学活动中,从时间上看包含了作者写作和读者阅读两个阶段,但从逻辑上看,作者创作时在他心目中已有一个"假设的读者",而在读者真正阅读时,现实的读者也会假定作者是为他而写,将文本的话语看做是对他的论述,这就又有一个晚于创作的"假设的作者"的存在,因此创作与阅读二者在文本的沟通下是联为一体的。从创作与阅读二者相互依赖的状况来看,作家创作出来的只是文本即一种书面文字的集合,这一文本被称为作品,成为一种有思想价值、有美学意味的艺术作品,是要在读者参与下才能够实现的。所谓文学的意义、作用、价值等,都是将读者阅读的状况考虑进来后才有现实的针对性。

单从创作的过程来看创作,尽管作者的创作观念、技巧、方法等有所不同,但是,他们都是在进行一种书面话语的讲述,都力图表达出自己对生活的内心感受,都希望使自己的创作达到自己认可的美学目标,也都愿意自己的创作获得同行和读者的认可。但是,结合读者这一维度来看,则作者由于对"假设的读者"有不同的基本设定,所以他们在使自己的创作向理想的目标迈进时,实际的状况就有了很大的反差。进一步说,作者心目中有着"假设的读者",这一类读者是能够读出作者的多种意图和文本的多重意思的,越是达到作者预期效果的作品,就越是有着"假设的读者"向"现实的读者"转化的条件。所以,假设的读者并不只是存在于作者的头脑中的,它有转化为现实读者的可能。这种转化又反过来促使作者在下一步创作中修改自己的"假设的读者",并对自己的创作作出相应调整。

所以,单从静态的角度来看,作者创作先于读者阅读;但从动态的过程来考察,作者创作时与读者构成了一种对话关系。创作是为了阅读而存在,创作也因为阅读才存在。当我们将阅读这一环作为创作的一个制约因素来考虑之后,可以说文学创作中有如下三种不同的类型。这三种类型的创作观念把读者放在了不同的位置。

---

① 〔德〕沃尔夫冈·伊瑟尔:《阅读活动》,金元浦、周宁译,北京:中国社会科学出版社1991年版,第36页。

二、铸造意识

有一个相当古老的创作观念,把读者视为作者加以铸造的对象。这种看法在今天的文艺观中至少还保留着它的影响,如"作家是人类灵魂的工程师"一说,就赋予了作者铸造读者灵魂的重任。这种铸造作者灵魂的创作观念,在当时提出这一观点的人看来似乎是自明的真理,因而在提出它时只是考虑如何铸造,至于为何能够铸造、根据什么来铸造等都未提及。柏拉图在《理想国》里对诗人发出了驱逐令,他的理由是:"因为他培养发育人性中低劣的部分,摧残理性的部分。"①在柏拉图看来,读者的意识几乎是空白的,关键是看他从生活中学到了什么、习得了什么,作者的创作就是提供给读者精神发育的食粮,而这一食粮应是有益无害的。古罗马文论家贺拉斯提出著名的文艺"寓教于乐"的命题时,对文艺的价值作了肯定,其立足点仍是认为文艺作品可以起到铸造人心的作用。

这一铸造人心的观点在中国文论中也有表达。孔子曾对其子孔鲤说:"不学诗,无以言。"这并不是说不学《诗经》就不会说话,而是认为《诗经》中包含了礼乐的规范,通过诵习《诗经》,也就潜移默化地受到了其中礼乐的影响,这样,人的言行才有规范。不学《诗经》的人当然也可以在日常交际中说话,但所说的话语是完全自发状态、未受到礼乐熏陶的,不能体现出君子的修养。因此,"诗"在孔子的思想中有着铸造人心的巨大作用。

文学铸造人心的机制,普莱的阅读现象学理论有过探讨,认为这同精神的交流有关。他说:"我是某个人,这个人正巧有他的思想,这些思想是他自己思考的对象,而这些思想又是我正在阅读的书的一部分,因此是另一个人的思想……然而我是这些思想的主体。……由于我被另一个人的思想奇特地侵入,我就成了思考他人思想的经验的一个自我,我成了我思想之外的思想的主体。我的意识就好像是另一个的意识。"②他认为,思想的传达,要通过书本由一个人传达给另一个人,那么另一个人就在接受他人思想的同时,一方面掌握了他人思想,另一方面也使自己的头脑成了他人思想的"殖民地"。读者在这一境遇中,就使自己的思想被书本铸造了。

基于这种认为文学可以铸造人心的创作意识,作者的创作被赋予了一

---

① 伍蠡甫主编:《西方文论选》(上),上海:上海译文出版社1979年版,第38页。
② 乔治·普莱:《阅读的现象学》,王逢振、盛宁、李自修编:《最新西方文论选》,桂林:漓江出版社1991年版,第5页。

种至高无上的地位。如果说人的创造力源于他可以思想的头脑的话,那么文学是可以铸造这一创造的母体,它有一种创造之源的铸造者的性质。因此,作者的"写"作为一种书面文字的操作,虽然脱离了实际生活,仍然具有很重要的现实作用。魏文帝曹丕说:"盖文章者,经国之大业,不朽之盛事。"①他作为一个操持现实生活中生杀予夺大权的统治者,有着实际的"经国"大业,但却仍然念念不忘写作的重要性,这并不只是不能对文学忘情,而是怀着文学铸造人心的信条。

这一类型的创造更多地是将作者视为全知全能的主体,而读者则只能被动地聆听作者的话语,这在文学阅读中是可能发生的,但它并不能涵盖阅读的全部状况,甚至也不是积极阅读的状况。所以,必须要有其他类型的创作来加以补充。

三、烛照意识

在阅读文学时,读者可能有着自己的思想,并不完全是以作者的训诫为准绳,并且在许多不同的文学的讲述中,讲述的声音可能众声喧哗,各种声音相互抵消。读者并不会像一块橡皮泥那样,一会儿被这样铸造,一会儿又被那样铸造。所以,创作要对读者施加影响力,更有效的做法是将读者视为一个也有着思想的主体,不要将他视为没有主见的人,任凭自己去铸造他的灵魂,而是将他看做与自己相近的人,只是自己在某一方面有先见之明,可以用创作的光辉来烛照读者的心灵,开启他们的心智。但丁在《论俗语》中从人的理智与本能间的关系推导出,在艺术传达中有着理性与感性的统一,艺术由感性的媒介传达出理性的思想。在这一认识中,读者被赋予了与作者在理性上对话的权利,读者受到作品的影响,是经由他自己理性的甄别后形成的。作者铸造读者心灵的特权遭到一定程度的怀疑后,他的烛照读者心灵的禀赋则有了一个支撑。

作者与读者都是人,作者并不是创世神话中的上帝那样的神灵,可以自由塑造他所试图见到的人的样子,但在烛照读者方面,他却可以比读者优越。这一点启蒙主义者狄德罗谈得很明确。他说:"古代的作者和批评家都从自我教育开始,他们总是在学完各派哲学以后才从事文艺事业。"②在古代,各种专门知识还没有分化,哲学占据着学问之母的地位,学好各派哲

---

① 曹丕:《典论·论文》。
② 伍蠡甫主编:《西方文论选》(上),上海:上海译文出版社 1979 年版,第 375—376 页。

学也就相当于掌握了当时的全部知识。在当时连基础教育都未普及的状况下,作家实际上充当了公众的导师,他以创作来烛照读者是完全可能的,而且也似乎是有必要的。

以烛照读者作为创作的出发点,这比认为读者心灵是由作者铸造的观点进了一步,它已承认了读者人格的存在,并且读者经由烛照之后已有可能达到或接近作者的心智水平,而在铸造的关系中,铸造者和被铸造者始终是有天壤之别的。但是,至少在作者的"写"和读者的"读"这一关系中,读者是处于失声的位置,作者摆出开导者的姿态,读者可以听从或拒绝作者的话语,但除此之外似乎不存在反诘的机会,不存在与作者意图相异来理解文本的权利。读者的失声,反过来又促进了作者的过度发声。

19世纪欧洲的浪漫主义和现实主义文学,都堪称以"烛照"读者为己任的典范。浪漫主义标榜想象和激情,假定了读者也有这一心理机制,可以受到作者的感染。浪漫主义作家雨果说:"真正的诗人像上帝一样同时出现在他作品中的每一个地方。"①这段话是说,诗人可以凭借自己的想象来处理作品中的人物、事件及其相互关系。不言而喻,雨果在这里并没有考虑到读者的愿望和要求,即便读者可以应邀加入到作品的场景中,诗人作为上帝的角色也不允许读者的话语出场。

至于现实主义文学则以客观性见长,但这种客观性是包含了作者视点的。巴尔扎克在《人间喜剧》的前言中说,他在忠实地讲述现实生活的同时,也力图进一步探究现实生活中各种现象的原因,并且对想到了的原因再加以思考。弗·杰姆逊指出了现实主义文学的特点,他说:"传统的故事中有各种价值观,人们都相信这些故事,并且以为生活就是这样的,而现实主义的小说家就是要证明现实其实不像这些书所说的那样。这样,现实主义的小说家便可以说是改写了旧的故事……这样理解,我们才有可能真正地把握住真正的现实主义的力量所在。"②从杰姆逊的这一论述角度来看,现实主义的真正魅力倒不是客观地描摹现实,而是告诉读者应怎样来看待现实,读者被置于应受到作者烛照的地位。烛照读者心灵的创作追求,看来比铸造读者心灵有更充分的合理性,不过,这一追求假设:至少在作者写作的范围内,作者比读者有更深刻、更正确的见解,而读者在阅读了作者创作的

---

① 伍蠡甫主编:《西方文论选》(下),上海:上海译文出版社1979年版,第192页。
② 〔美〕弗·杰姆逊:《后现代主义与文化理论》,唐小兵译,西安:陕西师范大学出版社1986年版,第223页。

文本后，也就基本上接近了作者的水平。所以，在此基点上来厘定创作的位置，势必要求作者不断地创新和变幻风格，以保持同读者的一定距离。

四、逐潮意识

"烛照"读者的文学注定是一种对作者不断提出新的要求的文学，被"烛照"了的读者对于烛照的允诺也会不断提出自己新的需求，这样就造成了一种循环关系：作者事先承诺了烛照，而事后读者又再要求新的烛照。在这种双重要求的合力下，烛照的文学就只能不断地变化自己的观点、技巧和一些涉及观念的方面。文学这一内在的革新要求一旦结合文学的产业化特性，就更为突出了。

单从作者的创作和读者的阅读来看，文学发生于一种传达、交流的需要，而这一需要又植根于人的精神沟通上，它同人的亲子之爱、友朋之谊一样，都是人的内在需求，在最为古老的人类生活中都可以找到它的表现。因此，文学的产业化并不是文学必然伴随的特性，也不是文学产生的基础。但是，在一个商品生产逐渐渗透到社会各个层面的时代里，文学由作者口授的讲故事、吟诗，演变为先是书写再经由印刷出版销售流通，最后读者才得以阅读，文学的产业化特性就突出了。从事文学出版发行的部门，要从投入/产出的关系考虑，把文学作为产业来经营。

从产业化的角度来看文学，在产品专利制兴起后，落实到文学就是版权问题。版权法规定，每一取得版权登记的创作都有其独创性，而该独创性可以使它不被认为是对前人或同代其他人的因袭；同时该独创性作为登记了的作品的标志，在规定年限内，别人也不得对它进行抄袭。原型批评家弗莱曾指出，版权法实施后对于艺术独创的强调可能太夸大了，所谓独创的作品其实可能99%是沿袭传统，真正独创的部分只占1%。他说："乔叟的许多诗都是从他人诗作翻译或转述过来的；莎士比亚，他的戏剧有时简直是他所取材的前人戏剧的翻版；弥尔顿呢，他所寻求的不过是尽可能多地抄袭《圣经》。"①其实弗莱指明的这些现象在一般产品专利中不足为怪，有许多专利只是在技术上做了一点细小的改进，就足以使它有作为专利的资格。

那么，以此来看乔叟、莎士比亚、弥尔顿等人的创作，他们的改动就相当大了。在这一版权制的影响下，每一新作都得小心地回避已有版权保护的

---

① 〔加〕N. 弗莱：《作为原型的象征》，叶舒宪编选：《神话—原型批评》，西安：陕西师范大学出版社1987年版，第149页。

文本的特性,同时又努力标明自身的新创,于是创新的局面成了一种潮流。这一潮流所及,甚至成为一条批评的尺度。谁都不甘心自己的创作被评为缺少创新。有所创新的评语本身就可以成为对其他缺陷进行辩护的话语;反之,缺乏创新就成为作者没有才能、其创作也没有价值的证明。这一追赶独创的浪潮声势之大,使得文学理论家们常有眼花缭乱之感,就连直接面对文学现象的批评家们也有疲于奔命的感觉。法国现象学美学家杜夫海纳说,在当代,"艺术家们也不能再相信拉斐尔或拉辛了。赞赏他们吗? 是的。重复他们吗? 不。……要承前启后而又能自成一家,这不是容易的事,随意地确定自己的独创性。这就是为什么在想象的博物馆中会有如此众多,不计其数的艺术作品出现的原因。那就是求新,不断地求新"[①]。不断求新成为作家们共同的追求目标后,它就成为了潮流。印象派绘画在最早的成果问世二十年后终于进入美术学院的讲坛,被当成一种新的风格来讲授,而这时美术上更新的潮流已是后印象派,他们将早期印象派画作看成已过时的传统。

这样就有了一种追逐潮流的创作类型,这一类型的创作并不关注同已有的美学秩序的联系,不会去努力攀登前人指明的美学的高峰,也不十分关心自己在文学史上的未来地位和影响,只是表明:它是时代潮的先行者。从作家本人来说,唯新是尚,创新是他满足自尊的方式。而在文学产业看来,这恰恰吻合其产品营销策略,它就是要使新锐之作挤进原来已经相当饱和的图书市场。你已阅读过荷马、莎士比亚、曹雪芹吗? 那好,现在这些新作你没有看过。你没有读过这些新类型的文学,就不能算是具有全面的文学修养的人。在文学产业化的干预下,文学逐潮成为文学产业的包装策略。

几种类型的创作意识已如上述,这几种类型的出现有一个大致的时间序列,与我们上面论述的次序一致。需要澄清的一点就是,这种一致是从理论上来看的,而就创作的实际状况来说,也可能出现交叉、融会或颠倒。譬如,在当今儿童文学创作的领域,铸造和烛照的创作类型就仍占有主导地位;又如,在古代也有逐潮式的创作,一些单篇的作品问世,造成"洛阳纸贵"的局面后,其摹仿、追逐者也是趋之如鹜。古代诗歌创作中的乐府诗,格律诗中的律诗、绝句,以及再往后的词牌创作也各有自己的鼎盛期。

总的来看,这三种创作类型仍是有一个先后次第的,撇开那些繁杂的现象枝节,铸造的文学在社会只有少数人识字,并且只允许少数人对于《圣

[①] 〔法〕杜夫海纳:《美学与哲学》,孙非译,北京:中国社会科学出版社 1985 年版,第 187 页。

经》、对于"四书五经"有解释权的状况下适用,它同该社会的主流意识形态的霸权地位是相匹配的;烛照的文学则是在教育相对普及,社会已开始崇尚知识、理性的状况下,作者以一个启蒙者的姿态出现,他仍高踞于读者之上,但同时愿意对读者做出"俯就"之态;逐潮的文学中,作者同读者之间有了商品交换关系的介入,已基本上实现了双方的平等对话,作者的优越感在这里只能以他在创作上的领先一步来标明了。文学创作诸种类型的客观存在,显示出它们在"文学"这一系列下,其实有着各自不同的特性。特里·伊格尔顿曾说:"人们在一个世界里把一部作品视为哲学,到下一世纪又视为文学,或是先视为文学,后视为哲学,人们也可以改变关于什么是有价值的作品的想法。他们甚至可以改变用以判断什么是有价值的和什么是没有价值的根据。"①他所说的文学与哲学之间的互移,在中国古典文学中则更多地体现为文、史的互融。《左传》、《史记》是史著兼涉文学,《三国演义》、《水浒传》是文学兼涉历史。文学界限的模糊使得文学内部体现出很大张力,一种类型的文学与另一种类型的文学之间的差异,有时并不比它与非文学类别的差异更小。

在对文学进行理论的审视时,除了应对作者、作者创作的文本以及读者的阅读语境加以甄别、研究外,自觉地思考影响作者的创作意识,研究使文学创作有着不同的阅读的潜在属性的因素,也是有其价值和意义的。批评家在评价创作时当然可以有自己的评价尺度,但也应注意到作者创作取向的范围,不同取向的创作理应有不同的批评尺度。

第三节　创作过程

郑板桥从绘画的角度对文学创作的过程作过著名的表述,即从院中之竹到手中之竹的过程。"江馆清秋,晨起看竹,烟光、日影、露气,皆浮动于疏枝密叶之间。胸中勃勃,遂有画意。其实,胸中之竹,并不是眼中之竹也。因而磨墨、展纸、落笔,倏作变相,手中之竹,又不是胸中之竹。"②其创造过程包括馆中之竹、眼中之竹、胸中之竹、手中之竹。叶燮在《赤霞楼诗集序》中精辟地概括了创作过程,他说:"遇于目,感于心,传之于手而为象。"我们可以分别以艺术素材的准备、艺术发现的经历、艺术意象的构思、艺术形象

---

① [英]特里·伊格尔顿:《文学原理引论》,刘峰译,北京:文化艺术出版社1987年版,第14页。
② 《郑板桥集·题画》。

的传达来概括。

文学创作过程是指文学作品的形成过程。对这一过程主要有两种理解:从一般意义上讲,是指前面郑板桥所论述的创作主体的艺术创造过程;从接受美学的角度讲,文学作品是由作家和读者共同形成的,因此,这个过程包括了作家写作、文本出版发行和读者接受三个环节。

本节从探讨文学虚构的角度来深化主体的文学创作这一问题。对于文学活动的界定人们大多是从虚构上着眼的,即认为文学是对现实的虚构,但是这样的界说并不周全,虚构并非是对文学的唯一界定。从心理学意义上说,文学不是以摹写对象的物理性征见长,而是以叙述出对象给予人的心理感受见长。将文学文本当成现实存在来思考的话,文学首先体现为现实存在与文学文本的对话关系。其次,文学存在文本内部与文本互相关联的对话关系、文本创作与接受的对话关系、文本历史语境与现实的对话关系、文本与文化审美图式的对话关系。

一、重新审视文学虚构说

文学虚构说这一认识的渊源相当久远,至少可以追溯到古希腊亚里士多德的《诗学》。亚氏认为,诗人的职责不在于描述已发生的事,而在于描述可能发生的事。史学家与诗人之间的差异在于一是叙述已发生的事,一是描述可能发生的事。在这样一个说明中,史学由于有对于历史事件作忠实记录的条律规定,是被当成史实来看待的。那么,文学在与之进行对比时就自然而然地被放置到与历史不同的地位。

虚构成为对文学性质的界定。但是,这样的界说是不周全的。因为历史学作为对历史事实的记述,不是像镜子一样映照历史,而是站在一定的意识维度来对历史作出描述。历史过程作为一个不可复返的矢量,任何事后的追述都不可能复现它在当时所具有的各种可能性和偶然性。历史学的理论框架目的在于寻求事物发展的规律。再则,历史学家在回溯过去的历史时,只能以自己生活的时代所具有的眼光来看待历史,必然会以自己所处的当代的文化眼光来解释和评价历史。

因此,单独说文学不同于历史等意识形态的特性在于虚构,这一观点是不够稳妥的。历史学在选择史料、确立视点以及评价历史过程、分析事件因缘等方面,有着撰著者的主观性因素,也有某种意义上的虚构性。反过来看,文学也可以像历史学那样尊重给定的历史史实的本来面目,如报告文学、传记文学作品,实际上也可以看成是对一定历史人物与事件的高度写实和审美记录。这一点就连认为文艺与真理"隔了三层"的柏拉图也不否认,他曾假借苏格拉底的话说:文学有两种,写实的和虚构的,我们的教育要包括这两种。因此,虚构说并非是对文学的唯一界定,对虚构的本质应从心理上来揭示。

文学以描述对象给予人的心理感受见长。当我们说文学是一种心理世界的物化形式、符码或话语体系时,已暗含了实体性的含义。虚构可以说明作者在运思时的状况,但一旦形诸笔端,形成了一种有物质形式的文本后,就成为了心理世界。它既不是纯粹自然状态的物,也不是漂浮无定的主观感受,而是一种已经具有了独立于作者本人力量的客观化了的主观。从其产生的来源讲,它是主观的;从其产生后所具有的可以独立于个人意识的性质来讲,客观存在是不以人的意志为转移的。因此,从虚构的角度来论说文学只是说到了文学的产生根源,而不能很好地界定文学此时"在场"的属性。更为关键的是,文学作品写出之后,已经成为一个客观化了的文本,具有了一种现实性存在的意义,这时仅从产生来源上来界定它就显得十分幼稚了。这就如同对一位现实中或历史中的英雄,只从其生理结构上,甚至只从其遗传基因上来剖析他有英雄的素质一样,是很幼稚的。

我们并无意于在此对虚构说进行理论颠覆,而是认为在虚构之外还应有另外的视点来考察已作为文本存在着的文学,由这一视角的转换,我们才能看到文学作为存在的一些对话属性。

二、文本内部与文本相互关系的对话

对话,即一种交谈、会晤,必须有晤谈的双方乃至多方。这里所说的文本内部的对话,通俗一点说,即文本内部的上下文关系、文本显义与隐义的承接关系、文本题材与主题间的照应等。这种对话关系必须落实到文本的物化形式上才能较好地说明。如杜甫的诗句"两个黄鹂鸣翠柳",单此一句也很平常,没有什么特别值得赞赏之处,但又接一句"一行白鹭上青天",这样,"两个"与"一行"的数字对称关系就出现了;而黄鹂与翠柳、白鹭与青天,又呈现出一幅色彩斑斓的图画;又有"鸣"所处的静态与"上"所显示的动态,构成动静平衡的张力结构;还有两句诗中体现的近景与远景交错、既有镜头景深感又有近物特写的美学透视效果。由此,两句诗之间形成了一种互相以对方为依托,又都反过来呈现出对方的奇妙的对话效果。这一对话,不是以一方来言说另一方,而是双方互相对对方加以言说并对对方的言说予以反应。这一对话关系与其说是作为作者的杜甫头脑中创构的,毋宁说是语言规则本身的规定,也毋宁说是人们的接受心理上具有的"格式塔质"的惯性,它不是单由对作者虚构的解说就可以充分揭示的。

文本内部的对话关系也可以采用较为隐晦的形式。鲁迅的小说《药》中,华老栓一家与夏瑜一家的悲剧故事,由两家的姓氏可以简读为"华夏悲剧",即由具体的人物和故事写出了中国的社会悲剧,而由小说末尾的坟上的花环又暗示出悲剧之后可能有新的希望;在这里,小说的具体生动性与整体象征性、字面义与象征义之间就有了一种对话关系,象征意蕴要由具体描写衬托才有血肉,具体描写又得靠象征意蕴才有深度。对此,我们当然可以说这是鲁迅在虚构这一小说时就有的思想,但是也应该考虑到这一追溯作者原意的思路在大多数场合下是行不通的。譬如《红楼梦》的主题探讨,就可以从政治到诲淫、从影响国家大事的反清复明思想到写作者的个人情感遭际等方面作很大跨度的跃动。最好还是将原意这一几乎无法稽考的问题搁置起来,将其看做文本内部的一种意义的对话关系,它可以有一经写出就独立于作者控制的能力,这样才能给各种文本的诠释敞开一道大门,使文本的阅读有更多意趣。文本内部对话关系的物性特征还可以从文学语体上见出。钟嵘曾标举五言体诗居文词之要,也有许多论者表示附议,称五言诗"独秀众品"、"佳处多从五字求,解识无声弦指妙"等。这种对诗歌五言句式的推崇实际上是在七言诗盛行的背景下提出的,按王力的说法,"多数七言诗句都可以缩减为五言,而意义上没有多大变化,只不过气更畅,意更足罢了"。反之,"每一个五言句式都可以敷衍成为七言"。① 由此,我们就从五言、七言可以互相转换中见出,写成五言诗的诗作有对意义更含蓄隽永的追求,写成七言诗的诗作有对抒情写意更酣畅的追求,每一种语体方式都与另一种方式进行了一种"应该这样"的对话。

同时,文本与文本之间还有一种互文性,即文本作为一种话语来显示它的存在时,各个文本之间也就有了对话,其中一个文本的状况对另一个文本的状况会有直接或间接的影响,相互都以对方作为文本,自己则成为该文本的话语。如从李白写三峡的两首诗就可见其互文性:

> 朝辞白帝彩云间,千里江陵一日还。
> 两岸猿声啼不住,轻舟已过万重山。

这是有名的《早发白帝城》。单从字面上看,这只是记山水、写游记的诗。

---

① 王力:《汉语诗律学》,上海:上海教育出版社1979年版,第234页。

李白的另一首《上三峡》单独来看也同样如此：

> 巫山夹青天，巴水流若兹。
> 巴水忽可尽，青天无到时。
> 三朝上黄牛，三暮行太迟。
> 三朝又三暮，不觉鬓成丝。

这两首诗分别写于李白流放贵州的归程与去途，了解了这一写作背景后，就可以看出遇朝廷大赦而"一日还"的欣快与大赦前作为被流放者"三暮行太迟"的滞重的对比，其中一篇诗作就是对另一篇诗作的诠释。在当代作家中，高晓声创作的"陈奂生系列小说"也体现了文本间的互文性。第一篇《漏斗户主》发表后虽也得到了个别批评家的关注，但作者并不满足，认为没有达到应有的社会反响程度，于是又写了第二篇《陈奂生上城》，写农村实行责任承包制后早先吃补助也吃不饱的陈奂生在改革的大背景下的变化。作者想以第二篇小说来救活反响不大的第一篇小说，结果真的如愿了。要理解《陈奂生上城》，就应该看看早先发表的《漏斗户主》，而看了《漏斗户主》，也应该再看看《陈奂生上城》，才有完整的对人物性格的把握。可以说，两篇小说构成了互衬的对话关系。

其实，在文学史上，任何新巨著的问世都可能追溯到一个古老的源头，从而使整个文学影响史作出局部的甚至根本性的改写，这也就是文本间对话关系的体现。罗兰·巴特曾说：

> 所有写作都表现出一种与口语不同的封闭的特性。写作根本不是一种交流的手段，也不是一条仅仅为语言（language）意向的通行而敞开的大路。……它根植于语言的永恒的土壤之中，如同胚芽的生长，而不是横线条的延伸。它从隐秘处显现出一种本质和威慑的力量，它是一种反向交流，显出一种咄咄逼人的势态。①

写作出的文本一方面确实可以用于交流，另一方面又如巴特所说是"反向交流"，即文本不断接纳诠释者围绕它而作的解读，在显示自己意义的同时又不断形成新的意义。这一特性，从作者虚构的角度是无法窥见的。

---

① 伍蠡甫、胡经之编：《西方文艺理论名著选编》（下），北京：北京大学出版社1987年版，第444页。

三、文本创作与接受的对话

从接受美学的角度来说,每一部文学作品都只有在被读者、听众等接受之后才成为现实的作品。既然如此,那么对文学文本的界定就应该联系到接受问题。反过来说,文学接受是在文本创作的基础上进行的,接受状况受创作状况的影响。这样,通过文学文本,创作与接受之间就有了一种对话关系。文本经由创作才得以产生,它呼唤接受;而接受后对文本的诠释又向创作提出了某种诘问,从而成为二度创作,成为文本之侧的副文本,它们共同构成了文学作品。

在这样一种对话关系中,文学接受具有十分重大的意义。特里·伊格尔顿曾说:"一部文稿可能开始时作为历史或哲学,以后又归入文学;或开始时可能作为文学,以后却因其在考古学方面的重要性而受到重视。某些文本生来就是文学的,某些文本是后天获得文学性的,还有一些文本是将文学性强加于自己的。从这一点讲,后天远比先天重要。重要的可能不是你来自何处,而是人们如何看待你。"[①]这就表明,文学文本作为一种审美意识的物质载体,是由创作决定的。文学文本作为一种艺术的话语体系,其话语的含义是由创作与接受共同厘定的。离开了接受,也就没有了文学。

应该说明的是,文学文本的对话与日常语境中的对话是不同的。早在柏拉图时代就意识到了二者的区别。柏拉图指出,在面对面的交谈中,可以借助于语气、声调、手势及一定的演技来辅助谈话,以弥补话语表达的不足;但对于书写来说就没有这一条件了,只能依靠对书写出的文本的解释来补救。单从这一区别来看,似乎柏拉图指出了书写的不利,但是,由于书写的话语在面对读者时缺乏面对面交谈的语境,也就解放了谈话主体与听话主体。阐释学家保罗·利科尔据此说明:"由于书写,文本的'语境'可能打破了作者的'语境'。书面材料对于对话条件的解放是书写最有意义的结果。它意味着书写和阅读之间的关系不再是说和听之间关系的一种特殊情形。"[②]

所谓文本的语境不同于作者写作时的单纯语境,是因为文本作为书写物存在时,作者只是一种缺席的存在。文本话语同读者构成了语境中的双

---

① 〔英〕特里·伊格尔顿:《文学原理引论》,刘峰译,北京:文化艺术出版社 1987 年版,第 11 页。
② 〔法〕保罗·利科尔:《解释学与人文科学》,陶远华、袁耀东等译,石家庄:河北人民出版社 1987 年版,第 142—143 页。

方,文本作为发话者一方,或者说作为读者提问的回答者一方,它的内涵可能小于也可能大于作者所意识到的思想。在此状况下,根本就不可能用作者的主观意识如何,尤其是作者的虚构来说明问题。当然,文本的话语世界毕竟只是话语而不是现实的物质存在,但我们仍可以说它是物质性的。文本接纳了作者的意图,对于读者就形成了一种召唤结构,这种关系是作为现实存在而需要我们去探讨的。

四、文本历史语境的对话效应

前面已经提到了"文本语境",它是指文学文本与读者接触时,文本与读者之间形成的话语交流关系。要更深刻地理解文本语境的问题,还应该从文本的历史语境来作考察。

文本是作者的书写物,但这种父子式的关系在写作过程终结时就算了结了。作者有权对原先的书写物进行修改,但该文本如果发表了的话,就可以说修改之作一定意义上已是新作,作者没有权力对别人手中的原有版本加以改写,也无权宣称其为非法的。文本被作者写成发表后也就被抛向了历史,听凭历史的潮汐来主宰其浮沉和走向。这里提到"历史"一词后,就有了一种深广的时间维度,更主要的是一种时代维度的厚重感。但是对"历史"一词也有必要在此作新的解释。海登·怀特曾说:

> 已故的 R.G. 柯林伍德认为一个历史学家首先是一个讲故事者。他提议历史学家的敏感性在于从一连串的"事实"中制造出一个可信的故事的能力之中,这些"事实"在其未经过筛选的形式中毫无意义。柯林伍德没有认识到,没有任何随意记录下来的历史事件本身可以形成一个故事;对于历史学家来说,历史事件只是故事的因素。事件通过压制和贬低一些因素,以及抬高和重视别的因素,通过个性塑造、主题的重复、声音和观点的变化、可供选择的描写策略,等等——总而言之,通过所有我们一般在小说或戏剧中的情节编织的技巧——才变成了故事。①

海登·怀特在这一大段论述中体现出这样一种历史本体观,即作为真实的过去的历史文本是一去不返、已不复存在的,我们所说的历史只是对历史文本的记录、阐释和评价,它是从历史文本中捕捉到的一些"事实"碎片,再把

---

① 张京媛主编:《新历史主义与文学批评》,北京:北京大学出版社 1993 年版,第 163 页。

"事实"碎片按照一定的历史观串联起来。同样的"事实",从一个角度可以写成悲剧,从另一个角度可以写成喜剧甚至是滑稽剧。因此,从这种对历史的理解出发来看历史,历史浮现在我们的意识中时,已不是中立的客观的文本,而是一种虚构出的话语,这并不是说历史容许人们去随意篡改,而是说观察记录历史的立足点和使历史事件体现出某种蕴含的认识都是人为的因素使然。所以,文本的历史语境其实就是文本读者与历史话语的一种"共谋"或曰"联手行动"。

下面以中国农业文化来设置这一历史语境。众所周知,中国古代农业是在黄河流域一带发展起来的灌溉农业,这里就涉及家庭化的小农生产与家庭之外的防洪与灌溉工程如何配套的问题。小农生产是以家庭中的长幼秩序定尊卑的,以此产生一个头领来引导家庭成员的分工合作,而防洪灌溉的公共工程则需要在联合诸多家庭实体的基础上才有可能。马克思曾说:

> 在亚洲,从远古的时候起一般说来就只有三个政府部门:财政部门,或者说,对内进行掠夺的部门;战争部门,或者说,对外进行掠夺的部门;最后是公共工程部门。……使利用水渠和水利工程的人工灌溉设施成了东方农业的基础。①

明确了东方农业的水利化特色后就可以对问题作进一步的清理了,即作为公共工程的水利建设必须合作进行,单靠家庭之间、村落之间的合作还不够,它有赖于中央政府调动上万、几十万甚至上百万的民工来修筑、养护水利设施,有赖于一个权威机构来作统一的水利规划。但这种大一统的集权统治同小农生产的个体性之间存在矛盾,这就需要一种文化来调适它。在中国古代,家国一体的政治伦理观念充任了这一角色,它把家庭中父子的主从关系推广到国家范围的君臣主仆关系。这一关系的维系除了以军队作为暴力的物质保证以外,就是以礼、乐等文化意识来固化它,使人们在既定的文化秩序中潜移默化地认同它的合法性。

> 子之武城,闻弦歌之声。夫子莞尔而笑曰:"割鸡焉用牛刀?"子游对曰:"昔者偃也闻诸夫子曰:'君子学道则爱人,小人学道则易使也。'"子曰:"二三子!偃之言是也。前言戏之耳。"(《论语·阳货》)

把孔子对"乐"所发的这段议论的矛盾放置在这一历史语境中就不难理解

---

① 〔德〕马克思:《不列颠在印度的统治》,《马克思恩格斯选集》第1卷,北京:人民出版社1995年版,第762页。

了。"乐"是作为承载家国一体文化意识的工具来显示其权威性的。孔子认错时讲"前言戏之耳",并非真是前面说了一句玩笑话,而是个人的真实感受比起社会的文化惯例来说微不足道。在社会的"道"面前,个人的思想感情只有"戏"的位置。这就是这一文本所体现出的历史语境的文化蕴涵。应该说,文本历史语境的对话效应在很大程度上已超越了文本的范畴,更不用说早已超越了作者的创造或虚构的范畴。这一历史语境是由批评家设置的,但在此设置中又有着客观依据。它与几何证明题的画辅助线相似,借之可以使证明顺利地完成。

五、文本与文化审美图式的对话

文学文本是一个符码系统,更是某种文化图式中的审美符码系统。因此,对于文学的研讨,就有必要从文本与它所处的文化审美图式的对话关系来看。我们可以从一则绘画实例来引入话题。明代时,曾给《水浒传》人物画像的著名画家陈洪绶少时以北宋画家李公麟的画法为师。他曾到杭州拓印了李公麟的《七十二名贤》来作临摹。周亮工《读画录》里记载:"闭户摹十日,尽得之。出示人曰:'何若?'曰:'似矣。'则喜。又摹十日,出示人曰:'何若?'曰:'勿似也。'则更喜。"陈洪绶绘画由摹仿前人到不摹仿前人的事例,说明艺术创造可以从其他角度来论述。陈洪绶同前代画师画法的相似是进入了前代画师构筑的审美图式,而后来他又脱离了这种相似,则是在原来进入图式的基础上又同这一图式展开对话。相似而喜,表明对话的前提已经产生;不似而喜,则是对话的格局已经形成。可以说,了解文学文本与某种文化审美图式的对话关系,既是了解文学发展中沿革关系的锁钥,也是了解文学文本自身特性的一个重要门径。

文学文本与某种文化审美图式的对话是文学美感魅力的重要来源之一。从前人诗论中的所谓移情入景,我们可以见出这种撇开外形直指心性的对话关系。葛立方《韵语阳秋》卷四中说:

竹未尝香也,而杜子美诗云:"雨洗涓涓静,风吹细细香。"雪未尝香也,而李太白诗云:"瑶台雪花数千点,片片吹落春风香。"

在这一论析中,我们可以从移情、通感等心理美学的角度来作分析,也可以从对话角度来看。应该说,竹、雪之类本来都没有香味,而且即使是有香味的物品,文学也不能描绘出它的具体情状,这是文学形象的间接性所决定的。诗人在这里写无香之物的"香",本身就是对人们日常生活经验的悖逆，看起来是不通的。但这一悖逆实则是一种超越，即它写出了竹、雪一类景物在中国文化中被赋予的意味。竹的正直、虚怀若谷、节节向上的姿态，雪的素朴、翩翩而落时的飘逸，正是中国文人士子所追求的人格理想范型。在这一文化图式衬托下言其为"香"，可以说是非常精致贴切的。由此，两首诗中的"香"就是在无理和有理的两重语境中滑动，它不通却又通，通却又不通，体现了文学文本与文化审美图式之间的对话关系。这种对话其实还不局限于个别词语或者某种创作意图，还可以体现在整个文本的含义与文化审美图式之间，构成了一种既相契合又相分离、既有合作又有抵牾的矛盾关系。

俄国批评家巴赫金在他的对话理论中，把陀思妥耶夫斯基的《卡拉马佐夫兄弟》说成是一种复调小说，是小说中的人物之间、小说人物同作者之间以及小说作者的各种思想之间的一种"杂语"，它们构成了一个多声部的对话场景。他又把拉伯雷的《巨人传》视为一种"狂欢节"式的揶揄，从而对当时传统的官方意识形态进行了嘲弄。在这类小说或诗歌文本中，只有将其视为作者创作出来后已具有独立秉性的存在才有可能见出它的内在底蕴；而且不管作者是怎么想的，文本都与某种文化氛围展开了一种对话。

这种文本与文化审美图式的对话，也可以在众多文本构成的某一风格类型或流派的规模上进行。如对于五四新文学的性质，郁达夫和周作人就看法迥异。郁达夫曾说，中国现代的小说，实际上是属于欧洲的文学系统的。但是周作人却说："我已屡次地说过，今次的文学运动，其根本方向和明末的文学运动完全相同。"①两人的看法壁垒分明，但对于五四新文学来说都不是没有根据的妄论。可以说，郁氏的见解指出了五四新文学的横向移植，主要体现在文学的创作观念上；周氏的见解揭示了五四新文学的纵向继承，主要体现在文学语言的口语化上。如果这样的折中之论可以成立的话，那么就连带地引出了下一个问题，即五四新文学是在本土文化传统与西方舶来文明的双重影响下出世的，可是这两种文化的矛盾又非常之大。五四新文学处在这一夹缝中，就既有以西方科学文化的普罗米修斯之火来烛照东方伦理文化的启蒙任务，又有以东方国情民情的不同特性来创造地转化西方文艺精神的要求，处在这一夹缝中的地位决定了它是不断与此二者进行对话的。五四新文学的文学面貌既不同于明末文学，也不同于欧洲的启蒙主义文学，但同这二者都可以比较，而明末文学与欧洲文学之间则很难

---

① 周作人：《中国新文学的源流》，北京：北平人文书店1934年版，第104页。

简单地比较。实际上,比较是在同一中见出差异的观察,两者缺一不可:同一代表了共同的话语系统;差异则表明了在此系统中对话的进行。

第四节 创作思维

文学创作思维是作家创作主体性的集中体现。作家在文学创作中的主体作用,主要取决于其独特的创作语境、创作心态以及在此基础上形成的心理运行机制。创作思维一直是中外文艺理论家、作家和艺术家普遍关注的一个重要问题。它不仅具有深刻的理论意义,而且与创作实践存在着千丝万缕的联系。从文学理论史的角度看,关于创作思维的论述十分丰富。古今中外文论体系中有不少有关文学思维的观念范畴,例如"神思"、"凝思"、"潜思"、"苦思"、"覃思"、"精思"、"妙思"、"诗思"、"虚静"、"苦吟"、"兴会"、"兴会"、"妙悟"、"冥搜"、"酝酿"等。西方文学理论关于创作思维的研究,主要有柏拉图的迷狂说、康德的天才论、尼采的酒神精神说、浪漫主义的激情理论、弗洛伊德的潜意识欲望说、荣格的集体无意识说等。

本节主要介绍神思、感物、潜意识欲望说三种观点。

一、神思

神思是中国古代文学理论的一个非常重要的范畴,指的是主体自由无羁的丰富想象。从文学理论角度来看,神思即艺术家的创作思维活动。《易·系辞上》释"神"曰"阴阳不测之谓神",即阴阳变化不可测度叫做神。"惟神也,故不疾而速,不行而至。"又,《易·说卦》曰:"神也者,妙万物而为言者也。"所谓神,是指奇妙生成万物者。此处的"神"的解释包含了后来创作思维活动的因子。司马相如说过:"赋家之心,包括宇宙,总揽人物。"[①]他借助神思跨越时空、畅游古今,在赋中描绘了广阔无限的艺术画面。陆机《文赋》曰:"其始也,皆收视反听,耽思傍讯,精骛八极,心游万仞。其致也,情曈昽而弥鲜,物昭晰而互进。"[②]作家开始创作时,精心构思,潜心思索,旁搜博寻,神飞八极之外,心游万仞高空。文思到来,如日初升,开始朦胧,逐渐鲜明,此时物象清晰互涌。意谓诗人进行艺术构思、艺术创作时,要全神贯注,让心灵无限解放,行文无拘无束,思想纵横驰骋,不受时空的限制。宗

---

① 司马相如:《西京杂记》卷二。
② 陆机:《文赋》。

炳《画山水序》认为,"万趣融其神思","畅神而已"。他揭示了自然美与人生紧密相联的哲理关系。在山水之中的精神状态,最紧要的是一个"畅"字。一切都是自己灵魂的真实自由的写照,畅神的享受是美感体验中的最高享受。刘勰的《神思》篇位列创作论之首,他全面论述了艺术想象的定义、作用、情状等问题。

(一) 神思的界定

刘勰认为,神思具有超越时空的自由特质。

> 古人云"形在江湖之上,心存魏阙之下",神思之谓也。文之思也,其神远矣。故寂然凝虑,思接千载;悄焉动容,视通万里。吟咏之间,吐纳珠玉之声;眉睫之前,卷舒风云之色。其思理之致乎!故思理为妙,神与物游。①

上述引文的意思是:古人曾说,有的人身在江湖,心神却系念着朝廷,这里说的就是精神上的活动。作家写作时的构思,其精神活动也是无边无际的。所以当做家静静地思考的时候,他可以联想到千年之前;而在他的容颜隐隐地有所变化的时候,他已观察到万里之外去了。作家在吟哦推敲之中,就像听到了珠玉般悦耳的声音;当他注目凝思,眼前就出现了风云般变幻的景色。这就是构思的效果啊!由此可见,构思的妙处,是使作家的精神与物象融会贯通。刘勰认为,神思具有诱发作家心物交融的功能,它不受时间和空间的限制,可以自由驰骋,具有非常高的活跃性、创造性。西晋陆机曰:"观古今于须臾,抚四海于一瞬。"②他的话也体现了思维活动的神奇变化。陆机分析了作家创作过程中的具体状态:"伫中区以玄览"(久立天地之间,深入观察万物),"收视反听,耽思傍讯,精骛八极,心游万仞","观古今于须臾,抚四海于一瞬","笼天地于形内,挫万物于笔端","恢万里而无阂,通亿载而为津"。在此基础上,刘勰进一步描述道:"夫神思方运,万涂竞萌,规矩虚位,刻镂无形。登山则情满于山,观海则意溢于海,我才之多少,将与风云而并驱矣。"③刘勰认为,作家开始构思时,无数的意念都涌上心头;作家要对这些抽象的意念给以具体的形态,把尚未定形的事物都精雕细刻起来。作家一想到登山,脑中便充满山的秀色;一想到观海,心里便洋溢着海的奇

---

① 刘勰:《文心雕龙·神思》。
② 陆机:《文赋》。
③ 刘勰:《文心雕龙·神思》。

景。不管作者才华多少,他的构思都可以随着流风浮云而任意驰骋。

(二) 神思的情状

刘勰提出了"神与物游"的观念。"神与物游"是指创作过程中作者主观精神与客观物象的融会贯通。如前所引,"神"就是神思。刘勰的"神与物游"是指天人合一,是主体与自然一体、与万物一体。人与自然高度感应,在这种高度感应状态下人的生命体验和审美体验自由无羁。只有实现这种自由,人才能进行审美创造。总之,"神与物游"是"神"与"物"不分彼此,天人合一的"游"。"游"就是生命体验和审美体验的自由状态。在"神"与"物"二者的关系中,"神"显然居于主导地位。所以接下来刘勰写道:"神居胸臆,而志气统其关键,物沿耳目,而辞令管其枢机。"①作家的主观精神始终是创作构思时的主宰,"规矩虚位",神游万里,于是便可将万千物象一一驱役于笔下。

(三) 神思的心理

关于艺术构思阶段,陆机是这样论述的:

> 其始也,皆收视反听,耽思傍讯。精骛八极,心游万仞,其致也,情瞳昽而弥鲜,物昭晰而互进。倾群言之沥液,漱六艺之芳润。浮天渊以安流,濯下泉而潜浸。于是沉辞怫悦,若游鱼衔钩,而出重渊之深;浮藻联翩,若翰鸟缨缴,而坠曾云之峻。收百世之阙文,采千载之遗韵。谢朝华于已披,启夕秀于未振。观古今于须臾,抚四海于一瞬。②

陆机认为,艺术构思之始,主体一定要进入一种虚静的精神状态。接下来谈的是艺术构思的过程、艺术想象的特点。

庄子曰:"汝齐(斋)戒疏瀹而(汝)心,澡雪而精神。"③提出了认识事物必须具备的良好心境。这是先秦时期道家提出而为各家所共同承认的思考和认识事物的必要的心理状态。刘勰的《神思》篇继承了这一思路,提出"是以陶钧文思,贵在虚静,疏瀹五藏,澡雪精神"。他认为在充满想象活动的艺术构思过程中必须保持一份虚静的精神状态,思考专一,使内心通畅、精神净化。虚静是作家陶冶与修炼自己心性的状态,它强调作家艺术家构思时的专心致志,不要旁及构思以外的其他事物,这样才能实现真正的创作自由。

---

① 刘勰:《文心雕龙·神思》。
② 陆机:《文赋》。
③ 《庄子·知北游》。

二、感物

中国古代的感物说揭示了社会对文学活动主体的影响。从感物的角度探讨文学与社会的关系,这是中国文学理论的一个具有民族特色的创见。

《乐记》以人心感物来论文艺的起因:

> 凡音之起,由人心生也。人心之动,物使之然也。感于物而动,故形于声。

在《吕氏春秋·音初》和《汉书·艺文志》中也有类似观点。但感物说作为一种自觉的文艺创作理论,还是出现于魏晋南北朝。西晋陆机《文赋》论文学创作云:"遵四时以叹逝,瞻万物而思纷;悲落叶于劲秋,喜柔条于芳春。心凛凛以怀霜,志眇眇而临云。咏世德之骏烈,诵先人之清芬。游文章之林府,嘉丽藻之彬彬。慨投篇而援笔,聊宣之乎斯文。"意为:随四季变化感叹光阴易逝,目睹万物盛衰引起思绪纷纷;临肃秋因草木凋零而伤悲,处芳春由杨柳依依而欢欣。心意肃然而胸怀霜雪,情志高远似上青云。歌颂前贤的丰功伟业,赞咏古圣的嘉行。漫步书林欣赏文质并茂的佳作,慨然有感投书提笔写成诗文。这就是感物起情而作文,所以也将创作冲动称为"应感之会"。齐梁之际的文论大家对这个问题论述得更为精详。刘勰的《文心雕龙·明诗》曰:"人禀七情,应物斯感;感物吟志,莫非自然。"意思是,人具有各种各样的情感,受了外物的刺激,便产生一定的感应。心有所感,而发为吟咏,这是很自然的。《文心雕龙·物色》曰:"春秋代序,阴阳惨舒;物色之动,心亦摇焉。"意思是,春秋四季不断更代,寒冷的天气使人觉得沉闷,温暖的日子使人感到舒畅;四时景物不断变化,人的心情也受到感染。"是以诗人感物,联类不穷;流连万象之际,沉吟视听之区。写气图貌,既随物以宛转;属采附声,亦与心而徘徊。"所以,当诗人受到客观事物的感染时,他可以联想到各种各样类似的事物;他依恋徘徊于宇宙万物之间,而对他所见所闻进行深思默想。描写景物的神貌,既是随着景物而变化;辞采音节的安排,又必须结合自己的思想情感来细心琢磨。总之,"山沓水匝,树杂云合;目既往还,心亦吐纳。春日迟迟,秋风飒飒;情往似赠,兴来如答"。高山重迭,流水环绕,众树错杂,云霞郁起。作者反复地观察这些景物,内心就有所抒发。春光舒畅柔和,秋风萧飒愁人;像投赠一样,作者以情接物;像回答一样,景物又引起作者写作的灵感。钟嵘的《诗品序》曰:"气之动物,物之感人,故摇荡性情,形诸舞咏。照烛三才,晖丽万有,灵祇待之以致飨,幽微藉之以昭告。动天地,感鬼神,莫近于诗。"萧绎的《金楼子·立言》曰:"捣衣清而彻,有悲人者,此是秋士悲于心,捣衣感于外,内外相感,愁情结悲,然后哀怨生焉。苟无感,何嗟何怨也?"如此等等,这些应物斯感的论述是"感物"的理论依据。

理解感物说,有如下两个问题需要注意。第一,"感"是"兴"的前提和基础,只有在心与物的精神交流之中才能有"感",也只有在心与物自然契合之时才能因感起"兴"。"感"是"兴"的前提,无"感"便不能起"兴";"兴"是"感"的精神产物,由心物相感而产生不可遏止的创作冲动。第二,"感"不同于理智认知,或者说感应不同于反映。"感"与"反映"虽然都源于人对于外界刺激的反应,但却是两种不同的心理活动。反映基本上是一种理性活动,是人的头脑对外界事物的客观认识;而"感"基本上是一种感性活动,是人的心灵对外界事物的主观感受。"悲落叶于劲秋,喜柔条于芳春",其"悲"、"喜"都只是外界事物所感发的主观之情,而不是反映外界事物的客观之理。

三、潜意识欲望说

奥地利精神分析学家西格蒙德·弗洛伊德从潜意识欲望的角度解释了文艺创作的心理根源。他认为人的心理结构由"伊底"(本我)、"自我"和"超我"组成。其中"伊底"(本我)是指人的性本能,是人格的重要组成部分。人的愿望除了权力、财富、名誉、地位、野心等等之外,主要是发泄和释放性欲的要求,当性欲的愿望受到压抑不能实现时,往往就会患精神病。发泄的途径有两个,一个是通过潜意识活动,即做梦和幻觉来转移;另一个是转入科学、艺术等活动予以"升华"。这时他通过空中楼阁式的白日梦来转移他的力比多,用幻想的生活求得虚幻的快乐和满足。弗洛伊德说:"一篇创造性作品像一场白日梦一样,是童年时代曾做过的游戏的继续和代替物。夜间的梦完全与白日梦——我们全都十分了解的幻想——一样是愿望的实现。"[①]他视"白日梦"为文学的本质,文学即"白日梦"的升华,这一观点背后的理论支撑是"性本能"。如果说包括文学创作在内的一切艺术活动都是"白日梦",那么诗人就是"白日梦者"。作家通过创作来发泄情欲,满足"伊底"的欲望,创作是本能的"升华和补偿"。

与弗洛伊德把艺术看做是个体无意识的象征表现不同,荣格主张艺术

[①] 〔奥〕弗洛伊德:《弗洛伊德论美文选》,张唤民等译,北京:知识出版社1987年版,第36页。

起源于人类的集体无意识,他认为"不是歌德创造了《浮士德》,而是《浮士德》创造了歌德"。也就是说,《浮士德》不过是集体潜意识的象征表现,后者是艺术产生的动力和源泉。

【导学训练】

一、关键词

想象:指过去经验的记忆在某种契机的刺激下,重新显现出新的意义的过程。它包括再现想象、比拟想象、虚构想象等。

虚静:指人的精神无关欲望和功利的状态。虚静是审美活动产生的前提。

潜意识欲望说:奥地利心理学家弗洛伊德认为,在作家的心灵深处,有着为社会伦理道德所不容的本能欲望,这种被压抑的性本能是文学艺术的内驱力。文学艺术的创造类似于白日梦,经过压抑、转移和感官意识的加工,使作家被压抑的欲望与本能得到幻想形式的升华与满足。

二、思考题

1. 作者中心说的主要内容。
2. "作者之死"的含义。
3. 感物说的内涵。
4. 灵感的含义。
5. 白日梦的含义。

【研讨平台】

文学虚构问题研究

文学虚构是在文学理论、文学批评中使用频率极高的语汇,但对该语汇的理解和用法却有着微妙的差异。从这种认识和使用上的差异,进一步探讨其背景意义和美学内涵,可以深化对文学的认识、把握。

一、对文学虚构的否定看法

文学虚构一词虽然只是以一个单独的语汇出现,而不像诸如时间与空间、本质与现象、内容与形式等词汇是成双成对地呈现的,但是,这一词汇中的"虚"却道出了潜在的对立面,即"实"的方面。也就是说,文学虚构的概念本身假定了先有某种真实的、实在的事物,文学来描摹它,而在这一描摹中文学又有不同于所描摹的原型的意思。那么,文学虚构的概念实际上是文学"摹仿说"的产物,它在文学"摹仿"了外物这一界定的理论系统中发生作用。

在文学的"摹仿说"的理论系统之外,对文学虚构概念的理解可以在两方面折射出来,但它们都是消极意义上的理解。

(一) 消融论

消融论把文学描写的生活视为生活本身,如果二者形貌上的差异太大,就将其视为缺乏艺术性、没有价值的;如果达到了相当程度的真实性,则文学作品的位置就被直接挪入到生活本身。费尔巴哈曾指出艺术与宗教的差异在于:"艺术认识它的制造品的本来面目,认识这些正是艺术制造品而不是别的东西;宗教则不然,宗教以为它幻想的东西乃是实实在在的东西……"①但是,费尔巴哈的这一甄别只有在"摹仿说"的艺术观中才是令人信服的,实际上就在他指明了二者的区分后,接下去他又举了一个例子:有些奥斯佳克人把鼻烟供给木雕神像,后来过路的俄国人在无人看见的情况下把鼻烟悄悄拿走了。第二天,奥斯佳克人大为讶异,对神像消耗了这么多的鼻烟困惑不解。这里,奥斯佳克人就是把神像当成了真实的"神",这并不是宗教观的问题,而是一个艺术观问题。同样的事例也可见诸早期的伊斯兰和印第安文化圈中对艺术的见解,他们认为如果画了一幅人的或动物的肖像,肖像就只具形体而没有生命的灵魂,就可能与同类主物争夺灵魂,即"勾魂"。这种艺术观同原始宗教的万物有灵论是相通的,它否定了文学"虚构"的可能。

(二) 平行论

平行论认为文学的"虚"导致另一种"实",它虽然并不同于生活中的真实事物,但也具有与生活中事物同等的真实意义,只不过体现为另外的性质而已。把这样一种认识朝着能动的方面去理解,就同当今文艺学教科书对文学反映的解释完全吻合了。但是这一认识中也有着它自己的不同于我们教科书所解说的别种意义,如英国唯美派作家王尔德说:"生活对艺术的摹仿远远多于艺术对生活的摹仿。"并说,在画家画出伦敦雾之前伦敦雾并不存在。这在一般生活常识上和反映论角度上看都显得很荒谬,但他的确切意思是说,伦敦雾在艺术描写前当然也存在,但那只是作为一种自然现象的存在,而画家通过"美的造型"的工作,不只简单再现出雾本身,而且融入了自己审美发现和审美创造的主观因素,画出了伦敦雾景的美。通过这种画面人们才用审美眼光欣赏到了伦敦雾景的图像,并进而以此眼光来玩味真实的伦敦雾景。从审美的角度来看确实可以说伦敦雾是由艺术家创造的。

同理,在中国古代,老庄一派思想家对于"反映"根本持一种怀疑态度,文学反映生活在他们看来是不太可能的。老子曰:"道可道,非常道",即生活之道是不能被语言描摹的。庄子也说:"世之所贵道者书也,书不过语,语有贵也。语之所贵者意也,意有所随。意之所随者,不可言传也,而世因贵言传书。世虽贵之,我犹不足贵也,为

---

① 〔德〕路德维希·费尔巴哈:《费尔巴哈哲学著选集》(下),荣震华、王太庆、刘磊译,北京:商务印书馆1984年版,第684页。

其贵非其贵也。"①在这种否定了文学的"真"的基础上,他又提出了另一种"真",即"真者,精诚之至也。不精不诚,不能动人。故强笑者虽悲不哀,强怒者虽严不威,强亲者虽笑不和。真悲无声而哀,真怒未发而威,真亲未笑而和。真在内者,神动于外,是所以贵真也"②。在这种观点看来,文学描写可以达到某种"真",即不是反映生活而是在表达情志的意义上具有某种"真"。这种"真"同"虚构"并不对称并列,假如虚构是指对生活事物的描摹的话,在此理论看来就不只是虚构而应说是虚假;假如虚构是指作者对自己内心情感的表达的话,那么,表达的是真性情就是真,如不是真性情就不只是虚构而是虚伪了。

以上消融论和平行论这两种涉及文学虚构的理论观点,都从不同角度对文学虚构作出了否定,即要么认为文学等同于生活事物,如不等同就不能算是成功的文学表达;要么认为文学当然不同于生活事物,不存在文学虚构一种生活图景的问题。它们都不是文学虚构一词的应有之义,但在我们对文学虚构的理解中有必要先将它们分辨出来并作出一定的描述。

二、文学虚构与现实生活的差异

文学虚构作为一个文论范畴,其基本含义是指文学的表现不同于作为原型的生活事物、事件本身。古希腊的哲学家柏拉图在指明文艺对现实的"摹仿"性质后,就曾说文艺"摹仿是远离真实的,它之所以能描绘各种事物就因为它仅仅涉及事物的一个极小的部分,即它的外形"③。虽然柏拉图的弟子亚里士多德在文艺真实问题上有过与老师相左的意见,但分歧点并不在于是否承认文艺"不同于"生活的观点——两人都同意这一前提——只是柏拉图由此指明文艺不能接触真理,甚至会模糊、混淆真理,亚里士多德则认为文艺在不同生活的起点上也可以写出生活的隐在的方面,甚至可以比生活本身更具有真理性。

文学虚构作为一个文学形象不同于生活事物的概念,其差异体现在以下三个方面。

(一) 作为内涵、内蕴的不同而呈现的

生活事物作为客体的对象具有性质上的模糊性和多方面性,而文学反映生活事物时是以语言为中介来进行的,语言相对于它描摹的生活事物来说含义较为明晰和单一,并且语言的描摹不可能是纯客观的,词语用法本身就可以表达一种生活态度。美国语言学家萨皮尔针对此说过:

人类并不是孤立地生活在客观世界上,也不是像人们通常理解的那样孤立

---

① 《庄子·天道》。
② 《庄子·渔父》。
③ 柏拉图:《理想国》。

地生活在社会生活的世界上,相反,他们完全受已成为表达他们的社会之媒介的特定语言所支配。想象一个人不用语言就可以适应现实并且把语言仅仅看成是解决交往或思考中的特殊问题的一种附属手段,这纯属幻想。事实上,"现实世界"在很大程度上是建立在团体的语言习惯之上的。①

这种语言对人的先在规定,对不同语言进行对比就可以清楚地看到。如汉语中"梅花"是"岁寒三友"之一,其傲霜斗雪的气节令人崇敬,暗香疏影的韵致令人迷恋;而英语中对它就没有这样高的评价。英语中的"Rose"(玫瑰)代表了青春、朝气、纯情等内涵,尤其红玫瑰是男女爱情的象征和赠物;但在汉语中"玫瑰"通常不过是一种花的名称而已。如果我们把语言的先在规定性拓宽来理解,那么某些文体样式、某些习惯的文学表现手法,实际上也具有这一情况。如"饮酒诗"往往代表了一种对现实的不满,山水诗常常表达出文人于山水之外的人生兴寄等。因此五四新文学运动在向旧文学宣战时,二者交锋的观点倒不是具体的文学内容,而是表现一定内容的文学语言和文体。在此问题上,罗兰·巴特说过:"它(指语言)包容了全部文学创作。就像天、地及天地交界为人类划定的栖身之所。它绝不是材料的储库,而宁可说是一条地平线,也就是说,既是极限,又是驻留地,一句话,是一种布局的有保证的展延。"②这就是说,语言不仅是用于表达的,而且是构筑事物秩序的一种方式和途径。从不同的语言系统来构筑事物秩序就会有不同的事物秩序。人们理解事物特性时很大程度上是在理解语言自身。这是文学虚构的第一层含义。

(二) 作为表现形式的差异而呈现的

其实不只是文学,纵观古今中外的各种艺术都没有达到与它所描绘的生活等同的程度。文学是用较为抽象的文字来摹写事物,形象只是在读者头脑中通过想象合成的。绘画形象直观,用平面形象来描绘现实的立体事物,用二维空间的画面来"翻译"三维空间的物体。雕塑由静态造型来暗示现实生活动态的瞬间,而且现实事物所依托的背景被抽取掉了。舞台艺术是立体、动态的,但它的表演一般有程式化倾向,与生活实际差异甚大。电影的蒙太奇追拍镜头使观众有身临其境的感受,但这感受毕竟是主观的,电影艺术必须具有超越时空的虚拟性,银幕上的画面只展示了很短时间,也在同一个放映场地,但它描写的内容或许经历了多年时间,跨越了很长距离。从根本上讲,文学反映生活事物的形象是在某种约定中来进行的,离开了约定框架文学就与生活事物差异悬殊了。哪怕就在我们认为最接近于生活实际的现实主义文学那里,也同样面临这一问题。詹姆逊在中国演讲时说:"我不太熟悉中国的情况,但在西方人们一般认为根本不存在现实主义这回事,现实主义只是一系列视觉幻象。

---

① 特·霍克斯:《结构主义和符号学》,瞿铁鹏译,上海:上海译文出版社1987年版,第23页。
② 伍蠡甫、胡经之主编:《西方文艺理论名著选编》(下),北京:北京大学出版社1987年版,第439页。

现实主义手法完全是一种技巧。"①这种说法是可商榷的,但也应该承认,生活事件本身是琐碎的、多声部的,即各种矛盾错综交织的,而在现实主义文学的表现中,生活则是向着某一明确的主题推进,矛盾即便错杂也是主次分明的,与实际生活有着相当一段距离。

(三) 文学虚构与现实生活在效用上的差异

这一差异同文学创作的"梦幻说"、审美心理的"距离说"等都可以挂钩。换言之,效用差异体现为实际效用的差异和心理效用的差异两方面。从实际效用看,画饼不能充饥,文学作品中描绘的生活图景不能直接转化为现实生活的内容。黑格尔就说:"欲望所要利用的木材或是所要吃的动物如果仅是画出来的,对欲望就不会有用。"②由这实际效用的差异,又进一步决定了人们看待艺术的眼光同看待生活本身的眼光有所不同,即心理效用上有差异。人们大多是以实用的和认知的眼光来看待生活,但对艺术却不是这样,宁愿赋予它一种非实用的色彩。这并不是说艺术对于人有消极的、负面的影响,而是表明一般生活中的事物都有实用性,如食品被视为充饥的、书籍被视为益智的、花卉被当做观赏的等,其实,有时进食也并非为了充饥、读书并不都能益智、花卉给人的感受也不全是悦目,但这并不妨碍人们有此见解。艺术尽管可能有益智、愉悦之类心理效用,但人们更愿意将之视为非实用的领域。如果要讲其实际效用,也是放诸一个相当渺茫的"潜移默化"、增加生活情趣、培养审美能力的基点上。

总之,文学虚构已远远超出了文学不同于生活原型这一基本含义,并且这种超越也导致了人们对于文学倾向于认为它不同于生活的一般事物。

三、文学虚构的创造性

文学虚构表明了它不同于生活原型的性质,也就是说,文学内容可以在来源上被表征为生活的再现,但在肯定再现的基础上来进一步界定文学时,就应该看到它是不同于生活本身的一种新的事物。作为不同于生活事物的逻辑延伸,文学虚构的含义可以被界定为创造了新质。而在这方面的含义又表现为以下四种较为典型的见解。

(一) 在具体形象中包含了更丰富的形而上理念

生活中各种具体事物的意义并不是它本身就能完全显现的,而是该事物在显示其特性的同时,这些特性又是一个更大范围的共性的显现。事物的意义,通常在其特性中体现出共性的意义。由此观点推论,文学虚构的人物、事件、环境等与生活原型不同,原因在于它包含了更丰富的形而上的理念。中国古典美学的"气"这一范畴就

---

① 〔美〕弗·杰姆逊:《后现代主义与文化理论》,唐小兵译,西安:陕西师范大学出版社 1986 年版,第 220 页。
② 〔德〕黑格尔:《美学》第 1 卷,朱光潜译,北京:商务印书馆 1979 年版,第 46 页。

显露出了一些这方面的趋向。"'气'在与宇宙本原的'道'相比而言,它具有形而下的性质,在《老子》'道生一'的阐述中,就有学者将'一'解为'气',即'道生一气'。"①但反过来说,"一气分阴阳",阴阳矛盾正是中国古代思想对万事万物的基质的认定,气是由道所生,而气又构成了万物的基质。《淮南子·天文训》很明确地说明了这二者之间的关系,即"道者,规始于一。一而不生,故分而为阴阳,阴阳合为万物生"。阴阳二者正是气的构成特性,同时也是万物的构成基质。由此可说万物是由于"气"的灌注而获得其性质的。"气"对于具体存在的万物来说具有形而上理念的含义。相对说来,文学较之一般事物有更多的"气",从孟子"我善养吾浩然之气",到曹丕"文以气为主",再到韩愈、苏辙的充于中而言形于外的表述,可以见出中国古典美学对文学的"气"的认识不同于一般事物的"气"的特点。至少就文学来说,除了也自然地分享"气"的存在外,还是由秉有更多天地灵气的人自觉地灌注了"气"而形成的。

在西方文论中,柏拉图的"理式说"、黑格尔的"理念论"也都涉及同样的意思。黑格尔的名言"美是理念的感性显现"②,直接道出了美的形象有赖于理念的存在。在这一认识看来,自然景物的美与艺术的美都需要理念的充实,但自然美主要是由观看者自己领悟的,自然美自身蕴含的理念至少是不充分、不集中的,而艺术则由创作者自觉地进行了加工,秉有更多的或者说更自觉的理念。因此在黑格尔看来,艺术美优于自然美。

文学虚构从创造新质的角度看,就是虚构的形象包含了比原型更丰富的形而上的内涵。

(二) 在形象展示中体现出人的主观性

文学形象与它所描写的处于生活中的事物原型之间,在主观色彩、视角等方面有一定的差异。生活中的事物有自然景物,也有经过人工的人造物。就自然景物来说,它基本上是以非人工的自然形成的状貌来展示自己,没有什么主观性;就人造物而言,它是人基于某种目的、功用而设计、建造的,已有明显的主观人为的性质。但是,人所创造、制作的一般制品大多有着具体实用的目的,人们追求的是功能的实现,而其外观形象只是为实现功能而设计的。就是说,一般人造物体现的主观性主要是在功能上,不在外观形象上。文学则不然,文学作为艺术中的范畴,是以形象来表达作者的所思所感,因此文学形象就比自然物与一般人造物具有更多的主观性。

在这方面的表述中,中国古典美学的论述是相当充分的。从南北朝钟嵘提倡的文学的"滋味",到唐代司空图的"韵味",到宋代严羽的"兴趣",再到明代王世贞的

---

① 《老子全译》,沙少海、徐子宏译注,第 42 章校注①所列资料,贵阳:贵州人民出版社 1989 年版,第 85 页。

② 〔德〕黑格尔:《美学》第 1 卷,朱光潜译,北京:商务印书馆 1979 年版,第 142 页。

"气韵"等等,以及从唐代以来就盛行的以意境评文论诗的倾向,都是自觉地以文学创作中形象的主观性为其立论依据。号称"蜀学"一代大师、博学多才的苏东坡曾在友人画幅上题诗道:"论画以形似,见与儿童邻。"①这就指明绘画艺术虽是以摹仿性为主,与音乐以表现性为主有区别,但仅以画中之物与所画的原物比较就过于肤浅。这一认识同后来相当前卫的美学家的见解也是相通的。苏珊·朗格对此的看法是:"总之,所谓摹仿手法,就是对客观事物的某些方面,即艺术家在其中发现了情感意义的那些方面进行重新创造的手法。"②原来客观事物所表现的情感意义只是潜在的,即或已有外部表现,也不那么集中,但在艺术和文学的反映中则集中凸现了作者认为更能动人、更能借此表达自己情意的方面,因此具有更大的主观性。

(三) 文学具有心理功能

文学虚构的世界不同于生活本身,这一点在柏拉图以来的西方文论中都一直反复强调,但在论述其对人的心理影响时,大多从对残缺的替代即心理的虚构满足、超越利害关系的静观、内摹仿等方面进行论证。其实,文学还有一个心理上的作用,就是能对我们在日常生活中习焉不察或直观生活难以觉察的东西,以变形的方式去凸现其隐在的意义,从而使人有所反省、自觉。在这方面俄国形式主义者有独到的见解。他们认为文学是语言艺术,文学的语言已使我们日常生活中的语言有了变形、变性,使之陌生化了。"大体说来,可以把它综合成这样一个观点,即:艺术能更新我们对生活和经验的感觉……比如说步行,由于我们每天走来走去,我们就不再意识到它;但是当我们跳舞时,无意识的步行姿态就会给人们新鲜之感。"③形式主义批评家们对于文学语言的虚拟性作了相当细致的论析。

(四) 文学话语具有自足性

如果说以上几点是就文学与生活原型之间的关系来作比较的话,那么这一思路还可以延伸到文学虚构的独特价值上。

美国新批派的领袖人物威莱克(又译韦勒克)曾说:"你可能在一部历史小说中读到'1624年1月20日这天,天冷得出奇。'小说中的这类陈述并不要求得到气象报告的证实。但是在历史著作中可能要求证实。同样地,命题陈述,如托尔斯泰的小说《安娜·卡列尼娜》的第一句'幸福的家庭大都相似;每一个不幸福的家庭的不幸却有它自己的方式',我们不必争论这句话的真实性程度,它只要对接下来小说情节

---

① 苏轼:《书鄢陵王主簿所画折枝二首》之一。
② 〔美〕苏珊·朗格:《艺术问题》,滕守尧等译,北京:中国社会科学出版社1983年版,第102页。
③ 引自〔英〕杰费森和罗比等:《西方现代文学理论概述与比较》,长沙:湖南文艺出版社1986版,第6页。

的发展起作用就行了。"①在这段论述中,文学虚构的价值被放置到了文本内部协调而不是同生活本身的相关性上,体现了一种批评视角的转换。

文学批评的自律标准在对文学话语的论述上得到了较充分的体现。19世纪法国象征派诗人兰波曾以戏谑的口吻指出,不是"我在说话",而是"话在说我",这看来不合逻辑的说法却道出了一个事实,即当人在用话语来思考、表达时,话语也在模铸人的思维。人的思维和表达不过是在话语系统提供的可能性范围之内具体展开。存在主义哲学家海德格尔也认为,语言可以作为人思想与交际的工具,但是"语言不仅只是工具,不只是人所拥有的许多工具之一种;恰恰相反,正是语言才提供了人处于存在的敞开之中的最大可能性。……语言并不是人所掌握的工具,毋宁说,它是掌握着人的存在最大可能性的东西"②。这"可能性"是指人的思维、行为的存在方式必须在一定的语言可以表达、可以理喻的范围内,否则就不会出现。对此问题,E.弗罗姆也曾就东西方语言与心理的差异来作出说明,他指出,在清晨时看到含苞欲放的玫瑰花苞上有一颗露珠,太阳正冉冉升起,一只小鸟在欢唱,这时,东方的文化和语言就提供了人体验、品味其中韵味的可能;但在西方,至少在他所处的英语文化圈中就难以品味其中奥妙。明确了对语言、话语的上述见解后,我们也就不难理解为什么有文论家津津乐道文学话语的独特价值了。文学话语及其虚构世界并不是对现实世界和作者主观心灵世界的表达,而是重新获得自己、开拓自己,以及让自己暂时地摆脱既定话语囚笼的一种尝试。从20世纪初发轫的俄国形式主义,到20世纪中期盛行的结构主义,再到60、70年代兴起的后结构主义思潮,都在这一方面进行了富于创见的探索。穆卡洛夫斯基说:"在诗的语言中,突出达到了极限强度;它的使用本身就是目的,而把本来是文字表达的目标的交流挤到了背景上去。它不是用来为交流服务的,而是用来突出表达行为、语言行为本身。"③在他看来,文学虚构行为不是因其反映了社会或表现了作者而有意义,而是语言变异从而达到超越语言囚笼的一种方式。这一论点被罗兰·巴特所认同,他说:"语言是文学的生命,是文学生存的世界,文学的全部内容都包括在书写活动之中,再也不是什么'思考'、'描写'、'叙述'、'感觉'之类的活动之中了。"④这样,文学虚构就由反映现实但又不同于现实原貌的思考转到了语言、话语的自主功能。

四、文学虚构的范式

对文学虚构问题的理论回答已如上述,它具有不同的理解方向,并且在很大程度

---

① 〔美〕雷纳·威莱克:《西方四大批评家》,林骧华译,上海:复旦大学出版社1983年版,第105页。
② 伍蠡甫主编:《西方文艺理论名著选编》(下),北京:北京大学出版社1987年版,第579页。
③ 〔捷克〕简·穆卡洛夫斯基:《标准语言与诗的语言》,邓鹏译,伍蠡甫、胡经之主编:《西方文艺理论名著选编》(下),北京:北京大学出版社1987年版,第419页。
④ 引自〔英〕杰费森和罗比等:《西方现代文学理论概述与比较》,长沙:湖南文艺出版社1986年版,第105页。

上分别适用于不同的文学类型。

就文学虚构的创造性来说,认为虚构出的文学形象较之生活原型更富于普遍性,即具有更多的形而上学的理念,这一观点吻合了现实主义文学的"摹仿说",可以解答文学反映与生活之间辩证关系;认为虚构的形象表达了作者的主观性的观点为浪漫主义的"主情"特点进行了理论辩护,以之融入文学批评标准后,显然会有利于浪漫主义的积极评价;强调文学的心理功能的解释则在现代派文学中有强烈要求,这一点已在前面的论述中有所说明。有关文学话语自足性的主张虽在20世纪初甚至19世纪就已提出,但真正得到人们普遍响应并落实到文学创作中成为一种创作态度,则是较晚的事。它在后现代的文学中得到充分展示。后现代文学已不再像现代派文学那样力图建立一种新的文学标准,并将文学作为一种寓有深意的文本的操作,而是将文学仅仅视为一种话语游戏规则的运用。在这里,语言所营造出的世界为游戏规则内部的规定性所决定,不以其他什么来作为衡量指标。

因此,文学的虚构问题,可以说既是一个关于文学的理论问题,同时也是一个关于文学实践的解释、操作方式的问题。没有一种关于文学虚构的解释可以涵盖所有的文学类型,也没有什么文学类型可以兼容不同的解释而又都是等值的。这里实际上涉及文学虚构的范式问题。

范式(Paradigm)是科学哲学家托马斯·库恩提出的一个概念,它通常指范例、示例,但库恩用它指代科学家、哲学家及其他理论工作者用以解释、说明研究对象的系统、体系。对同一对象,持不同范式的人看到的就会是不同的方面或意义。如日蚀现象,天文学看到的是星际运行规律,星相学家则看到了某种征兆,这里有着尖锐的分歧。有时它们之间也呈现为平行的或互补的关系,如燃烧现象,既是物理学中热学的研究对象,也是化学中一种剧烈的化学反应,它们对于燃烧的着眼点不尽相同,但也可以和谐相处。问题在于,库恩又指明了范式系统之间的"不可通约"(Incommensurable),"正如经常议论到的,各种语言以不同的方式把世界说成各种样子,而且我们没有任何通路去接近一种中性的亚语言的转述工具"①。这就是说,人们采用不同范式时,实际上是采用了不同的观察世界、解释世界的方式,而这种不同之间又没有一种可以相互"翻译"的适当工具。

由"范式"的理论我们也就不难理解,在文学史、文学理论以及具体的创作领域中,各种不同的文学价值取向之间,除了在美学追求上各行其是,有自己不同的美学目标外,相互之间往往也多有分歧。如果从文学创作领域"百花齐放",并不追求科学意义上的排他性的"真实",而是追求美学意义上具有兼容性的"美感"来看,这似乎是艺术上的偏见和宗派观点的体现。但我们从语言的"范式"角度来看,这其实是

---

① 〔英〕伊姆雷·拉卡托斯、艾兰·马斯洛雷夫编:《批判与知识的增长》,周寄中译,北京:华夏出版社1987年版,第360页。

带有必然性和普遍性的。人生活在世界上,就会有对外界的看法及其与其他不同的见解之间的矛盾冲突。在这一问题上,应该看到它们之间实际上是很难兼容的,但这又并不是说我们非得从中作出非此即彼的选择。对不同的艺术追求和理论阐释,我们要从不同的范式角度来看待其艺术上的合理性。

对文学虚构的认识和解答集中体现了不同的艺术范式系统的文学观,各种见解除了矛盾的一面外,也为文学创造的可能性拓展了空间。并且,将来会出现的新的文学虚构的范式还会进一步拓展这一空间。因此,文学虚构的含义这一论题不能作出终结性的论断。文学虚构的含义之间是不可通约的,但在各自系统内又都是有效的,并且将来还可能会出现新的含义。

【学术选题参考】

1. 作者的文化修养对创作的影响。
2. 中西创作论的差别及其原因。
3. 酒神精神的批判意义。
4. 感兴思维的内涵。

【拓展指南】

1.〔法〕福柯:《作者是什么?》,节选自王潮编:《后现代主义的突破》,兰州:敦煌文艺出版社 1996 年版。文章写于 1969 年,后收入作者的《语言、反记忆、实践》(1977)一书。

福柯认为作者的观念并不是一个无时间性的永恒观念:作者的形象及其含义随着时间、文化传统、话语形态等等的改变而改变,因此作者是一个"功能体",而不是文本的主宰。他提出了一个以话语运作为中心的"写作"观念:"我们今天的写作摆脱了'表现'的必然性;它只指自己……这种颠倒使写作变成了符号的一种相互作用,它们更多地由能指本身的性质支配,而不是由表示的内容支配。"

2.〔法〕巴尔特:《作者的死亡》,怀宇译,选自《罗兰·巴尔特随笔选》,天津:百花文艺出版社 1995 年版。原文 1968 年发表于《占卜术》杂志,后收入作者的批评随笔集《语言的细声》,巴黎瑟伊出版社 1984 年版。

巴特从作者观念的变化入手深入探讨了作者地位的变迁。他提出"作者之死"的观点,"因为在文的编织实践里存在着主体离散的整个区域及幅度"。他越来越多地注意到叙述文本中主体的分化,叙述者作为全能主体让位于人物的有限视角,即叙述者、隐含的作者、人物各自占有一部分主体意识。

第三章 文学与读者

关于文学研究从作者到作品、从作品到读者的重心转移,伊格尔顿从时间意义上做过细分,他认为:"浪漫主义以来的文学理论的发展,大致可以区分为三个阶段,换句话说,有三种取向构成了三个时期。第一个时期其取向是只关注作者,时间是从浪漫主义到 19 世纪;第二个时期则把全部注意力都转向了作品,主要代表是英美新批评;第三个时期取向陡转,焦点转向了读者,这是晚近一些年来文学研究新的发展方向。"接着,他特别强调了读者存在的重要意义。他说:"读者是三个要素中最微不足道的,奇怪的是,没有读者文学文本压根儿就不存在。文学文本并不是存在于书架上;它们只有在阅读实践中才能具体化为意义过程。文学若要存在,读者和作者一样不可或缺。"①

读者接受指的是对一切文学作品的阅读活动,包括审美的阅读与非审美的阅读。前者指文学欣赏,后者指不以审美为目的或没有达到审美水准的阅读行为。本章分别从文学阅读的历史维度、文学阅读的心理活动与文学批评方法三个方面进行研究。

第一节 文学阅读的历史维度

文学阅读是对于作品的一种再创造,它依赖于作品的规定情境。文学阅读的再创造又是在历史视点框架的支配下进行,要在历史视点的规定情境中才可以进行有效的再创造,表现出作者、读者、作品同历史视点之间相互促进的辩证关系。

文学阅读是读者接受已创作出的文学作品的活动,它是整个文学活动的一个方面,同时也是文学活动的最终目的。在文学阅读中,其外在的因素

---

① Terry Eagleton, *Literary Theory: An Introduction*, Minneapolis: University of Minnesota Press, 1996, pp. 64-65.

就是作为客体的文学作品和作为主体的读者。然而,要使读者能够在阅读中体悟到文学的魅力,得到美的熏陶,有所发现和再创造,则涉及其他因素,其中就包含了"历史"这一因素。本节将在下面对"历史"在文学阅读中的作用和意义进行分析。

一、作为文学阅读前提条件的"历史"的含义

"历史"一词的字面义并不深奥,凡是过往的人、事、物,我们都可以用"历史"来修饰,称之为历史人物、历史事件、历史文物之类。由这一用法,我们可以见出历史是指一个过去时段。"历史"的具体含义主要有两层,一是指过去了的各种事件,在这些事件中有人物的活动,也可能有当时活动的残留物件流传下来;二是指对历史事件的回忆、记载、描述,即前一"历史"由这后一"历史"来表述才可能给人以印象,才可能进入到我们的话题之中。

由于"历史"的前一意义是在后一意义中表现才得以成形,因此,本来是后于前一意义的"历史"的词义反而获得了更被人重视的地位。美国史学家柯林武德曾说:"一切历史,都是在历史学家自己的心灵中重演过去的思想。"[1]这一定义将历史看成了一种带有主观性的范畴,与我们说的历史不容篡改、历史具有客观性的信念有所差异。然而当代的美国批评家海登·怀特有一段论述可以说是对柯林武德论说的补充,他认为,"史家也是故事讲述者,他们以事实来编织故事,但也要对无法获得的事实以及看不见的史料进行补充,发挥一种柯林武德所说的建设性的想象"[2]。怀特还在另一文章中对这一说法有具体的申辩,他指出:"按年代顺序排列的一组特定事件经过编码后变成带有明显开头、中间部分和结尾的一个过程中之各个阶段期,那么这组事件可被用作传奇文学、喜剧、悲剧、史诗等的内容,根据原型故事形式所需的不同事件之数量额而定。"[3]从怀特这一阐释中可以见出,历史的史实是人们要求客观性的、不带偏见的方面,可是这些史实需要有人去加以阐述,而人在讲述史实时不能不排列出一个史实材料的顺序,要有"从……,到……"的叙述语型,这样的讲述就必然有主观性了。这"主观

---

[1] 〔英〕柯林武德:《历史的观念》,何兆武等译,北京:中国社会科学出版社1986年版,第244页。

[2] Hayden White, *Tropics of Discourse*, Johns Hopkins University Press, 1978, p. 83.

[3] 〔美〕海登·怀特:《历史主义、历史与修辞想象》,张京媛编:《新历史主义与文学批评》,北京:北京大学出版社1986年版,第169页。

性"还并不是讲述者的偏见使然,甚至可以说是语言的一种宿命,而人的思维和理解的活动不能没有语言,于是语言的宿命就转嫁到了人的思维和表达之中。

以一个人吃一串葡萄的行为来作一简单的剖析。既然这个人吃的是这一串葡萄,那么只要这一进程未中断,可以说这一串葡萄的数量是有限的,相对而言作为行为主体的食者一方的存在时间就长得多,他总可以吃完这一串葡萄。我们可以说他吃进的葡萄越来越多,也可以说他所剩的葡萄越来越少,同一事实的两种表述体现了不同的评价倾向。另外在一串葡萄中,葡萄的大小、甜度也有区别,我们假定此人在食用过程中对秩序有些讲究,他可以先吃这串葡萄中大而甜的,逐次递降,直到吃完;他也可以作出与此相反的选择顺序。作为乐观主义者,我们可以说他从大而甜者吃起时,总是吃到了这串葡萄中颗粒质量最好的;反之从小而酸者依次品尝时,又可以说他剩下的葡萄是越来越甜。作为悲观主义者,我们可以说从优至劣的吃法使所剩葡萄越来越差;而从劣至优的吃法也不行,即他所吃的葡萄是现存葡萄中最差劲的,直到最后一颗也没有比较参照物来证明它不是最差的。可以见出,尽管事实不容篡改,但在表述事实时就难免有表述者的评价态度渗透其中,那么,历史的事实即史实作为本体的方面已一去不返,只能依赖于人的讲述才得以呈现。

这种讲述中的评价差异不是谁有主观偏见就能完全解释的,换句话说,不是去掉了所谓表述者的个人评价态度就能得到完全客观、中立的评价。由此例可以见出,我们对于历史中"史实"的分析也有类似道理:我们不可能搜集到一个事件的全部相关数据,往往是在此有相关数据三五点,在彼又有数据指标五六个,分别来看得出一种见解,合并参考又是另一结论,而分与合的依据都只能靠假定。从根本上说,具体的结果取决于史家的历史观。历史应是客观的,但对历史本体即使作客观讲述,也会因讲述方式的不同而有不同意义。

由上文分析可见,历史的含义是具有相对性的,并且随我们观察历史的视点游移而变动。当我们作为文学读者来阅读作品时,我们是在历史境况中阅读。这一历史境况的具体含义在于:我们所阅读的文学作品是创作于某一历史阶段,它渗透了该历史时期社会、文化的各种影响;我们的文学读者是生活在具体的环境中,它也是整个历史进程中的一个环节;在作品与读者都具有历史性的情形下,读者与作品的关系也是可以在不同历史视点中来构建的,它更接近于"书写"意义上的历史含义。在作了以上分析后,下面我们就可以具体论之。

二、历史架构：过去与现时两重因素的对话

在文学阅读中，阅读行为是在作者创作之后的，这就使现时的阅读与过去的创作之间有一个沟通问题。读者在阅读中努力复现出作者创作的原始意图，试图理解作者所处时代状况对作者意图的影响。读者也往往站在自己时代的基点上，对作品作出自己的理解。读者还可以既非从自己，也非从作者，而是从自己所理解的历史基点出发来作出新的理解。在这几重视点的阅读中，实际上有一种对话的因素。所谓对话，是双方乃至多方的一种交流和沟通。对话中表达的意义不是单方的言说，而是在不同言说主体的观点中体现的一种意义的复合体，相当于力学中的"合力"，它是不同矢量的平行四边形的对角线的体现，并不是其中任何一方力量所决定的。

当我们说文学阅读体现了历史架构中的对话性时，这种对话性本身也是处在历史过程之中的，因而其格局也就更为复杂。在 A 时代写的作品交由 B 时代人阅读，那么 B 时代人所理解到的东西就不同于 A 时代，他们会遗漏若干对 A 时代人来说不言自明的东西，同时又会加入自己从 B 时代而来的新的历史眼光。C 时代的人再来阅读 A 时代的作品，则除了会重演 B 时代读者的感受外，还会融入自己对 B 时代人的批评见解的理解。随着时代的推移，后一时代的读者就会背负着越来越多的含义。这些在前一时代并未被人看出或较隐秘的含义是在字面义之外的，但经由提示后又像是由字面义所暗示或象征的。意大利符号学家艾柯将此称为对作品的"过度诠释"，他指出，在欧洲国家的文学领域中，"在中世纪，这种情形在维吉尔身上发生了；在法国则在拉伯雷的身上发生了；在英国则发生在莎士比亚身上；现在，则正在乔伊斯的身上发生"。① 这些"过度诠释"的对象是某些经典性的作品。这些作品在文学史上享有近乎无可非议的特权地位，但同时它们也被人涂抹了一层厚厚的油彩，本来面目如何倒是难以见出了。

本书在前面谈及文学作品之间的对话性时，对李白途经长江三峡所写的《上三峡》和《早发白帝城》作过分析。两首诗分别写的是逆水行舟之滞缓与顺水放舟之轻快，结合李白个人的遭遇，也可见出其当时心境的差异。从两首诗不同的情感色彩看，体现出一种矛盾的同时又是相互关联着的对话性。当我们论及文学阅读在历史架构中的对话性时，则角度有所不同，这

---

① 〔意〕艾柯等：《诠释与过度诠释》，王宇根译，北京：三联书店 1997 年版，第 63 页。

时所见的是作品穿越历史的尘埃向我们走来的脚步。以上两首诗中，李白在上水船时所谓"青天无到时"的描写，可以说是对自然景观的摹状，但更是对当时社会缺乏贤明的牢骚；当他得到大赦之后，同样是途经三峡，则写成"朝辞白帝彩云间"，完全是一派亮丽的景观：其中差异就在于遇赦之后的心境投射到景物上，使景物也显得可爱了。当我们这样理解李白的两首诗作时，不只是接触到其文字，还在与当时的历史背景产生关联。由此可以见出一个关键之处：李白获罪而遭流放是因被裹挟进了永王李璘的叛乱，李白可以申辩自己是无辜的，因为他并不了解实情。而从封建正统的立场来看，唐肃宗李亨对李璘一帮人的剿灭是在情理之中，并且其后的清理行为也是合乎程序的。李白个人有许多冤屈感，但对朝廷的这一算不得昏聩的举措却以"青天无到时"来形容。他遇赦后同一片天空又呈现为"彩云间"的状貌，则没有从国家、朝廷角度着想，只是以个人作为看问题的基点，与儒家道德理想中作为人臣的标准是有相当距离的。当我们这样来认识时，是站在"客观"立场上，并没有对李白所思、所为提出非议的意思；同时我们也参考了作为写作背景的中国古代文化，这样也就是过去与现时之间的对话了。

在历史架构的对话中，由于观察者所处立场的不同，其对话的性质状态有很大差异。罗兰·巴特在日本考察后曾写了《符号帝国》一书，以散文笔调写成，其中又不乏充满睿智与哲理的文字。他在"筷子"一章中，对日本人就餐所用的筷子与欧洲人用的刀叉作了一番比较。他看到，筷子具有的几项功能是刀叉不具备或不明显的，即筷子有指示功能，它指向餐桌上的食物，当两根筷子配合又有夹取的功能，另外它还有代替手指去挑开食物的功用，最后还有运送食物的功用。他指出："在所有这些功用中，在所有这些动作中，筷子都与我们的刀子（及其用于攫取食物的替代品——叉子）截然相反：筷子不用于切、扎、截、转动；由于使用筷子，食物不再成为人们暴力之下的猎物（人们需要与肉食搏斗一番），而是成为和谐地被传送的物质……"[①]罗兰·巴特被日本传统文化的特色所打动，感到似乎东方在饮食文化上显得更文明，因为它更远离了人们攫取猎物的原生状态。这是颇有启发性的见解。然而，罗兰·巴特没有看到日本乃至包括中国在内的使用筷子的国度中，其饮食文化也有西方人难以接受的一面。诸如日本人喜食生鱼片，有时是从活鱼身上割下肉来做鱼片，当用餐者品尝生鱼片的美味时，那条鱼可能还未死去；而在中国宴席上也有一种鱼的烹制法，是鱼摆上

---

① 〔法〕罗兰·巴特：《符号帝国》，孙乃修译，北京：商务印书馆1994年版，第25页。

餐桌后腮还在翻动,当鱼身作为美味被筷子搅动时,鱼鳃的动作是为鱼的鲜活作注,多少还含有以之取乐的意思。这些烹制方法并不那么文明。因此,将中餐的筷子与西餐的刀、叉比较时,或许真有罗兰·巴特所说的意味;但联系到厨艺来看,西餐在做法上是将动物一刀杀死再来烹制,决无铁板烙鹅掌、冷水煮甲鱼之类凌迟之举。罗兰·巴特如果看到了厨房里的一些奇特工序,了解到孔子"君子远庖厨"古训的意味,或许会有另一番感慨。文学阅读中过去与现时之间的对话,使文学作品在问世之后可能有着不同的读解。

三、历史过程:文学作品的文本史和阅读史

文学作品一经写成之后,就是相对稳定的存在物,在不同传抄者、印刷者那里可能会出现增删改动,从而有不同版本问世,但相对而言这些变动只要不是有意假托,就不会有很大变化。反过来,同一部文学作品在流传过程中,不同时代的读者可以读出几乎截然不同的内容,使一部文学作品体现出不同的意义和色彩。

唐代白居易题为《赋得古原草送别》的诗中有"野火烧不尽,春风吹又生"之句,常被人引用,意指正义事业是不会被摧毁的,它可能在前进的路途中经受各种挫折,甚至遭到重大损失,但只要条件合适,总可能重新兴起。可是在清代孙洙编校的《唐诗三百首》中,称其主题为"诗以喻小人也",是表达社会上恶的因素随时都在孳生的状况。应该说,对这句诗的两种不同理解在诗的文本层次来看并不矛盾,草的旺盛的生命确实可以在不同方面作出意义引申。如果说对这句诗的阅读可以容纳截然对立的内涵,那么我们再来看许多其他诗句的表达仅仅是意义不同却并不尖锐对立的理解,就应该更普遍了;如果再推广到对整部文学作品的不同理解,则会更普遍。以至于特里·伊格尔顿在其著作中十分严肃地指出一个看来有些悖理的事实:

> 在某种程度上说,我们总是根据我们自己的兴趣所在来解释文学作品——实际上,以"我们自己的兴趣所在"为出发点,我们便没有能力再做其它任何事情——这一事实可作为一条理由,说明为什么某些文学作品似乎几个世纪以来一直保持着它们的价值。[①]

---

① 〔英〕特里·伊格尔顿:《文学原理引论》,刘峰译,北京:文化艺术出版社1987年版,第15页。

我们都很清楚,读者的文学阅读是一种"再创作",它是在作者创作出作品的基础上,将已写文字再于头脑中还原为生动形象的过程。仅仅从读者接受的心理学角度来解释读者的再创作,关注的是个人角度的再创作,而伊格尔顿对此问题的解释,则将其视为一种社会机制,这就使问题更深刻了。作为超越了个体读者的社会的"再创造",是在社会机制、社会文化的作用下形成的。具体来说,有几种典型的情况:一是误解,二是费解,三是曲解。

(一) 文学阅读的误解现象

文学阅读的误解现象在古与今对比、本国与外国的文化交流中表现得尤为突出。在欧洲,由于每个国家的疆域都不大,而且往往也没有哪一国能够达到绝对支配地位,再加上还要提防本国出现动乱等政权危机,因此在中世纪时期,欧洲各国普遍实行王室的联姻,以期达到在政治上结盟的目的。中国古代的昭君出塞、文成公主和亲的故事也是出于相似目的,然而主要是"不相扰"而非"相帮"。因此,在这种不同的文化背景下,要想理解别国的文学,从自身的文化角度来看,往往不能完全看清当时的状况。从《哈姆莱特》剧中第三幕里哈姆莱特与其恋人奥菲利娅的一段对话来看,当时奥菲利娅由于父亲的反对,将哈姆莱特送给她的礼物交还哈姆莱特,于是有了这一段对白:

> 哈姆莱特:哈哈!你贞洁吗?
> 奥菲利娅:殿下!
> 哈姆莱特:你美丽吗?
> 奥菲利娅:殿下是什么意思?
> 哈姆莱特:要是你既贞洁又美丽,那么你的贞洁应该断绝跟你的美丽来往。

单从字面上看,这是恋人之间的口角,结合上下文来看,也只不过是婚恋关系的描写,但它实际的含义并非如此。当时,哈姆莱特陷入了丧父的悲痛,同时逐渐了解到丧父是阴谋所致。在此状况下,他最亲密的母亲在几个月后就另嫁他人,他没有亲人可以倾诉,而他的好友霍拉旭又无从理解他的苦闷,他的内心急切盼望与恋人交流。可是奥菲利娅的父兄都反对这桩恋情,因为按照王室惯例,哈姆莱特只应享有国家性的婚姻——娶一位外国公主,于是,有了奥菲利娅的交还礼物,有了哈姆莱特感到无人可以信赖的愤懑。他所说的"贞洁",是指别人都在制造阴谋或在阴谋的支配下行动,那么你奥菲利娅是否也乐于同流合污？而在奥菲利娅听来，"贞洁"是一种道德性的词汇，在中世纪时，一位公主与王子谈恋爱才算得上贞洁，否则就是情欲之恋，因此哈姆莱特关于贞洁的话，在并非公主的奥菲利娅听来就具有轻佻、挑逗的意味。在恋人之间还会有这一误解：哈姆莱特误解了奥菲利娅，以为她不是自己的同志；而奥菲利娅也误解了哈姆莱特，以为他对自己的求爱只是一种挑逗之举。那么当我们作为读者来阅读该剧时，就因时代、文化等隔阂而更易误解了。从中外文学交流角度来说，《赵氏孤儿》在中国并非名作，但伏尔泰将之介绍到法国，就一直被当成中国文学的经典之作；《飘》在美国很明确地定位在通俗小说范畴中，可在中国却往往成为读者炫耀自己阅读品位的谈资；伏尼契的小说《牛虻》在西欧各国文学史上一般并不提及，可在苏联和中国则被作为外国文学名著在课堂上讲授。其中都有作品内涵、价值、地位的种种误解在起作用。

（二）文学阅读的费解现象

按理说，文学作品不是艰涩的理论著作，也不是让人颇费思量的谜语，不该有什么费解的事，但在实际阅读中费解是经常出现的。如果不细心阅读，有时出现了这种情形也不自觉。艾柯曾以一次社交聚会中闹出的笑话来作例子。在聚会中，两位客人谈起对主人家里的印象，第一位对主人的招待赞不绝口，然后谈到主人的 toilettes 布置得很精致，第二位客人却说他没有"去过那儿"，这里的"toilettes"是法语多义词，意为梳妆台或卫生间，说者在此意指眼前的梳妆台，听者理解为卫生间，所以闹出了笑话。① 在中国，也有"化妆间"的称呼，可以兼有如厕和化妆两重功能。艾柯这一例子的费解，是语词的多义性使然，除了多义性也有其他使人费解的状况。形式主义美学家、新批评的干将比尔兹利曾在《美学》一书中提到语句的含混性，他以"我喜欢我的秘书胜过我夫人"（I like my secretary better than my wife）来作分析，对这句话可以有两种理解，即：

    A. 我喜欢我的秘书胜过我夫人对她的喜欢。
    B. 我喜欢我的秘书胜过我喜欢我的夫人。②

A、B 两句都可以在表达时简缩为上文的标准句；反过来，上文的标准句也

---

① 〔意〕艾柯等：《诠释与过度诠释》，王宇根译，北京：三联书店1997年版，第75页。
② 转引自〔美〕却尔：《解释：文学批评的哲学》，吴启之等译，北京：文化艺术出版社1991年版，第43页。

就可以在两个不同的方面来理解,在一般场合下,将它理解为 A 句的意思时听过就算了,而将其理解为 B 句就让人费解,而且可能给说者带来一些说不清的麻烦。如果再加上历史的和文化的差异就会更严重。像艾柯就说梳妆台被听者理解成卫生间"也许是最可笑"的,这在一般中国读者看来就言重了,中国读者只觉得有些可笑而已,这正如令中国人捧腹的相声,译成外语后外国人也很难开怀大笑,有文化因素在起着重要作用。如前所述,《哈姆莱特》第五幕中,在奥菲利娅的葬礼上,死者的哥哥雷欧提斯跳入墓穴与死者作最后的吻别,紧接着哈姆雷特也跳入墓穴要作吻别,遭到雷欧提斯的阻挠,于是产生争执,两人约定以决斗来解决纷争。如果不熟悉欧洲中世纪上层社会中以决斗解决个人纠纷的方式,就难以理解他们何以要性命相搏——上流社会将"体面"视为与生命同等宝贵,而决斗的勇气足以显示体面。进一步看,似乎只是一件小事,何以要引起决斗?理解这一点更是要有相关的历史知识。原来,欧洲国家在原始时代有活人殉葬的陋习,以后活人殉葬取消,改由死者生前最亲密的人在墓穴中与死者话别,以此作为象征性的殉葬。哈姆莱特深爱着死者,所以他认为自己才最有资格履行这一义务,而雷欧提斯出于哈姆莱特与他有杀父之仇的原因,当然要阻挠,因此两人在墓穴中的争执有着文化上的背景因素。该剧本的文本产生于这一语境之中,离开了历史语境的规定性,那么读到的就只会是两个人都有失理智。

(三) 文学阅读的曲解现象

这里的曲解不同于误解,误解是因认识原因而产生的歧义,曲解则是某种意义上的有意为之,是出于某种现实的或思想的需要而作出的理解。如文学史上的屈原,在中国古代文化中,人们将他作为"忠君"的清正楷模来看待,他的作品与他的人格交相辉映。而在唐代,李白是一个思想充满矛盾、富于自我表现欲的诗人,他对于庄子的思想有高度认同,同时又从屈原的牢骚中觅得知音,屈原对国事的忧虑被他主要读解为对个人身世的不满。当他奉诏为官时写道:"仰天大笑出门去,我辈岂是蓬蒿人!"而在京城失意后又写道:"大道如青天,我独不得出!"体现了舍我其谁的气概。他甚至问:"夜台无李白,沽酒与何人?"似乎善酿的纪叟如无李白品尝,其佳酿也就没有意义了。李白世界观的复杂性在于,他杂糅了当时各种有影响但又相互矛盾的思想,每种思想在他头脑中又只是取为其所用的一面。因此龚自珍对李白有一段评价:"庄、屈实二,不可以并,并之以为心,自白始;儒、仙、侠实三,不可以合,合之以为气,又自白始也。"①庄子的相对主义世界观与屈原注重人格操守的人生态度,二者并没有相通约的途径,但李白分取二者并贯彻到自己的思想言行中。将屈原思想与庄子思想挂上钩,如果不从二者创作风格都极富于浪漫色彩来看的话,那么其中就有着对屈原思想的曲解。屈原的背井离乡是对于政治陷害无可奈何的规避,庄子的浪迹乡野则是一种自觉的人生追求或文化逍遥的选择。看到李白对屈原的曲解后,再来看郭沫若20世纪40年代所写的五幕话剧《屈原》。他将屈原写成伟大的爱国主义者,从而呼应当时的抗日战争。可是假如国君出于保卫自己权位的考虑而牺牲一些国家利益,从爱国立场出发就应该抨击,但屈原、岳飞等人最多只感到冤枉,反而为国君鸣不平。因此屈原被写成抗战时期所理解的爱国主义意义上的人,也多多少少是一种曲解。当然,从文学的社会作用来看,我们没有理由苛责这种积极意义的曲解。

文学阅读中,历史维度决定了其文本史与阅读史是交错的:二者可以重合,即一部作品自问世就一直未变;也可以反复错位,或者是版本有不同,但理解上没有多大变化,或者版本相对稳定,但理解则歧见迭出。

四、历史视点:对作品的理解与评价参照

文学阅读还涉及理解作品的历史视点,而且可以说,关键就在于历史视点的拟定,它使得文学阅读有不同意义上的理解和评价尺度。

在文学史上,有若干被后代视为经典的作品,在刚问世时却经历过几乎夭折的噩运——被禁止销售发行,甚至被勒令毁版,幸亏有少量版本在社会上留存下来,它们才可以在后来重新问世并大行其道。法国文学中,福楼拜的《包法利夫人》和波德莱尔的《恶之花》,前者写了偷情之事,后者则是现代派诗作的老祖宗,当然都会遭到当时批评界的抨击。时过境迁,前者成为文学史上感伤小说、现实主义小说和自然主义创作倾向的代表,产生了不可磨灭的影响;后者则以其"审丑"的视角,为诗作描写城市生活洞开了一片新的天地。因此两部作品都堪称法国文学的重要成果,并赢得了世界性的声望。对这些作品的评价有着前、后不同的态度,这些评价的差异是基于各自所处的历史视点生成的,因此也应该以此视角来看才便于理解其差异的状况。日本学者桑原武夫曾检讨过日本对此的反应,他说:"无论是《包法利夫人》还是《恶之花》,在本国都曾被作为伤风败俗的东西加以讨伐,这个

---

① 龚自珍:《最录李白集》。

事实竟有很多人不知道。于是,人们毫无抵触地把这种作品作为先进国家最新流行的先进文学来接受了。"日本的文学翻译界或法国文学专业的教师、学者当然知道这里存在着一些由知识匮乏带来的片面理解,由此,桑原武夫给出的一个解释是:"在考察欧洲全部文化的输入问题时,不能够忽视日本是后进国这一点。日本当然也有传统的文化,但是日本人认为西方近代工业社会是本国应该效法的楷模,当西方文化的各个门类被作为西方工业社会的构成要素之一介绍进日本时,日本的传统文化当然不足以与之抗衡。"①桑原武夫这一论说是从文化交往中的不平衡性来看问题,这从法国文学的实际状况来看是对的,但也不宜只从深层次来追溯原因,还应该从文化交往是立足于现时态看问题的角度来认识,当翻译作品发表时,是在当时的文化语境中译介法国文学的经典之作,而不管它当初问世时状况如何。

此外,文学史上的有些力作在后来的不同时代都受到了高度推崇。以前面提到的屈原来说,古代文化将屈原其人其作编码为文人的忠君典型,他不仅忠实地为国君服务,而且哪怕受到冤屈也不改初衷,而在五四以来的新文化运动中,对国君的忠诚已失去了道德上、人格上的崇高意义,屈原的忠诚只有移换到爱国主义角度来认识,才能保有正面的引导性价值。可以说郭沫若所写的《屈原》一剧,既是对当时政治形势的一个呼应,也是对屈原的评价尺度的转换,即由忠君之臣到爱国之士的转换。而这种爱国意义上的评价也只是一种历史维度——除了作为文艺复兴之后欧洲文化中生长出的对于教会权威凝聚力的补充之外,爱国主义也有其自身的局限。第一次世界大战期间,列宁领导的共产国际就号召各国工人阶级不要出于爱国立场去参战,而是从国际主义观点出发来制止这场帝国主义战争。英国哲学家罗素则说:"爱国主义在一个英国人里面所激起的愿望,跟它在一个德国人里面所激起的愿望是不一样的。一个充满了爱国者的世界是一个充满了斗争的世界。"②事实上,从历史的考察可见,爱国主义曾唤起人民积极投身增进社会福祉的事业,但也可能激发人们的破坏欲。那么,文学史上和一般意义的历史上,屈原作为中国古代文化的一位杰出代表,其意义可以从不同方面来评说和阐发,但他已只能作为极富正面感召力的形象,实际上已演变为中国文化和中国文学的一个原型意象了。诗人田间曾说:"呵,屈原这位

---

① 〔日〕桑原武夫:《文学序说》,孙歌译,北京:三联书店1991年版,第180页。
② 〔英〕伯特兰·罗素:《社会改造原理》,张师竹译,上海:上海人民出版社2001年版,第31页。

爱国诗人的名字,也流传至今,还为乡民所不忘,它也不时打动我的心弦。"①郭沫若则说:"不管你是不是诗人,是不是文学家,凡是中国人没有不崇拜屈原的。"②屈原已成为中国人心中的一种符号,而历史上的屈原其人,包括他的生平和创作等,有若干分歧和有待考证之处,可这些具体细节在普通民众心目中并未引起注意,他们只是尊崇屈原而已。屈原的形象已成为中国文化传统的一部分,可以说成了民族无意识中的原型。荣格曾说:"一个原型的影响力……之所以激动我们是因为它发出了比我们自己的声音强烈得多的声音。谁讲到了原始意象谁就道出了一千个人的声音,可以使人心醉神迷,为之倾倒。"③在这个意义上,屈原已真正成为中国文化中不朽的形象,在不同的历史时期有不同的社会评价标准的情况下,人们对屈原赋予不同的意义;但要思考的只是意义问题,而评价已成为恒定的。

这样,文学阅读中的历史视点就具有丰富的、多重的意义,它既要求读者历史地看待作品,也要求他看到作品被历史赋予的意义,还要求将二者结合起来,历史地看待作品被历史赋予的内涵。这样说有些拗口,通俗地说就是,读者处在一定历史阶段之中,他有自己的世界观和知识构成,同样地,作者也有自己的世界观和知识构成,他们分处在不同时代,可能因各自的视点差异造成对于问题的不同理解,再加上作品中所写的生活可能与作者所生活的时代已有很大反差,以及作品问世后历经不同时期的批评家的多种阐释,作品的内容已经远远超过了字面本身所传达的东西。如此复杂的格局使得文学阅读本身成为一种类似于扑克牌的游戏活动。一套扑克牌本身只有54张,而且花色、点数都是规定好的,但通过洗牌、发牌之后,每位持牌者手中的牌就有不一样的构成,而整个牌局参加者的出牌方式也会由于游戏水平和临场状态等原因,使玩牌过程有许多不确定因素。

总之,文学阅读是一种再创造,它是在作品创作的创造活动之后的创造,后于作者的创造,并且依赖于作品的规定情境。由我们在前文的阐说,可以看到,文学阅读的再创造是在历史视点框架的支配下进行的,在历史视点的规定情境中才可以进行有效的再创造,并且似乎是给定的、相对稳固的作品也需要在历史视点的整合下呈现。这种历史视点是读者阅读的起点,同时历史视点又可以有不同的选取角度,它在提出规定的同时,又受到读者

---

① 田间:《田间自述》,《新文学史料》1984年第2期。
② 郭沫若:《屈原考》,《郭沫若古典文学论文集》,上海:上海古籍出版社1985年版。
③ 荣格:《论分析心理学与诗的关系》,叶舒宪编选:《神话—原型批评》,西安:陕西师范大学出版社1987年版,第101页。

的某种拟设,并且若干读者的阅读也可能生成新的历史视点,在这里可以看到作者、读者、作品同历史视点之间相互促动的辩证关系。

第二节 文学接受的心理活动

文学接受包括阅读、欣赏、批评、研究等诸多层次,它是一种审美活动,具有与一般阅读活动不同的心理特点。本节主要介绍文学接受活动中的误解现象、后阅读现象、共鸣现象以及震惊效应。

一、误解现象

文学史是对过去文学状况的述录,在述录中要遵从历史记叙的法则即客观性,不能无中生有、张冠李戴,只能对事实加以言说,这一点是衡量文学史著作价值的一个尺度。但同时,人的认识不是完全在客观立场上来评说、反映事物的,即使在高度客观性的自然科学中也有人的主观判断的作用。卡尔·波普尔曾说:"在科学中,是观察而不是知觉扮演了决定性的角色;不过,观察是这样的过程,我们在其中扮演了十分活跃的角色。观察是知觉,不过是有计划和有准备的知觉。"[①]观察有所选择,也有所预期,而这种先在的主观性的东西会对认识的结果产生极大影响。那么,对于作为人文学科的文学史来说,述录时对史料的考察渗透着撰史者对文学理想的表述,这就有更大的主观性了。在这一主观性中,"误解"可以说是其中最为突出的方面。文学史上的误解除了认识不准确、对史料的掌握不翔实等造成的应予避免之处外,它还是文学史述录的一种机制,即文学史学科维持本学科运作秩序理应遵从、理应具有的一种特性。

(一)误解的类型

关于文学史述录的误解,文学理论领域已经有人反复论证过。阿诺德·豪塞尔曾说:"有一件事似乎是确实的,即不论是埃斯库罗斯还是塞万提斯,不论是莎士比亚还是乔托或拉斐尔,都不会同意我们对他们作品的解释。我们对过去文学成就所得到的一种'理解',仅仅是把某种要点从它的

[①] 〔英〕卡尔·波普尔:《客观知识》,舒炜光等译,上海:上海译文出版社1987版,第352—353页。

起源中分裂出来,并放置在我们自己的世界观的范围内而得来的……"①在这种误解中,前代创作的写作意图和作者同时代人如何理解作品被置于一边,后代读者根据自己的需要和可能获得自己的见解。相对于作者和作者同时代人的见解来说,这一不同就是一种"误解"。

文学史上的误解,可以分为如下四种类型。

1. 时差误解

由于读者所处的文化氛围、文化环境与创作的时代有较长的时间距离,有时达上百年、上千年,那么后代读者在阅读作品时就很难理解作品创作时的内涵,读者的理解就是从他所处环境出发来看待过去的文学作品。譬如,现代欧洲文化是在古希腊文化和希伯来(基督教)文化的基础上发展而来的,但两希文化各有自己的不同基质。古希腊文化是一种乐天型的文化,充分体现了古希腊人乐观、自信、注重人生现世享乐的特质。这在古希腊神话关于众神生活的描写中可以见出,那些神话中的神实际上是现实人性的写照。而基督教文化是一种宣扬原罪的文化,《圣经》里的故事传说大多体现了谨言慎行、苦行修炼以赎清罪愆的主题。这种差异在后代的人看来就不是那么明显的,如从无神论的角度来看,它们都体现了古代人的想象力和生活欲望、价值观念,并且又都成为了欧洲文化的一个构成因子,这样就很有可能将两种神话故事看成是同一类型的。

2. 认知图式误解

这也可以说是前一类误解中的特类,因此有必要单独阐述。所谓认知图式误解,是指人们在一定的文化观念所构成的认知图式下来看待事物,不同时代有不同的文化观念及其认知图式,看到的事物的含义就有所差异。如古代的人都会把狼当成有害的野兽,这也反映了人与动物在生存竞争上的利害关系,而今天在环境保护和生态平衡的意义来看,狼也许应该被作为一个保护物种来看待,只要它的种群数量不是很大就应禁猎,有条件时还应划出保留地让其生息繁衍。我们可以就孟子的一段话来作剖析:

> 故说诗者,不以文害辞,不以辞害志,以意逆志,是为得之。如以辞而已矣,《云汉》之诗曰:"周余黎民,靡有孑遗",信斯言也,是周无遗民也。②

---

① 〔美〕阿诺德·豪塞尔:《艺术史的哲学》,陈超南、刘天华译,北京:中国社会科学出版社1992年版,第234页。
② 《孟子·万章上》。

这段话的意思是,解说诗的人,不要拘于文字而误解词句,也不要拘于词句而误解诗人的本意。要通过自己读作品的感受去推测诗人的本意,这样才能真正读懂诗。如果拘于词句,那《云汉》这首诗说:"周朝剩余的百姓,没有一个留存。"相信这句话,就会认为周朝真是一个人也没有了。孟子的这一"以意逆志"的主张是指理解文句不应拘泥于字面意义,而要结合作者当时的处境来想他为何这样写,这样才不至于曲解文意。如《云汉》一诗字面上是说人都死光了,如果是这样的话,也就不会有后来的人,因此它是一种表达上的夸张,是传达作者意思的一种修辞手段。那么,该诗为何要这样来夸张呢?这就涉及一个认知图式的问题。

在中国古代文化思想中,国君是"天子",天子是代表上天的意志来实行人间的统治的,其统治不受任何现实法则的制约,只有上天通过各种自然征象来表达对于天子统治业绩的评价:风调雨顺、五谷丰登是政治清明的表征;而旱、涝、地震、虫灾乃至天上有彗星出现等,都被看做是上天对人间状况的不满,而天子作为统治者难辞其咎。《云汉》一诗是周宣王在位时某年大旱,周宣王授意由他人代笔或干脆就是他本人所写的诗,相当于后代国君"罪己诏"那样的自我检讨。在《诗小序》中说,这是周宣王"遇灾而惧,侧身修行,欲销去之"的表白。《云汉》一诗用的夸张,是借以表达周宣王虔敬上天的心情。如果我们对中国古代文化背景没有比较深入的了解,就会或者以为这种夸张是写实的,或者以为这是对当时统治者的批判。

3. 意识形态误解

也就是说,这是出于意识形态的原因而对过去的文学作品作出的不同于前人的解释。南宋名将岳飞是一位儒将,其文治武功令后世景仰,在明代已被奉为与文王孔子并列的"武王"。但在清兵入关,满族人成为中国的统治者后,"武王"岳飞的存在对他们而言如鲠在喉,因为岳飞当年抗击的金兵正是当朝统治者的直接祖先,如果抗击金人的岳飞可作为"武王",那么清代时有人来抗击满族军队,可以说是趋步"武王"之后,就有一种道义上的合法性。清朝统治者采用了一种"软"的策略来抵消这种影响。他们将三国时的关羽追谥为"武王",地位置于岳飞之上,而关羽是以"忠"作为其符号表征的,其间没有什么民族矛盾的牵涉。当我们指出这一状况后,也就不难看出岳飞在现代是又一次被误解了。在抗日战争时期,岳飞的《满江红》甚至还被谱曲作为一些部队的军歌、学校的校歌来传唱,以鼓舞人们抗日的斗志。岳飞抗金的动机是"精忠报国",而在抗日战争时期中国已没有皇权统治,当时的抗日也不存在为政府负责的性质,而是肩负着挽救民族生存权利的重任。这一行为动机是人们自觉选择且没有其他价值目标可以取代的。因此,当人们传唱岳飞的《满江红》时,对它作了现代性的解释,这种误解体现了与原作不同的意识形态倾向。

4. 效用型误解

效用型误解是读者根据自己的需要,从实用的立场上对于过去的作品作出了不同于前人甚至也不同于同代人的一般见解的阐述。这只是基于实用立场的权宜之计。中国古典小说名著《三国演义》是历史题材的小说,其主题主要有拥刘反曹说、忠义说、历史循环说等。但日本一些企业家、经济学家,将《三国演义》中的故事作为商战的依据,在这一基点上兴起的"三国学"就将该小说的主题移换到人才战、谋略战的角度,这是对原作误解,同时又是自觉的、有着社会需求的误解。这还算是相对稳定、有内在依据的误解,有时这类误解就只是"一次性消费"。

(二) 误解作为文学史的机制

文学史存在着对于文学的误解,这些误解有着不得已的、属于认识上失误的方面,同时也可以有积极的意义。至少对于误解者来说,是具有积极的意义的。

不同时代因文化背景的差异而出现误解,而处在本来就属于不同文化类型的国度中误解就更为常见。比较文学学者艾金伯勒曾说:"成千上百的中国的意象就会引起同样多的误解。德米埃维叶给我们提供了这类误解的一个极好的例子:'莲藕浸没在花瓶里,但莲花将它的一尘不染的大花冠举出水面,这里的莲花在佛教里……是圣徒的超凡脱俗的纯洁所在。考狄埃在他的《玉书》中便误解了,她向我解释说,这是诗人在表白他对莲花的喜爱。'"[①]在这里,将中国诗文中对莲花的赞颂看成只是作者的个人喜爱是一种误解,但将爱莲说成是佛教对于中国文化的熏染也同样多多少少是一种误解。因为中国不是一个宗教的国度,宗教生活是处在现实政治生活的统辖之下的,按照国学大师梁漱溟的见解来说,西方和阿拉伯世界是以宗教教义作为社会的行为轴心,而中国与之不同,它是一个伦理本位的国度,以伦理判断作为个人行为的基轴。在西方中世纪,国王要被教皇加冕才有统治的合法性;而中国,唐代玄奘取经要有唐太宗的亲许才有神圣性。嵩山少

---

① 〔法〕艾金伯勒:《比较文学的目的·方法·规划》,于永昌、廖鸿钧、倪蕊琴编选:《比较文学译文集》,上海:上海译文出版社 1985 年版,第 111 页。

林寺的习武传统也是由于朝廷的恩准才有了正当地位,至于习武的和尚们吃荤是否违背了教规,则根本不算是一个问题。因此,从佛教里莲花的含义来说明诗文中的"爱莲"并不是深中肯綮的。由宋代理学的开山人物周敦颐《爱莲说》一文,可窥见莲花在中国文化中被赋予的象征义:"水陆草木之花,可爱者甚蕃。晋陶渊明独爱菊;自李唐来,世人甚爱牡丹;予独爱莲之出于淤泥而不染,濯清涟而不妖,中通外直,不蔓不枝,香远益清,亭亭净植,可远观而不可亵玩焉。"在周敦颐眼中,莲的"不染"、"不妖"等形象正可喻示君子的品质,因此称之为"花之君子者也"。这一赞颂所表达的不只是对花卉的喜爱,也不只是对佛教观念的认同,更主要的是中国士人的人格理想境界。在此氛围中,中国古典文学写到莲时就没有不表达喜爱的,不管作者是否信佛。可以说,考狄埃在《玉书》中对诗人喜爱莲花的阐释是一个误解,这一误解是浅层次的,是由于未能以文化的、思想的眼光来看待文学作品所产生的。而艾金伯勒所认同的"莲花"的佛教意味则是一种较深层次的误解,这一误解有了一种文化视野,只是他以西方的宗教唯上的文化眼光来理解中国文化,结果也就没有得其要领。后一种误解是有积极意义的。当然,作为误解,总之都没有得其真髓,但后一种误解可以将过去的文学作品赋予一种文化内涵,再整合到整个文学的体系中,使得过去的文学不只是表达出对形象的描摹、对情感的抒发,还同时成为一种文化品格的写照,由此使得文学史真正有一种展示出人类文学思想进程的历史感。

后一种误解的积极意义还在于,有时这一误解才是合理的解释,而当初视为当然的理解则并不在合理的范围内。历史上曾记载过"昔葛天氏之乐,三人操牛尾,投足以歌八阕"①,但已失传。这一音乐具有载歌载舞的特点,表达了人们"奋五谷"、"遂草木"的愿望。显然当时的人以为这一音乐仪式可以起到通达神明的效果,而这一解释在今天多数有理性的人看来并不成立,应该解释为一种原始巫术同艺术的结合,其艺术形式荷载的是巫术思想。同样的情形也出现在对晚近的作家作品的认识上,罗贝尔·埃斯卡尔皮曾指出一个事实:"我们依然以莎士比亚为例,并考察他在戏剧中对鬼怪和巫婆的利用。20世纪的西方知识分子(当前的莎士比亚戏剧评论家都属于这类人)一般都不相信巫婆和鬼怪,从而都倾向于把巫婆和鬼怪看做是莎士比亚用来强化剧情而虚构出来的点缀品。然而,莎士比亚的同时代人,尤其是他与之对话的读者,则十分自然地相信我们称之为超自

---

① 《吕氏春秋》卷五《古乐篇》。

然的东西。"①莎士比亚本人是有怀疑主义精神的,他也许并不至于多么相信鬼神,但在当时确实也没有一套符合科学的理论来解释各种离奇的自然现象。所以,要说莎士比亚是自觉地以对鬼神的描写来达到修辞效果恐怕也不符合事实,真实的情形大致就在当时与现在的两种理解之间,即莎士比亚怀疑有鬼神存在,但在剧情描写中倒是真心实意地来写鬼神。因为他不用鬼神来说明一些问题,就难以演绎剧情的进一步发展。对于今天的莎士比亚评论家来说,往往会依据现在的观念来误解莎士比亚,因为在将鬼神描写视为修辞手段的情形下,可以使莎士比亚本人从作品游离出来,从而赋予其剧作更丰富的含义,而这对于文学批评和文学史来说都是值得努力的目标。

(三) 误解的确立和超越

在文学史上存在误解,这是不可避免的,同时也是必需的。在这里有必要区别历史研究中的两种误解。一种是涉及事实本身的,如《离骚》的作者是谁,是屈原吗?他当时写作的文本与现今传世的文本有无区别?在《离骚》中"众女嫉余之娥眉兮"的"众女"有无生活中的原型?如果有的话又是指的谁?屈原诗作中出现的"湘君"等人物是借于历史还是取自神话?支配屈原创作的神话观念的神仙谱系是什么样的结构?像这类问题,是就是是,非就是非,属于史料辨析和考据的工作,应当尽力排除误解。另一种涉及对文学事实的意义的辨析、价值的评判、作用的清理等,这一类认识是与认识者的考察角度有关的。

诸如"三人操牛尾,投足以歌八阕"的音乐形式,对于考察文学与巫术、宗教关系的人来说意义重大,但对于从游戏角度来考察的论者来说,其意义就小一些,而对于认为辨析文学起源等问题是"形而上学"、没有实际价值的实证主义文学观来说,则没有多少实际意义。在后一类情况下,误解是可能的,甚至是必需的。因为这样才能使研究提出并解释一些问题,而不只是做史料搜录工作。

在承认了文学史上误解的合理性之后,我们可以讨论这一误解出现的原因,那就是后来的撰史者的思想同该作品的作者的思想进行对话的多种可能性。这种对话在很大程度上基于历史学对于过去思想的重演。历史上曾经发生过很多事件,假如一次地震或火山爆发使许多人罹难,是历史学记

---

① 〔法〕罗贝尔·埃斯卡尔皮:《文学社会学》,符锦勇译,上海:上海译文出版社 1988 年版,第 124—125 页。

载的对象,但由于该灾害是由自然原因造成,探究这种现象则属于自然科学的任务,历史学在此没有多大用武之地。但如果一次战争给人类带来了灾难,历史学除了要记载事实的过程之外,还应该进一步对于事件产生的原因作出说明。要做到这一点,历史学家就应该设身处地地站在当事人的角度来思想,然后回到自身的立场来对当事人的思想作出评价。柯林武德说"一切历史都是思想史",就是指历史学家要在自己的心灵中重演过去事件中的当事人的思想。"历史学家不仅是重演过去的思想,而且是在他自己的知识结构之中重演它;因此在重演它时,也就批判了它,并形成了他自己对它的价值的判断,纠正了他在其中所能识别的任何错误。这种对他正在探索其历史的那种思想的批判,对于探索它的历史来说决不是某种次要的东西。它是历史知识本身所必不可少的一种条件。"[1]在"重演"的过程中,不同的人从不同的角度、由不同的认识结构来操作,所见当然就会有很大不同。

  如果说对一件事有正确见解的话,正解应该只有一个,而这时有多种的理解,并且原则上这些理解的数量还会随时日而递增,所以"重演"的思想应归于"误解"的范畴。历史上的误解有着哲学上的必然性。这根本上取决于人对历史的认识并不是对一个自然现象的认识。史学家是在历史事件的述录中找出他认为重要的、有意义的内容,而这种重要性取决于当代人从自己生活的条件出发作出的判断。北宋毕昇发明的活字排版印刷术在正史上并没有记载,只是在沈括的《梦溪笔谈》中作为一门奇特的技艺有所介绍,而从活字排版大大提高了印刷行业的工作效率,从而推动了出版事业的发展角度来看,我们意识到了它的重要性;从当今的时代是信息革命的时代,衡量一个国家现代化水平的最重要标志是看它的信息传播、信息处理的数量和效率看,毕昇的活字排版技术可以视为信息革命的一个出发点、一个早期的萌芽,这一事件的重要性应该得到更好的强调。历史研究就是这样一种"当前"与"当时"对话的工作,由于"当前"总是随着时间流逝而不断向后退缩的一个点,所以,"当前"与"当时"进行对话的可能性是多种多样的,由此形成的对历史的理解也就必然有不同类型。

  在这里,我们应该摒弃"误解"即不正确理解的简单化认识,就是说,我们应该承认,至少在历史的领域,有着多种理解的可能性,而这多种可能性

---

[1] 〔英〕柯林武德:《历史的观念》,何兆武等译,北京:中国社会科学出版社1986年版,第244—245页。

中,不同的见解可能都为揭示历史的内涵、展示人类发展进程的规律做了贡献。只是由于这些见解之间观点不一,而我们一般只把正解当做唯一正确的理解来看,就姑且将难以定于一尊的解释称为误解。"历史本是一种在过去被人理解过的生活。理解历史从这层意义上看,也是在理解什么是理解,每一代人都不时地感受到历史及文化传统与自己时代的某种程度的疏远。克服这种对历史的疏远陌生感的方式之一,即是通过解释历史来理解历史,缩小时代之间在精神、文化、心理、语言,乃至理解上的距离。……(它)不仅包括了对人过去的理解,更主要地是要求理解人现在是什么和将来可能会成为什么。一言以蔽之,人是在理解自己的历史中理解人自己。"[1]"认识你自己"曾是古希腊德尔斐神庙的一句箴言,同样地,它也应是史学研究的箴言。对于文学史来说,为误解正名至少有两种意义:一是可以使文学史的解释从正解、从"原义"的束缚中解放出来,使得文学史不必尽为古人负责,还有为今人负责的义务,这就可以形成学科的开放性、多样性;二是可以使文学史同当代史学发展中"问题史学"的趋向并轨,即对于历史问题的研讨从当今所面对的问题出发去追溯历史,在此基点上发掘出历史过程的含义。误解,是文学史的一种述录机制,而正是在这一述录机制中,文学史才得以展现出它的活力与魅力。

二、后阅读现象

后阅读不是后期的阅读或阅读之后的状况,而是一种与普通阅读不同的阅读。相异点在于:它不强调阅读中的求知,不关注作者状况,不相信关于作品的所谓正解。由此引致后阅读的若干特征,包括:双向性阅读目标、三重对话框架、四个基本步骤。本节在对后阅读作出描述之后,对它进行了理论分析,尤其对它文化上的性质进行了批判。这种理论上的研讨对于整个文学研究具有重要的意义。

(一)后阅读的含义

20世纪60年代以来,西方各种以"后"(post-)字为前缀的学说纷纷登台亮相,其中包括后现代主义、后结构主义、后精神分析学、后殖民主义等等。当这些学说作为西方新近的学派和理论被译介到中国之后,对中国学界造成了冲击性影响,各种"后"学纷至沓来的同时,各种"后"的名称仿效

---

[1] 殷鼎:《理解的命运》,北京:三联书店1988年版,第100页。

而起,如"后新时期"、"后现实主义"等。当前的时代俨然是一个"后"学的时代。这种以"后"字标在词头的主义和学说,与后面的词根联系很紧密。以后现代主义来说,后现代主义是属于现代主义之后的一种文化状况或思潮,在时间上晚于现代主义,但仅仅这样说又很不够,因为在现代主义思潮之后产生的并不都能称为后现代主义。后现代主义是现代主义在新历史阶段下的一种合乎逻辑的发展,它既秉承了现代主义的一些基质,同时在根本上又是对现代主义的一种反拨。荷兰学者佛克马曾说:"后现代主义文学不仅是接着现代主义文学而来的,而且还是与其逆向相背的。"[1]可以说,接踵而来与逆向相悖两方面特征的结合说明了后现代主义与现代主义之间的基本关系。这种关系在"白天—黑夜"的交替中可以得到形象的理解,白天是黑夜之后的一个时段,是黑夜的合乎自然规律的发展结果,同时又从根本上不同于黑夜。

文学的"后阅读"一词亦取自这种以"后"字标头的造词法。后阅读不是一种后期的阅读,也不是阅读之后的一种状况,而是与阅读相关,但又完全不同于普通阅读的阅读状况。这种阅读要与普通阅读作出对比之后才能基本廓清。

在一般的文学阅读中,大体具有以下几方面的特征:其一,文学阅读是一个了解作品基本情节、基本情感状态的过程,它与"知"的意识紧密相关。其二,阅读文学时读者努力了解作品的真髓,为了使这一工作能有所保证,读者也就注意聆听作者的有关言谈。其三,文学阅读虽存在见仁见智的状况,但一般而言,人们相信有一个关于作品的正解,其他的理解或者是错讹的,或者只是作品的次要意义。

与文学阅读的以上三方面特征相反,后阅读的状况则是:其一,它不是一个"知"的过程,它是"已知"之后的感受,或者只是单纯的感受。其二,后阅读不关心作者的状况,不特别尊重作者的意识,如果偶尔询问作者意图等方面情形,那也是在与文学的传播、文学的社会影响等方面作为参照因素之一来言说的。其三,后阅读不相信文学的正解,乐于在已有"正解"的文学接受中嵌入自己的新的理解。这里提出了对后阅读的基本理解,它是我们研究和关注这种文学接受状况的基本途径。不过,真正要对此问题有较为透彻的认识,还有赖于对它的一些细节进行描述和分析。

---

[1] 〔荷兰〕佛克马、伯顿斯编:《走向后现代主义》,王宁等译,北京:北京大学出版社1991年版。

(二) 后阅读中的双向性目标

后阅读作为文学阅读中的一种逆向活动,其主要标志之一是双向性。这种双向性是与一般文学阅读中经典释义的单一目标相比较而显示出来的。

文学阅读中的单一目标就是给出一个标准释义,对此,可以《毛诗序》中的一段话为例。"故变风发乎情止乎礼义。发乎情,民之性也,止乎礼义,先王之泽也。"它是指在政教失常的状况下,出现了"风"的变体,在这类诗歌中,人们表达了自己不满于政事的真实情感;同时在这种批判性的表白中,人们又没有逾越礼教的规范。清代学者纪昀曾评曰:"《大序》一篇,确有授受,不比诸篇为经师递有增加,其中发乎情,止乎礼义二语,实探风雅之大原。"①他认为这是对《诗经》的难能可贵的整体性把握。而这一评价也代表了历代对《毛诗序》一文的主流见解,人们以之作为阅读《诗经》时的学习指南。在这一基本趋势下也有一些反对派的意见。宋代朱熹就说过:"盖所谓序者,类多世儒之谈,不解诗人本意处甚多。且如'止乎礼义',果能止礼义否?《桑中》之诗,礼义在何处?……卫诗尚可,犹是男子戏妇人。郑诗则不然,多是妇人戏男子。所以圣人犹恶郑声也。"②他以《诗经》郑风、卫风这两类诗反驳了《诗经》中作品都是止乎礼义的说法,似乎也很有道理。所谓"止乎礼义"对《诗经》中的多数诗都可以适用,但对一小部分就不那么适用了。而按照证伪原则来说,如果全体中的某些部分没有某种性质,就不能说该全体都具有这种性质。不过,在《诗经》已成为古籍中的经典,并被冠为"五经"之首的情况下,社会又要求培养出"止乎礼义"的谦谦君子,当然也只好以纪昀的那种主流见解作为正宗了。

后阅读的双向性体现为两方面。第一,它往往不是一种认真地从作品字里行间来作寻绎、发现的阅读。读者大多听过各种介绍,介绍可以有不同形式,包括作品的故事梗概、出版机构的宣传性招徕、鉴赏辞典的导读、作品的卡通画改编、影视改编等。当一个读者事先接触到各种媒介所作的介绍之后,这些介绍就成了作品理解的基本定向,以后的阅读大体上就是在原先介绍的基础上按图索骥,这使阅读没有什么深刻的体悟和洞见可言。第二,它又并不严格地遵循介绍的定位来作理解,不是从作品阅读的具体环节来印证介绍所言,以作出证实或证伪的反应,而是基本上以木然的态度

---

① 纪昀:《云林诗钞序》。
② 朱熹:《诗序辩说》。

来对待介绍中的说法,在基本上接受介绍的定向之后,又在具体理解中采取随心所欲的态度,各个读者愿意怎样来读解似乎都行。在文学理论中,本来已明确了文艺作品可以是多义的,即可以作出多种不同的理解,但在作出这种宽容的允诺后,也还大体对于正常的读解有一些规定,不是任何一种读解都可以有存在的正常的权利,而在后阅读中则给出了这一宽泛读解的正当性。

美国批评家詹姆逊曾说到后现代主义与现代主义之间的差异,其中涉及的阐释问题对我们说明后阅读状况不无裨益。他说:"书的意义就是书的一部分,你没有必要解释这部书,只需要重读一遍。这种情形在音乐中也是一样,旧的音乐需要你有组织安排时间的意识,而新的音乐只要求你把握住现时,只听到那些音乐便可。……你读乔伊斯也许会就某一突然出现的事物而思考,竭力想找出其存在的理由,而读品钦的时候,如果他的作品真正使你感兴趣,你只会想再多读一些,因为这是一种陶醉而不需要任何解释。"①詹姆逊在这里是就后现代主义的文艺接受状况而言的,说明它"反对解释"的特征。而文学中的后阅读不等于后现代主义的文艺接受,但它作为纳入到文化消费中的一种文学阅读与之有相似之处,像是一个消费过程。一位顾客买了一把雨伞,这把伞可以用于挡雨,也不妨用于遮阳,还可以作为一种装饰,消费者怎么用它,商家、厂家都没有权力来干涉,消费者享有很大自由;反过来,当消费者在选购伞时,他只是看到伞的外观、价格等外在的方面,而伞的质量问题就全凭厂家的说明书和商家的推销介绍来支配,消费者又处在很被动的地位。这种状况完全可以用于比附后阅读中的双向性,可以使我们对此有一个直观上的理解。

(三) 后阅读中的三重对话框架

在文学阅读中,人们普遍注重作者意图。它仿佛是作者与读者之间隔着文本在进行讲与听的活动。当我们面对一篇从未读过也没有听说过的作品时,往往要看一眼作者姓名,一是作为是否值得阅读的判断指标,二是为了从了解到的作者文风那里得到一些阅读提示。不过,这种阅读倾向在当代已失去了以前所具有的影响。自从结构主义批评宣称"作者已死",主张从作品的表达本身来说作品,并且也有之前的形式主义批评、新批评对客观化阅读的推崇,人们已不再把作者意图看成是引导阅读的必要条件。而且,

---

① 〔美〕杰姆逊:《后现代主义与文化理论》,唐小兵译,西安:陕西师范大学出版社1986年版,第182—183页。

在作者意图方面,传统的批评看重作者自觉意识到的东西,而精神分析批评则看重作者无意识的流露,认为在文本的间隙之处、沉默之处,并不是空无一物的空间,而是在不言说中暗含了某种期待,作者的自觉意图不是去发掘他本人的无意识,而恰恰是遮蔽它,使它只能以曲折隐蔽的方式表露出来。作者的无意识的指向,与他的个人生活经历和文化禁忌的紧张关系有相关性,这使得对作者的了解大大超出作者意识的领域。后阅读就是要扩大对作者的了解,媒介的炒作对这种探究起到了推波助澜的作用。

后阅读还涉及传媒方面的状况。传统的文学阅读面对书籍、杂志,这也属于大众传媒的类型,但是形式较为单一,在内容表达上有较强的模式性,使人感觉到文学读物就只能以这样的方式呈现。在当代由于广播、电视、电影等新的传媒的出现,以及这些传媒对传统书画的反向影响,人们看到一个多样化传媒的现实。电影中卡通片的出现,使得少儿连环画中增添了卡通画这一画种。无线电广播的普及,使得朗诵作为文学发表的途径又重获新生。至于电视更是后来居上,在发达国家中,"二十世纪七十年代和八十年代出生的儿童,甚至于未满一岁就会熟悉显像管上发生的活动,不管他们是否懂得这种现象的含义……直到他们学会读书以前,电子媒介在他们的生活经历中占据着主导的地位"①。电视不仅对人产生了很大影响,并且在讲述形式上也发生了与以往传播中不同的状况。如鲍列夫所说,"电视的一个重要审美特点是'叙述此时此刻的事件',直接播映采访的现场,把观众带进此时此刻正在发生的历史事件之中。这一事件只有明天才能搬上银幕,后天才能成为文学、戏剧和绘画的主题"②。当这些不同的传媒对人产生不同的影响和作用方式的时候,就会产生一种相互影响的效应。小说的书与知识性的书都有相似的装饰外观,都属于相同的书籍类别。在崇尚知识的时代,书籍受人尊敬,小说的书也可以受到这种礼遇。而报纸属于一次性读物,当小说在报纸上以连载方式推出时,更多地以悬念来吸引人,看到前面引发对以后几天报纸的期待,而在看到后几天报纸时,前几天的一些描写早已被淡忘了。但报纸的刊载可以造就一批同时阅读的读者,他们相互的交流可以导致有轰动性的话题出现。同样道理,电视剧对小说的改编有更大的共时性接受的影响,但电视剧又有一些改动,这些改动后的内容对于

---

① 〔美〕施拉姆·波特:《传播学概论》,陈亮、周立方、李启译,北京:新华出版社1984年版,第166—167页。

② 〔苏〕鲍列夫:《美学》,乔修业等译,北京:中国文联出版公司1986年版,第451页。

多数受众来说反而成为了正常的;原来的小说中的故事则只是参照,观众还会以"正常"的电视剧的描写来反观小说原作是否对路。在这里,传媒成为了一种话语力量。当后阅读成为文学阅读中的一个景观的时候,读者就不得不面对与传媒的对话。

在作者、传媒两方面对后阅读都有影响的同时,读者所面对的阅读语境所渲染的氛围也产生了很大的作用。在以前,某一作品要从什么角度去读有明确的规定,如"少不读《水浒》",这并不是宣称《水浒》是"少儿不宜"的读物,而是提示该小说中对于江湖义气一类的描写,青少年看了之后容易产生盲目摹仿的冲动,从而对社会造成不良影响。经由这一提示,人们应该如何阅读该小说也就有一个基本定位了。但在现代生活中,一部作品的原作可以通过多种方式来改写、改编,已有的定位很容易发生混淆。假如有人以卡通片的形式改编该小说的片断,卡通片是以少儿作为基本受众,在这种改编中就要考虑到青少年与儿童作为未成年人的接受状况,对于原作的描写做些变动。当这些小孩长大成人后,他们虽然可以看原作,但改编时的描写作为第一印象已深嵌于脑海中,甚至如果当时是吃着糖葫芦来看动画片的话,某些情节的叙述可能同他的特定味觉感受联系起来,成为一种具有个人特点的统觉。

在后阅读状况下,读者与作者、与传媒以及与特定语境之间有一种对话关系;不过这种对话关系基本上不被读者本人意识到,它就像人们对氧气的需要一样,在呼吸顺畅、空气良好的境况下,人们不会想到氧气是生命的必备要素。

(四)后阅读的三个基本步骤

文学阅读是一个过程,作为过程它有历时性,这就涉及过程中的步骤问题。不同读者的阅读可以有不同的步骤,假如将逐字逐句的阅读看成是常态的话,那么还可能有间断、跳跃,也可能有反复,看到前面产生了悬念之后急于翻看后面,到看了后文时又感到前面有些细节已记不清楚,于是又再重新浏览,等等。文学阅读有种种不同形态,我们可以将之归纳为三个大的阶段:一是认知,即通过阅读字句,了解作品讲述的意思,了解情节或抒情内容。二是体验,即读者由了解到的意思,体验到某种情感,或紧张或忧郁或喜悦或愤懑等,在体验过程中读者可以得到审美感受。三是回味,读者对杰作佳品有意识地回忆、品味,享受诗韵悠久的陶醉感;也可以是阅读到其他作品相关内容或生活中某些事情触动了思绪,使读者回想到曾阅读过的作品的情韵,从而产生一些联想或感触。文学阅读的三个阶段有基本的先后秩序,不过也可能交错和穿插,还可能有多次反复。

后阅读既有文学阅读的一些特征,体现出上述三阶段,同时又有自身独具的特征,大体上包含三个阶段:

1. 社会—文化阅读

这一阶段是对阅读对象的体认,即把它看成是一首诗、一部小说或一篇散文等,在基本体裁的认定中就有调整阅读期待的问题。在体认中还包括类型定位,即把它看成是严肃文学还是消遣性读物。一般的书评介绍或社会反应也在这一环节中占有重要地位。在此阶段中,读者可能要考虑阅读活动的时间付出是否足够,是否能够成为自己未来谈资的一部分,等等。社会—文化阅读是读者个人经历的过程,但这一过程中全部的社会条件、文化条件都可能渗入到读者头脑中产生作用。如伊瑟尔所说:"当一篇本文(text)通过预测公众希求的存在标准和价值而先在地决定读者观点时——如中世纪晚期的狂欢剧及今天的社会主义歌曲——它便产生了在特定准则下人们无法具有共同的理解这样一个问题。"[①]我们阅读《三国演义》与古代人阅读时的状况也有不同。《三国演义》中的曹操是一个反面人物,他的最大恶德在古代人看来是改篡了汉王朝的正统,这是以王位世袭的正统观念作评价标准;而今天的读者如果也对曹操反感的话,则主要是不满于他为人的奸诈和虚伪。

2. 消遣—娱乐阅读

文学的消遣娱乐性质,古已有之。当柏拉图谴责文学有害时,理由就是文学的这一性质助长了人性中享乐主义的倾向。在当代社会中,文学的消遣娱乐性能有所加强。原因在于,文学不只是作者写作的产物,它还涉及出版者、发行者的参与,并且与他们的利益挂钩。当文学被作为一项投资来考虑后,就必须想到读者的购买意向。在各种可能的考虑中,作品引人入胜才是产生购买动机的最大促动因素,这就要求作者在吸引读者上多下工夫。书籍只有在可读性较强的情况下,出资者才会将它视为市场行为来进行操作。随着文学生产注意消遣娱乐性,读者也就会提出更高的要求。二者之间形成互动关系,就像高明的烹调师提高了食客口味,同时食客对饮食口味又提出了更高的要求,从而使得烹调向更为考究的方向发展。文学的产业

[①] 〔德〕沃尔夫冈·伊瑟尔:《阅读活动》,金元浦等译,北京:中国社会科学出版社1991年版,第183页。

化经营是在随时揣摩与培养读者趣味中演进的。

3. 遗忘性阅读

这属于后阅读中的一种特殊情境。本来过目不忘是文学阅读乃至一般读书活动的一项成效评价指标,也是许多人自觉的追求,而遗忘性阅读正好与之相悖。这种看似费解的状况与文学产业的运作性能相关。同时还应说明的是,在社会中也并不是只有文学才有对遗忘的偏好。马克思曾说过人们是如何对待古代文化遗产的:"在一百年前,在另一发展阶段上,克伦威尔和英国人民为了他们的资产阶级革命,借用过旧约全书中的语言、热情和幻想。当真正的目的已经达到,当英国社会的资产阶级改造已经实现时,洛克就排挤了哈巴谷。"①这里就涉及政治活动的阶段性问题,当处在某一历史时期时会提出某一任务,而在另一时期里,同一政党或组织又可能提出与之完全不同的其他任务。遗忘性阅读并不完全是指心理上的失忆,而是对于一些显得重复、似乎与老作品如出一辙的新作采取一种容忍态度。这一举措是对当代推崇创新的一种补救,就像艺坛上的新人大多并没有全新的姿态,但在宣传上又必须对新人作出介绍,那就有必要将他的一些特色,即使以前别人也有过,也要"遗忘"掉之后作为新的东西来说。原型批评家弗莱的一段话可以作为遗忘性阅读的一个注脚:

> ……在我们的时代,由于版权法宣称任何一部艺术作品都是足以获得专利权的独特创造,文学中的传统因素便被大大地遮蔽住了。因此,现代文学中的传统化力量就常常被忽略掉。……乔叟的许多诗是从他人诗作翻译或转述过来的;莎士比亚,他的戏剧有时完全是他所取材的前人剧本的翻版;弥尔顿呢,他所寻求的不过是尽可能多地抄袭《圣经》。②

这一评说有些极端化,不过在文学研究中谈及这些大作家往往只提及他们独创的一面时,弗莱之说有补弊纠偏的作用。

(五) 后阅读现象批判

后阅读是文学在产业化、市场化运作中产生的一种现象。在传统的文学中也并非没有以盈利为目的的制作和营销,但对文学的影响只是个别、局部的,没有形成一种总体的机制。只有在当代社会条件下,它形成了一套有

---

① 《马克思恩格斯选集》第1卷,北京:人民出版社1972年版,第605页。
② Northrop Frye, *Anatomy of Criticism*, Princeton University Press, 1971, p. 96.

效率的机制,并且将整个社会纳入到这一机制中。我们有时提倡文学重视社会效益,社会效益的"效益"也是借助了经济学的概念,它也是希望以较少的投入来达到较大的社会收益,也就同样有一种超越了经济目的的盈利动机。

在对文学的产业化经营中,市场考虑的出发点不同于作者本人考虑的出发点。作者更多地是考虑"名",而经营者更多地是关注"利"。我们可以很方便地列举商品化运作方式对文学的戕害,但是,商品化或市场化的运作本身并不是罪过。就文学而言,产业化运作要瞄准广大的文学消费者,这也有助于文学趣味的平民化和文学发展趋向的民主化。不过,在后阅读正在成为一种主导力量并且日益扩大其影响的时候,我们更有必要指陈其弊端。

首先,后阅读不是从艺术的审美角度来阅读,或至少并不看重这一角度的阅读。文学创作与文学鉴赏具有正相关性,当文学鉴赏环节并不看重作品的艺术性时,广大读者的艺术鉴赏力就不能得到好的培育;读者鉴赏能力的贫弱,又造成整个艺术活动中缺乏一个宽厚的基础。结果,就是艺术的普及化与艺术的平庸化成为相伴生的趋向。

其次,后阅读中作者与读者之间原来所具有的伙伴关系演变为一种市场交换意义上的供需关系,其由产业经营者进行操作,所考虑的是如何包装作者和诱导读者,使文学的写与读的活动,被与文学魅力无关的外力所操纵,这对于一个理想的写、读关系来说是距离更远了。

再次,后阅读没有一种长远的恒定的目标,不像传统的阅读力图寻绎出好的作品,将之奉为经典之作,使整个文学大厦有一种美学规范。而在后阅读中就是以作品的一时走红作为评判标准,真正优秀的作品不一定能走上销售排行榜前列;反之,走上前列的作品在事过几年后又可能被人淡忘,在一个长时段来看,它不能给文坛建立一种里程碑式的界标。

最后,文学艺术在人类文化中具有独特地位,以陶冶人的情趣为主,它可以自我标榜没有一个具体目的,这样就使文艺成为人们在世俗琐务之外的一块保留地,而后阅读则使受众在接触文学时缺乏了那种审美专注的超越具体事务的心态,它使文化中最后的保留地也受到了践踏。

总之,文学接受是文学活动的重要一环,也是文学研究的一个重要方面,对后阅读现象的认识和分析,对于整个文学研究理应具有重要的意义。

三、共鸣现象

文学的"共鸣"概念是文学鉴赏论的问题。历来文学理论都把重点放在创作论、作品论的基点上,因而鉴赏论只是作为一个附加部分或次要部分,"共鸣"概念只在具体的文学批评和文学理论教学中被提及,很少作为一个文学研究的课题来展开论述。由此,"共鸣"概念在各家的理解和使用中体现出一些不同的含义,而这些不同理解和使用实际上体现了有关文学的不同理论视点。

下面将对这些不同含义作出说明,对它体现的不同视点作出揭示。

(一) 文学共鸣的对象问题

文学共鸣是指读者在阅读文学作品时获得的一种积极认同的心理感受。作为读者的感受,它的主体是读者,这一点是能够取得共识的,但是这一感受所认同的对象是什么,就有不同认定了。

权威性的《辞海》(1981年版)对共鸣所下的定义是:文学鉴赏过程中的一种心理现象。一般指人们欣赏文艺作品时,与作品中所表现的思想感情达到某些相通、类似或基本一致的心理感受。从这一定义上看,共鸣的对象是文学作品,即文学作品产生共鸣。但是,文学作品是由作者创作的,文学作品中所描写的人物也具有自己的思想感情。再者,不同读者在阅读同一作品时也可能产生表面上相似的体验、评价。因此,在与作品共鸣的基点上,"共鸣"一词的所指又可以引发不同的侧面意义。有的教科书这样表述:"共鸣,是文学鉴赏中一种复杂而常见的现象。当阅读文学作品的时候,作家通过作品的形象表达出来的思想情操,强烈地打动了读者,引起读者思想感情的回旋激荡。他们爱作者之所爱,恨作者之所恨,为作品中正面人物的胜利而欢乐,为反面人物的溃灭而称快(或者为正面人物的失败而悲痛,为反面人物的得势而愤慨),象喜亦喜,象忧亦忧。这种现象,就是文学鉴赏中的共鸣现象。"[①]从上述定义来看,它已抛开了与作品共鸣的较为抽象的表述,而转到与作品中体现出的作者的思想感情、与作品中人物的思想际遇的一种共鸣。

此外,在其他的教科书上又有另一类表述:"'共鸣',在这里有两种含义。一是指欣赏者在欣赏过程中由欣赏对象引起的情绪上的激动,这是读

---

① 以群主编:《文学的基本原理》,上海:上海文艺出版社1964年版,第45页。

者与作者之间在某些方面或某种程度的思想上的融合,感情上的相通,是艺术形象作用于欣赏者的感官而产生的一种强烈的艺术效果。""另一种意义上的共鸣是指不同时代、不同阶级、不同民族的人们,当他们阅读同一部优秀作品的时候,可能会产生大致相同或相类似的情绪激动和审美趣味。"①在这一表述中说到了读者之间的相互融通,但未提及读者与作品中人物的关系。另外在其他教材、论文中也有涉及"共鸣"的对象的表述,但大体来说都不外乎是与作者、与作品中人物及读者之间的共鸣。

(二) 文学共鸣说的疑点

文学共鸣的上述认定中实际上体现出不同的理论构想和假定,而这些构想和假定都有理论上未能完全澄清之处。

首先,在与作者的共鸣上,体现出一种作者中心论,即认为作品既然由作者创作,那么读者从作品中看到的种种能引起共鸣之处,也就是与作者的共鸣。这一观点体现出浪漫主义"表现说"的鲜明痕迹。如雨果曾说:"真正的诗人像上帝一样同时出现在他作品中的每一个地方。"②反过来说,作品中的每一种思想感情的表达也就应该由作者负责。这种观点把作者视为文学研究对象最重要的因素,注意从作者生平、思想等方面的内容来发掘作品自身的奥秘。应该说这也是文学研究的重要途径,但它不是万能的和确凿无误的。原因在于,作者可能并不愿意表达出他创作的真实意图,或者作者在创作某一具体作品时的思想与他平时的思想有着歧异,其创作只代表了他的思想中一种次要的甚至反向思考的内容,或者作者在平时的思想中表达的是显意识,而在文学创作中表达出的某些潜意识的内容是他自己也不齿宣之于口的,从作者在作品之外的其他言谈中也很难搜寻到其蛛丝马迹。最值得一提的是,作者中心论认为文学作品单纯从字面来看有不可解之处,需结合作者的思想来看。问题在于,作者的思想正是由他各个作品及其他材料显现的,结果就可能是:由一处的不可解引来的不是"可解",而是更多的不可解。

其次,在与作品中人物的共鸣上,我们应该确定什么是作品中的人物。当然,作品中的人物有其姓名、性别等方面的客观化规定,甚至其语言、行为、性格特征等也有生动的描绘,但是,其具体相貌与性质却有待读者阅读时的认定。鲁迅先生曾说:"文学虽然有普遍性,但因读者的体验的不同而

---

① 十四院校合编:《文学理论基础》,上海:上海文艺出版社 1981 年版,第 390—391 页。
② 伍蠡甫、蒋孔阳主编:《西方文论选》(下),上海:上海译文出版社 1979 年版,第 192 页。

有变化,读者倘没有类似的体验,它也就失去了效力。譬如我们看《红楼梦》,从文字上推见了林黛玉这一个人,但须排除了梅博士的'黛玉葬花'照相的先入之见,另外想一个,那么,恐怕会想到剪头发,穿印度绸衫,清瘦、寂寞的摩登女郎;或者别的什么模样,我不能判定。"①这里说到的其实就是文学鉴赏中,读者在作者创作的作品基础上的"再创造"问题。实际上,在对作品人物的认定上,正如一句谚语中所说的,"一千个读者就有一千个哈姆雷特",作为作品中的人物,他只是在"哈姆雷特"这一名词上是共通的,进一步说其性格的大体趋向可以有共识,如李逵的鲁莽不会同林黛玉的娇气混淆,但在其性质的认定上,必然会见仁见智。曾有一位英国学者写过《哈姆雷特面面观》的小册子,历数过诸种很有影响的对哈姆雷特的把握,从专注于理性层次的人文主义斗士到弗洛伊德挖掘其非理性的"弑父娶母"情结的心理变态者;从性格软弱、不能把握自己命运的懦夫,到性格刚强,只是由于证据不足而迟迟未能采取复仇行动的英雄;从非凡的王侯之种到其实也是凡夫俗子,等等。他们都是读者、观众所感受到的哈姆雷特,也是历代演员在舞台上塑造出的哈姆雷特,但这些不同形象又是有天壤之别,难于共存一体的。因此,当说到与作品中人物的共鸣时,实际上很难说是与作为一种实体的对象共鸣,而是与自己头脑中的感受共鸣。但如果按照这种理解,则共鸣主体就缺乏现实的客体了。

再次,关于不同读者之间的共鸣。通过上文对与人物共鸣问题的讨论已可见出,二者共鸣的物质性对象是同一的,但其实质蕴含可能完全不同,这也很难说是真正的共鸣。譬如,我们文学史上把白居易的《新乐府》、《秦中吟》作为表达下层劳动人民心声的作品,这从内容上说的确有可通之处。但我们应该考虑到,白居易写作这些内容时,官任"左拾遗",本身就是要"拾遗补缺"的,相当于要担任考察时政、陈述时弊的工作。白居易的这些创作,类似于今天宣传部门的"内参"报告,提请相关部门警觉,其出发点是匡正职能部门的行政作为,而不是简单的为民代言。特里·伊格尔顿指出:

……某些文学作品似乎几个世纪以来一直保持着它们的价值。当然,可能我们对作品本身仍然有许多先入之见,但是,也有可能人们事实上根本不是在评价同一部作品。"我们的"荷马并非中世纪的荷马,

---

① 鲁迅:《看书琐记》,《鲁迅全集》第5卷,北京:人民文学出版社1957年版,第430页。

同样,"我们的"莎士比亚也不是他同时代人心目中的莎士比亚;说得恰当些,不同的历史时期根据不同的目的塑造"不同的"荷马与莎士比亚,在他们的作品中找出便于褒贬的成分,尽管不一定是同一些成分。①

伊格尔顿的这一表白对于我们理解不同时代或不同类别的读者间的共鸣问题是可以有所启发的,就是说,它们实际上是没有共鸣的。

(三) 文学共鸣学说与文学理论视点

文学共鸣学说中的几种认定就其单独来看都有疑点,但又为什么可以流传甚广,且成为文学理论教材的理论阐说呢?原因就在于它们都与一定的文学理论视点相联系,在直接的经验的层次上并不一定有很深的说服力,但可以作为某种理论视点的逻辑推演的产物。

美国著名文论家、批评家艾布拉姆斯曾指出:"每一件艺术品总要涉及四个要点,几乎所有力求周密的理论总会在大体上对这四个要素加以区辨,使人一目了然。"②他所说的四个要素即艺术作品、艺术家、世界和欣赏者,以图来表示其关系为:

艺术研究的核心当然应该是作品,但在说明作品时会有不同的途径和视点。由于作品是艺术家创作的,因此一种视点是从艺术家的视角入手来考察,这在浪漫主义的文学观中得到了充分体现;又由于作品总是或直接或间接地反映了周围的现实生活,因此另一重要视点是从现实世界的视点来考察,这在现实主义的文艺观中得到了强调;出于对上两种倾向的反驳,又有了只就作品自身来谈作品的"文学本体论"的视角,认为从作者、现实入手来研讨文艺虽然是有作用的,但不应该以之取代对作品自身的研讨。文学本体论在理论上不否认艺术与其创作者、与其所描写的世界有密切的关系,不过认为对这些因素的研讨不应也不能取代对作品自身的探求。这一

---

① 〔英〕特里·伊格尔顿:《文学原理引论》,刘峰译,北京:文化艺术出版社1987年版,第15页。
② 〔美〕M. H. 艾布拉姆斯:《镜与灯》,郦稚牛等译,北京:北京大学出版社1989年版,第5页。

视点在20世纪以来范围广泛的诸种形式主义文论,包括俄国形式主义、英美新批评和以法国为中心的结构主义文论中得到了充分体现,并逐渐成为当代文论视点的主流力量。继此种视点之后,60年代又开始盛行从欣赏者角度入手来研讨文学的接受美学、读者反应批评等。这些观念认为文学终究是面对读者的,理论上可以说文学是如何、应如何,但要同读者接触之后这些理论上的表述才能够得以验证或落实,所以应将文学理论的视点调适到读者或曰受众的基点上。

从对上述文学研究视点的剖析上,我们可以见出,与作者共鸣的观点同作家视点可以相通;与作品中人物共鸣的观点则同"世界"视点相通,因为它假定了文学中的人物是现实世界中人物的折射;与其他读者的共鸣则看起来同读者视点相联系,因为它也是从读者角度来看文学现象。

本书在这里要指出这几种共鸣说实际上与几种文论批评的视点有不相融通之处。所谓与作者的共鸣应是指与写作该作品时的作者共鸣,而不是与写作任何作品时的作者都共鸣,因为作者的喜怒哀乐在不同作品中的表达各有不同,只有在作出这一具体规定后,与作者的共鸣才有确切的所指。而从作者的视点来研究文学则是从作者角度来看其全部创作,范围是迥然不同的。当代阐释学批评家赫奇(E. D. Hirch)曾指出,在英国宗教改革时期有一本书《对付反对者的捷径》(*Shortest way with Dissents*)问世,表面上是替宗教迫害出谋划策,因此在正统宗教学中颇为风行,后来才发现作者其实是提倡宗教改革的,他不过是以曲笔方式来讥讽、嘲弄教会的卑鄙无耻。那么,在这种情况下,假如阅读该书的人产生了与作者的共鸣感,其实很可能是与作者的本意背道而驰的。

再说与作品中人物的共鸣,虽然这些人物形象源于对生活的摹写,但其性质上已有了很大不同。这正如用花肥育出了香馥的花卉,花卉的营养源于花肥,但不能说其香馥之气是从花肥得来的。因此与作品中人物的共鸣并不等同于从"世界"这一视点来看文学。从"世界"是看出现实对作品的规定性和影响,而作品中的人物则是作家在现实基础上塑造出的形象,读者在与作品中人物共鸣时仍可能同现实中的此类状况有抵牾。梁启超曾撰文说:"我本蔼然和也,乃读林冲雪天三限,武松飞云浦一厄,何一忽然发指?……若是者,皆所谓刺激也。""读'梁山泊夕者,必自拟黑旋风若花和尚。虽读者自辩其无是心焉,吾不信也。夫即化其身以入书中矣,则当其读此书时,此身已非我有,截然去此界以入于彼界,所谓华严楼阁,帝纲重重,一毛孔中,万亿莲花,一张指顷,百千浩劫。"①我们且不论梁启超之说是否在读者阅读经验中普遍有效,至少他自己在读《水浒传》时可以与梁山好汉有共鸣,甚至会在想象中化为书中人物,但这并不等于他也赞同现实中的此类人物。他又指出:"今我国民,绿林豪杰,遍地皆是,日日有桃园之拜,处处为梁山之盟……小说之陷溺人情,乃至如是,乃至如是!"②就是说,在纯艺术的层面上他与梁山泊人物可以共鸣,但在现实生活的真实层面上他却对此类人物有反感。原因就在于,现实世界写入作品后,已不能再由它源发处的性质来解释了。

至于读者间的共鸣之说,与真正以读者视点来进行的文学研讨也是有距离的。读者共鸣说是从外在的、客观的角度来看读者之间的相通之处,而从读者视点探讨文学则是从读者这一主体立场来看文学阅读中的能动再造作用,说明阅读时对作品加以整合的机制。真正从读者视点来考察文学,往往不是看到了读者间的相通,而是看到了他们的歧异。现象学美学家罗曼·英伽登认为文学作品中语词、表达诸层面上都有着多义的、模糊的、难以界说的内容,因此读者阅读不能仅看字面上的表达,还要透过字面看出潜藏的、可以意会难以言传的东西,他称这一活动为"填空",即用读者自己的理解去填充作品中表达的多种可能性的空框。阐释学批评家伽达默尔认为作品作为一个文本时只是字面上的东西,没有实际的意义,它的价值的实现要求读者去理解,因此文本构成一种对读者的吁请、呼唤,读者阅读就可以视为同文本的对话,读者不断地把自己的疑问投射到文本,而文本字面上的表达与接纳了读者疑问后的结构又不断地把自己的回答回应给读者,构成循环往复的对话关系。哈罗德·布鲁姆则认为,作品含义要由读者解读,而读者又各有解读,因此对文学的理解就是一长列误解的组合,难以找出一个公认的正解,正解就只是文本自身,但当人们试图去理解它时,它又成为读者的创造物了,除读者反应别无其他。实际上,这些观点中国古代文论中从钟嵘的"滋味说"到司空图的"韵味说"等,都有某种表述,他们也指出了读者想象对文学阅读的重要性,这些都是与读者共鸣说那种把读者感受视为较为固定的见解截然不同的。

(四) 文学共鸣说的应有之义

既然文学共鸣说的诸家论说都有不尽如人意之处,那么,我们认为还是

---

① 梁启超:《论小说与群治的关系》,《饮冰室文集》论说文类。
② 同上。

应把共鸣的对象放在文学作品方面,只是对这一方面并不能作实体化的理解,而是应把文学作品视为人们审美创造和审美接受的框架结构,当这一框架结构同人预设的主观审美意向吻合时就有所共鸣,反之就无共鸣。

按照格式塔派心理学的观点,人的知觉活动并不是对物体的逐个特征的辨认,而是以"场"的眼光将知觉对象视为一个整体,当最初同对象建立了识别关系后,就以一个整体的形式将其储存于大脑中;反过来,人的头脑中的心灵结构也不是知、情、意等方面的单一性质的聚合,而是它们相互之间的紧密联系,也构成了"场"的整体。人的审美经验的产生,就在于人的心理图式与对象的物理图式之间产生了不同质的事物之间结构吻合的效应,即"异质同构"效应。这一认识在中国古文论中也有近似的表达,如清代姚鼐认为文若其人,"其得于阳与刚之美者,则其文如霆,如电,如长风之出谷,如崇山峻崖,如决大川,如奔骐骥……其得于阴于柔之美者,则其文如升初日,如清风,如云,如霞,如烟,如幽林曲涧,如沦,如漾,如珠玉之辉,如鸿鹄之鸣而入寥廓……"[①]姚鼐之语实际上也触及了"同构"的问题,文学共鸣既然是发生于读者心理的事件,对它的理解也就应从读者心理再外推到引起该心理的客观刺激物,而不是先预设出一个对象,再来论证出对象对心理的影响。

从这一立场来看,文学共鸣可以指与作者的共鸣,但这个作者是读者心目中的作者,与实际的作者本人可能并不一致;文学共鸣可以指与作品中人物的共鸣,只是作品中的人物已在读者的想象中有了"再创造",与现实生活中真实的人物原型,甚至与作者笔下塑造的形象本身都有差异;文学共鸣可以指读者与读者的共鸣,但在不同读者都认为是佳作的体认下,认同的方面、所受感动的方面可能不同;文学共鸣还可以指读者同作品的共鸣,但作品是什么呢?它不能被理解为作者已创作出的客观化了的文本,而是文本与读者再创造相融合的新的对象,每个读者都面对着只有自己才能面对的作品。

黑格尔曾说:"艺术作品尽管自成一种协调的完整的世界,它作为现实的个别对象,却不是为它自己而是为我们而存在,为观照和欣赏它的听众而存在。例如演员们表演一部剧本,他们并不仅彼此交谈,而且也在和我们交谈。'要了解它们,就要根据这两方面来看。每件艺术作品也都是和观众

[①] 北大哲学系美学教研室编:《中国美学史资料选编》(下),北京:中华书局1981年版,第369页。

中每一个人所进行的对话。"①在这里,"每件"作品和"每一个人"的对话关系应是我们把握文学共鸣问题的关键,二者只有在具体化后才能现实地融汇一体。

文学共鸣能够产生的基础就在于,读者阅读作品时并不是以一个洛克的"白板"来接收信息,只像一张白纸、一片反光镜那样纯客观地阅读字面上的东西,他站在一定的立场,在阅读文学作品时已有一定的心理预期,并将自己的心理预期投射到作品中,在阅读到作品所描写的生活场景时,也调动了自己的全部生活经验与想象力来理解作品中的内容。可以这样来说,作者提供的文本是一种凝固化了、被记录下的话语,而在读者阅读,尤其是共鸣时,是将此话语重新译解为自己能够理解和愿意理解的另一种话语。保罗·利科尔曾说:"在任何假设的基础上,阅读就是把一个新的话语和本文的话语结合在一起。话语的这种结合,在本文的构成上揭示出了一种本来的更新(这是它的开放特征)能力。"②从这一认识来看,文学共鸣的应有之义在于:从共鸣的实体对象来说,它是指文本提供的话语、话语框架与读者的契合;从共鸣的实质对象来说,它其实指的是读者心理客观化为文本后,再从文本中见出的属于自己的心理内容。

四、共鸣的低落与震惊的兴起

共鸣是传统文艺的评价指标,共鸣价值观的文化基础在于人们思想、感受的同一性。而有的当代文艺理论则以震惊作为自己的标尺。两种价值观在文本之中可以实现对接,即可以在同一作品中融合这两种美学追求。文艺批评中共鸣的低落与震惊的兴起,是文艺发展中新潮取代旧制的必然结果。

文艺批评是对文艺活动、文艺作品的一种阐释、说明和评价,它要对文艺问题作出价值评判,分出其中的高低优劣。关于这种评价,有一些基本的尺度,如意境、典型、风格等,在此框架中,文艺接受中的共鸣也可以作为尺度的一个方面。据此观点看来,只有作品的艺术性、思想性达到了相当的成就,才可以引起读者的共鸣;而只有读者达到了较成熟的水平,才可能对作品的描写产生共鸣。共鸣成为衡量作品与读者双方的基准,也成为一个正

---

① 〔德〕黑格尔:《美学》第1卷,朱光潜译,商务印书馆1979年版,第335页。
② 〔法〕保罗·利科尔:《解释学与人文科学》,陶远华、袁耀东等译,石家庄:河北人民出版社1987年版,第162页。

面评价的标尺。然而,在文艺接受中不是只有共鸣一种尺度。在当代文艺中,震惊也可以成为另一种与共鸣相抗衡的尺度。

(一) 共鸣价值观的文化基础

文艺共鸣是文艺鉴赏中的一种现象,是读者、接受者对于感受对象的一种认同体验。在各种文艺理论的辞典与教材中,基本上将它归结为读者与作者在思想感情上的相通、读者对作品中表达出的倾向性的相通,以及在接受过程中读者在感受经验合拍时产生的融通感受。

文艺共鸣强调的是感受与体验的一致性,人在文化影响和心理结构上有共同的方面,这是产生共鸣的基础。文艺共鸣作为文艺批评中的一个价值尺度,从我们对共鸣的考察来看,其中共同的成分是很值得怀疑的。那么,它之所以被推崇为一种很高的属性,就不能单从接受中的美感效果上来考察,还应寻绎其深层的文化基础。

对于文艺的表达而言,自从实行了社会分工,有了专事体力劳动和专事脑力劳动的区别之后,文艺创造的行为就由少数有技艺的人来从事了。当少数人用文艺塑造出一种美的事物和美的观念及文化时,也是在用文艺表达他们自己的诉求。对此,法国社会学家布尔迪厄指出:

> 我认为大量所谓的"理论方面的"或"方法论方面的"作品,只不过是对有关科学能力的一种特殊形式的意识形态的辩护。对于社会学的分析很可能会表明:在文化资本的类型与社会学的形式之间存在着很大的关联作用,不同的研究者控制了不同类型的文化资本,而他们又把自己所采用的社会学的形式作为唯一合法的形式来加以维护。[①]

布尔迪厄指出,掌握了一种话语表达方式的群体,会在自己的表达内容中掺入表达自己利益的声音,甚至还排斥别的声音。就文艺话语而言,所谓文艺的"天才"一类说法,实际上也就是文艺界人士为自己的工作进行辩护的说辞。当他们说文艺要有天才的火花才能创作时,也就是表达如农夫、小吏、小贩的工作是一般的平庸之辈也可以做好的意思。

文艺表达是一种面向社会、面向公众的表达,其话语权力是一种掌握公众意向的话语权力。因此,历代的统治者都十分重视文艺表达的倾向,要将文艺的表达与统治阶级的话语权力连接起来,使文艺成为为现行社会辩护

[①] 包亚明主编:《文化资本与社会炼金术——布尔迪厄访谈录》,上海:上海人民出版社 1997 年版,第 111—112 页。

的工具。而文艺家们一方面要受制于这种压力,另一方面也被这种压力之下给出的利益所诱,如"桂冠诗人"的荣誉和仕进的俸酬。在此状况下,文艺工作者尤其是文人就容易同统治者"联手",结成一种利益一致下的同盟。在此条件下的共鸣,是要让文艺接受者站在文艺表达的立场上,而文艺表达的立场又吻合了统治者利益的立场,以此达成社会话语上的秩序。孔子曾提出诗的社会作用上的兴、观、群、怨说,"群"作为动词,是一种与群体的联系。清人黄宗羲在《南雷文集》中说:孔子曰"群居相切磋",群是人之相聚。后世公宴、赠答、送别之类皆是也。以此来看文艺共鸣,则它是对群体舆论的一种统一。从这种意义上看,它同古代社会的文化上的专制秩序是同构的,而实际上这种统一从来就有值得怀疑之处。清人王夫之说:"出于四情之外,以生起四情;游于四情之中,情无所窒。作者用一致之思,读者各以其情而自得。"① 王夫之将兴、观、群、怨称为"四情",这里的"各以其情"道出了共鸣之中有异质感受蛰伏着的状况。共鸣作为文艺批评的价值目标,它的文化基础在于统一人的语言、感受,而这在实际生活中几无可能。

(二) 震惊价值观的兴起与文艺表现

共鸣注重群体感受,震惊则关注个体体验;共鸣是艺术接受者个人与作品、作者或其他接受者的一致与和谐,而震惊则强调差异,强调与日常不同的感受和体验。

震惊是指人心灵惊颤、震动的感受。这一语汇用于艺术体验的说明,与德国美学家本雅明有关。本雅明作为20世纪初活跃的学者,对于当时已很有声势的现代艺术投入了很大关注。他认为现代艺术与传统艺术不只是在艺术描写的对象和方式上不同,二者的美学理想与特征也有根本性的区别:传统艺术与手工技艺的制作相联系,突出的是作品的灵韵;而现代艺术则是机械生产时代的产物,与批量生产和印制有关,由于其灵韵的缺失,往往突出的是物的本身。传统艺术是让人膜拜的,使人感到博大精深;而现代艺术则只是以外观来展示自己。归结起来,是两种艺术的差异即审美的艺术与后审美的艺术的差异。本雅明从现代艺术具有不同的艺术特征的见解出发,对现代派诗人波德莱尔的诗集《恶之花》进行了深入分析。

他指出:"波德莱尔把惊颤经验置于其艺术创造的核心。"② 也就是说,

---

① 北京大学哲学系美学教研室:《中国美学史资料选编》(下),北京:中华书局1981年版,第293页。

② 王才勇:《现代审美哲学新探索》,北京:中国人民大学出版社1990年版,第11页。

波德莱尔的诗作不是让人感受到一种悠闲的意境,而是一种震惊感,像是医生用胶锤叩击人的关节而引起人神经反应的体验,而这种体验是现代社会生活中普遍存在的。他认为,现代都市生活中布满了引起这种震惊的契机。他说:"行走对单个人来说,是以一系列惊颤和信息冲击为条件的。在危险的交叉路口,行人马上获得一系列惊颤信息并迅速发生一系列神经反应。"①由此来看,艺术接受过程中的震惊与现代生活中日常经验的震惊有一种同构关系。如果说文学艺术的表达要有生活土壤来滋养的话,那么,震惊体验作为充斥于生活中的一种日常感受,也就成为这种新的艺术价值标尺的滋养源泉了。

本雅明以波德莱尔作为他的分析对象,波德莱尔作为象征派诗人,是现代主义艺术运动的代表。实际上,这种震惊也可以推广到现代派文艺中。在绘画上,毕加索、达利、马蒂斯、康定斯基、沃霍尔等著名画家,或者以大胆的变形,或者以梦幻般的意象,或者以一种高度抽象的线条和色块,或者以一种逼真的但又对于日常生活有了一种批判感、反思性的形象来描绘图画。在这些艺术表达中,我们不能以轻松的玩赏的心情来接触作品,这些作品对欣赏绘画的观众有一种震撼力,使人从平常的心境进入到画面的氛围,在这一过程结束之后,可以体会到自己平时对一些生活环境和景物的麻木感。在音乐上,摇滚音乐不像传统交响乐那样让人正襟危坐,听众在台下可以随着乐曲节奏而摇晃、呼喊。在重金属摇滚音乐的演播现场,其演唱的声响可达到 100 分贝以上,可以说到了震耳欲聋的程度。摇滚音乐是以声响来刺激感受者的神经,使听众不是只以耳朵和大脑来接触音乐,而是由神经牵动起整个人体的反应。现代舞蹈也抛开了以前由芭蕾舞引导的审美风格。在古典舞蹈中,舞者以优雅的舞姿来取媚于观众,追求一种雕塑性的造型效果;而现代舞蹈有许多机械的、触电式的动作,多数是以动作来达到一种发泄,让观舞者在舞蹈的进程中有一种情绪的疏导,这种发泄是现代舞艺术上的一种追求目标。

被称为野兽派的画家马蒂斯谈过他的艺术见解:"在我们日常生活里所看见的,是被我们的习俗或多或少地歪曲着。从这些绘画工厂(照相、电影、广告)解放出来是必要的,辛勤努力,需要某种勇气;对于一位眼看一切好像是第一次看见的那样,这种勇气是必不可少的。人们必须能像孩子那

---

① 〔法〕亨利·马蒂斯:《创造性的视觉能力》,〔德〕瓦尔特·赫斯编:《欧洲现代画派画论选》,宗白华译,北京:人民美术出版社 1980 年版,第 51 页。

样看见世界,因为丧失这种视觉能力就意味着同时丧失每一个独创性的表现。"①马蒂斯在这里的强调是可以理解的。从艺术上看,欧洲的现实主义绘画在19世纪时已达到了很高的成就,它在惟妙惟肖上已臻于成熟,新的艺术家要想在自己的工作中有所成就,就必须要另辟蹊径,在新的表现方式和手法上作出探索,他本人的探索就是要使形象似"第一次看见",这就有一种惊诧感。从文化上说,欧洲的工业革命已进行了几个世纪,工业革命创建的是机器生产的文明,它是讲求规范化和整一性的,这同艺术要强调的个性有着冲突,甚至工业文明对艺术也以定型化的方式来批量生产。马蒂斯强调艺术的"第一次效果",即未被规范,无法规范,反对复制。欧洲近代推行了专利制度,鼓励发明创造并以法律的方式加以保护,使发明创造者在社会声誉和物质报酬上都有保障。专利制度落实到文艺产业方面,则推行了版权制。它认定每一件有了版权登记的作品都是独一无二的创造品,这种观念大大强化了艺术的创新势头。在我们的时代,由于版权法宣称任何一部艺术作品都是足以获得专利权的独特创造,文学中的传统因素便被大大地遮蔽了。对传统因素的有意忽视导致对创新的推崇,使得艺术中变化的频率加快,甚至在一二十年间,艺术的潮流就会发生一次根本性的变革,可以造成接受者在接受中的震惊效果。

由此来看,由于艺术创造中的社会激励机制、评价机制发生了根本的变化,一个艺术家的成功是与一整套的社会有关机制相关联的,他被驱动朝着社会指认的方向迈进,因此在追求新奇的艺术潮流中,他自觉地把自己的震惊传达给受众,使受众也产生震惊。在震惊的心理感受中,艺术得到了传播和交流。但是,震惊作为一种引起人心灵激荡的因素,是与偶发性、新奇性相关的。虽然不同的人有可能对同一事件感到震惊,但震惊的内蕴截然不同。如果每一件艺术作品都可以称为独一无二的创造品的话,那么每个人的内心体验就更应该被称为独一无二的,甚至在他第二次接触同一作品时,也难以重复第一次时的体验。震惊的心理效用与评价标尺,根源于并且反过来强化了对个体的人的尊重,它是市场经济社会民主秩序的一种产物。

(三) 两种价值观在差异中的对接

共鸣价值观与震惊价值观有着各自不同的文化背景与诉求,它们之间所表达的不同内涵在上述分析中已经可以见出。不过,这种理论上完全不

---

① 〔法〕亨利·马蒂斯:《创造性的视觉能力》,〔德〕瓦尔特·赫斯编:《欧洲现代画派画论选》,宗白华译,北京:人民美术出版社1980年版,第51页。

同的差异,在文艺的现实中也可以形成对接,这一点同科学理论中的状况有所不同。艺术杰作的评价标准应当有一个超越时间的因素。伟大的艺术作品不像科学理论,它不会被以后的艺术杰作所取代。当做品不再"新"时,也不会失去其价值。艺术杰作的一些技巧和方式在以后的年代可能会被认为不值得仿效,但是最终也不得不承认它在艺术史上的价值,它们作为艺术上的典范还会对人们的艺术接受产生持续的影响。这样,创作年代不同,而在精神诉求上表达着不同意思的前后时期的作品,在艺术接受者的感受中则呈现为共时性的,它们的差异也就只显示出一种风格差异。由于这一状况的存在,在一些新近问世的作品中,就有可能把本来是矛盾着的共鸣与震惊两种接受效果进行对接,在同一作品的表达中,两种感受都可以作用于同一接受者。

美国电影《拯救大兵瑞恩》就体现了这样两种接受效果乃至两种艺术价值观的对接。影片的故事不直接描写作为时事焦点的第二次世界大战中的欧洲战场、战役,而是以之作为影响故事的背景。影片写美国军队的高层人士为了挽救一位士兵的生命,派遣一个小分队深入敌后,目的是要救回这名士兵并将他安全遣返回国。为了一位普通士兵的生命而采取的这一行动是不同寻常的,这本身就有一种震惊效果。而之所以采取这一行动,原因是瑞恩兄弟几人都入了伍并且参战,当盟军在诺曼底战役中强渡海峡时,瑞恩的几个哥哥都先后阵亡,阵亡统计表送达美军总参谋部。当负责人看到瑞恩兄弟几人的遭遇后,想到了上一周发生的另一个事实:一位美国母亲将他的五个儿子都送入了军队,而这五个儿子先后阵亡。这样,一位有五个儿子的母亲一下子就成了没有后人的孤母。为了国家利益,公民应该做出奉献,在特殊情况下,也应做出牺牲,但将这些牺牲落实到一个家庭,又落实到这位母亲的身上,不免太沉重了。为了避免已发生过的悲剧重演,美国高层军事负责人下达了派特遣队营救瑞恩的行动计划。当影片对事件由来作出这一交代之后,我们会产生一些情感上的激荡。

首先,战争中的阵亡统计是一项常规工作,有关负责人完全可能将它作为为了胜利而付出的代价来看待。统计表只是一系列数字的排列,而这里的长官看到的是一个个具体的人的姓名,他由死者有共同的瑞恩姓氏发现了阵亡者的亲缘关系,由此产生了要将仅存的一位下落不明的瑞恩营救回国的想法,这是基于人道主义的而不是军事价值上的决定。由一位军事长官作出该项决定,这是让人感动的,可以使观众产生一种共鸣。

其次,营救下落不明的瑞恩交由一个小分队去执行,该项任务是在敌后进行,难度之大是可以预想的。按常理这项任务也会有牺牲,事实上,执行过程中特遣队牺牲了好几个人。在中国放映该片时,就有人讨论由多条生命换取一人的生命是否值得的问题。按照单纯的生命对等的换算法来看,这也许是付出大于所得,但在这一任务中,已将营救瑞恩升华为国家珍视每个家庭的幸福、珍视每个士兵的生命的人道主义精神,这是观众尤其是让西方文化浸润下的美国观众普遍认可的,也可以引起共鸣。

当共鸣作为该片的一种接受效果得以确认后,我们可以再看它的另一面,即震惊效果的体现。这种震惊首先体现在镜头的处理上。当美军在诺曼底强行登陆后,遭到了德军防守部队的顽强抗击。战场上硝烟四起,血肉横飞。影片不是像多数的战争片那样写如何作战,至少部队在作战中的伤亡是作战过程中合乎逻辑的结果。影片更多的是写士兵们如何在战争中伤亡:有的士兵在登陆后,摘下头盔准备清理出头发上的尘土,可这时一颗流弹击中了他的头部,瞬间殒命;有的士兵被身旁爆炸的炮弹削去了胳膊,他失去理智地寻找自己的断肢,并徒劳地想把它重新接上;还有杀红了眼的美军士兵,向无力反抗而举手投降的对手射出了饱含复仇怒火的子弹。这里一条条鲜活的生命,在人为的杀戮中消失了,而这一切后果的起因就是战争,它使得原先作为明确前提的战争行为被打上了问号。诚然,以今天的观点仍可以说美军代表了战争中的正义者,但这种正义依然不能抹去战争血腥的事实,该片从这一角度为观众提供了一种震惊。另外,作为正义者一方的美军是欧洲战场上的胜利者,他们凭借装备精良、作战勇敢和训练有素,屡屡冲破敌方的阻截,但在影片中给人更深印象的则是小分队中人员的伤亡。他们作为活生生的人,在遭受枪击后痛苦地死去,在这一过程中,他们表现了强烈的生的欲望,这又给在和平环境下离死亡威胁很遥远的观众一个震惊。该片显示出,战争中的任何胜利都是以宝贵的生命作为代价换来的,当人们庆祝胜利时,也应该祭奠那些为了胜利而献出生命的人们。这部片子当然不是将共鸣与震惊糅合在一起的唯一实例。在某种意义上,这种糅合正体现了文艺作品的一种功能,只是落实到具体的文艺作品中时,有些人的创作糅合得充分一些而另一些人则主要是强调某一方面。我们从这种糅合的功能中,可以较深刻地领会卡西尔对艺术的一个见解。卡西尔认为科学可以用公式来概括,艺术则永远比任何公式的内涵都丰富,他说:"我们的审美知觉比起我们的普通感觉知觉来更为多样化并且属于一个更为复杂的层次。在感官知觉中,我们总是满足于认识我们周围事物的一些共同不变的特征。审美经验则是无可比拟地丰富。它孕育着在普通感觉经验中永远不可能实现的无限的可能性。在艺术家的作品中,这些可能性成为现实性:它们被显露出来并且有了明确的形态。"①由此来说,具体的文艺作品将两种不同的艺术效果统摄于一身,正是其丰富性的一种实现。

以上论述了在文艺批评的价值观中,共鸣与震惊分别是两种不同的批评尺度,也可以说,分别是两种不同的文艺追求目标。这两种不同的尺度和追求目标各有自身的文化背景和精神旨趣,又各自承载着特定时代的要求。从理论上讲,它们是有冲突的,但在对具体文本的分析中,我们也可以指出二者对接的情形。

首先,在文艺发展的新潮取代旧制的过渡过程中,新兴事物需要有为自己正名的过程,需要对旧制或采取尖锐批判的态度,或采取规避的策略,以此来扩大自己的影响或保护自己不受取缔。但同时,在新旧交替中,新因素的加入并不总是意味着旧的代表传统的因素的消失。实际上,更主要的情形是,新因素产生之后,并不作为一个单纯的因素存在,而是与旧的因素一起,构成了一种既不同于旧的、也不同于新的因素的一种整体的面貌。在兼及两种艺术的作品中,我们既可以从旧的观点来进行分析,也可以从新的观点来作出解读。不过,任何单方面的认识都会有不全面的弊端,可能使事实真相受到遮蔽和歪曲。

苏联美学家列·斯托洛维奇讨论过文学阅读中感受的多方面性,他认为:

> 艺术感知包含多方面的内容,其中有理性,也有直觉,有指向过去的回忆,也可以有指向未来的幻想;如果代替这一切的是对怎样创造艺术作品的问题作纯理性思辨的理解,"按层次"分放它的所有成分(确定它的人物是什么社会力量的代表,拆开情节安排,分析结构组成,阐明用什么语言手段描绘肖像和风景),那么生动的艺术感知还有什么可剩下呢?几乎一无所有!这就是有时连世界文学的杰作也在学校中"失之交臂",使学生无动于衷,甚至引起他们反感的原因之一。②

如果在艺术分析中只以逻辑分析的方式来对待作品,一就是一,而且只是一,不能是二,不能是其他的什么,这应该是符合数学的原理的,可惜艺术感受不是数学。从理论上讲,我们可以对文艺的嬗变作出新旧对立、斗争的

---

① 〔德〕卡西尔:《人论》,甘阳译,上海:上海译文出版社 1985 年版,第 184 页。
② 〔爱沙尼亚〕列·斯托洛维奇:《审美价值的本质》,凌继尧译,北京:中国社会科学出版社 1984 年版,第 282 页。

述说,并且揭示出二者冲突的内在原因和机制,但在实际的层面上,二者可能是共存于一体的,二者的冲突不过是一般事物矛盾着的两个方面的冲突。当艺术活动中出现了新的趋向时,更多会以内部矛盾的方式呈现出来。这一点在但丁的《神曲》中就有鲜明的体现,其他作家、作品只不过没有这么典型而已。

其次,在文艺发展中,新旧因素的共存使得文艺批评家可能以一种惰性的和自己已经习惯了的方式来看待自己所面对的作品。当遇到新的作品时,他以过去的经验来作为理解、解释的根基,由于多数的新近之作也并未完全抛开传统因素,因此这种缺乏敏感的接受眼光不会对作品完全不能理解。如果批评家有一些学识功底,有较好的语言表达能力,则这种失于片面的认识也可以显得很有说服力,但这样做的后果就是将文艺新作中的新因素遮蔽了。作为批评家,本来有责任给读者提供一些睿智之见,我们不能苛求批评家在每一次评论、分析作品时都做得十分到位,但批评家总应该在真知灼见方面给读者一些启迪。要做到这一点,除了天赋的因素之外,自觉地学习一些文学理论知识是必需的。自称文本批评家的兰塞姆指出,批评家在仔细阅读之外,还有更重要的问题必须关注:"好的批评家不能止于研究诗,还必须研究诗学。如果他认为必须完全放弃理论的偏好,那么好的批评家就可能不得不变成一个好而微不足道的批评家……理论是期望。它总是决定着批评,如果理论是无意识的,就永远无法更多地决定作品。批评家头脑中没有理论而又素负盛誉的情况是虚幻的。"①理论的确有可能启发批评家的思维,也必须要有理论才能使批评家的思维具有深度。

文学批评必须有文学理论来武装的说法,实际上在文学研究中既是一个常识,又是一件做得很不充分的事。在批评家那里,他们最初确实学习过一些文学理论、美学理论的知识,但这"最初"的学习往往会造成成见。因为他们是以早先学得的一些知识加上个人的感悟来从事批评的,缺乏将具体现象上升到理论来思考的能力,这其实与兰塞姆所说的要求相距甚远。

文学批评是一项复杂的工作,我们应该对它有细致入微的体察,也应该有宏观总体的把握。从上面对共鸣与震惊两种价值观的分析来看,文艺批评更为缺乏同时也是更应加强的,是理论视野上的拓展问题。

---

① 〔美〕兰塞姆:《世界的主体》,王逢振等编:《最新西方文论选》,李自修译,桂林:漓江出版社1991年版,第197—198页。

第三节　文学批评方法

　　文学理论中的"批评"一词是指对文学作品的考察、分析与评判。文学批评是对于文学现象的研讨。文学现象提供给文学批评丰富的材料，不过，对于这些材料的意义的解释不是简单的镜映关系，即不是说材料就可以决定解释的基本趋向。从实际操作层面来看，文学批评的相应套路和文学现象的结合，甚至包括批评家的个人秉性，才是决定批评的具体意向的主要因素。批评的方法，在表达事实的过程中，体现了一种事实之外的主体的思想，正因为这种主体的存在，文学批评在面对即使是同一部作品时，也可以有不同说法。这些说法可以在不同时代共时性地存在，它们分别在不同时代有着占据主流地位的黄金时期，往往成为所在时代的文艺思想的代表。

　　本节介绍社会政治批评、文本批评与文化批评三种批评方法，试图通过对不同时期文学批评主导地位思想系统的论析，一方面对批评史有一个粗略梳理，另一方面则对批评本身的状况有一个宏观的剖析。当批评不断地针对对象进行言说时，对批评自身的审视应该具有重要的地位。

一、外在的支配：社会政治批评

　　社会政治批评主要强调特定时代中，主体的政治立场与评判标准对文学批评具有决定作用。这种批评方法认为，文学作品的考察应该从作品产生的社会环境、时代因素、地理因素等支配性影响入手；在具体的社会历史环境中，把作家的经历与作品联系起来，从而更准确地理解、分析和评价文学作品。文学批评的外在支配是指从文学之外的角度来看待文学，认为文学是由外部力量所唤起、所推动，文学中发生的所有重大变化，都应该从这些文学之外的因素中寻求答案。这种文学观念在中国古代占据主导地位。先秦时期的思想奠定了中国文学批评的基础。孔子认为："天下有道，则礼乐征伐自天子出；天下无道，则礼乐征伐自诸侯出；自诸侯出，盖十世希不失矣；自大夫出，五世希不失矣；陪臣执国命，三世希不失矣。天下有道，则政不在大夫；天下有道，则庶人不议。"[1]意思是，天下有道的时候，制作礼乐和出兵打仗都是由天子决定的；天下无道的时候，制作礼乐和出兵打仗由诸侯决定。由诸侯决定的时候，大概经过十代还不垮台的很少；由大夫决定，经

---

[1]《论语·季氏》。

过五代还不垮台的也很少了。天下有道,国家政权就不会落在大夫手中;天下有道,老百姓也就不会议论国家政治了。这里的礼、乐,在孔子谈话的语境中,专指先秦时期王公大臣按照规制所定的一套礼仪,其中包括服饰类别、音乐演奏规模、仪礼形式等。孔子这里表达的观点也适用于中国文学艺术问题,中国古代把文学艺术看成社会整体之中的一环,并且以社会的政治文化眼光来作为评价文艺问题的基本参照。孔子所说的"诗可以兴,可以观,可以群,可以怨"①,强调的就是诗歌的政治功能。

在西方文学批评史上,欧洲古代也是以文艺之外的眼光来要求文艺。柏拉图反对文艺的合法地位,亚里士多德为文艺辩护,二者虽然观点明显对立,但都是以文艺对社会是否有益作为基本出发点的。中世纪时期,在社会普遍持禁欲主义的背景下,对于部分文艺仍然开放绿灯,其原因就是考虑到宗教音乐、绘画等可以调动信众的情感,这还是从文艺之外的角度决定文艺的臧否。文艺复兴时期,文艺基本上还是被看成一个工具,伏尔泰、狄德罗、卢梭等人都有过文学创作,创作的主要目的是宣传文艺复兴的思想,文艺自身的独立价值被忽视。

从外在角度看待文学的方式,到 18 世纪法国的文学社会学派进行了体系化。史达尔夫人认为,在欧洲,存在着南方文学和北方文学两种风格迥异的文学类型。"北方人喜爱的形象和南方人乐于追忆的形象存在着差别。气候当然是产生这些差别的主要原因之一。诗人的梦想固然可以产生非凡的事物;然而惯常的印象必然出现在一切作品之中。"②她认为,南方人善于抒情,会享受生活;而北方人长于思考,更富于进取精神。她还认为,文学风格的不同与地理环境有关,南方人生活在北方,或者北方人生活在南方,都会写出与当地状况比较吻合的作品,而与他们原先的文学有差别。史达尔夫人的观点对后来的丹纳有直接影响。丹纳认为美学本身便是一种实用植物学,他也主要从气候、地理等条件来考察文学状况。他以决定论的眼光看待世界,坚信万事万物的发展都有一个规律,只要找到了现象背后的规律,那么逻辑的推演和历史的考察应该是一致的。在美学上,艺术与它所处的文化之间有着共生的规律,他说:"只要翻一下艺术史上各个重要的时代就可以看到某种艺术是和某些时代精神与风俗状况同时出现,同时消灭

---

① 《论语·阳货》。
② 〔法〕史达尔夫人:《论文学》,伍蠡甫主编:《西方文论选》(下),上海:上海译文出版社 1979 年版,第 125 页。

的。"①丹纳还提出了决定文学史发展线索的种族、时代、环境"三要素"说。这三个要素的内容相当庞杂,美国当代批评家韦勒克评述其中"环境"因素的作用时说:"一个装有所有文学外在条件的大杂烩,它不仅包括地理环境和气候条件,还包括政治的和社会的条件,它是无所不包的混合物,与文学关系最远的东西都可以囊括在内。"②丹纳的时代概念也是无所不包的,它既指特定时代,也指作品的先后次序,还指社会发展的不同阶段。

从外在角度理解文学,除了在文学的产生、发展、功能等方面以社会学眼光理解之外,还把社会的相关秩序也复制为文学内部的秩序,譬如对应于社会等级,文体也划分为不同等级。③ 由于社会的变化,文体等级也就可能发生相应改变。因此,有时考察社会变化,可能因为社会的复杂性,改换为考察文学的变化状况,通过对文学的认识,反观社会的情形。

美国批评家韦勒克和沃伦合著的《文学理论》把文学研究分为外部研究和内部研究,他们不赞同外在批评的方式,但是外在批评有其产生的理由。就文学史上的浪漫主义而言,当时浪漫主义积极反对古典主义文艺观,而面对一个强大的、有政治权力支撑的对手,浪漫主义必须把一种思潮的存在历史化,即不单纯是批评古典主义多么错讹,而是说每种思潮都有自己的历史条件,而古典主义已经不适用于目前时代,应该退出文学的历史舞台。这种历史化方式就是把外在于文学的社会背景作为论证文学的根据,自然地强化了外在研究的合理性。另外一个支撑外部研究的重要理由,就是科学在整个人文研究领域的辐射影响。罗素曾经说:"近代世界与先前各世纪的区别,几乎每一点都能归源于科学,科学在 17 世纪收到了极奇伟壮丽的成功。"④科学成功的示范力量成为具有传统性质的其他研究的参照,它提倡建立数学模型,提倡实验精神,追溯对象变化的前因后果。这种对因果关系的强调,衍射到文学研究中,对文学的若干变化说出子丑寅卯,而这种变化原因就会涉及社会的各个方面。在研究模型上把文学与社会的相关性作为基本参照点,由此也就强化了外部研究的体系。

---

① 〔法〕丹纳:《艺术哲学》,傅雷译,北京:人民文学出版社1963年版,第8页。
② R. Wellek, *A History of Modern Criticism*, Haven: Yale University Press, 1965, p. 128.
③ Bourdieu Pierre, *The Rules of Art*, Stanford: Stanford University, 1995, pp. 114-115.
④ 〔英〕罗素:《西方哲学史》(下),何兆武、李约瑟译,北京:商务印书馆1976年版,第43—44页。

二、内在的自觉：文本批评

外在支配的批评从文学之外的角度来研究和理解文学，可以看到文学与社会之间的广阔联系，但是忽略了文学自身的特性。20世纪西方哲学发生的"语言学转向"激发文学批评关注文本本身。文本批评不同于以往强调文学的社会历史、传记批评的实证研究，专注于语言文本内部的形式和结构。20世纪初在各学科深化自身研究领域的大背景下，文学研究也开始强调自身的特性，从俄国形式主义到法国为代表的结构主义和解构主义，都是这种趋向的主要表现。这种批评趋向认为文学研究应该把文学自身的特性作为研究的主要问题。尽管文学与社会文化各方面有着千丝万缕的联系，但这也只是外在的，应该由其他专家去思考，文学批评应该把文学作为首要关注对象。这种方法反对把批评重点放在世界、作家、读者之上，认为作品的意义是由文本本身决定的，因而对文本进行分析，并提出了层面分析和结构模式分析的方法。

雅各布森提出的"文学性"概念，主张文学研究重在发现使文学成为文学的特殊素质。什克洛夫斯基曾说："我的文学理论是研究文学的内部规律。如果用工厂的情况作譬喻，那么，我感兴趣的就不是世界棉纺市场的行情，不是托拉斯的政策，而只是棉纺的支数及其纺织方法。"[①]就是说，作为研究纺织的专家，可以只就纺织本身进行思考，而将其他方面交由另外的人士去考察。那么文学内部的考察是什么呢？什克洛夫斯基认为艺术重要的不是它提供了什么，而是它对我们来说显得是什么。"艺术是一种体验创造物的形式，而在艺术中的创造物并不重要。"[②]这种所谓"体验"就是文学阅读中的陌生化。通过陌生化，人们重新感受原先已经麻木、不再构成刺激的一些经验。文学研究所要做到的，就是指明文学经验所包含的美学意味。作为内在的自觉，文本批评的魅力不仅体现在对具体问题的论述上，而且也表现为一种整体的文学观。

英美新批评将作品看做自主的、相对封闭的和谐整体，主张批评和创作的纯粹、独立和客观性。艾略特提出了诗歌的"非个性"观点；兰塞姆系统地阐述了"本体论批评"；布鲁克斯提出了"细读"、"悖论"和"反讽"等具体

[①] 什克洛夫斯基：《艺术作为程序》，胡经之、张首映编：《西方二十世纪文论选》第2卷，北京：中国社会科学出版社1989年版，第5—6页。

[②] 同上书，第7页。

批评方法;燕卜逊论述了诗歌语言的"复义"类型,肯定诗歌语言的审美价值源于"复义"。

艾布拉姆斯在其代表著作《镜与灯》中总结了文学研究的四种坐标,分别是艺术家、世界、读者和作品,在这四个坐标中,前两个坐标在传统的文学研究中占据主导地位。对于文学作品,不过是在"知人论世",即从作者(知人)或世界(论世)的层面来界定它的,因此对文学史的线索,也就多从社会层面来论述,这就使文学史走向由文学之外的因素决定文学面貌的他律模式。另外,传统的知识结构不可能条分缕析地、细致地把握事物之间的复杂联系,一般是笼统地以一种观念加以概括,比如"神"、"上帝"、"理念"(柏拉图)、"绝对精神"(黑格尔)以及中国古代的道、气,等等。它们被用来指冥冥中安排了、预定了事物发展趋向的原因。以他律论模式贯串文学史合乎这样的文化背景。而从文本角度来考察文学史的演变过程,亦即艾布拉姆斯所说的文学作品这一坐标的自觉,体现了人们已经意识到可以从事物自身寻求它的规律。结构主义的代表人物列维-斯特劳斯在《结构人类学》中,对于结构的含义有比较详细的阐发:

> 我们可以说,一种结构是由一种符合于以下几项特定要求的模式组成的:
> 1.这种结构主义应展现出一个系统所具备的下列特征,它由若干部分组成,其中任何一种成分的变化,都会引起其他一切成分的变化;
> 2.对于任何一个给定模式来说,都应该有可能排列出同一类型的一种模式中产生的一系列变化;
> 3.这种结构能预测出:当它的一种或数种成分发生变化时,模式将出现怎样的反应;
> 4.在组成这种模式时应做到使一切被观察的事实都可以成为被理解的。[①]

在这里,文学史的变化过程就相当于一旦制定了牌理规则,具体的出牌就有相应的对错。这种对错是客观的,即使制定牌理规则的人也不可能干预它。文本自身的规律俨然成为新的权威。

罗兰·巴特从作品文本研究的角度提出了"作者之死",以系统的符号学方法分析大众文化的意识形态效果"神话"。而美国解构主义的代表耶

[①] 徐崇温:《结构主义与后结构主义》,沈阳:辽宁人民出版社1986年版,第25页。

鲁学派认为,文本是一个不存在中心的多重结构系统,没有绝对的指涉意义,意义是多元的和不确定的。

三、向外转的趋势:文化批评

由外在的支配走向内在的自觉,文学批评经历了一个向内转的进程。不过这样一个进程只是学科发展进程中的阶段性状况,并不等于整体的学科走向。美国耶鲁学派批评家希利斯·米勒指出:"事实上,自 1979 年以来,文学研究的兴趣中心已发生大规模的转移:从对文学作修辞学式的'内部'研究,转为研究文学的'外部'联系,确定它在心理学、历史或社会学背景中的位置。换言之,文学研究的兴趣已由解读(即集中注意研究语言本身及其性质和能力)转移到各种形式的阐释学解释上(即注意语言同上帝、自然、社会、历史等被看做是语言之外的事物的关系)。"[①]米勒所说的这种外部联系的文学研究,比较突出的有新历史主义批评、女性主义批评、后殖民主义批评等,最典型的是文化批评。

文化批评强调文学与社会文化整体的有机联系,并且从这种联系中把握文学的内涵和特征。在文学与社会之间的关系上,它的体认似乎与传统的社会政治伦理批评有些相似,因此可能会产生认识上的混淆,以为这是对传统的回归。的确,文化批评和传统的社会政治伦理批评之间存在联系,但这些联系只是它们关系上的一个侧面,在肯定它们都是"外在支配"模式的前提下,还应该认识到文化批评不同于传统的外在批评的特性。英国学者约翰生曾经就文化批评的特点作了一个说明:"第一,文化研究与社会关系密切相关,尤其是与阶级关系和阶级构形,与性分化,与社会关系和种族的建构,以及与作为从属形式的年龄压迫的关系。第二,文化研究涉及权力问题,有助于促进个体和社会团体能力的非对称发展,使之限定和实现各自的需要。第三,鉴于前两个前提,文化既不是自治的也不是外在的决定的领域,而是社会差异和社会斗争的场所。"[②]这里的三条要点,第一条可以视为说明文化批评与传统社会批评的联系,第二条说明权力关系问题在文化批评中的重要性。约翰生倾向于文化批评是超越内在和外在这种二分法格局的,但又再次强调了与权力关系相关的社会斗争场所的意思。可见,他受到

[①]〔美〕希利斯·米勒:《文学理论在今天的功能》,〔美〕科恩拉夫:《文学理论的未来》,程锡麟等译,北京:中国社会科学出版社 1993 年版,第 121—122 页。

[②] 约翰生:《究竟什么是文化研究?》,罗钢、刘象愚主编:《文化研究读本》,北京:中国社会科学出版社 2000 年版,第 5 页。

法国学者福柯"知识权力"思想的影响。就是说,按照正统的观点,知识是完全追求客观的,应该是一个超越个人和群体利益、只是探求真理的领域。而福柯则通过"知识考古"的方式,把文化史上诸如精神病患者、巫师、同性恋者等的社会评价进行了梳理,分析各个时代并不是采取同样的标准来评价他们的,有时他们只是异类,有时则可能被当成危险分子,而有时又可能被奉为神明的代言人、圣人。这里评价标准的变化不是那种追求真理的知识渐进的方式,而是呈现为断裂和跳跃。这种变化表明知识其实并不是针对对象的客观认识,而是通过对对象的评价,表达社会的某种倾向、意向,它以知识的面貌出现,其实潜藏的是文化权力,即通过文化方式达成社会支配。

从知识的历史考察来看,知识和权力之间的关系至少是知识的一个方面的特性,在此背景下再来审视文化批评,则文化批评与传统社会批评有一个最基本的区别,即社会批评认为通过自己的活动可以揭示社会的真理,文化批评只是认为它不过就是一种话语体系,而这种话语体系并不直接等于实体。文化批评作为一种关注社会文化的批评,试图通过文化批评的话语建构,对社会有一种新的审视角度。

四、多种套路更迭中的多元并存

最初的外在批评试图充当文学和社会的审判官,在面对文学这一批评对象时,其根本目标是社会;其后的内倾性批评认为文学批评应该面对文学自身,对文学的审判官角色持怀疑态度,从而转向文学的语词,认为语词是文学的家,也就是批评之家。作为第三阶段出现的文化批评,在关注社会问题的同时,又采用第二阶段的关注语词的方法,实际上,它把自身看成一种话语行为而非实践行为。这样,文化批评就结合了前面两种倾向。

那么,文化批评这种调和立场是否成立呢?换句话说,文化批评以话语的自我定位来面对坚实的社会现实时,这样一种立场是否相称?对这个问题需要站在文化批评的角度去理解。

(一)现实作为认识对象的呈现方式

当人们说社会、现实如何时,思想的对象是实际的社会状况。但是真正说出来的只不过是词语,语词的内涵即语义在语词的物质层面(语音)背后所表征的是一个实在的东西,但是它自身却并不实在。人们所说的那些实在的事物,其实大多都是这样,本身并不可靠。哲学家洪堡说:"人主要地——实际上,由于人的情感和行动基于知觉,我们可以说完全地——是按照语言所呈现给人的样子而与他的客体对象生活在一起的。"①语言是我们思考和交流的工具,同时也是我们存在的极限,凡是语言中没有的,就是我们没有能力想象的,从而也就不能实现、不能感知的。

(二) 语词表达生成事物的意义

事物不是存在就被感知,而是由于存在对人具有意义而被感知。夜间是否能够看见老鼠经过之后的路径对于猫头鹰有生存意义,对人没有生存意义,这种无意义的东西也就不进入感知中。语词、意义、思想、现实之间有着相关性,现实作为第一性的事物,先于思想、语词等方面;但还是要通过思想、语词,现实才能够被把握,从而进入我们的视野。有时是语词表达使得事物存在显示出意义。

所谓文化批评就是探讨文学外在的诸如社会、历史、政治等因素,同时又以内在批评的方式把文学看成一种语词存在,这样,文化批评从文学研究的发展路径来看是向外转的,可是从它的自身性质来看又并非如此。这也就是约翰生说的,文化批评"既不是自治的也不是外在的决定的领域"。实际上,经由文化批评,文学批评两条根本不同的路径得到了相对统一。伊格尔顿曾说:"将一种代码运用于文本,我们会发现代码在阅读过程中已经过修改并起了变化;用这同一种代码继续阅读,我们就会发现它这时产生了一个'不同的'文本,并继而又修正了我们正在用来阅读的代码,如此循环不已。"②伊格尔顿对文学研究、文学批评的这个界说,在三种不同的文学批评中都有体现,它们都是对文学作品蕴含的意义的发掘。不过,这种发掘不是单纯从作品中得来的,而是在批评模式和作品之间的关系中建构,而后再分析得来的。三种批评类型产生的时间有先后,并且背后都有各自的思想体系作为支撑,可是从静态角度看,批评家也有可能根据不同需要,分别采用不同模式来与作品展开精神上的对话。

【导学训练】

一、关键词

隐含的读者:这一概念出自德国批评家沃尔夫冈·伊瑟尔的《阅读活动——审美反应理论》。它不同于实际阅读的读者,指一种特殊的文本结构,文本中预设的一种

---

① 〔德〕卡西尔:《语言与神话》,于晓等译,北京:三联书店1988年版,第37页。
② 〔英〕伊格尔顿:《文学原理引论》,刘峰译,北京:文化艺术出版社1987年版,第148页。

可能性的读者。文学接受的发生意味着隐含的读者向现实的读者的转化。每一个具体的读者进入文本的不同方式,都是对"隐含读者"的一种有选择的实现。

期待视野:这是由德国美学家姚斯提出的概念。读者的生活经历、文化水平、欣赏趣味以及阅读经验等自身积累是接受文学作品的前提条件。一部文学作品并非信息真空里出现的绝对的新事物,它总是要唤醒读者对已阅读过的作品的记忆,使读者进入某种情绪状态,一开始就唤起读者对作品的期待。期待视野可以具体分为文学的期待、生活的期待与价值的期待三个层次。

视域融合:接受主体的视域与文本的视域不断碰撞、交流,从而在二者的视域融合中诞生新的意义。"理解总是视野融合的过程,而平时这些视野是彼此分离的。"(伽达默尔《真理与方法》)视野融合意味着对话的充分实现;在这种对话之中,表达出的东西不仅是属于我的或作者的,而是为人所公有。"视域融合"的结果是既包含理解者的视野,又包含文本的视野,同时又超越了二者的视域所形成的全新的视域。主体在理解中与文本不断交流,从而不断地形成"视域融合",形成新的成见,而新的"视域"又构成下一次理解的起点。

阐释循环:阐释者对文本的理解要通过从局部词句到整体主题这样一个循环往复的过程。弗里德里希·施莱尔马赫认为,在一段给定的文章中,每一个词的意义只有参照它与周围的词的共存关系才能确定。威廉·狄尔泰阐发了这一看法,认为整体必须通过局部来理解,局部又须在整体联系中才能理解,二者互相依赖,互为因果,这就构成了一切解释都摆脱不了的主要困境,即所谓"解释学的循环"。马丁·海德格尔认为,"对理解有所助益的解释无不已经对有待解释的东西有所理解,这一事实已被反复察觉到了。即使是在像神学解释这一注解与解释的派生领域内也是如此"(《存在与时间》)。伽达默尔对海德格尔的观点解释道:"海德格尔是这样描述这种循环的:对文本的理解永远是由前理解的预知运动决定的。在完美的理解中,整体和部分的循环并没有结束,相反,它得到了最充分的实现。"(《真理与方法》)

效果历史:伽达默尔认为,"一种正当的解释学必须在理解本身中显示出历史的有效性来。因此,我就把所需要的这样一种历史叫做'效果史'。理解本质上是一种效果史的关系"(《真理与方法》)。人本身是历史性的存在,无法跳出自身对历史进行整体客观的描述与观察。人处身于历史中,本身就包含了对历史的理解,这种对历史的理解与历史本身同样是真实的,而效果史就是这两种真实的结合,是历史与历史的解释者的结合,因而也就是历史的效果与对这种效果的理解的结合。一种理解的历史效果和意义绝不是固定不变的,而是随着时代的变迁而不断地变化的。文本的真正意义和理解者一起处于不断生成的运动过程中,或者说其意义在理解中生成与存在。文本包含着其效果历史,它存在于效果历史当中,对艺术文本的考察,不能不考虑不同时代的读者及其所作的不同理解。

过度诠释:即对文本的"无限衍义"(皮尔士语)的过度开采和任意滥用。艾柯认为,我们虽然无法确定哪一种诠释是唯一正确的,但却知道哪一种诠释是糟糕的。何以能够证明这一点呢? 就是因为文本具有整体连贯性。这样,通过强调作品意图的存在,艾柯坚持了诠释的客观性和有限性。此外,他还对"诠释文本"和"使用文本"作了区分。后者是指诠释者出于不同的目的对文本的自由使用,很少受到限定,前者则要求诠释者除了对文本有整体的了解之外,还必须尊重产生此一文本的时代语言背景。这当然意味着更多的限定。

反对阐释: 这是苏珊·桑塔格在《反对阐释》一书中针对后现代主义艺术抵制阐释提出的一个概念。她认为,艺术家的作品的价值就在于对感官的诉求。"《马里安巴德》中的重要意义恰是其中某些意象的纯然不可移译的、诉诸感官的直接性,以及它对某些有关电影形式的问题精确的(如果说有失狭隘的话)解决方法。"这些艺术表明,"我们需要的是一种艺术的生命欲望,而不是艺术的解释学"。她主张我们不需要抽象地解释文学,不需要去追寻隐藏在文本背后的东西,而是需要通过体验带来新的文学经验。

二、思考题

1. 伊瑟尔文本接受理论的主要观点。
2. 姚斯接受美学的文学史观。
3. 伽达默尔的解释学思想。
4. 斯图亚特·霍尔的编码—解码理论。
5. 麦克卢汉的"媒介即信息"。
6. 鲍德里亚的"符号交换"理论。

【研讨平台】

一、接受美学和读者反应批评的主要思想

(一) 接受美学的主要思想

从西方学术思想史的梳理来看,胡塞尔的现象学哲学思想对接受美学和读者反应批评产生了深远的影响。20世纪60年代后期,赫伯特·姚斯(Hans Robert Jauss)和沃尔夫冈·伊瑟尔(Wolfgang Iser)在联邦德国康斯坦泽大学成立了从事接受美学和效果美学的研究小组。伊瑟尔将文学文本视作"召唤结构"、"启示结构",研究读者的能动反应,我们可以称之为微观研究。姚斯主要从社会学、历史学的角度考察文学接受现象的历史演变,我们可以称之为宏观研究。

从理论渊源上来说,伊瑟尔的理论资源来自于现象学美学家罗曼·英伽登。英伽登的现象学文学理论认为,文学艺术作品作为审美客体,其意义的实现有待于一种具体化过程。伊瑟尔将英伽登的"具体化过程"阐发为文本、读者以及二者通过互动而形成意义。他认为,文本与文学作品是有区别的,文本是作家创作的审美话语系

统,而文学作品是由读者通过解读而实现的艺术世界。也就是说,文学作品有艺术极和审美极:艺术极指的是作家创作的文本,审美极指的是读者对前者的实现。依据这种两极观,文学作品本身明显地既不可等同于文本,也不可等同于它的实现,而是居于两者之间。它必定以虚在为特征,因为它既不能化约为文本现实,也不能等同于读者的主观活动,正是它的这种虚在性使得文本具备了能动性。艺术极或审美极只是阅读活动的一个环节。文学作品意义的完成必须依赖文本与读者的结合。文本所包含的各种视角,在读者介入后把种种观念与形式相互连接,因此激活了作品,同时也激活了读者自己。可见,文学作品蕴含着文本的潜在意义,由于读者的参与才得以实现。

伊瑟尔分别从召唤结构和隐含读者的角度分析了文本结构和读者接受。他认为,文学作品是一种表现性语言,包含了许多"不确定点"与"空白"。正是这些具有审美价值的"不确定点"和"空白"才形成了文本留待读者去填充的"召唤结构"。"召唤结构"吸引读者参与到文本叙述之中,把读者"牵涉到事件中,以提供未言部分的意义。所言部分只是作为未言部分的参考而有意义,是意指而非陈述才使意义成形、有力。而由于未言部分在读者想象中成活,所言部分也就'扩大',比原先具有较多的含义;甚至琐碎小事也深刻得惊人"①。但是,读者阐释的具体化并不是任意而为的。文本中的"不确定点"和"空白"是作家有意留下的,读者可以通过自由想象去加以填充。然而,文本自身具有对填充方式的规定性。"要指望文本与读者的成功交流,文本必须通过某种方式控制读者的行为。"②读者的创造是在文本引导下的结果。文本的规定性与"空白"之间存在一种协调性的张力。从读者的角度看,伊瑟尔认为文本中潜伏着一种并未发声的隐含读者。"隐含的读者作为一种概念,深深地根植于文本的结构中;隐含的读者是一种结构,而绝不与任何真实的读者相同。"③"隐含的读者"是文本结构设定的结果,它预示了一种可能的阅读结果。隐含读者对文本意义的实现,依然是文本结构与读者阅读互相协调的结果。因为,"隐含读者"并不等同于现实读者或理想读者,而是一种与文本结构协调一致的读者。

伽达默尔的解释学理论,以及从效果历史去认识所有历史的理解这一原则,直接启发了姚斯接受美学理论的诞生。姚斯将自己的学说称为文学解释学。他认为实证主义与形式主义的文学史研究方法都忽略了读者的能动性、创造性存在。读者"自身就是历史的一个能动的构成","如果理解文学作品的历史连续性时像文学史的连贯性一样找到一种新的解决方法,那么过去在这个封闭的生产和再现的圆圈中运动的

---

① 〔德〕沃尔夫冈·伊瑟尔:《本文中的读者》,蒋孔阳编:《二十世纪西方美学名著选》(下),上海:复旦大学出版社1988年版,第511页。
② 同上书,第501页。
③ 〔德〕沃尔夫冈·伊瑟尔:《阅读活动——审美反应理论》,周宁、金元浦译,北京:中国社会科学出版社1991年版,第43页。

文学研究的方法论就必须向接受美学和影响美学开放"。①姚斯主张将文学作品置于它自身的历史"视域"与文化背景之中,这样文学作品的历史"视域"与它的读者不断变化的历史"视域"之间就形成了一种动力关系。也就是说,随着二者关系的互动,会相应形成不同的审美标准。作品与读者期待视野所引起的审美距离越大,艺术价值就越高;反之,艺术价值越低。读者期待视野的变化带来审美趣味和需求的变化,从而文学审美标准也相应变动。

姚斯认为,接受文学史应该考虑到文学存在的历史性。第一,用历时性方法去观察文学作品接受的过程。"从一部文学作品的理解的历史发展中去解释该作品的含义和形式,为了认识一部作品在文学经验的关联中的地位和意义,还要求将该作品放到它所从属的'文学序列'中去。"②既要考察一部作品的接受历史,还要考察文学的进程史,也就是考察该作品在文学系统内部对后来文学生产的影响。第二,用共时方法去分析同时代文学之间的关联。"将一个时期千差万别的作品区分为类似的、对立的、承上启下的结构,从而揭示某一历史时期覆盖一切的文学关联体系。"③第三,将文学的内在发展与一般历史的发展统一起来。文学史只是一般历史的特殊部分。由于"文学的社会功能只有当读者的文学经验进入他生活实践的期待视野,改变他对世界的理解并反过来作用于他的社会行为时,才能体现其全部的可能性"④,因而,"只有着眼于这种视野的变化,关于文学作用的分析才能深入到一种读者文学史的领域"。只有将读者对文学的接受史与文学的效果史综合考虑,才能将文学史研究与思想史、社会史研究融合起来。姚斯指出,"文学的历史性并非建筑在一种事后的、人为编造出来的'文学事实'的联系之上,而是存在于读者对作品的接受过程之中"⑤。进一步说,文学史是读者、批评家甚至作家审美生产的历史。

(二) 读者反应批评的主要思想

读者反应批评产生于20世纪60年代末70年代初,主要代表人物有斯坦利·费希、诺曼·N. 霍兰德、戴维·布莱奇、乔纳森·卡勒等。这一学派出现的直接动因是反对维姆萨特和比尔兹利的观点,后者认为感受谬见混淆了诗歌及其产生的效果。而读者反应批评理论比接受美学理论更为彻底地将关注对象集中于读者阅读活动的具体过程,主张分析读者阅读过程的感受和反应。这一批评流派关注的重心倾向于读者方面,考察作家对他们的读者所持的态度,各种不同文本所指向的不同读

---

① 〔德〕汉斯·姚斯:《文学史作为向文学理论的挑战》,《接受美学与接受理论》,周宁、金元浦译,沈阳:辽宁人民出版社1987年版,第23—24页。
② 〔德〕汉斯·姚斯:《文学史作为文学科学的挑战》,《世界艺术与美学》第九辑,北京:文化艺术出版社1988年版,第18页。
③ 同上书,第22页。
④ 同上书,第26页。
⑤ 同上书,第4页。

者类型,实际的读者在确定文学的意义上所起的作用,阅读习惯和文本解释的关系,以及读者自身的地位,等等。要准确地说明一首诗的效果,除了读者的接受以外,毫无办法。文本的意义首先存在于读者的自我之中,然后存在于自我的解释策略之中。

费希提出"感受派文体学"的说法。他认为写满文字的书本并不是文学,只有读者的阅读体验才是文学的实现;与文学相关的文本、意义等等概念也只存在于读者内心,是阅读经验的产物。文本话语提供的信息只是文本意义的一个成分,而绝不等同于意义。概言之,意义是指读者阅读文本时的感受和反应本身。不存在客观性的文本,文本的意义取决于读者的反应过程。读者反应批评理论主张采用描述与分析的方法,记录读者阅读过程中按时间顺序对文本作出的反应以及经验。费希认为这种批评方式并不是一种解释行为,因为文本解释往往将文本当做具体的分析评价对象。他强调只有以读者活动为中心才能是"真正客观的,因为它认识到意义经验的流动性、'运动性',因为它引向行为发生的地方,即读者积极活跃的意识"①。文学作品的意义既然主要由读者的主观反应决定,那么文本的客观性也就成了一个幻想。

既然文本的意义完全由读者决定,那么何以证明某个读者的阅读反应具有普遍可信性呢?费希认为,在读者中间存在一个大家共有的语言规则系统和有语义能力的"有知识的读者"。"如果说一种语言的人共有一套各人已不知不觉内化了的规则系统,那么理解在某种意义上就会是一致的,也就是说,理解会按照大家共有的那个规则系统进行。"②这套规则系统将控制读者的反应趋向。而"有知识的读者"将熟练运用作品的语言和语义知识作出自己的理解。布莱奇认为,每个人在认识和解释活动中都体现出他所处那个社会群体共同具有的某些观念和价值标准。他将这个具有某种共同观念和价值标准的社会群体称为"阐释群体"。这个群体将控制个体阐释的方向,从而获得客观可靠的理解结果。实际上,"有知识的读者"与"阐释群体"都是具有主体性的批评者,他们能否排除自己理解的主观性而接近客观性,是值得怀疑的。费希在《看到一首诗时,怎样确认它是诗》一文中,通过学生对一组人名的阅读、反应得出结论:作为一种技巧,解释并不是要逐字逐句去分析释义,相反,解释作为一种艺术意味着重新去构建意义。解释者并不将诗歌视为代码,并将其破译,解释者制造了诗歌本身。

霍兰德在《文学反应动力论》③一书中认为,阅读首先是一种个性的再创造,是一种"个人交易",读者可以根据自己的个性主题主动地去理解文本。这种以自我为中心的精神分析批评认为,艺术本质上是被诱导出来的,是一般经验的一种修复性的延

---

① 〔美〕费希:《文学在读者中:感受文体学》,王逢振等编:《最新西方文论选》,李自修译,桂林:漓江出版社1991年版,第85页。
② 同上书,第69页。
③ 〔美〕诺曼·N. 霍兰德:《文学反应动力论》,潘国庆译,上海:上海人民出版社1991年版。

伸;文学文本是作者对于外部现实进行反应的产品。如果幻想存在于作者的无意识中,也存在于读者的无意识中,那么,批评家应更多地关注读者的心理或者自我,关注读者的阅读过程和反应。

二、文学阐释理论的主要思想

文学阐释是读者在文学欣赏的基础上对文学作品及相关的文学活动的批评与分析。文学阐释学(Hermeneutik;Hermeneutics)旨在探讨关于文学"意义"的理解和解释,它既有对审美经验的分析,又有理性的认识和提升。在文学研究中,文学阐释既能够发掘作品的意义和价值,又能够引导文学创作和读者欣赏。中西方的哲学与文学思想中积累了大量的阐释体验与阐释学智慧。下面分别介绍中国与西方的文学阐释学理论。

(一) 中国的文学阐释学理论

中国历代思想家、文论家进行了大量的文学阐释学实践,如先秦诸子的论道辩名、两汉诸儒的宗经正纬、魏晋名士的谈玄辩理、隋唐高僧的译经讲义、两宋居士的参禅说诗,等等。① 他们积累了丰富的阐释学方法,如语言学方法、社会学方法、心理学方法,概括了大量的阐释学理论范畴,如"观"、"以意逆志"、"知人论世"、"诗无达诂"、"知音"、"妙悟"等等。

1. 观

在《老子》和《周易》中,"观"具有深厚的哲学意蕴。《老子》曰:"致虚极,守静笃,万物并作,吾以观复。"②老子认为,到达虚空妙理的极点,守着妄念皆幻的笃诚,到达虚极静笃,即能彻悟万物之往复循环的道理。《周易》有"观"卦,《彖》传云:"观天之神道,而四时不忒。"这些"观"指的是,通过心观而非目视接近形而上的超越性存在,因为万物之本与"天之神道"不是耳目可以视听的。所以,庄子说:"无听之以耳,而听之以心。"③从思考方式来看,"观"是一种自然感受,而不是理性思考。老子要求在"致虚极,守静笃"这种排除一切意念,进入无意识的状态中观宇宙之本体。这种状态下的"观"是自然感受。庄子说:"若一志,无听之以耳而听之以心,无听之以心而听之以气! 听止于耳,心止于符。气也者,虚而待物者也。唯道集虚。虚者,心斋也。"④庄子的意思是:要使心志高度集中,摒除一切杂念,要用心灵去体认,不仅用心灵去体认,还要用气去感应。声音只在于耳,思虑只在于概念,气是以空虚对待万物。只有道才能集结在虚之中,这种虚静,就是心斋。他认为以自然感受才能接近形而上之道。

---

① 可以参见周裕锴:《中国古代阐释学研究》,上海:上海人民出版社2003年版。
② 《老子》十六章。
③ 《庄子·人间世》。
④ 同上。

苏轼的《送参寥师》一诗写道："欲令诗语妙，无厌空且静；静故了群动，空故纳万境。阅世走人间，观身卧云岭。咸酸杂众好，中有至味永。诗法不相妨，此语更当请。"他认为，在"空且静"的心态中，诗人才能达到最好的精神状态。此处的"空静"来自佛学观念，指空明心境，相当于老庄的"虚静"说。苏轼诗中的"观身"是指自我人生的反思，也非耳目可以做到。邵雍说"闲将岁月观消息"①，王阳明说"闲观物态皆生意"②，这些"观"都是致虚守静、悠然玩味之观，也是一种超越感官形迹，放弃智谋思虑，以心理体验而"意冥玄化"的体悟。

2. 以意逆志

"以意逆志"说出自《孟子·万章上》。弟子咸丘蒙问，《诗经·小雅·北山》一诗应如何正确理解。咸丘蒙曰："舜之不臣尧，则吾既得闻命矣。诗云：'普天之下，莫非王土；率土之滨，莫非王臣。'而舜既为天子矣，敢问瞽瞍之非臣，如何？"孟子说：

> 是诗也，非是之谓也；劳于王事而不得养父母也。曰："此莫非王事，我独贤劳也。"故说诗者，不以文害辞，不以辞害志。以意逆志，是为得之。

孟子认为，解说诗的人，不要拘于文字而误解词句，也不要拘于词句而误解诗人的本意。要通过自己读作品的感受去推测诗人的本意，这样才能真正读懂诗。孟子在回答中提出了一个重要的解读方法——"以意逆志"。关于这一范畴的解释，自古而今众说纷纭，约略可以归纳为如下四种：第一种说法，东汉的赵岐认为应该以说诗者之"意"领会作诗者之"志"；第二种说法，清代焦循在《孟子正义》中认为，"以意逆志"是指以古人之"意"理解古人之"志"；第三种说法，钱锺书认为要"以诗艺本体特点为意"理解"诗之志"；第四种说法，王运熙、顾易生主编的《中国文学批评通史》认为，"以意逆志"之"意"指作品之主旨，相应地，"志"则指作者的思想。

3. 知人论世

"知人论世"说出自《孟子·万章下》。孟子谓万章曰：

> 一乡之善士斯友一乡之善士；一国之善士斯友一国之善士；天下之善士，斯友天下之善士。以友天下之善士为未足，又尚（上）论古之人，颂其诗，读其书，不知其人，可乎？是以论其世也，是尚友也。

意思是说，读者阅读文学作品应该了解作者的生平经历和作品写作的时代背景，这样才能站在作者的立场上，与作者为友，体验作者的思想感情，准确把握作者的写作意图，正确理解作品的思想内涵。王国维综合"知人论世"与"以意逆志"这两种说法并有所发展："是故由其世以知其人，由其人以逆其志，则古诗虽有不能解者寡矣。"③

---

① 邵雍：《谢富相公见示新诗》。
② 王阳明：《睡起有感》。
③ 王国维：《玉谿生诗年谱会笺序》。

4. 诗无达诂

"诗无达诂"说出自董仲舒的《春秋繁露·精华》。该书曰：

诗无达诂,易无达占,春秋无达辞。

"达"是明白晓畅的意思,"诂"指以今言释古语。这句话的原意是汉儒根据春秋时代"赋《诗》言志"、断章取义的情况而提出的阅读与应用古《诗》的方法。汉儒以古《诗》为经学附庸,根据自己的需要随意解释诗歌。后人在"诗无达诂"和"以意逆志"之间建立起了方法论的联系。宋代王应麟《困学纪闻》卷三曰："董子曰:'诗无达诂',孟子之'不以文害辞,不以辞害志'也。"他认为理解诗歌不能仅仅局限于文字与世界之间的有形联系,还要根据个人的审美体验大胆想象。正如明代谢榛所说："诗有可解,不可解,不必解,若水月镜花,勿泥其迹可也。"①

5. 知音

"知音"说出自《文心雕龙》：

知音其难哉！音实难知,知实难逢。逢其知音,千载其一乎！夫古来知音,多贱同而思古,所谓日进前而不御,遥闻声而相思也。……贵古贱今者……崇己抑人者……信伪迷真者。

刘勰认为知音难逢,原因是主观方面难免有一些偏见,而且批评鉴赏本身是属于个人性的精神体验,自然存在主观好恶。但如果批评家掌握正确的方法、遵循正确的步骤,同时端正批评态度,也完全可以使文学批评做到客观公正。可行之道是:通过丰富的实践,加强和提高批评鉴赏的能力;端正批评态度,不抱私心,力求公正;掌握正确的方法,即一观位体,二观置辞,三观通变,四观奇正,五观事义,六观宫商。遵循正确的步骤,从形式到内容,把握作品意蕴。刘勰指出,文学批评的关键是把握作品的特征,同时批评活动本身也会给批评家带来美感享受。

6. 妙悟

"妙悟"说出自南宋末年严羽的《沧浪诗话·诗辨》：

大抵禅道唯在妙悟,诗道亦在妙悟。且孟襄阳学力下韩退之远甚,而其诗独出退之之上者,一味妙悟故也。唯悟乃为当行,乃为本色。

严羽的"妙悟"说最重要的途径是"以禅喻诗",他说："大抵禅道,惟在妙悟,诗道亦在妙悟。""妙悟"本是佛教禅宗词汇,本指主体对世间本体"空"的一种把握。《涅盘无名论》说："玄道在于妙悟,妙悟在于即真。"对于诗歌来说,"妙悟即真"是指诗人对于诗美的本体、诗境的实相的一种真觉、一种感悟。严羽说："惟悟乃为当行,乃为本色。"由于"悟有浅深",每个诗人体悟深浅不一,就会形成各人各派不同的诗歌审美

---

① 谢榛:《四溟诗话》卷一。

价值观。严羽的见解确立了"妙悟"作为诗歌阐释途径的根本价值。

（二）西方的文学阐释学理论

西方的文学阐释理论最初起源于对《圣经》文本的解释方法。19世纪的德国宗教哲学家施莱尔马赫将古代解释学从《圣经》的经典注释与文献学方法变成了一种普遍的方法论。他认为，理解的方法有两种，一是语法解释，关注作品的字面意义；二是心理解释，以共同人性为基础，关注作者的原意与精神状况。施莱尔马赫的晚期著作尤其重视对作者原意的揣度，强调对于作者主体的心理诠释，强调通过返回历史语境来还原作者原旨。

德国历史主义哲学家狄尔泰反对自然科学研究范式对人文科学的影响，试图通过建构"精神科学"为人文科学提供可靠的基础。从19世纪60年代开始，他从"历史理性的批判"出发，试图为人文科学确立认识、逻辑、方法三位一体的合法性。狄尔泰根据施莱尔马赫的解释学理论，在生命哲学的基础上建立了解释学。他将心理个性发展为生命概念，认为一切文化产品都是主体生命的体验。为了从历史、文献、作品深入理解作品，解释者需要借助体验和理解重建作品的原初体验和生活世界。而这种生命体验并非普遍的主体，而只是历史化的个人经验。这种经验先于主体反思，是一种主客不分的浑然状态。个人主体经验以其鲜明的历史性体现生命的丰富与变化。同时，他认为个人之上存在一种普遍人性，这是理解的历史性与客观性获得保证的基础。普遍共同的人性具有社会历史内涵，社会历史因为寓有共同人性而具有了内在的连续性和统一性。

海德格尔是当代西方哲学解释学的奠基者，他使解释学从方法论、认识论转变为本体论哲学。海德格尔认为，理解的前结构对解释的结果具有重要意义。要解释存在的意义，首先必须追问此在。此在在"此"是一种此在的被抛入状态。这一状态不仅是指此在被接纳到生存之中"首先是遭受排挤的存在性质"，也就是不得不存在、没有选择的自由、短暂、有限，而且还指此在在"领会"世界之先即已被"周围世界"所占有。"把某某东西作为某某东西加以解释，这在本质上通过先行具有、先行见到与先行掌握来起作用的，解释从来不是对先行给定的东西所作的无前提的把握。"①"先行具有"是指人们无法摆脱已经存在的历史和文化；"先行见到"是指我们思考问题时所具有的语言、概念以及语言的方式；"先行掌握"是指我们在解释之前所具有的观念、前提和假定等等。由于主体带着理解的前结构，所以对象才能对理解者呈现某种意义。文本的意义并不是不言自明的，解释者在理解之前对意义的预期决定了意义的存在。因此，意义并不像施莱尔马赫和狄尔泰所认为的那么客观，理解对象的意义不是也不必把握所谓的本来的、唯一的、客观的意义，实际上，理解是意义再创造的

---

① 〔德〕马丁·海德格尔：《存在与时间》，陈嘉映、王庆节译，北京：三联书店1987年版，第184页。

结果。在所有存在者中,海德格尔认为,人的"此在"(Dasein)相比于其他一切存在者,具有优先的地位。此在为它的存在本身而存在,或者说,它存在论地存在。唯有它能够领悟存在,并以这种领会的方式存在着,而这正是它自身的存在规定。总之,海德格尔将理解确立为"此在"的存在方式本身,语言则被视为"存在"的家园。海德格尔使阐释者和语言成为阐释学中最为重要的因素。其存在论阐释学直接影响了伽达默尔的阐释学。

伽达默尔的哲学阐释学受到了前人的思想,特别是胡塞尔和海德格尔思想的直接影响。胡塞尔提供了严谨的现象学的描述;狄尔泰使所有哲学思考获得了广阔的历史眼界;海德格尔对胡塞尔的现象学描述和狄尔泰的历史眼界进行了整合;施莱尔马赫和狄尔泰看到了理解和阐释过程中不可避免地存在着的偏见现象,他们力求找到理解行为可以获得确切意义的客观主义基础。然而,伽达默尔恰恰认为阐释者不可能克服偏见而达到与被阐释者立场的一致。因为人是一种个体性、历史性的存在,人的感觉经验、情感体验具有不可替代性,理解的结果必然打上了个人的烙印。人的生命存在具有有限性,因而人对世界、历史的理解必然受时代、社会的制约。

伽达默尔的主要观点是:第一,他非常重视理解的历史性,"不是历史隶属于我们,而是我们隶属于历史。早在我们通过反思而理解自己之前,我们显然已经在我们生活的家庭、社会和国家中理解着自己了……因此人的成见远比他的判断更是他的存在的历史现实"①。他认为理解的历史性主要包括三个方面的因素:理解之前的社会历史因素;理解对象的形成本身是历史的产物;理解者在社会实践中形成了相应的价值观念。第二,关于合法成见与非法成见。伽达默尔不仅不排除成见,他恰恰肯定了成见在理解过程中的功能,并分析了成见这种理解活动何以产生。伽达默尔指出:"一种解释学的境遇是被我们自己具有的各种成见所规定的。这样,这些成见构成了一特定的现在之地平线(视域),因为它表明,没有它们,也就不可能有所视见。"②在伽达默尔看来,虽说成见是理解的起点,但并非所有的成见都有合法性。他认为有两种不同的成见:一种是合法的成见("生产性的偏见"),来自于历史的赋予;另一种是非法的成见("阻碍理解并导致误解的成见"),来自于后天的错误认识。第三,关于视域融合。伽达默尔认为理解具有特定的历史情境,同样,理解者也是带着特定视域的。这种视域包含了从传统和成见中所积累的知识和经验,也就是前理解。理解的过程就是理解者的视域和文本的视域交流融汇的过程。第四,关于阐释的循环。每一次理解的"视域融合"所形成的新的视域,既包含了理解者和文本的视域,同时又是下一视域融合的起点,即"阐释的循环"。第五,关于效果历史。阐释者主体和文本之间的每一次理解都是相对的、暂时的。效果历史才是判断理解合理性的唯一标

---

① 〔德〕汉斯·伽达默尔:《真理与方法》上卷,洪汉鼎译,上海:上海译文出版社1992年版,第355页。

② 〔德〕汉斯·伽达默尔:《效果历史原则》,《哲学译丛》1986年第3期。

准。只有从主体和他者的统一体或者关系中才能理解历史对象,在这种统一体或者关系中才同时存在着历史的实在以及历史理解的实在。历史理解就是过去、现在和未来之间对话的结果。而阐释学必须在理解本身中显示历史的实在性。

赫斯的理论出发点是针对伽达默尔的解释学理论。伽达默尔认为文本的意义阐释具有历史性,读者的理解具有相对性,他的观点解构了作者和作品的权威。而赫斯则担心伽达默尔的观点将导致文学作品的理解和阐释丧失确定性,他认为,只有重新树立作者原意的权威才能找到理解的合法性依据。赫斯指出,作品的意义存在着"意思"与"意义"的区分。"意思"是指作者在作品中所表达的本意。一旦作者在作品中写进"意思",这种"意思"就会通过语言符号的固化而获得恒久不变的确定性。"意义"是指读者对作品的主观理解。随着时代变迁或读者接受视野的差异,作品的"意义"也就会出现多元性。概言之,文本的"意思"是稳定的,文本的"意义"是流动的。那么,如何确定读者阐释"意义"的有效性呢?赫斯据此提出了"意思类型"的说法。"意思类型"是指作品引发的多种意思范畴,它不仅包含整体的"意思",而且包含把握意思必须遵循的规则。根据"意思类型"即可衡定"意义"在多大程度上具有可靠性,脱离了"意思类型"所允许的阐释都是可疑的。赫斯通过"意思类型"将文本、读者、意思、意义统一起来了。"一个类型可以由多种情况来表现,所以它也是各种情况间的桥梁,而且只有这样一种桥梁才能把意思的特殊性与解释的社会性统一起来。"①赫斯的观念表面看来是可以自圆其说的,但是,如果"意思类型"是阐释者可以进行归纳和提炼的对象,那么就无法摆脱读者自由想象和个体体验的影响。

根据后结构主义和解构主义理论,文学意义的阐释是相对而言的。美国解构批评家保罗·德·曼认为,文学语言是一种修辞性语言,是用一个文本描述另一个文本,用一种修辞语替代另一种修辞语,因而是比喻性的,是没有确切意义的。

三、与文学接受有关的媒体理论

法兰克福学派的大众文化批判理论具有精英主义意识,他们认为,资本主义社会的文化商品是模式化、平面化的,没有任何美学价值,而且体现了统治阶级的霸权意识形态;人民大众在接受这些文化商品时是完全被动的,没有任何能动性与创造性可言。

相对而言,伯明翰学派则结合媒体研究对大众文化进行了具有民粹意味的解释。下面简述伯明翰学派的媒体理论。斯图亚特·霍尔曾经继任英国伯明翰大学的"当代文化研究中心"(Center for Contemporary Cultural Studies,简称 CCCS)主任,是英国文化研究的杰出代表。在学术思路上,霍尔继承了阿尔都塞、葛兰西等西方马克思主义者对传统马克思主义的修正,他采用民族志、语言学、符号学等多种研究方法,创造性地提出"编码"和"解码"模式,揭示了电视传播过程中意识形态话语的意义流通过

---

① 〔美〕赫斯:《解释的有效性》,王才勇译,北京:三联书店 1991 年版。

程,以及受众在解读环节中与主导意义结构争夺霸权的实践。传统的大众传播理论通常将信息的传播过程看做"发送者、信息、接收者的线性特征",而霍尔根据马克思主义政治经济学理论的生产、流通、分配以及再生产的理论,认为电视话语"意义"的生产和传播存在"主导的复杂结构",并将电视话语的生产流通划分为三个阶段。第一阶段是电视话语"意义"的生产,即编码阶段。电视专业工作者在原材料的加工过程中将世界观、意识形态等因素渗透其中。在信息的起始传播阶段,节目的制作过程生产、建构了信息。霍尔认为:"一个'未经加工的'历史事件不能以这种形式通过电视新闻来传播。事件必须在电视话语的视听形式范围之内符号化。在以话语符号传送的这一环节中,历史事件服从语言所赖以指涉的所有复杂的形式'规则'。用悖论的方式讲,这个事件在变为可传播的事件之前,必须要变成一个'故事'。"①电视是整个表征系统的一部分,其意义与讯息通过特定类型的符号载体,在一种话语的语义链中通过符码的运作而组织起来。第二阶段是"成品"阶段。霍尔认为,电视作品一旦完成,"意义"被注入电视话语后,占主导地位的便是赋予电视作品意义的语言和话语规则。此时的电视作品变成一个开放的、多义的话语系统,每一个符号都加入了一个我们称之为文化的意义之网。电视文本的流通过程就不再是"发送者——信息——接收者"这种线性模式可以解释的。霍尔指出,电视信息的消费或接收本身也是电视生产过程的一个"环节",尽管后者是"主导的",因为它是信息"实现的出发点"。所以,电视信息的生产与接收不是同一的,而是相互联系的,在由作为一个整体的交流过程的社会关系形成的总体性中,它们是各自区别的环节。第三阶段是观众的"解码"阶段。霍尔认为存在三种受众解读立场。一是主导—霸权的地位。电视观众把信息解码时,依据的是主导符码的意图。二是协调的符码或者地位。这种解码包含着相容因素与对抗因素,它认可宏大意义霸权性界定的合法性,然而,在一个更有限的、情境的(定位的)层次上,解码者制定自己的基本规则。三是"抵制代码"。电视观众有可能完全理解话语赋予的字面和内涵意义的曲折变化,但以一种完全相反的方式去解码信息。

　　与法兰克福学派将大众视作麻木的盲众不同的是,约翰·费斯克是站在反"精英主义"的立场来看待大众的。他的主要观点包括如下几个方面:第一,他使用"popular culture"这一概念取代"mass culture"(群众文化)、"working-class culture"(工人阶级文化)或"folk culture"(民间文化)等概念。费斯克认为,大众并不是一个固定的社会学范畴,它无法成为经验研究的对象,因为它并不以客观实体的形式存在。第二,他一方面借鉴了葛兰西的文化霸权理论,将媒介文本视为一个意义开放的空间;另一方面借用了艾柯的"开放式/封闭式"文本观和罗兰·巴特的"作者式/读者式"文本理论,进一步将媒介文本界定为一种"大众的生产者式文本"。第三,他认为,文化产品可

---

① 罗钢、刘象愚主编:《文化研究读本》,北京:中国社会科学出版社2000年版,第346页。

以同时在两种平行的、半自主的经济即金融经济和文化经济中流通：金融经济流通的是财富，而文化经济流通的则是意义和快感。费斯克主张一种双重聚焦，即不仅关注那种借以支配他人的权力，而且关注对权力的抵抗；不仅关注流通财富的金融经济，更关注流通意义和快感的文化经济。第四，他认为媒介文本主要是指以电视文本为代表的大众文本。在费斯克看来，大众文本是指现代社会文化工业生产出来的、拥有大批量消费者并兼具标准化与创新性特点的文本。这样的文本不仅会以大众文学作品的面貌现身于世，也会以影视剧、流行歌曲、街头舞蹈、广告、时装等形式粉墨登场。第五，受斯图尔特·霍尔"编码/解码"理论模式的启发，费斯克的媒介文本理论充分强调并张扬受众的主体性、能动性和创造性。他提倡对电视文本的分类与细读，将电视文本视为"激活的文本"。这种"激活的文本"又是"多层次的文本"，是与"作者式文本"相对的"生产式文本"，具有互文性和多义性。

四、文学的市场、传播与消费问题

当今社会，科学技术的进步极大地推动了生产力的发展，社会各个方面出现了日新月异的面貌。社会生产力的进步促成了全球市场体系的形成，也深刻影响了文学的传播方式和消费形态。

（一）文学与市场

根据马克思主义关于生产与消费的一般理论，文学活动包括文学生产、传播、消费这样一个连锁动态的过程。社会学家埃斯卡皮也认为，文学是作家、作品和读者三个方面相互关联的循环活动。文学消费是目的，文学生产是动力。生产与消费互相依赖，互相推进。文学生产规定了文学消费的范围，文学产品规定了文学接受的方式。文学消费是一种积极的再创造过程，它对文学生产具有反作用，影响消费者的层次和需要，影响文学再生产。文化工业的出现和文化流通市场的形成，使得文学的生产与消费像一般产品的生产与消费一样，必须依赖市场中介环节才能实现相互的刺激与推动。随着后工业时代的到来，文学逐渐走向世俗化和大众化。文学生产与消费带有更为明确的商业性目的。文学作品是文化市场中的一种特殊商品，作家只可能在生产环节对作品负责。而作品一旦进入流通领域，就离不开与市场资本的关系。在市场经济的历史环境中，文学作品作为文化市场的特殊商品，它的存在必须接受消费者的选择和利润法则的支配。文学的市场化、产业化是文学进入市场经济体制后必须应对的现实课题。习惯于自命清高的文人，在商业化社会必须学会把握读者市场的需求动向，及时调整自己的创作主题、题材与风格。为了使作品销路更好，还不得不考虑市场化的销售手段和营销策略。同时也应该看到，市场利润原则给文学带来了负面影响。个性化、先锋性的艺术创造往往难以获得市场认可，作家往往不得不磨平自己的艺术个性，隐藏自己的思想锋芒。文学作品作为一种特殊的商品要服从市场行情与商业原则的调控，文学的商业性特征开始突显出来。因此，我们不得不考虑文艺生产与消费良性互动的问题。

(二) 文学与传播

文学的审美价值必须借助语言形象、通过读者接受才能实现,而作为语言形式组合的文学又需要借助特定的物质传播媒介。媒介就是指使双方发生关系的中介物。施拉姆认为,媒介就是插入传播过程之中,用以扩大并延伸信息传送的工具,如广播、电视、报纸、杂志和互联网等。人类的传播媒介经历了口头、印刷、电子(电影、电视、电脑网络)这几个主要的阶段。从媒介的角度来分,文学可以分为口语文学、书面文学、影视文学和网络文学这几类。

麦克卢汉认为"媒介是人的延伸"。他说的媒介包括一切人工制造物、一切技术和文化产品,甚至包括大脑和意识的延伸。他把媒介分为两大类:延伸肢体的媒介和延伸大脑的媒介。电子媒介是大脑的延伸,其余的一切媒介都是肢体的延伸。当今社会,广播、电影、电视、报纸、网络、手机等传媒无疑成了生活世界的宏大景观。各种媒体不仅为我们提供了便捷的交流信息的方式,而且给我们带来了全新的体验和感受,进而改变了我们的生活。文学传播是文学生产者借助于一定的物质媒介和传播方式赋予文学信息以物质载体,从而将文学信息或文学作品传递给文学接受者的过程。文学传播方式作为作家创作与读者消费之间的中介和桥梁,对文学生产和文学消费的双方产生了深刻的影响。随着机械复制时代的来临,广播、电影、电视、网络媒介蓬勃发展。日新月异的传播技术克服时空障碍,让人们能够了解更加遥远的时间和空间的信息,通过摹仿和虚拟,制造出更加让人信服的虚拟形象和空间。经济市场化发展的结果导致雅俗文化的融合。文化产品放弃其"文化"内在目标的完善和追求,服从市场和资本逻辑,从而使"文化"的制作和消费工业化。复制技术导致韵味的消失、艺术独一无二特性的消失、艺术和日常生活界限的消失、艺术仪式功能的消失,促使我们必须思考传媒社会文学的走向问题。文学与媒介的交织渗透彰显出人文精神与科技理性两大主题。随着科学技术的飞速发展,科技理性正在越来越全面而深入地改造着包括文学在内的整个世界。文学媒介的走向直接关系着人类生存方式、精神家园的可能面貌。

(三) 文学与消费

马克思在《政治经济学批判导言》中把艺术的创作活动看成是一种政治经济学意义上的生产劳动。人们对艺术作品的接受活动便成为与艺术生产相对应的艺术消费活动。文学消费具有二重性,既具有物质商品的消费性质,又具有文学消费的精神享受性质,它是一种特殊的商品消费。

第一,与一般商品消费相同的是,文学消费者与文学生产者或经营者之间是商品交换,消费者需要支付货币。第二,文学消费也遵循着商品价值规律,存在价值与使用价值、供求关系、商品竞争等问题。第三,文学消费也需要采用一般商品消费的营销模式,例如包装炒作、广告推销、折价优惠等等手段。虽然文学消费具有商品消费性质,但又不能完全等同于一般商品消费,它具有精神产品的消费属性。具体表现在:第一,文学消费的目的是满足人们精神生活的需要。第二,文学消费的精神产品不会如同商品消费一样出现物质损耗现象。一般物质商品消费表现为个人对物质产品的占有、享受和耗费,文学消费则不会改变作品的内容与形式,作品在消费中并不消失。马克思认为:"喝香槟酒虽然生产'头昏',但并不是生产的消费,同样,听音乐虽然留下'回忆',但也不是生产的消费。如果音乐很好,听着也懂音乐,那末消费音乐就比消费香槟酒高尚。虽然香槟酒的生产是'生产劳动',而音乐的生产是非生产劳动。"①可见,文学消费是一种特殊的精神产品消费,它可以满足人们的精神生活需要,并且是一种能动的精神再创造。优秀的文学艺术作品是一种超越时空的精神存在,具有永恒的思想意义与艺术价值。第三,文学消费的接受方式不同于一般的物质商品消费,消费者通过符号、信息的渠道来接受对象,并且通过自身创造的能动性使文学作品的意义不断增值。

后现代艺术的主流样式表现为大批量复制、大规模传播、拼贴、戏仿等手法,"文本"去神圣化、去高雅化、去超验化。现代性的特征集中于物的生产,而后现代性集中于符号的消费。鲍德里亚认识到消费主导了整个资本主义社会的运行,提出了"消费社会"的概念。在消费社会,人们更多的不是对物品的使用价值有所需求,而是对商品被赋予的意义以及意义的差异有所需求。人们对物品的占有,主要不是为了它的功能,而是为了它的意义,也就是一套抽象的符号价值。这是一个高度符号化的社会,人们通过消费物的符号意义而获得自我与他人的身份认同。鲍德里亚针对后现代社会的文化现象,提出了符号政治经济学的概念,认为消费(符号)成了资本主义社会正常运转的核心议题。整个社会对商品的盲目崇拜转为对符号的崇拜,符号意义作为一种社会身份、地位、价值的区分系统渗透到社会生活的各个层面。由此,资本主义的社会控制也更趋全面、系统和隐蔽。鲍德里亚认为,正是传媒的推波助澜加速了从现代生产领域向后现代拟像(simulacres)社会的堕落。他提出了"拟像三序列"说。拟像的三个序列与价值规律的突变相匹配,自文艺复兴时代以来依次递进:仿造是从文艺复兴到工业革命的"古典"时期的主导模式;生产是工业时代的主导模式;仿真是被代码所主宰的当前时代的主导模式。拟像是没有原本的东西的摹本,幻觉与现实混淆,现实不存在了。没有现实坐标的确证,人类不知何所来、何所去。鲍德里亚认为拟像与真实之间的界限已经内爆。拟像不再是对某个领域、某种指涉对象或某种实体的模拟。它无需原物或者实体,而是通过模型来生产真实,这种真实被鲍德里亚称为"超真实"。而当代社会则是由大众媒介营造的一个仿真社会,"拟象和仿真的东西因为大规模地类型化而取代了真实和原初的东西,世界因而变得拟象

---

① 马克思:《剩余价值理论》,《马克思恩格斯全集》第 26 卷第 1 册,北京:人民出版社 1972 年版,第 312 页。

化了"①。在这样一个被符码支配的信息时代里,大众几乎是无力的。在信息时代,媒介的交流取消了语境,也就是说媒介传递给大众的信息是片断式的,甚至可能是断章取义的;同时这种交流又是独白式、单向度、没有反馈的。因此,我们有必要反思文学消费的意识形态内涵。文学消费是个人的一种自由的精神享受,可以获得审美、娱乐、教化、认知等等价值,同时也是一种意识形态的消费。文本所负载蕴含的意识形态内容被读者潜移默化地接受和理解,从而形成各种思想观念,间接地对社会现存秩序起到巩固或破坏的作用。我们既要反对取消意识形态功用的唯美主义观念,又要反对以意识形态消费来代替文学消费的主张;既要通过文学消费满足人的精神需求,促进人的全面发展,又要警惕现代文化工业、商业利润等隐形操纵,杜绝过度的奢侈性、炫耀性消费。

【学术选题参考】

1. 伊瑟尔与现象学美学家罗曼·英伽登的思想联系。
2. 海德格尔与伽达默尔之间的知识谱系。
3. 伊尼斯与麦克卢汉的传媒理论比较。
4. 鲍德里亚"消费社会"的概念与马克思主义生产消费理论的异同。

【拓展指南】

1.《文心雕龙·知音》,刘勰:《文心雕龙》,周振甫注释,北京:人民文学出版社1981年版。

刘勰论述了文学鉴赏的困难以及进行鉴赏的途径。他认为文学鉴赏中知音的困难在于贵古贱今,贵远贱近;文人相轻,崇己抑人;信伪迷真,学不逮文;好恶不同,各执一词。进而认为文学鉴赏需要丰富的阅历,需要博观。他提出一观位体,二观置辞,三观通变,四观奇正,五观事义,六观宫商的说法。

2. 〔德〕伊瑟尔:《文本的召唤结构》,瓦尔宁编:《接受美学》,慕尼黑:威廉·劳克出版社1975年版。

《文本的召唤结构》与姚斯的《文学史作为文学科学的挑战》是接受理论的两部宣言式的著作。伊瑟尔认为,文本在未被读者阅读以前,并不是真正存在的文本,而是有待实现的暗隐的文本。文学作品既不是完全的文本,也不完全决定于读者的主观性,而是二者的有机结合或交融。文本未经阅读时,包含着许多"意义空白"和"未定性",需要读者在阅读过程中发挥想象加以补充,使之"具体化"。作品的意义是文本和读者相互作用的结果,是读者从文本中发掘出来的被经验的结果,而不是被解释

---

① 〔法〕鲍德里亚:《仿真与拟象》,汪民安编:《后现代性的哲学话语》,杭州:浙江人民出版社2000年版,第329页。

的客体。

3.〔德〕伽达默尔:《真理与方法》,洪汉鼎译,上海:上海译文出版社2004年版。

本书是伽达默尔的代表作,被称为现代解释学的经典。哲学解释学探究人类一切理解活动得以可能的基本条件,通过研究和分析"理解"的种种条件和特点,论述人在传统、历史和世界中的经验,在人类有限的历史性的存在方式中发现人类与世界的根本关系。全书分为三个部分:一、艺术经验里真理问题的展现;二、真理问题扩大到精神科学里的理解问题;三、以语言为主线的诠释学本体论转向。

4.〔加〕麦克卢汉:《理解媒介》,何道宽译,北京:商务印书馆2000年版。

作者认为,电话、电报、广播、电视等电子媒介的广泛使用,塑造了一种新的文化形态和传播方式。通过对不同媒介的比较,以及与种种文化现象的关联,作者勾画了一种电子媒介文化社会的图景,并对其发展趋向作出了某些预言。

5.〔加〕哈罗德·伊尼斯:《传播的偏向》,何道宽译,北京:中国人民大学出版社2003年版。

本书在历史、传播、媒介理论的重构方面扮演了重要的角色。伊尼斯完整地叙述了传播偏向的理论,他认为传播和传播媒介都是有偏向的,大体上可分为口头的传播偏向和书面的传播偏向、时间的偏向和空间的偏向等。书中分析了各种媒体传播的特点和容易产生的偏向。

6.〔英〕霍尔:《编码,解码》,罗钢、刘象愚主编:《文化研究读本》,王广州译,北京:中国社会科学出版社2000年版。

本文认为,编码和解码的符码并不完全对称,这些符码完全或不完全地传达、中断或系统地扭曲所传达的一切。社会生活中存在着主导的话语结构,因为制度、政治、意识形态的力量无所不在,这无疑影响到编码和解码,所以存在着"被挑选出来的解读"方案。但观众或读者并不是被动的,他们未必在编码者"主导的"或"所选的"符码范围内活动,而是能够进行"选择性感知",甚至做出对抗性阅读。

7.〔美〕约翰·费斯克:《理解大众文化》,王晓珏、宋伟杰译,北京:中央编译出版社2001年版。

本书从广告、猫王、麦当娜和汽车等日常生活中的文化现象入手,分析了资本主义社会的大众文化理论,如法兰克福学派、民粹派等。费斯克强调了大众文化的创造性、娱乐性和抵制功能。

8.〔美〕桑塔格:《苏珊·桑塔格文集——反对阐释》,程巍译,上海:上海译文出版社2003年版。

本书是苏珊·桑塔格一些旧文的汇编,也是她作为美国"现有的目光最敏锐的论文家"的奠基之作。其评论的锋芒遍及欧美先锋文学、戏剧、电影,集中体现了"新知识分子""反对阐释"以及以"新感受力"重估整个文学、艺术的革命性姿态和实绩。

第四章 文学与社会

美国文学理论家艾布拉姆斯在《镜与灯》一书中认为,文学是由作家、作品、世界、读者这四个因素形成的关系和系统。这是我们认识文学本身以及文学与其他因素相互关系的理论前提。文学作为社会意识形态,既与社会生活有密切联系,即源于社会生活,又是对社会生活的能动反映。整个社会生活是文化生存的土壤,而文学活动作为文化的一部分,它的发生与发展并不是绝对独立的,与政治、经济、道德、宗教等各种意识形态有着千丝万缕的联系。

本章分别从文学与文化、文学与社会、文学与意识形态三个方面,分析文学的文化内涵、文学与社会的关系,以及文学的意识形态内涵和功能。

第一节 文学与文化

从广义上而言,文学本身就是一种文化的存在。它交织着政治、经济、伦理等等各种社会关系,具有文化的属性。广义的文学观有助于人们在更为广阔的文化背景上了解文学的发生和演变,也有助于理解文学所能包含的丰富内涵。总之,文学与文化二者是混融杂糅、相互指涉的。

本节从文学与文化的混融关系、文化研究视野中的文学观两个层面入手,对文学与文化这二者的关系进行历史的梳理。

一、文学与文化的混融状态

(一) 文学概念的演变

中西文学概念的演变整体上可以分为三个阶段:第一个阶段,文学意味着文献、文章、学术与文化等含义;第二个阶段,文学意味着审美自律的观念;第三个阶段,文学泛化为文化的一部分,成为文化研究的对象。

在人类早期的文献记载中,文学还没有形成独立的观念,无论在中国还是在西方,最初的文学观念都相当宽泛。在中国早期的文献中,"文学"一词主要指文献或文章之学。界定文学概念的过程中,一个无法回避的现象是,中西文学史上,文学与文化存在着彼此缠夹、交织混融的关系。"文学"一词并非从诞生开始就获得了自身的本体内涵。从广义的"文学"观出发,中外古代曾把一切用文字书写的典籍、文献都统称为文学,包括纯文学、政治、哲学、历史、伦理、宗教等一般文化形态。就中国文学史的语境来看,中国人在魏晋以前都是在文化学术的意义上使用"文学"这一概念的。即使到近代的章炳麟,他在《文学总略》中也仍然认为:"文学者,以有文字著于竹帛,故谓之文;论其法式,谓之文学。"①这里的"文学",有"文化学术"之义。"文学"一词,汉语文献中始见于《论语·先进》写到的"文学,子游、子夏"。北宋邢昺《论语疏》解释为"文章博学则有子游、子夏二人"。文学为"孔门四科"之一,"四科"即德行、言语、政事、文学。先秦时期,"文学"泛指各种学术,包括后世所讲的"文学"在内。两汉仍以"文学"指称学术,但不包括现在的所谓"文学"。

从"文化"一词的本义考察,我们发现文学与文化也存在意义的结合点。"文化"一词的"文"通"纹"。许慎的《说文解字》解释为:"文,错画也。象交文。今字作纹。"《易》云:"物相杂,故曰文。"《礼记·乐记》云:"五色成文而不乱。"此处的"文"显示出五色斑斓、杂处交融的意义。可见,"文"的本义具有文采这一美学意味,这是纯文学固有的特质。《易·彖传》曰:"小利而攸往,天文也;文明以止,人文也。观乎天文,以察时变,观乎人文,以化成天下。"刚柔相互交错,为天文;得文明而知止于礼义,为人文。观于天文,可以察知时节变化;观于人文,可以教育化成天下。"天文"作为自然现象存在,"人文"作为文明存在。无论宇宙还是社会,都是文学再现的对象。

在西方,"文学"(literature)的原初含义来自"字母"或"学识"。与中国古代的情形相似,文学有"文献资料"、"文字著作"的含义。西方语境中,文化(culture)与自然相对,其拉丁文最初的词源学意义是指居住、栽种、保护、朝拜等;另一个早期的意思是培育(cultivation)或照料;引申义指心灵的培育。西方学术史上,关于文化也有许多不同的界定。威廉斯认为,"文化这个概念记录了一个真正的社会历史,以及一个非常困难的与困惑的社会文

---

① 章炳麟:《国故论衡·文学总略》。

化发展阶段"①。他将文化的含义划分为三个层面:第一,独立、抽象的名词——用来描述18世纪以来的思想、精神与美学发展的一般过程;第二,独立的名词——不管在广义还是狭义方面,用来表示一种特殊的生活方式(关于一个民族、一个时期、一个群体或全体人类);第三,独立抽象的名词——用来描述关于知性的作品与活动,尤其是艺术方面的。这似乎是现在最普遍的用法;culture指音乐、文学、绘画和雕刻、戏剧与电影。② 西方在18世纪以前,人们都是在文化学术的意义上使用"文学"这一概念的。

广义和狭义角度的文学观念的形成有一个长久的历史过程。"文学"是一个在动态发展中被逐渐建构起来的概念,因而,要给出一个一劳永逸的界定往往费力不讨好。③ 从狭义的审美自律论来看,文学与文化有本体差异。文学包含审美性质、语言形式等等因素。从魏晋开始,中国文论史上形成了"文学的自觉"的狭义文学观。南朝宋范晔在《后汉书·文苑传》中开始将"文章"与"文学"通用。《傅毅传》曰:"宪府文章之盛,冠于当世。"又《边韶传》云:"以文学知名。"范晔解释"文章"、"文学"的含义是"情志既动,篇辞为贵"④,即认为语言对表达情感具有重要的意义。南朝梁萧子显《南齐书·文学传论》曰:"文章者,盖情性之风标,神明之律吕也。蕴思含毫,游心内运。放言落纸,气韵天成。莫不禀以生灵,迁乎爱嗜。"他认为文章是表达内在情性的载体。这与先秦两汉的"文学"概念有了较大区别。陆机《文赋》中提出"诗缘情而绮靡",即诗用以抒发感情,要辞采华美、感情细腻。周颙、沈约发明了诗歌声律的规则。

西方社会则在18世纪开始形成审美论的文学观。格罗塞在《艺术的起源》中认为"诗歌是为了达到一种审美目的,而用有效的审美形式,来表示内心或外界现象的语言的表现"。特里·伊格尔顿认为,18世纪末和19世纪,首先发生的情况是文学范畴的狭窄化,它被缩小到所谓"创造性"或"想象性"作品,在浪漫时代,文学实际上已经变成"想象性"的同义词,并由此区分出"诗"和"散文",亦即"文学"和"非文学"。总之,狭义的文学概念强

---

① 〔英〕雷蒙·威廉斯:《关键词——文化与社会的词汇》,刘建基译,北京:三联书店2005年版,第109页。
② 同上书,第106页。
③ 中国文学批评史研究者罗根泽在写作《中国文学批评史》时,就面临界定文学的困窘。他将文学分为广义的、狭义的与折中义的三个层面(罗根泽:《中国文学批评史》,上海:上海古籍出版社1984年版)。
④ 《后汉书·文苑传》。

调的是文学的特殊性,诸如审美、想象、情感、形象、虚构、形式等等因素。

(二) 文学的文化属性

泰勒是著名的文化进化论者,他从民族学的角度将文化视为一个包含范围很广的复合体。他在《原始文化》中说:"文化或文明,就其广泛的民族学意义来说,乃是包括知识、信仰、艺术、道德、法律、习俗和任何人作为一名社会成员而获得的能力和习惯在内的复合整体。"[①]根据对西方文化史的考察,人类学家阿尔弗德·克洛依伯和克莱德·克拉克洪在《文化:概念和定义批判分析》一书中将"文化"的基本主题归纳为九类:哲学的、艺术的、教育的、心理学的、历史的、人类学的、社会学的、生态学的和生物学的。通过这九个方面,我们恰恰可以看出文学与文化互相交融的结点。总结克洛依伯和克拉克洪归纳的上述九种文化概念,可以见出科学和理性这一现代性主题,体现了文化与时代发展的同步。克罗伯和克拉克洪对"文化"做出的综合定义是:文化存在于各种内隐和外显的模式之中,借助符号的运用得以学习和传播,并构成人类群体的特殊成就,这些成就包括他们制造物品的各种具体式样。文化的基本要素是传播(通过历史衍生和由选择得到)思想观念和价值观,其中尤以价值观最为重要。

从文学文本方面说,文本内地包含了文化因素,可以对之进行文化分析。霍加特认为:"文学作品中有三个主要因素:审美因素、心理因素和文化因素。简而言之,审美因素是指那些为审美需要以及形式结构等等因素所决定的特征。心理因素是指那些显然是为特定作品的创作个人所决定的特征。文化因素则主要是由某个时期特定社会中产生某部作品的背景所决定的特征。当然,前两个因素在某种程度上是取决于文化条件的,而且彼此间密切相关。"由于文学总是植根于一定的文化土壤,表达了该文化的经验与价值判断,并反过来作用于该文化,因此它"是一种文化中的意义载体,它有助于再现这个文化想要信仰的那些事物,并假定这种经验带有所需要的那类价值。它戏剧化地表现了人们是如何感受到延续着的那些价值的脉搏,尤其是如何感受到源于这一延续的是什么压力和张力。由于艺术在自身中创造了秩序,它便有助于揭示一种文化中现存的价值秩序,这种揭示要么是通过反映,要么是通过拒绝现存价值秩序或提出新的秩序"。[②] 文学作

[①] 〔英〕爱德华·泰勒:《原始文化》,连树声译,上海:上海文艺出版社1992年版,第1页。
[②] 〔英〕理查德·霍加特:《当代文化研究:文学与社会研究的一种途径》,周宪等编:《当代西方艺术文化学》,北京:北京大学出版社1988年版,第36页。

为语言艺术的符号系统是整体文化结构系统的一部分。文学作品中展现的审美追求、思想境界以及物质文化、制度文化,都是作家自己精神世界把握的结果。文学作为艺术世界为这些文化对象构筑了一个符号的世界和意义的世界。因而,文学是文化系统中具有符号意义的精神文化。

文学观念是复杂多样并不断发展的。近代以来,西方越来越多的人倾向于对文学作社会文化的思考,怀疑文学纯粹自律的可能性。他们追溯"文学"这一概念的历史,发现其意义的特定化和具体化内涵。"文学"的疆界一直处于调整和变动之中,也就是说,"文学"本身也是一件文化产品。将文学几乎等同于文化的认识,体现了文、史、哲学科分化之前人们对文学及其性质的理解。无论人们如何界定文学,都不能无视文学作为一种文化存在的事实。文学既是一种独特的艺术现象和审美现象,又是一种复杂的人文现象和文化现象。文学作为文化形态既具有普遍的文化属性和文化品格,又植根于广泛的文化结构之中。

总之,从文化角度界定文学观在今天仍然有它的意义。文学的疆界在不断变化,广义的文学观有助于人们在更为广阔的文化背景上了解文学的发生和演变,也有助于更为全面地理解文学的基本属性和丰富内涵。

二、文化研究视野中的文学观

从文化的角度来看待文学,可以说一种"文学文化论"是有特定历史背景的。同"文化"的多义性一样,文化研究也是一个有着丰富内涵的范畴。与一般意义上的文化研究不同,这里的文化研究包括三个方面的理论资源。第一是索绪尔现代语言学、结构主义和符号学传统。按照这种现代传统,任何文学都不过是包罗万象的符号系统——文化的一种形态而已,重要的不是文学这一种符号本身,而是它在整个人类符号系统即文化中的位置。第二,包括法兰克福学派在内的西方马克思主义。第三,来源于英国伯明翰大学的"文化研究"学派的观念。更为具体地,文化研究特指伯明翰学派的研究范式。因此,这里不能把"文化研究"望文生义地理解为对文化的研究。"文化研究"(Cultural Studies)在西方学术界有特定内涵,它不同于"文化理论"(cultural theory)和"文化批评"(cultural criticism),在英文里与"文化的研究"(the study of culture)也不是同一个概念,更不等同于上述传统的文学、社会学和人类学的"文化分析"。更重要的是,它也不仅仅研究文化。文化研究视野中的文化观强调"文学本质"各种界定的具体的社会文化语境,把"文学"视作一种话语建构,而不是寻找一种普遍有效的定义。20世纪下半叶的反本质主义文学理论认为,并不存在一个具有普遍本质的文学标准,文学是社会文化建构的结果。特里·伊格尔顿认为,文学的所谓"本质"是研究者以及他所代表的社会集团的一种建构,在这个意义上它是一种意识形态,具有不可避免的政治性。乔纳森·卡勒在《文学理论》中总结了关于文学本质的五种最有影响的说法,最后他下结论说:"文学就是一个特定的社会认为是文学的任何作品,也就是由文化来裁决,认为可以算作文学作品的任何文本。"①"我们可以把文学作品理解成为具有某种属性或者某种特点的语言。我们也可以把文学看做程式的创造,或者某种关注的结果。哪一种视角也无法成功地把另一种全部包含进去。所以你必须在二者之间不断地变换自己的位置。"②在他所提出的五种情况中,我们面对的是有可能被描述成文学作品特点的东西,"不过,我们也可以把这些特点看做是特殊关照的结果,是我们把语言作为文学看待时赋予它的一种功能。看来,不论哪种视角都不能包容另一种而成为一个综合全面的观点"③。总之,乔纳森·卡勒把"文学"看做随一定时代的文化观念的改变而不断地被建构的一个过程。文学被作为审美的、想象的作品的观念只不过是最近两百年左右的事,以这个观念概括当今的文学存在形态显然已经不合时宜,应该把文学看做随着特定的社会情势的变化而不断地改变存在形态的文化现象。

　　文学研究和文化研究到底是什么关系呢?"从最广泛的概念上说,文化研究的课题就是搞清楚文化的作用,特别是在现代社会里,在这样一个对于个人和群体来说充满形形色色的,又相互结合、相互依顿的社团、国家权力、传播行业和跨国公司的时代里,文化产品怎样发挥作用,文化特色又是怎样形成、如何构建的。所以总的说,文化研究包括,并涵盖了文学研究,它把文学作为一种独特的文化实践去考察。但这又是一种什么类型的包括呢? 在这一点上存在着许多争论。"④卡勒认为,文化研究是从文学研究中生成的,文学和文化研究之间不必一定存在什么矛盾。"文学研究并不一定要对文化研究批驳的文学对象做出承诺。文化研究就是把文学分析的技巧运用到其他文化材料中才得以发展的。它把文化的典型产物作为'文

---

① 〔美〕乔纳森·卡勒:《当代学术入门·文学理论》,李平译,沈阳:辽宁教育出版社1998年版,第23页。
② 同上书,第29页。
③ 同上书,第37页。
④ 同上书,第46页。

本'解读,而不是仅仅把它们作为需要清点的物件。反过来说,如果把文学作为某种文化实践加以研究,把文学作品与其他论述联系起来,文学研究也会有所收获。理论的作用一直就在于扩大文学作品可以回答的问题的范畴,并且把注意力集中在它们用哪些不同的方式抵制它们那个时代的思想,或者使其复杂化。从根本上说,文化研究因为坚持把文学研究作为一项重要的研究实践,坚持考察文化的不同作用是如何影响并覆盖文学作品的,所以它能够把文学研究作为一种复杂的、相互关联的现象加以强化。"[1]从卡勒上述对文化研究与文学研究二者关系的阐述可以看出,他认为文化研究视野中的文学研究是与时俱进的必然走向。

传统的"文化的研究"(the study of culture)包括许多在伯明翰学派之前就存在的思想运动及学术传统,如马克思主义、心理分析、社会学、人类学、文化学等。这些理论和学科相对独立,有各自的学科理论和研究方法、范围,但都涉及广义上的整个人类文化研究的某一部分。所以文化研究没有单一的学科来源,不仅研究文化,也探讨跟文化有关的不同问题,常常涉及政治、经济、传媒及科技等领域。其研究常用不同的方法,研究者的政治立场也极不相同,从极左派到极右派都有。总的说来,文化研究与社会意义的生产、流通和消费有关,因此也与权力(power)、表征(representation)和身份认同(identity)有关。英国学派即伯明翰学派的"文化研究"(Cultural Studies)是"文化的研究"(the study of culture)的核心和动力。而马克思主义文化社会学和法兰克福学派的美学理论构成了伯明翰学派文化研究的史前史。[2]

文化研究视野中的文学研究主要有两种学术路向,一是包括法兰克福学派在内的西方马克思主义的研究思路,二是伯明翰学派的研究思路。

(一) 西方马克思主义的研究思路

法兰克福学派的主要代表霍克海默、阿多诺、本雅明、马尔库塞等人从哲学、社会学、社会心理学、精神分析、文学和法学等领域对资本主义社会最新的文学生产状况进行批判分析,从而批判资本主义意识形态。面对艺术在发达的资本主义社会蜕化为商品的困境,霍克海默和阿多诺提出了"文化工业"这一理论批判的关键概念。阿多诺认为,文学生产作为市场体制的一部分,是为大众消费而量身定做的。传统艺术以独创性为标志,其膜拜

---

[1] 〔美〕乔纳森·卡勒:《当代学术入门·文学理论》,李平译,沈阳:辽宁教育出版社1998年版,第50页。
[2] Ben Agger, *Cultural Studies as Critical Theory*, London: The Falmer Press, 1992, p.75.

价值消退了，而现代艺术以复制为特征，追求的是展示价值。法兰克福学派对文化工业的最重要的认识就是艺术作品的商品化，这种商品化贯穿了整个生产、分配和消费的过程，"创作"已经不能用来描述"文化工业"了。这种商品化产生了两个直接的后果：一是艺术作品的同质化，艺术的个人主义和对抗性彻底消失；二是艺术作品的消费成为维护社会权威和现有体制的最好手段。法兰克福学派认为同质化显然是艺术的天敌，它结束了艺术的个人主义时代，消弭了艺术的反叛性。过去的艺术，比如悲剧，要表达的是像尼采所说的那种"面对一个强大的敌人、严酷的厄运、一个招致困境的问题所具有的勇敢精神和要求自由的感情"①，而"现在一切文化都是相似的，电影、收音机和书报杂志等是一个系统"，出现了"普遍的东西与特殊的东西之间虚假的一致性"，这是因为"文化工业的技术，只不过用于标准化和系列生产，而放弃了作品的逻辑与社会体系的区别"②。在文化工业面前，人失去了真正的本质，而只能体现为一种"类本质"："每个人只是因为他可以代替别人，才能体现他的作用，表明他是一个人。"③文化工业把古老的和熟习的熔铸成一种新的品质。在它的各个分支领域，特意为大众的消费而制作并因而在很大程度上决定了消费的性质的那些产品，或多或少是有计划地炮制的。文化工业别有用心地自上而下整合它的消费者。它把分隔了数千年的高雅艺术与低俗艺术的领域强行聚合在一起，结果，双方都深受其害。高雅艺术的严肃性在它的效用被人投机利用时遭到了毁灭；低俗艺术的严肃性在文明的重压下消失殆尽。因此，"尽管文化工业无可否认地一直在投机利用它所诉诸的千百万的意识和无意识，但是，大众绝不是首要的，而是次要的：他们是算计的对象，是机器的附属物。顾客不是上帝，不是文化产品的主体，而是客体"④。文化工业按照价值规律、交换原则批量生产的商品具有标准化、齐一化的特征。文化消费者的需求看似自由的、主动的，实际上受制于文化产业的流水线以及同质化的商品逻辑，个体的审美追求实际上处于受操纵的状态。"从根本上看，虽然消费者认为文化工业可以满足他的一切需要，但是从另外方面来看，消费者认为他被满足的这些需

---

① 尼采：《朦胧的偶像》，《尼采全集》第 8 卷，第 136 页。转引自〔德〕霍克海姆、阿多诺：《启蒙辩证法》，洪佩郁、蔺月峰译，重庆：重庆出版社 1993 年版，第 144—145 页。
② 〔德〕霍克海姆、阿多诺：《启蒙辩证法》，洪佩郁、蔺月峰译，重庆：重庆出版社 1993 年版，第 113 页。
③ 同上书，第 137 页。
④ "Culture Industry Reconsidered", *New German Critique*, 6, Fall 1975, pp.12-19.

求,都是社会预先规定的,他永远只是被规定的需求的消费者,只是文化工业的对象。"①文化工业遵循物化逻辑,贯穿了艺术彻底物化的整个过程。艺术家的创作以谋利为唯一目的,艺术作品也成了可以凭借科学技术大批量复制、大规模传播的"文化工业品"。电影、电视、广播、报刊、书籍等等大众媒介通过制造感性愉悦的快乐维持商业社会的"意识形态作用"。在文化工业的总体环境下,所谓"经典"艺术和"经典"的风格被这种工业本身所扭曲,被"漫画化",变成资本主义消费领域以内的东西,也就是说变成"易于消化"的东西:"文化工业抛弃艺术原来那种粗鲁而又天真的特征,把艺术提升为一种商品类型。它变得越绝对,就越会无情地把所有不属于上述范围的事物逼入绝境,或者让它入伙,这样这些事物就变得更加优雅而高贵,最终将贝多芬和巴黎赌场结合起来。"②文化工业产品许诺为受众带来感性愉悦与欲望狂欢,其总体目的固然是为了使人们从沉闷、机械的劳动中解脱出来,但是这一目的的背后包含着维护社会现状的意识形态功能。人们生活在文化工业的物化语境之中,每个人都成为文化工业这一总体性生产链条的一个组成部分。所有的人从一开始起,无论在工作还是在休息时,只要他还在呼吸,就离不开这些产品。没有一个人能拒绝去看有声电影,没有一个人能拒绝收听无线电广播,社会上所有人都自愿或不自愿地接受着文化工业的影响。以至于"整个文化工业把人类塑造成能够在每个产品中都可以不断再生产的类型"③。文化工业从生产到消费的全过程,具有以下两种意识形态作用:第一,文化工业意识形态"图式"履行着"操纵功能"。第二,文化意识形态通过文化媒介履行着"欺骗功能"。资本主义的发展成功地使经济与文化整合在一起,又利用新的媒体形式吞噬通俗文化形式,同化任何抵制话语,从而强化了资本主义的社会控制形式,培养了麻木的、无反思能力的个人。那么,大众文化的救赎之路在哪里呢？阿多诺把颠覆和解放的潜能寄托在高雅艺术即现代主义艺术中。从上述描述可以看出,法兰克福学派的文化工业理论把大众文化的构成和功能看成铁板一块,认为消费主义凭借无所不在的渗透力控制了大众的接受。这种观点忽视了现代文化的多元特征和读者的抵抗潜能。这种二元对立的文化概念体现了德国

---

① 〔德〕霍克海默、阿多诺:《启蒙辩证法》,洪佩郁、蔺月峰译,重庆:重庆出版社1993年版,第133页。

② 〔德〕霍克海默、阿多诺:《启蒙辩证法》,渠敬东、曹卫东译,上海:上海人民出版社2003年版,第151页。

③ 同上书,第142页。

文化根深蒂固的精英意识,存在一定的局限性。

在法兰克福学派的成员中,瓦尔特·本雅明的观点显得有些另类。本雅明认为,艺术品的复制技术体现了艺术生产力的空前提高。现代艺术生产力的提高是艺术手段和技巧进步的结果,有着积极意义。电影、无线电广播等面向大众的传播技术,已经决定性地改变了当代艺术生产和艺术接受。① 艺术的机械复制使包括文学在内的艺术的全部功能颠倒了过来,传统艺术的那种起源于宗教崇拜的"光晕"被复制艺术所打破。复制艺术或者说文化工业粉碎了凝结在传统艺术"光晕"中的商品拜物教的异化意识。"随着单个艺术活动从礼仪这个母腹中解放出来,其产品便获得了展示的机会"②,因而也打破了剥削阶级独占艺术的一统天下。

特里·伊格尔顿从"文化唯物主义"观点出发,把文学和文化当成一种"意识形态产品",认为以这种"产品"为批判对象的马克思主义批评科学的应该分析以下六个范畴:社会生产方式或一般生产方式;文学的生产方式;一般意识形态;作者意识形态;美学意识形态;文本。最后一个范畴"文本"与前面各个范畴有着重要的区别,它是前面各个范畴的产物,而不是与它们并列的范畴。马克思主义文学批评的任务,就在于去"解读"文本中体现的前五种范畴之间"复杂的历史结合",也就是说,去解读这些范畴的"过度决定"机制。③

(二) 伯明翰学派的思路

对于伯明翰学派来说,文学批评之所以走向批判社会、介入现实的文化研究,其背后的思想动力来自于英国新左派,他们不像老左派从政治和经济角度来着手改造资本主义,而是探讨工人阶级的生活方式,分析影响工人阶级生活方式的流行文化,从中发掘抵制主导意识形态的政治手段。霍加特和威廉斯发起的文化研究,其直接目标就是破解精英主义的英国高雅文化。他们不像英国文化思想史上维护精英文化的利维斯传统,采取的不是超越的态度,而是改造的手段。在很大程度上他们是以工人阶级家庭出身的本能来救赎而不是抵制大众文化。伯明翰学派认为,文化并不在博物馆、音乐厅或少数人那里,文化就是整体的生活方式,尤其是工人阶级的生活方式。

---

① 刘北成:《本雅明思想肖像》,上海:上海人民出版社1998年版,第175—176页。

② 董学文、荣伟编:《现代美学新维度——"西方马克思主义"美学论文精选》,北京:北京大学出版社1990年版,第177页。

③ Terry Eagleton, *Criticism and Ideology: Marxism and Literary Criticism*, London: Methuen, 1976, p.45.

文化的概念意味着意义的生产和再生产,指涉我们整体的日常生活。

理查德·霍加特在《识字的用途》(1957)一书中认为,二战前的英国工人阶级社区是具有传统的有机社会色彩的,其中有一种典型的工人阶级的"十分丰富多彩的生活"。大众娱乐的形式与邻里、家庭关系的社会实践之间构成了一种复杂的整体,公共价值和私人实践紧密地交织于其中。

威廉斯后来又从逻辑的角度对文化的定义作了分析。"首先是'理想的'文化定义,根据这个定义,就某些绝对或普遍价值而言,文化是人类完善的一种状态或过程。如果这个定义能被接受,文化分析在本质上就是对生活或作品中被认为构成一种永恒的秩序,或与普遍的人类状况有永久关联的价值的发现和描写。其次是'文献式'的文化定义,根据这个定义,文化是知性和想象作品的整体,这些作品以不同的方式详细地记载了人类思想和经验。从这种定义出发,文化分析是批评活动,借助这种批评活动,思想和体验的性质、语言的细节,以及它们活动的形式和惯例,都得到描写和评价。最后,是文化的'社会'定义,根据这个定义,文化是对一种特殊生活方式的描述,这种描述不仅表现艺术和习得中的某些价值和意义,而且也表现制度和日常行为中的某些意义和价值。从这样一种定义出发,文化分析就是阐明一种生活方式、一种特殊文化隐含或外显的意义和价值。"①威廉斯的《文化是日常的》(1958)一书认为,文化是一个完整的生活方式,各门艺术是受到经济变化深刻影响的社会组织的一个部分。威廉斯反对那种精英主义的高雅文化观,主张文化与日常生活的关联。这就从精英主义的高雅艺术转向了日常生活和大众文化(通俗文化、流行文化),这是文化研究最重要的转向。

雷蒙·威廉斯作为"新左派"的重要理论家,最突出的贡献在于继承了列宁、葛兰西和阿尔都塞的"领导权"理论。他在《马克思主义与文学》一书中指出,不能认为马克思主义文学理论是一种简化的、决定论的文学理论,马克思主义文学理论也不应陷入简单的因果关系的分析之中,它对文学的理论把握应该在社会经济、政治和文化过程的统一体中来进行。在他看来,艺术作为一种具体的意识形态实践归根到底依赖于现实的经济结构,但是一部分反映着这个结构和相应的现实,一部分则由于影响对现实的态度而

---

① 〔英〕威廉斯:《文化分析》,刘象愚、罗钢主编:《文化研究读本》,北京:中国社会科学出版社2003年版,第125页。

有助于或有碍于不断改变这个现状。①

总之,伯明翰学派认为,文化并非理想层面的意义。文化不是精英们的特权,它应当是普及的、大众的,涉及我们每个人的日常生活。该学派在研究中注重发掘被资产阶级主流文化所压抑的工人阶级通俗文化与大众文化,他们的研究为文学研究带来了更宽阔的文化视野和思考方向。该学派主张文学研究不应该只关注高雅文学,而忽视通俗文学;不应满足于欣赏文学文本的审美意义,而忽视这些审美意义是如何受制于更实际的社会功利需要的;不应只研究文学本身,而忽视对电影、电视、日常生活等文化形态的整体性研究。伯明翰学派的文化研究的发展有几个阶段。20 世纪 60 年代偏重传媒的意识形态功能研究,尤其是与政治有关的新闻和纪录片;另一方面是社会中的各种亚文化,如工人阶级的青年文化。70 年代重视性别研究(gender studies),以及对黑人、移民以及"后殖民文化"的研究。八九十年代以来,重视认同政治、侨民散居、同性恋以及全球化理论等问题。

第二节　文学与社会

文学与社会的关系问题是文学理论的基础性命题。这一问题的解答反映了关于文学本质的不同理解。本节首先分析摹仿说、反映论、灵感说的主要观点,然后论述文学在社会中的具体功能。

一、文学与社会的关系

(一) 摹仿说

中国古代就有关于摹仿说的论述。《易经·系辞传》里有"观物以取象"的说法。《文选序》云:"式观元始,眇觌玄风。冬穴夏巢之时,茹毛饮血之世,世质民淳,斯文未作。逮乎伏羲氏之王天下也,始画八卦,造书契,以代结绳之政,由是文籍生焉。"这里讲的是伏羲氏根据天地万物的变化,创造八卦,成了中国古文字的发端,结束了"结绳记事"的历史。

西方的摹仿说源远流长。古希腊赫拉克利特(约前 540—前 480 与前 470 之间)最早提出了"艺术……显然是由于摹仿自然"②。其后德谟克利

---

① 〔英〕雷蒙·威廉斯:《文化与社会》,吴松江、张文定译,北京:北京大学出版社 1991 年版,第 349 页。

② 〔古希腊〕赫拉克利特:《著作残篇》,《古希腊罗马哲学》,北京:商务印书馆 1982 年版,第 12 页。

特(约前460—前370)指出:"在许多重要的事情上,我们是摹仿禽兽,做禽兽的小学生的。从蜘蛛我们学会了织布和缝补;从燕子学会了造房子;从天鹅和黄莺等歌唱的鸟学会了唱歌。"①柏拉图认为,如果说"逻各斯"是理式世界的内核以及把握理式世界的方式的话,那么"摹仿"(mythos)就是诗歌表述经验世界的方式,是通过经验、想象、修辞、技艺再现感官世界的方式。理式世界是感觉世界的原型或理想,感觉世界则是理式世界的摹本或影子,文艺是对作为摹本的感觉世界的摹仿,所以只能是摹本的摹本、影子的影子,"和真实体隔着三层"②。例如,画家描摹的一张床,是对工匠手工制成的床的实物的摹仿,而工匠在制作实物床之前脑中存在的"床的概念"则是他所制作的床的实物的真实原本。所以,如果说工匠制作的床是理念的床的"影子"的话,那么画家所描摹的床则是"影子的影子",它离现实隔着三层。③柏拉图将诗歌定义为一种"摹仿"。亚里士多德的文学理论继承了柏拉图从"摹仿"角度(尤其是对行动的摹仿)对文学(诗)的定义。他认为摹仿是一种人类本性固有的自然而健康的冲动:"一般说来,诗似乎起源于两个原因,二者都出于人的本性。从童年时代起人就具有摹仿的禀赋。人是最富有摹仿能力的动物,通过摹仿,人类可以获得最初的经验,正是在这一点上,人与其他动物区别开来。而且人类还具有一种来自摹仿的快感。实际活动中的经验可以证实这一点;尽管有些东西本身对于视觉来说是痛苦的,如令人望而生厌的动物和尸体的外形,但我们却喜欢观看对这些东西摹仿得最为精确的图画。原因恰恰在于求知不仅对于哲学家是一种极大的乐趣,而且对于其他一般的人同样也不失为一件快活的事情,只不过后者所分享的快乐较少罢了。"④柏拉图认为艺术仅仅摹仿世界的"影子的影子",因而没有真理价值。亚里士多德对柏拉图的摹仿说进行了修订。他认为,艺术创作中作家对自然的摹仿,已经不再是一种消极被动的摹仿,而是一种积极的创造,能够促使他所描写的对象的可能性得以更好地实现。亚里士多德认为艺术摹仿世界同样能达到真理境界。他指出了文学与神话的本质区

---

① 〔古希腊〕德谟克利特:《著作残篇》,《古希腊罗马哲学》,北京:商务印书馆1982年版,第112页。

② 〔古希腊〕柏拉图:《文艺对话集》,朱光潜译,北京:人民文学出版社1980年,第73页。

③ 〔古希腊〕柏拉图:《理想国》,郭斌和、张竹明译,北京:商务印书馆1986年版,第390—401页。

④ 〔古希腊〕亚里士多德:《诗学》,《亚里士多德全集》第9卷,苗力田主编,北京:中国人民大学出版社1990年版,第645页。

别:"较之于历史,诗更具有哲学性,也更具有分类上的价值。因为诗关注着普遍的真理,而历史更集中于个别事件。"①在亚里士多德看来,由于遵从可然律与必然律,文学可以表达真理。文艺复兴时期有著名的"镜子说",意大利的达·芬奇认为艺术是自然的一面镜子。但这种理论并不满足于被动地摹仿自然,还要求理想化或典型化,要求扩大文学创作的题材范围。19世纪的浪漫主义认为文学创作是表现作家内心世界的过程,现实主义则认为它是再现社会生活的过程。俄国的车尔尼雪夫斯基关于艺术是对生活的再现的再现说,也是摹仿论的变体。直到20世纪,匈牙利马克思主义美学家卢卡奇、德国文学理论家奥尔巴赫(Erich Auerbach)仍然主张文学是对生活或历史的摹仿。唯美主义要求生活摹仿文学艺术,而与之相反的自然主义则把创作看成是对自然、生活的复制与记录。

(二) 反映论

马克思主义反映论的哲学基础是社会存在决定社会意识,社会意识能动地反映社会存在。文学作品无论是直接反映社会生活还是间接地、曲折地反映社会生活,都是以社会生活为参照、依据,客观的社会生活是文学创作的唯一源泉。文学作品中的题材、人物形象、生活情境、思想感情、审美倾向、主题宗旨的变化,都与社会生活的状况和变化紧密相关。作家的思想感情,作家在作品中表现的理想、追求以及对现实生活的评价,都产生于现实生活并且是对现实生活的反映。社会生活制约、决定着作家的创作愿望和创作内容。总之,文学是用语言塑造艺术形象以反映社会生活本质的特殊的意识形态。1933年,深受俄苏文艺思想影响的周扬在论述文学的真实性问题时,以文学反映论作为现实主义文论的哲学基础。他认为,"文学,和科学、哲学一样,是客观现实的反映和认识,所不同的,只是文学是通过具体的形象去达到客观真实的",这种反映"社会的真实"是现实主义"文学的真实之路"。② 1942年,毛泽东在《在延安文艺座谈会上的讲话》里认为,"作为观念形态的文艺作品,都是一定的社会生活在人类头脑中的反映"③。上述见解可以说凸现了文学艺术对外在世界的依从关系。总之,马克思主义文艺观认为主观创造源于客观现实,一方面充分认识到了社会生活是文艺

---

① 〔古希腊〕亚里士多德:《诗学》,《亚里士多德全集》第9卷,苗力田主编,北京:中国人民大学出版社1990年版,第648页。
② 周扬:《文学的真实性》,《现代》第3卷第1期,1933年5月1日。
③ 毛泽东:《在延安文艺座谈会上的讲话》,《毛泽东选集》第3卷,北京:人民出版社1991年版,第860页。

创作的唯一源泉,另一方面又深刻地理解了主体的创造性。文艺并不是生活的翻版或复制,而是一种创造,是对生活的超越。所以我们说文学既源于生活又高于生活;既是反映生活的产物,又是超越生活的创造。文学是社会生活的能动反映,艺术家是"自然的主宰"。毛泽东在《讲话》中提出:"人类的社会生活虽是文学艺术的唯一源泉,虽是较之后者有不可比拟的生动丰富的内容……但是文艺作品中反映出来的生活却可以而且应该比普通的实际生活更高,更强烈,更有集中性,更典型,更理想,因此就更带有普遍性。""文艺来自于生活又高于生活",这是对现实主义文学的典型概括。作家对世界的反映是一个自我不断丰富、发展的过程,因此他的反映具有主观能动性。

建国后,苏联模式的文学理论主导了中国文学长达三十年。毕达可夫的《文艺学引论》被作为文学理论的经典范本,该书认为:"文学也正如一般艺术一样,是一种社会意识形态。文学在艺术形象的形式中反映社会生活,它对社会的发展有巨大的影响,它起着很大的认识、教育和社会改造的作用。"[①]后续的中国文学理论著作都以此作为经典理论的模版。80年代拨乱反正之后,"反映论"依然在文艺学界占据主导地位。但是,为了避免反映论机械化、庸俗化的流弊,学界提出了"能动反映论",即认为"文学是社会生活的能动反映"。文学作为社会性话语活动,归根到底是作家的一种反映,是对现实的反映的产物。文学作为反映是受动反映与能动反映的统一。文学通过作家的能动创造来实现对社会生活的反映,作家的能动创造又受到作家自身的创作个性、生活经历、文化水平、审美趣味等主体条件的影响和制约。总之,作家对生活的反映是客观的社会生活与作家思想感情的统一。

(三) 灵感说

"灵感"是西方文学理论的重要概念,最初是由古希腊哲学家柏拉图提出的。他认为,灵感产生于神灵的赋予,是神灵附体的结果,"无论在史诗或抒情诗方面,都不是凭技艺来作成他们的优美的诗歌,而是因为他们得到灵感,有神力凭附着"[②]。在《伊安篇》中柏拉图告诉伊安说,给人以审美愉悦的诗歌绝对不是靠什么技艺生造出来的,而是借灵感创造的。"她(指诗

---

① 〔俄〕毕达可夫:《文艺学引论》,北京大学中文系文艺理论教研室译,北京:高等教育出版社1958年版,第193页。
② 〔古希腊〕柏拉图:《文艺对话集》,朱光潜译,北京:人民文学出版社1980年版,第7页。

神缪斯)首先使一些人产生灵感,然后通过这些有了灵感的人把灵感热情地传递出去,由此形成一条长链。那些创作史诗的诗人都是非常杰出的,他们的才能决不是来自某一门技艺,而是来自灵感,他们在拥有灵感的时候,把那些令人敬佩的诗句全都说了出来。"①柏拉图在文本中提出的"灵感说"有其远古的神话根源和实践根源。因而"灵感"就含有"神启"、"天赋"、"迷狂"等含义,"灵感"的原词词义就是"神灵附体"的癫狂状态。

在古希腊宗教实践之中,"灵感"表现为"迷狂"的精神状态。在《斐德罗篇》中,柏拉图认为有四种迷狂,即预言的迷狂、宗教的迷狂、诗兴迷狂,爱美的迷狂。"诗兴迷狂"与"爱美的迷狂"有许多相似之处。柏拉图认为是诗神把诗人引向一个"兴高采烈"、"神飞色舞"的境界,正是诗神的迷狂成就了诗人,神志清醒的诗在迷狂的诗面前黯淡无光;灵感来自不朽的灵魂对于前生在天国所见到的美满境界的回忆。

到18、19世纪的浪漫主义文艺运动时期,灵感这一概念得到进一步发挥,被一些文学家和理论家用来说明作家在创作中受到某一事物的激发,突然得到具有创造性的构思,创作即刻出现新的突破的那种思维现象和状态。

二、文学的社会功能

文学不仅是人类掌握世界的一种特殊方式,以及审美意识的一种具体的表现形态,而且作为审美信息的载体,它还会通过认识、接受的环节,通过读者反作用于社会,对人类改造客观世界和主观世界的实践活动发生直接和间接的影响,形成文学所特有的社会价值。从文学接受的特性来看,虽然文学没有直接的功利性,但是又能达到功利的目的。文学以人的整体发展为中介而间接地发生社会作用。文学的功能主要包括认识功能、教化功能、审美功能和批判功能。

(一)认识功能

从再现论来看,文学通过对社会生活、心理活动的反映,可以使人们认识社会历史和心灵世界,可以使人们拓展自然和人文知识,丰富生活经验,积累生活智慧。文学是语言的艺术,它的形象化方式使它比其他艺术更便于读者认识社会。文学的认识作用不仅仅是对作品所描写的表象的认识,而且更体现在它通过对社会现状的描写,进而揭示人生与社会现象的深层

---

① 〔古希腊〕柏拉图:《伊安篇》,《柏拉图全集》第1卷,王晓朝译,北京:人民出版社2002年版,第304页。

意蕴。因而,从文学作品中读者可以启发智慧、放飞想象力,可以获得关于人生与社会的知识、真理。

1. 认识社会

文学是语言的艺术,文学的历史是通过语言描述的形象的历史。文学展示的是人类感性生存的历史画面,是人类社会的百科全书。恩格斯认为巴尔扎克是比过去、现在和未来的一切左拉都要伟大得多的现实主义大师,他在《人间喜剧》里给我们提供了一部法国"社会"特别是巴黎"上流社会"的卓越的现实主义历史,"他用编年史的方式几乎逐年地把上升的资产阶级在 1816 年至 1848 年这一时期对贵族社会日甚一日的冲击描写出来,这一贵族社会在 1815 年以后又重整旗鼓,尽力重新恢复旧日法国生活方式的标准。他描写了这个在他看来是模范社会的最后残余怎样在庸俗的、满身铜臭的暴发户的逼攻之下逐渐灭亡,或者被这一暴发户所腐化……在这幅中心图画的四周,他汇集了法国社会的全部历史,我从这里,甚至在经济细节方面(如革命以后动产和不动产的重新分配)所学到的东西,也要比从当时所有职业的历史学家、经济学家和统计学家那里学到的全部东西还要多"①。文学的认识作用还体现在,它甚至可以代替直接的经验和想象的生活,可以被历史学家当做一种社会文献来使用。一部《红楼梦》蕴含了中国博大精深的物质文化、制度文化和思想文化,具有无与伦比的认识价值。从《诗经》、楚辞、汉赋以及李白、杜甫、白居易、关汉卿、吴敬梓、曹雪芹等人的作品中,我们可以形象地认识中国古人的生产、生活、情感与思想。

2. 认识人生

文学是以人为中心主题的,优秀的作品为人生提供了一面镜子。车尔尼雪夫斯基说文学是"人的生活的教科书"。歌德曾这样描述他阅读莎士比亚作品的感受:"当我读完他的第一个剧本时,我好象一个生来盲目的人,由于神手一指而突然获见天光。我认识到,我极其强烈地感到我的生存得到了无限度的扩展。"②赫尔岑认为,歌德和莎士比亚抵上整整一所大学,他曾经高度评价莎士比亚对人的内心世界的描绘:对莎士比亚来说,人的内

---

① 〔德〕恩格斯:《致玛·哈克奈斯》,《马克思恩格斯选集》第 4 卷,北京:人民出版社 1972 年版,第 462—463 页。
② 〔德〕歌德:《说不尽的莎士比亚》,中国社会科学院外国文学研究所外国文学研究资料丛刊编辑委员会编:《欧美古典作家论现实主义和浪漫主义》(二),北京:中国社会科学出版社 1981 年版。

心世界就是宇宙,他用天才而有力的画笔描绘出了这个宇宙。文学作为人类历史的记忆,存储了丰富的社会文化内容,它生动地记录了人性的历史变迁。

(二) 教化功能

正如前面所说,文学作品具有反映特定时代的社会生活的功能,同时,它也具有教育人、改造人的作用,会深刻影响读者的人生观和世界观。中国古代儒家诗学特别重视文学的教化功能。下面从诗教、风教与载道三个方面来阐释。

1. 诗教

孔子的文艺观集中体现了"诗教"的内涵。他强调通过文艺来实现伦理道德与政治教化。据《礼记·经解》记载:

> 孔子曰:入其国,其教可知也。温柔敦厚,诗教也。疏通知远,书教也。广博易良,乐教也。絜静精微,易教也。恭俭庄敬,礼教也。属辞比事,春秋教也。故诗之失愚,书之失诬,乐之失奢,易之失贼,礼之失烦,春秋之失乱。其为人也,温柔敦厚而不愚,则深于诗者也。疏通知远而不诬,则深于书者也。广博易良而不奢,则深于乐者也。絜静精微而不贼,则深于易者也。恭俭庄敬而不烦,则深于礼者也。属辞比事而不乱,则深于春秋者也。

为什么说诗教能造就温柔敦厚的人格呢?孔颖达疏云:"温谓颜色温润,柔谓情性和柔。诗依违讽谏,不指切事情,故云温柔敦厚是诗教也。""诗为乐章,诗乐是一,而教别者,若以声音干戚教人,是乐教也,若以诗辞美刺讽谕以教人,是诗教也。"[①]这一段话反映了儒家的诗学观。

"子谓《韶》:'尽美矣,又尽善也';谓《武》:'尽美矣,未尽善也。'"[②]孔子谈到《韶》乐时说,"美到极点了,也好到了极点";谈到《武》乐时说,"美到极点了,但还不够好"。孔子主张"放郑声",因为"郑声淫","恶郑声之乱雅乐也"。他的主要观点是提倡雅乐,反对郑声。

孔子要求文学作品"尽善尽美"、雅正中和,这是孔子文艺思想的审美特征。到底什么样才叫"尽善尽美"呢?孔子的另一句话很重要,就是《论语·为政》篇的"子曰:《诗》三百,一言以蔽之,曰:思无邪"。孔子说:

---

① 孔颖达:《毛诗正义》。
② 《论语·八佾》。

"《诗》三百篇,用一句话概括它,可以说:'思想内容,没有淫邪狎曲的东西。'""思无邪"从艺术方面看,就是提倡一种"中和"之美。从音乐上讲,中和是一种中正平和的乐曲,也即儒家传统雅乐的主要美学特征。子曰:"《关雎》,乐而不淫,哀而不伤。"①孔子认为,《关雎》这首诗,抒发快乐的感情,但不过分和狂纵,抒发哀怨的感情,但因为很有节制而不悲伤。从文学作品上讲,就是不能过于激烈,应委婉曲折,不要过于直露。子曰:"质胜文则野,文胜质则史。文质彬彬,然后君子。"②孔子说:"质朴胜过文采,就显得粗野,文采胜过质朴,就显得虚浮。文采和质朴兼备,然后才能成为君子。"他要求文学作品内容和形式要完美统一,文采和质朴要搭配得当。子曰:"兴于《诗》,立于礼,成于乐。"③孔子说:"因诗歌而起兴和被激活,用礼加以约束而立身,通过音乐的陶冶最终完成人性的完善与成就。"这是孔子"诗教"观的集中表现。

2. 风教

《毛诗序》归纳《诗经》十五国风的社会作用及其特点,说:

> 风,风也,教也;风以动之,教以化之。

风的含义一是指当时各国地方的歌谣,二是指风诵吟咏,如《论衡·明雩》篇所说:"风乎舞雩;风,歌也。"从其功用讲,则是"风教"。孔颖达《毛诗正义》曰:"微动若风,言出而过改,犹风行而草偃,故曰风。"

"风教"包括两方面的要求:一是指诗人创作的诗歌,在流行中对人们起到感化作用。如《毛诗序》说:"是以一国之事系一人之本谓之风。"《毛诗正义》说:"诗人览一国之意以为己心,故一国之事系此一人使言之也。但所言者,直是诸侯之政,行风化于一国。"即指诗人创作的诗歌应在社会生活中起到教化作用。二是指统治阶级("上")对于老百姓("下")的教化。《毛诗大序》说:"上以风化下,下以风刺上","言之者无罪,闻之者足以戒"。"讽谏"是讽刺,在讽刺之中包含着"谏(劝说)"。老百姓可以用文艺的形式对上层统治者进行批判,而且"言之者无罪,闻之者足以戒"。

《白虎通德论·三教》说:"教者,效也。上为之,下效之。"即认为在"上"者应运用诗歌教化"下"民。"风教"是通过诗歌的具体感人的特点实

---

① 《论语·八佾》。
② 《论语·雍也》。
③ 《论语·泰伯》。

现的。汉代的《毛诗序》发挥了儒家重视文艺社会作用的思想,认为"正得失,动天地,感鬼神,莫近于诗",诗歌可以"经夫妇,成孝敬,厚人伦,美教化,移风俗"。《毛诗正义》解释道:"上言播诗于音,音从政变,政之善恶皆在于诗,故又言诗之功德也。由诗为乐章之故,正人得失之行,变动天地之灵,感致鬼神之意,无有近于诗者。言诗最近之,余事莫之先也。""诗教"、"风教",究其根本,都是"礼教"的具体化,是文艺等的意识形态要求。

3. 载道

从文与道的关系来看,刘勰在《文心雕龙》里提出"政化贵文"、"事迹贵文"、"修身贵文",并认为"文之为德也大矣"。"道沿圣以垂文,圣因文而明道;旁通而无滞,日用而不匮。《易》曰:'鼓天下之动者,存乎辞。'辞之所以能鼓天下者,乃道之文也。"①刘勰认为,道依靠圣人来表达在文章里,圣人通过文章来阐明道;到处都行得通而没有阻碍,天天可以运用而不觉得贫乏。《周易·系辞》里说:"能够鼓动天下的,主要在于文辞。"文辞之所以能够鼓动天下,就因为它符合道。韩愈又提出"文以贯道"之说,他的门人李汉在《昌黎先生序》中说:"文者,贯道之器也。"韩愈的文与道关系论要求文以明道。柳宗元主张"文以明道":"始吾幼且少,为文章以辞为工。及长,乃知文者以明道,是固不苟为炳炳烺烺,务彩色,夸声音而以为能也。"②又说:"圣人之言,期以明道,学者务求诸道而遗其辞。……道假辞而明,辞假书而传。"③北宋的理学家周敦颐提出:"文所以载道也,轮辕饰而人弗庸,涂饰也。况虚车乎? 文辞,艺也;道德,实也。美则爱,爱则传焉。贤者得以学而至之,是为教。故曰:'言之不文,行之不远。'然不贤者。虽父兄临之,师保勉之,不学也;强之,不从也。不知务道德而第以文辞为能者,艺焉而已。"④周敦颐认为,写作文章的目的,就是要宣扬儒家的仁义道德和伦理纲常,为封建统治的政治教化服务;评价文章好坏的首要标准是其内容的贤与不贤,如果仅仅是文辞漂亮,却没有道德内容,这样的文章是不会广为流传的。这里的"道"便是关乎道德心性的义理之学。明代的方孝孺也说:"文所以明道也,文不足以明道,犹不文也。"⑤到了近代之后,文学载道论取得了新的形态,即将变革社会、革新观念与文学相联系。

---

① 刘勰:《文心雕龙·原道》。
② 柳宗元:《答韦中立论师道书》。
③ 柳宗元:《报崔黯秀才论为文书》。
④ 周敦颐:《通书·文辞》。
⑤ 方孝孺:《送牟元亮赵士贤归省序》。

文学具有教化的功利价值。文章乃"经国之大业,不朽之盛事"①,"致君尧舜上,再使风俗淳"②。白居易说:"读君《学仙》诗,可讽放佚君;读君《董公》诗,可诲贪暴臣;读君《商女》诗,可感悍妇仁;读君《勤齐》诗,可劝薄夫淳。上可裨教化,舒之济万民;下可理性情,卷之善一身。"③梁启超在《论小说与群治之关系》里写道:"欲新一国之民,不可不先新一国之小说。故欲新道德,必新小说;欲新政治,必新小说;欲新风俗,必新小说;欲新学艺,必新小说;乃至欲新人心,必新小说;欲新人格,必新小说。何以故? 小说有不可思议之力支配人道故。"④毛泽东在《在延安文艺座谈会上的讲话》里把文学看成进行社会动员的一种力量。他要求革命的文学作品"能使人民群众惊醒起来,感奋起来,推动人民群众走向团结和斗争,实行改造自己的环境"⑤。总之,"文"是手段,"道"是目的,"文"都是为其"道"服务的。

西方文学思想也很重视文学的教化功能。苏格拉底认为:"节奏与乐调有最强烈的力量浸入心灵的最深处,如果教育的方式适合,它们就会拿美来浸润心灵,使它也就因而美化;如果没有这种适合的教育,心灵也就因而丑化。"⑥柏拉图要求文学有道德教育意义。他之所以要把诗人逐出他的理想国,是因为他认为专事摹仿的"诗人的创作是真实性很低的;因为像画家一样,他的创作是和心灵的低贱部分打交道的。因此我们完全有理由拒绝让诗人进入治理良好的城邦。因为他的作品在于激励、培育和加强心灵的低贱部分,毁坏理性部分"⑦。"我们必须寻找到一些艺人巨匠,用其大才美德,开辟一条道路,使我们的年轻人由此而进,耳朵所听到的艺术作品,随处都是;使他们如坐春风,如沾化雨,潜移默化,不知不觉中受到熏陶,从童年时,就和优美、理智融合为一。"⑧亚里士多德在《诗学》中提出著名的"净化"说,得到历代文学家的普遍推崇。贺拉斯在《诗艺》中指出:"诗人的愿望应该是给人益处和乐趣,他写的东西应该给人以快感,同时对生活有帮

---

① 曹丕:《典论·论文》。
② 杜甫:《奉赠韦左丞丈二十二韵》。
③ 白居易:《读张籍古乐府诗》。
④ 梁启超:《论小说与群治之关系》,《新小说》1902 年 10 月创刊号。
⑤ 〔古希腊〕柏拉图:《文艺对话集》,朱光潜译,北京:人民文学出版社 1963 年版,第 61 页。
⑥ 同上。
⑦ 〔古希腊〕柏拉图:《理想国》,郭斌和、张竹明译,北京:商务印书馆 1986 年版,第 404 页。
⑧ 同上书,第 107 页。

助。……寓教于乐,既劝喻读者,又使他喜爱,才能符合众望。"①文艺复兴时期英国的诗人与文学理论家锡德尼(1554—1586)认为诗人是历史家和道德家之间的仲裁者,因为诗歌可以正确地评价善恶,"引导我们,吸引我们,去到达一种我们这种带有惰性的、为其泥质的居宅染污了的灵魂所能够达到的尽可能高的完美"②。

(三) 审美功能

审美是指主体对美的事物的感知、体验、欣赏、领悟和认识。文学作品中包含着美,人们阅读文学作品就是欣赏美。无论是就文学作品本身还是就文学活动过程来看,文学都离不开美和审美。审美性构成文学之所以成为文学的一个基本特征。在文学具有的各种作用中,审美功能居于核心地位。文学的审美功能是指文学作品可以满足人的审美需要,使人们通过接受文学作品,进入审美境界,获得情感上的愉悦和精神上的享受,并使人的个性和才能得到自由的发展。马克思说:"艺术对象创造出懂得艺术和能够欣赏美的大众。"③优秀的文学作品可以帮助人们提高审美感受能力。马克思说:"人的五官感觉的形成是以往全部世界史的产物。对于不懂音律的耳朵和不懂形式美的眼睛来说,再美的音乐与绘画都是没有意义的。"④"懂得音律的耳朵"和"懂得形式美的眼睛"要通过艺术实践来培养。

1. 文学的形象性

读者通过语言形象的感知而确证人的感性存在,在审美观照的对象身上感受和确证自身生命的感性存在。文学的审美价值通过价值主体由语言媒介所激发起来的情感体验而实现,通过情感的体验传达而获得审美愉悦。汉语具有形象美,它是一种典型的表意文字,汉字形声字的形符展示的是一个形象的世界。文学语言追求言外之意。作家运用隐喻、象征,追求意象的审美性。在文学形象中,不仅有经过主体创造性想象加工过的客观事实,而且还包含着主体对其所表现的对象的审美态度,包含着他的个性和理想。文学反映生活的特殊形式是艺术形象。艺术形象是"有意味的形式"、人类审美情感的符号。文学通过艺术形象表现人的情感生活,将人类情感转变

---

① 〔古罗马〕贺拉斯:《诗艺》,杨周翰译,亚理斯多德、贺拉斯:《诗学 诗艺》,北京:人民文学出版社1962年版,第155页。
② 〔英〕锡德尼:《为诗一辩》,钱学熙译,伍蠡甫主编:《西方文论选》上卷,上海:上海译文出版社1979年版,第233页。
③ 《马克思恩格斯全集》第12卷,北京:人民出版社1962年版,第729页。
④ 马克思:《1844年经济学—哲学手稿》,北京:人民出版社1978年版,第79页。

为可以感受的表象符号形式,以审美方式呈现出来,对所反映的社会生活作出审美判断。

2. 文学的情感性

文学的审美欣赏激发或者诱使读者释放情感,以便于读者感悟和体验理想的人性,以超越现实的局限。各种文体都包含着抒情的因素,诗歌在这方面特别突出。《尚书·尧典》中便有"诗言志,歌永言"的说法①。《毛诗大序》提出"情志统一":"诗者,志之所之也,在心为志,发言为诗。情动于中而形于言。"认为诗歌是抒情言志的,情与志是统一的。

中国古代自魏晋以后,以情论诗便日益普遍。陆机《文赋》曰:"诗缘情而绮靡。"他认为诗歌是为了抒发感情的,因而应该讲求文辞的细致精美。而感情的抒发和文辞的精美正是一切文学作品的根本特征。朱熹曰:"诗者,人心之感于物而形于言之余也。"②严羽曰:"诗者,吟咏情性也。"③西方人也多从情感方面论诗。华兹华斯说,诗是强烈感情的自然流露。拜伦认为诗歌就是激情。美国美学家乔治·桑塔耶那也说诗歌的本质是感情。法国诗人瓦莱里则以为,诗的本质是一种以其引起的本能表现力为特征的情感。文学可以带来审美愉悦,使读者在情感上得到肯定性满足,即读者充分调动自己的感知、情感、想象和理解等多种心理功能,从而进入一种无拘无束、无所挂碍的自由的审美境界。

文学作品"魔术"般的艺术魅力,使读者心醉神迷,超越了时空的束缚,超越了现实的功利,超越了自我,从而获得巨大的审美享受。这种审美愉悦不仅表现为喜和笑,更多的时候表现为苦和愁。文学的审美价值是一种精神价值,旨在满足人的精神生活需求,这是最根本的特点。审美作用具有精神超越的作用,使人由现实存在进入自由的存在、由现实的体验进入超越的体验,从而满足自由和超越现实的需要。文学通过审美理想的创造,建立一个审美乌托邦,使人在审美体验中获得终极关怀。它通过潜移默化的方式影响人的情感,塑造人的灵魂,改变人的精神面貌;它既作用于人的感性,也作用于人的理性。人们感知生活中和文学艺术中的美好事物,从而获得精神上的愉悦和满足。这一过程有感官的快适,更有心灵的愉悦。

---

① 《尚书·尧典》。
② 朱熹:《诗集传序》。
③ 严羽:《沧浪诗话》。

(四) 批判功能

文学既是作家心灵世界的再现方式,又是表达政治愿望的情感渠道。诗歌具有批评和怨刺统治者的政治功能,可以对现实中的不良政治和社会现象进行讽刺和批判。"子曰:小子何莫学夫诗?诗可以兴,可以观,可以群,可以怨。迩之事父,远之事君,多识于鸟兽草木之名。"①其中的"怨"指的是"怨刺上政"。《诗经》中的许多民歌和一些文人作品表达了人们对当时社会现实的讽刺和批判。司马迁在屈原"发愤以抒情"的基础上提出了"发愤著书"的思想。韩愈曰:"大凡物不得其平则鸣。"②"不平则鸣"指作家抒发内心不平之气。韩愈在《送孟东野序》中介绍了汉代司马迁"发愤"著书的思想,历数从唐虞时代到唐当世众多的著述者,认为都是"郁于中而泄于外"。遭受排斥压抑的人们,"有不得已而后言,其歌也有思,其哭也有怀",才能写出有真情实感的作品。

中国古代将文学批判政治的传统称为"美刺","美"即歌颂,"刺"即讽刺。前者如《毛诗序》论述《诗经》中的《颂》诗时说:"美盛德之形容,以其成功告于神明者也";后者如《毛诗序》论述《诗经》中的《国风》时说:"下以风刺上。"先秦时期,人们已开始认识到诗歌美刺的功能。如《国语·周语上》记载召公谏厉王时说:"天子听政,使公卿至于列士献诗……而后王斟酌焉。是以事行而不悖。""献诗"而供天子"斟酌",就是由于其中包含着美刺的内容。其他如《国语·晋语六》及《左传·襄公十四年》、《左传·襄公二十九年》中也有此类记载。在封建专制主义的社会历史条件下,统治者在提倡美诗的同时,认识到刺诗也是帮助他们"观风俗,知得失"的一个重要方面,因此加以倡导,并主张"言之者无罪,闻之者足以戒",表现了一定的政治气魄。然而,"怨刺上政"虽是被允许的,但由于"诗教"的约束和"中和之美"的规范,这种"怨刺"又必须是"温柔敦厚"、"止乎礼义"的。孔子等人从维护统治者尊严和维护封建礼治出发对刺诗作了种种限制,这就使得刺诗的功能并不能得到真正的发挥。《毛诗序》在谈到"美刺"时,还谈到所谓"正变",大体以美诗为"正",以刺诗为"变"。可见在汉儒的心目中,是把美诗作为正宗,把刺诗作为变调的。总而言之,提倡诗的"兴、观、群、怨"的作用,是为了实现"迩之事父,远之事君"的政治目的。"兴、观、群、怨"说在中国封建社会文学和文学理论的长期发展中,发生了重大而深远

---

① 《论语·阳货》。
② 韩愈:《送孟东野序》。

的影响。白居易强调诗歌的"刺"的功能。他说:"欲开壅塞达人情,先向歌诗求讽刺。"①即讽刺诗要写得激切、直率。

俄罗斯19世纪的别林斯基、车尔尼雪夫斯基、杜勃罗留波夫等民主派思想斗士,将拯救、批判和斗争作为文艺和文艺批评的庄严使命。阿诺德赋予文学批评社会的使命。他认为,"诗有很高的使命。诗是在诗的真与美的规律所规定的条件下的一种生活批判",人们可以"在这种生活批判的诗里找到慰藉与支持。但这种慰藉与支持的力量是和生活批判的力量成比例的"。"以生活的最高批判为任务的诗,由于它广阔地、自由地、健全地反映事物,才有内容的真实。"②

文学除了上述功能以外,还有娱乐功能、宣泄功能等等。应该看到,文学艺术具有发挥社会功能的独特方式。正如恩格斯所说,文艺是"更高地悬浮在空中的部门",社会的经济基础不能直接作用于文艺,只能通过政治、道德等等中间环节来实现,同时,文艺对社会的反作用也必须通过这些中间环节。而且,文艺主要通过作用于人的思想感情进而影响社会,只能通过影响读者的心灵世界、改变读者的内部精神信念、改变接受者的生活态度来间接影响社会。

第三节 文学与意识形态

在马克思关于社会结构的分析中,意识形态属于观念形态的上层建筑,包括情感、思想、人生观、世界观等等。意识形态建立于经济基础之上,并且受经济基础的制约。在文学批评实践中,分析文学作品的意识形态内涵成为文学批评和文化研究的一种既成范式。本节介绍文学的意识形态内涵、意识形态批评方法以及意识形态批评功能。

一、文学的意识形态内涵

儒家文论非常重视文艺与政治的关系,《诗大序》云:"情发于声,声成文谓之音。治世之音安以乐,其政和;乱世之音怨以怒,其政乖;亡国之音哀以思,其民困。故正得失,动天地,感鬼神,莫近于诗。先王以是经夫妇,成

---

① 白居易:《采诗官》。
② 〔英〕马太·安诺德:《安诺德文学评论选集》,殷葆瑮译,北京:人民文学出版社1958年版,第84页。

孝敬,厚人伦,美教化,移风俗。"这段文字是对文艺所具有的意识形态内涵的认识,它对文艺与政治之间的关系进行了全面总结:前半段指出文艺对社会政治状况的反映,后半段强调文艺对于改善社会政治状况的积极作用。

根据马克思主义的社会结构理论,文学属于建立于经济基础之上的上层建筑中的社会意识形态。文学作为一种意识形态,具有意识形态的一般性质。文学归根到底受经济基础的决定和制约,经济基础决定着文学的产生、发展、演变;同时,文学对经济基础具有能动的反作用,但文学对经济基础的反作用是间接的,通过影响个人意识和群体意识,内化为人的思想、情感和意志而支配人的行动,从而作用于经济基础。一句话,文学为一定的经济基础服务,又反作用于经济基础;它是一定社会存在的反映,又反作用于社会存在。作为统治阶级思想的意识形态总是力图维护本阶级的利益,并由此而编织出虚幻的思想来欺骗、蒙蔽对立的阶级。马克思在《德意志意识形态》的"序言"中说:"人们迄今总是为自己造出关于自己本身、关于自己是何物或应当成为何物的种种虚假观念。他们按照自己关于神,关于模范人等等观念来建立自己的关系。他们头脑的产物就统治他们,他们这些创造者就屈从于自己的创造物。"①但是,作为一种意识形态,文学与经济基础的关系是复杂的,意识形态与经济基础的关系往往不是直接的,而要通过许多中介环节来实现。一方面不能否认文学的意识形态性质,另一方面也决不能把文学与经济基础的关系简单等同于意识形态与经济基础的关系。意识形态受一定社会生产方式的制约,但是又有自身的独立性;文学是一种特殊的意识形态,"更高地悬浮于空中的思想领域",与物质生产的发展是不平衡的。恩格斯在意识形态作为一种"虚假的意识"的基础上批判资产阶级的思想观念。他说:"意识形态是由所谓的思想家有意识地、但是以虚假的意识完成的过程。推动他的真正动力始终是他所不知道的,否则这就不是意识形态的过程了。"②总之,经典马克思主义通常是在否定意义上使用意识形态概念的。

经典马克思主义者将文学艺术的本质界定为意识形态。西方马克思主义在意识形态概念的理解和使用上与经典马克思主义并不完全等同。在总体上,西方马克思主义文论并不一般地反对把文学艺术看做一种意识形态,但与此同时也认为,文学艺术并不能简单地等同于意识形态。具体而言,西

---

① 《马克思恩格斯全集》第3卷,北京:人民出版社1960年版,第537页。
② 《马克思恩格斯选集》第4卷,北京:人民出版社1976年版,第501页。

方马克思主义关于文学艺术意识形态属性的观点表现在两个方面:第一,从文学艺术的社会功能着眼,它具有一定的意识形态价值诉求,但是从文学艺术存在的整体结构与本体论意义来看,它又不能完全归纳为意识形态的存在,还包括一些非意识形态性的要素,应该说,文学艺术是这两者既对立又统一的结合。第二,在承认文学艺术具有意识形态属性的前提下,文学艺术的意识形态性并不是通过直接表达某种理性的政治或道德观点来实现的,而是要把意识形态的理性思想转化为社会心理的形式,并且融合在一种审美形式中来间接地表达或暗示。换言之,西方马克思主义是在兼顾文学艺术的他律与自律相结合的关系视野中来界定和理解文学艺术的意识形态属性的,并且,他们还对文学艺术作为一种特殊的感性审美的意识形态的存在方式与社会心理的作用机制进行了研究。

卢卡奇认为,文学具有意识形态性质,但是艺术中的意识形态的真正承担者是作品本身的形式,而不是可以抽象出来的内容。意识形态体现在诸如现实主义和现代主义、叙述和描写的"形式"上。而且,各种意识形态的发展并不是机械和必然地与较高的社会经济发展相平行的,不能把各种意识形态看做经济过程的机械的和消极的产物。

葛兰西认为意识形态体现为文化霸权。上层建筑包括市民社会与政治社会,与市民社会对应的是文化霸权,即意识形态领导权,与政治社会对应的是政治领导权。意识形态体现为一种表达意志并且夺取权力的观念,它往往是一定社会集体共同的生活观念。文化霸权是某个居支配地位的阶级,不仅在国家形式上统治着社会,而且还通过精神方面的领导地位统治着社会。文化是"统治"与"反抗"之间的"谈判"所产生的一种混合体,它既是支配的,又是对抗的。

赫伯特·马尔库塞认为,艺术的根本潜力就在于它具有意识形态性质,具有对经济基础的超越关系。意识形态并不仅仅是意识形态,不仅仅是虚假的意识。在现存的生产过程中以抽象形式出现的对真理的意识和表象,同样是意识形态功用:艺术就是这些真理的一种表现。艺术作为这种意识形态,反对既存的社会。皮埃尔·麦舍雷在《文学生产理论》中说,作品的确是由它与意识形态的关系来确定的,但是这种关系不是一种类似的关系(像复制那样),它或多或少总是矛盾的。一部作品既是为了抗拒意识形态而写的,也可以说是从意识形态中产生出来的。特里·伊格尔顿对此解释说:意识形态经验是作家创作依据的材料,但是作家在进行创作时,把它改变成某种不同的东西,赋予它形状和结构。正是通过赋予意识形态某种确定的形式,将它固定在某种虚构的界限内,艺术才能使自己与它保持距离,由此向我们显示那种意识形态的界限。所以,麦舍雷认为,艺术虽然产生于意识形态(在"材料"的意义上),但是"在文本里有着文本和它的意识形态内容之间的冲突"。正由于此,艺术又有助于我们摆脱意识形态的幻觉。

伊格尔顿在阿尔都塞和麦舍雷的基础上进一步提出,意识形态不是一套教义,而是指人们在阶级社会中完成自己的角色的方式,即把他们束缚在他们的社会职能上并因此阻碍他们真正地理解整个社会的那些价值、观念和形象。在这种意义上,《荒原》是意识形态:它显示一个人按照那些虚假的方式解释他的经验。一切艺术都产生于某种关于世界的意识形态观念。"科学的批评应该力求依据意识形态的结构阐明文学作品;文学作品既是这种结构的一部分,又以它的艺术改变了这种结构。"①在《文学理论导引》中,伊格尔顿更明确地说:"我所说的'意识形态'并非简单指人们所持有的那些深固的、经常是无意识的信念;我主要指的是那感觉、评价、认识和信仰模式,它们与社会权力的维持和再生产有某种关系。"他断言:"从某种意义上来说,大可不必把'文学和意识形态'作为两个可以互相联系起来的独立现象来谈论。文学,就我们所继承的这一词的含义来说,就是一种意识形态。它与社会权力问题有着最密切的关系。"②

詹姆逊吸收和综合了卢卡奇和阿尔都塞的论点。他在《政治无意识》中指出,意识形态是一种两极现象:一方面,它是特定的社会集团根据自己所处的有限地位而创造的一些思想体系,这些思想体系满足他们解释自身处境的要求,并指导着实践,因而意识形态起着安定社会和文化结构的作用;另一方面,意识形态对现实的解释又必定仅仅符合特定经济利益的需要,它以貌似统一的观念系统掩盖了实际存在、无法解决的巨大矛盾,从而阻碍这一集团真正看到自己处境的历史必然性。因此,意识形态是一种"阻遏策略",是阻碍人们认识现实真相的各种无形的思想策略。

总之,从本质上说,文学是一种社会意识形态。作家从自身一定的立场、观点出发对社会生活进行艺术的再创造,其作品具有认识性、倾向性和实践性。

---

① 〔英〕特里·伊格尔顿:《马克思主义与文学批评》,文宝译,北京:人民文学出版社1980年版,第23页。
② 〔英〕特里·伊格尔顿:《二十世纪西方文学理论》,伍晓明译,西安:陕西师范大学出版社1987年版,第25页。

二、意识形态批评方法

正如前面谈到文学与社会的关系时所言,文学作品之中通常包含着政治、经济、文化、伦理等等意识形态内涵。普列汉诺夫说,没有一部完全不涉及意识形态的作品。西方马克思主义质疑经济基础与上层建筑的二分法和狭隘的经济决定论,不再强调经济结构在理解文化上的重要性,而看重文化本身的作用。他们要求用一种更为复杂的方式来处理文化与经济的关系,并且不再把文化仅仅当做单一的统治阶级的意识形态,而是看做各种力量妥协、商谈与相互渗透的一个过程。分析文学作品的意识形态内涵成为文学批评和文化研究中的一种重要的批评方式,主要有如下三种情况。

(一) 揭示文艺作品的政治意识形态本质

文学是社会生活的反映。文学史上有许多作品,直接写的就是客观存在的社会生活。如杜甫的"三吏"、"三别",它们写的是当时劳动人民在频繁的战争中被迫服役的一些事情,描写了官吏在强迫人民服役时的种种残暴现象和人们离家前后的种种苦难情景。这些作品表达了杜甫对统治者残暴无道的愤怒以及对底层人民的同情。毛泽东通常从政治角度对文艺作品进行意识形态解读。他看了延安平剧院编演的历史剧《逼上梁山》以后,在给剧组的信中充分肯定了该剧的成就:"历史是人民创造的,但在旧戏舞台上(在一切离开人民的旧文学旧艺术上)人民却成了渣滓,由老爷太太少爷小姐们统治着舞台,这种历史的颠倒,现在由你们再颠倒过来,恢复了历史的面目,从此旧剧开了新生面,所以值得庆贺。"[①]认为《逼上梁山》这个戏"将是旧剧革命的划时期的开端"。毛泽东还认为"《红楼梦》不仅要当做小说看,而且要当做历史看",他从《红楼梦》里读到了封建社会的变迁兴亡。

(二) 作家的阶级身份与其意识形态立场并非完全等同

作品中意识形态的表现,有的很鲜明,如《斯巴达克斯》、《红与黑》;有的很复杂,如杜甫、巴尔扎克、托尔斯泰的作品。巴尔扎克的世界观特别是社会政治观有严重矛盾。但他忠实于生活实践,正视生活本身,从而能够自觉克服和放弃自己思想中落后、错误的东西,如实地描绘社会生活。恩格斯强调:"作者的见解愈隐蔽,对艺术作品来说就愈好。我所指的现实主义甚

[①] 毛泽东:《给杨绍萱、齐燕铭的信》,《毛泽东文集》第 3 卷,北京:人民出版社 1996 年版,第 88 页。

至可以违背作者的见解而表露出来。"①他以巴尔扎克为例证:"不错,巴尔扎克在政治上是一个正统派;他的伟大的作品是对上流社会必然崩溃的一曲无尽的挽歌;他的全部同情都在注定要灭亡的那个阶级方面。但是,尽管如此,当他让他所深切同情的那些贵族男女行动的时候,他的嘲笑是空前尖刻的,他的讽刺是空前辛辣的。而他经常毫不掩饰地加以赞赏的人物,却正是他政治上的死对头,圣玛丽修道院的共和党英雄们,这些人在那时(1830至1836年)的确是代表人民群众的。这样,巴尔扎克就不得不违反自己的阶级同情和政治偏见;他看到了他心爱的贵族们灭亡的必然性,从而把他们描写成不配有更好命运的人;他在当时唯一能找到未来的真正的人的地方看到了这样的人,——这一切我认为是现实主义最伟大胜利之一,是老巴尔扎克最重大的特点之一。"②恩格斯认为在作家艺术地反映现实的过程中,艺术自身的规律会改变他本人的政治态度,从而出现"现实主义的胜利"。

总之,马克思和恩格斯等人在意识形态批评模式的形成过程中提出了这样的命题,即作为意识形态构成因素之一的文学,与上层建筑、经济基础之间存在着紧密的关系。作家的政治倾向性与他的创作之间的关系是辩证的。持类似看法的批评家还有普列汉诺夫、列宁、卢那察尔斯基、沃罗夫斯基、梅林等。

(三)"症候式阅读"

阿尔都塞的"症候式阅读"是指读者探寻和阐释文学话语自身的矛盾和悖论,探寻文学话语的生产与社会语境之间的关系。意识形态的扭曲和掩蔽的作用总是通过各种方式表现出来。法国哲学家阿尔都塞在《保卫马克思》一书中进一步发挥了马克思的观点,他认为:"在戏剧世界或更广泛地在美学世界中,意识形态本质上始终是个战场,它隐蔽地或赤裸裸地反映着人类的政治斗争和社会斗争。"③任何艺术家自发的语言都是意识形态的语言,是用以表达和产生审美效果的活动的意识形态。但是艺术的特殊职能是通过意识形态生产来与现存意识形态的实在保持距离,以便使人看破这种实在。阿尔都塞的"症候式阅读"就是要在"显在话语"的背后读出"无声话语"来,"要看见那些看不见的东西,要看见那些'失察的东西(over-

---

① 《马克思恩格斯选集》第4卷,北京:人民出版社1972年版,第345页。
② 同上书,第462页。
③ 〔法〕阿尔都塞:《保卫马克思》,顾良译,商务印书馆1984年版,第125页。

sight)'，要在充斥着的话语中辩论出缺乏的东西，在充满文字的文本中间发现空白的地方。我们需要某种完全不同于直接注视的方式，这是一种新的、有信息的(informed)注视，是由视域的转变而对正在起作用的视野的思考中产生出来的，马克思把它描绘为问题框架的转换"①。"症候式阅读"首先是对文本明晰性的质疑和抛弃，它强化了文本的可疑性和非透明性，使得阅读行为本身增加了复杂性和多义性。在马歇雷等人看来，文学形式是对现实意识形态矛盾的一种"想象性的解决"，它以一种不同于普通语言的特殊话语方式掩盖了现实意识形态的矛盾；批评家、读者要想获得对文本意识形态的理论性认识，只有借助一种特殊的方法——阿尔都塞在《阅读〈资本论〉》中提出的"症候式阅读法"才能完成。这种方法借用了拉康关于"主体的潜意识就是另一个人的言语"的观点及其"误认"法，认为文本在其不完整的、充满矛盾和冲突的含义中，包含着意识形态的东西。因此对于文学作品，不是看它所揭示的东西，而是看它所掩藏的东西，要在文本的隐藏、沉默、空白、间隙等外观中，发掘出其内部深处潜在的意义。伊格尔顿将文学文本看成"一种意识形态生产"，并认为这种生产与戏剧生产最为相似。将文学文本视为意识形态话语的二度创造，意味着文学批评的中心任务不是去寻找与意识形态话语相对应的现实图景或主体情愫（因为这种对应根本就不存在），而是去揭示文本生产过程的秘密。

詹姆逊指出，意识形态对现实关系中的人们的深层无意识具有压抑功能，所以他称之为"政治无意识"。文学艺术的文本是一种特殊的意识形态话语，是一种在阶级之间进行战略思想对抗的象征活动。文学文本实际上作为社会政治无意识的象征结构而存在。而批评的阐释就是通过重写文本揭示这种意识形态的策略。詹姆逊认为，巴尔扎克的小说《老姑娘》表面叙述的是求婚者追求科蒙小姐的故事，而实际上是"以贵族式的优雅与拿破仑式的活力之间的二元对立"暗示争夺法国统治权的斗争。

由于"意识形态"概念在文化研究中具有越来越重要的地位，所以，那些处于社会边缘的社会群体文化，像工人阶级的文化、青少年的文化、女性的文化、种族的文化等等，成为文化研究所关注的对象。

三、意识形态批评功能

意识形态批评借助马克思主义的意识形态遗产以及后人关于意识形态

---

① Louis Althusser, *Reading Capital*, London, 1970, p. 2.

的各种不同理论,逐渐建构起了批判分析资本主义社会的理论工具。

(一) 揭示异化属性和拜物教意识

卢卡奇揭示了资产阶级的精神产品所具有的异化属性和拜物教意识。只有发展那种反映和表达工人阶级自己的价值诉求和思想情感的文学、文化等精神意识的生产,才能克服人的异化处境,才能建构工人阶级的阶级意识和文化自觉。因此,通过意识形态的批评就能"把拜物教的事物形式转化为发生在人之间的、而且是在人之间的具体关系中具体化的过程,把不可转变的拜物教形式导源于人的关系的所有原初形式"[①],从而超越物化状态,实现人的本真复归。

(二) "文化霸权"的意识形态批评理论

葛兰西以"阵地战"与"运动战"相区别的方式来具体实践这一批评方法的运用。他认为,文化或上层建筑并不单纯是对经济基础的反映与复制,它们自身具有实践性和物质性的潜能。"霸权"是指统治的权力赢得它所征服的人们赞同的方式,统治者与人们之间通过协商达成共识。霸权不仅包括意识形态,而且涵盖了国家机器以及介于国家与经济之间的机构如新闻媒体、学校、教会、社会团体等。赢得霸权的办法就是在社会生活中确立道德、政治和智力的领导,将自己的思想体系作为整个社会的构造,从而将自己的利益等同于社会的利益。国家的统治表现在由军队、政府、法律机关构成的政治社会和非强制的市民社会,后者行使着文化霸权的功能。葛兰西与卢卡奇一样也希望借助文学艺术的启蒙功能形成某种自觉的无产阶级阶级意识或文化领导权,从而批判资产阶级的意识形态,并且指导无产阶级的现实物质革命。

(三) 揭示意识形态功能所遵循的物化逻辑

法兰克福学派的文论家揭示了意识形态功能所遵循的物化逻辑,以及这种逻辑与科技理性的异化模式的合谋同构关系。

法兰克福学派重视从意识形态角度对文艺与文化进行批判分析,从而达到批判资本主义意识形态的目的。该学派批判资本主义大众文化的意识形态欺骗与诱惑功能,以及这些意识形态与科技理性的逻辑同构关系。他们认为,晚期资本主义的文学文化现象等主要是一种虚假意识,具有很大的欺骗性,其目的是美化和维护当时的统治秩序,因此成为一种思想的控制形

---

① 〔匈〕卢卡奇:《历史与阶级意识》,杜章智等译,北京:商务印书馆1992年版,第274页。

式。阿多诺认为文学艺术的本质就是对于现实的不妥协的否定性,"艺术是对现实世界的否定的认识",换言之,"艺术就是达到社会的社会性逆反现象"。① 文学艺术实际上就是社会的"反题"。本雅明认为,文学艺术的寓言形式是人们超脱出资产阶级统治的拯救方式,机械复制技术具有促进人们意识觉醒的作用。总之,法兰克福学派的批判理论始终是站在知识分子精英立场,用传统的审美理念来批判当下的文化工业产品。他们认为文化工业不但剥夺了真正的艺术品的"灵光",而且成了统治阶级操控劳工阶级的帮凶。工人阶级不但没有成为马克思所预言的资产阶级的掘墓人,反而心甘情愿地丢弃了以往同样具有反抗性的民间艺术,俯首帖耳地欣赏起文化工业的假艺术。于是,文化工业和工人阶级一样是无可救药的了。法兰克福学派的社会批判带有浓重的悲观主义意味。马尔库塞关于文学艺术的社会功用问题的讨论主要集中在文学艺术对于人的审美解放、对于异化现实的批判论述方面。他认为必须在文学艺术的审美领域内来理解和发挥其对于现实不合理秩序的反抗作用,重视文学艺术的审美形式所具有的政治潜能。他针对文学艺术的批判功能提出了著名的"大拒绝"口号,认为:"艺术所服从的规律,不是既定现实原则的规律,而是否定既定现实原则的规律。"②因此,"无论形式化与否,艺术都包含着否定的理性。按其先进的主张,它是大拒绝——对现状的抗议"③。马尔库塞认为那种与科技理性结盟的文学艺术已经发生质变,倡导纯粹的"消费需求"和"需求的一体化",从而成了维护统治关系的"社会水泥",造成了整个社会和人性的单向度畸变。置身于这种社会的人们对于社会的态度是认定"它是一种美好的生活方式——比从前的要美得多,而且,作为一种美好的生活方式,它抗拒质变。一种单面思想与单面行为模式就这样诞生了"④。后期的哈贝马斯不但认为文学艺术是意识形态,而且对于科学技术也进行了意识形态的分析和解读。

萨特将文学艺术的创作看做是某种有效介入现实并要求自由的重要手段。弗洛姆则从性格心理机制方面揭示了文学文化等精神观念对于人们的意识形态同化作用。詹姆逊则认为,马克思主义阐释学就是对于文学文本

---

① T. W. Adorno, *Aesthetic Theory*, London: Routledge & Kegan Paul, 1984, p.122.
② 〔德〕马尔库塞:《审美之维》,《现代美学析疑》,绿原译,北京:文化艺术出版社1987年版,第46页。
③ 〔德〕马尔库塞:《单面人》,左斯等译,长沙:湖南人民出版社1988年版,第54页。
④ 同上书,第9—10页。

的意识形态分析,也就是"政治阐释",但是,在一些政治文学文本中,其政治意图与意识形态指向都经由符码转换而变成了一种深度的"政治无意识",这时就需要借助阿尔都塞所说的"症候式阅读"来进行意识形态的辨认,才能明确文学文本的阶级性质与价值功能。

【导学训练】

一、关键词

感物说:中国古代文论的理论范畴。它用外部世界激发主体的人生感受来解释文学何以发生,认为创作主体在外在事物的刺激下会产生强烈的感情,进而创作出饱含感情色彩的文学作品。

摹仿说:古希腊哲学家赫拉克利特、德谟克利特、柏拉图、亚里士多德等提出的关于艺术起源的说法。它认为艺术起源于人类的摹仿本能,艺术是摹仿自然和社会人生的产物。

反映论:马克思主义的文艺反映论认为,文学作品无论是直接反映社会生活还是间接地、曲折地反映社会生活,都是以社会生活为参照和依据,客观的社会生活是文学创作的唯一源泉。文学作品中的题材、人物形象、生活情境、思想感情、审美倾向、主题宗旨的变化,都与社会生活的状况和变化紧密相关。

文学社会学:文学社会学关注的是文学批评与研究,从社会学的角度或利用社会学的观点和方法分析和评价文学。

文化学:文化学是一门研究人类文化现象及其发生发展规律的学问。

意识形态:这一概念最早是由法国哲学家特拉西提出来的。根据马克思主义创始人的观点,意识形态主要是指建立在一定经济基础之上的观念上层建筑,包括哲学、道德、宗教和文学艺术等一些精神性的观念形态。詹姆逊将西方马克思主义文论中对于意识形态的理解归纳为七种模式:错误意识;领导权或阶级合法化;物化;日常生活的意识形态,文化工业;心理主体与意识形态的国家机器;支配权的意识形态;语言的异化。①

文化研究:20世纪五六十年代英美学界兴起的一个学术思潮和批评实践。它是一种跨学科的批评实践,包括文学、史学、哲学、社会学、人类学等等学科的研究路径和理论视角。这是一个不断扩展的知识实践的领域,涉及大众媒体、社会底层趣味、性别问题、少数族裔等等问题。"文化研究"作为一种方法,改写了传统的"中心"和"边缘"的观念,对传统的学科理念和学科建制构成强烈冲击。

---

① 〔美〕詹姆逊:《后现代主义与文化理论》,唐小兵译,西安:陕西师范大学出版社1986年版,第257页。

二、思考题

1. 文学与文化从混融到疏离再到融合的过程。
2. 文化研究的文学论。
3. 文学的意识形态内涵。
4. 文化研究的主要流派及其观点。

【研讨平台】

一、文化学与文化研究的初步知识

(一) 文化学的初步知识

现有的资料认为,"文化学"一词来自德语"Kulturwissenschaft",最早是由德国学者拉弗日尼·培古轩(M. V. Lavergne-Peguilhen)在 1838 年开始使用的。他试图建立从属于社会科学的文化学,目的在于找到改善人类与民族生活所依赖的法则。[①] 文化学是一门通过文化现象来探讨文化的起源、演变、传播、结构、功能、本质,以及文化的共性与个性、特殊规律与一般规律等问题的学问。人类对文化的研究最早集中在哲学、历史、文学这些人文科学学科。从 19 世纪下半叶开始,社会学、民族学、人类学等等社会科学蓬勃发展,为更进一步推进文化学研究提供了理论资源,从而更进一步揭示人类文化的整体结构、特征,展现这些文化现象背后的共同本质与普遍规律。文化学在发展中产生了许多学派,如进化论学派、功能主义学派、结构主义学派、历史批评学派等。这些文化理论对文化学做了多视角的探讨,有力地推进了文化学的建立。

进化论学派是最早出现的文化人类学派别。英国人类学家泰勒是最著名的代表。他最早对"文化"范畴进行了厘定,最早提出了"文化的科学"这一概念,而且运用达尔文进化论的理论框架,最早确立了人类文化进化观。泰勒认为,文化的发展是从低级到高级、从野蛮到文明的进化过程,这是人类文化发展的总趋势。人类的历史活动有着内在规律性,遵循的是单线进化的轨迹。泰勒把不同民族的文化按其经济发展的状况有秩序地排列在同一阶梯上,把欧洲各民族放在一端,把澳洲土人置于另一端,再把世界各地的部落或民族依照文化高低繁简编排在这两端之间,从而形成了人类从野蛮到文明发展的统一序列。其中西方文化位于人类文明的最高点,它是文化发展的最高成就。这是 19 世纪文化历史研究中的"西方中心论"。以此观点评判非西方文化的优劣高下,历史发展的规律被绝对化,历史发展的普遍规律泯灭了各民族发展的特殊性。泰勒主张以此作标准,去衡量尚未发现的民族的文明程度。新进化论学派的主要代表人物是莱斯利·怀特及其学生斯图尔德、塞维斯和萨林斯等人。怀特认为整个世界由物理领域、生物领域以及文化领域组成。文化领域是由符号使

[①] 参见陈序经:《文化学概观》,北京:中国人民大学出版社 2005 年版,第 42—47 页。

用构成的思想、信念、语言、器皿、习俗、情感、制度等事件组成的。语言是符号表达的最重要形式,使用符号是人与其他动物的根本区别。怀特将整个人类文化的进化历史分为四个主要阶段:一是依靠自身能源即自身体力的阶段。二是通过栽培谷物和驯养家畜,即把太阳能转化为人类可以利用的能量资源的阶段。三是通过动力革命,把煤炭、石油、天然气等地下资源作为能源的阶段。四是核能阶段。新进化论学派的另一出色理论家斯图尔德提出了"多向进化理论",以此说明各种不同社会结构的不同发展路线的因果关系。

20世纪初,文化功能学派的奠基人是拉德克利夫-布朗和马林诺夫斯基。该学派认为,任何一种文化现象,不论是抽象的社会现象(如社会制度、思想意识、风俗习惯等),还是具体的特质现象(如手杖、工具、器皿等),都有满足人类实际需要的作用,即都有一定的功能。它们中的每一个都与其他现象互相关联、互相作用,都是整体中不可分割的一部分。该学派还认为,文化是建筑在生物基础之上的。人是动物,因而他要解决的第一个问题是满足普通的生物上的需要。这样,人为了自己的生存必须创造一个新的、第二性的、派生的环境,这个环境就是文化。所以,人需要文化,人是文化的动物,从人类的产生到人类的发展,从人类社会的形成到现代文明的各个方面都是文化功能执行的结果。

美国人类学家本尼迪克特强调各民族文化的多样性,认为各种不同类型的文化单元具有整合机制。在她看来,各种文化类型都有各自不同的特征性目的。这些目的性在各种文化类型中起着主导作用,使人们的思想、行为都得到规范,融汇到统一的模式之中。这种整合具有整体的意义和价值,决定着各种文化类型之何的差异。本尼迪克特的文化模式理论,为探讨各民族文化多样性的内在机制打开了思路。

历史批评学派的创始人是美国学者博厄斯,故又称博厄斯学派。这一学派一些重要成员吸收了"文化圈"的概念,提出了"文化区"的理论。"文化区"理论认为,文化人类学的研究单位是一个部落的文化。一个部落的文化便是它的"生活样式"、思想与行为的集合体。一个部落的文化包含着许多单位,它的最小单位就是"文化特质"。研究者入手时必须以一个特质为单位。这样的若干个文化特质结合在一起,便构成一个"文化丛"。该学派另一个值得注意的理论是文化相对主义。文化相对主义认为,每一种文化都具有其独创性和存在的充分价值。因此,在比较各民族的文化时,必须抛弃以西方为中心的"我族文化中心"观念。尽管各民族文化特征的表现形式有所不同,但它们的本质是共同的,其价值是相同的,即它们都能起到对内团结本民族、对外表现为一个整体的作用。文化相对论具有反对"欧洲中心主义"的积极意义。①

---

① 关于文化学的主要观点参见曾小华、陈立旭:《文化学学科及其理论流派》,《资料通讯》1999年第12期。

中国现代意义上的文化学出现于 20 世纪 30—40 年代,开拓者主要有黄文山、陈序经等人。黄文山 1932 年发表《文化学建设论》和《文化学方法论》,主张建立文化学,1968 年又写成《文化学体系》。陈序经于 40 年代出版了《文化学概观》。20 世纪 80 年代以后,中国出现了"文化热",促进了对文化学理论的探讨,涌现了大量文化学论著、教材和辞典。

文化学的研究方法常用的有历史方法、结构方法、比较方法、经验方法、心理学方法、发生学方法、生态学方法等。文化学角度的文学研究是一种从文化的角度考察文学现象、综合研究文学的文化性质的批评方法,是在文化人类学的启发和推动下建立和发展起来的。文化学批评注重文学的整体联系,展开文学的文化比较,探寻文学现象中特定民族的文化心理、作家心理、人物心理,揭示文学现象中的地域文化特征。

(二) 文化研究的初步知识

此处的"文化研究"特指英国马克思主义"文化研究"(Cultural Studies)学派。英国伯明翰大学当代文化研究中心(Centre for Contemporary Cultural Studies at the University of Birmingham)成立于 1964 年。该中心的主要成员与研究方向被称为"伯明翰学派"(The Birmingham School)或英国学派(British Cultural Studies)。该学派的主要代表有理查德·霍加特(Richard Hoggart, 1918—)、雷蒙·威廉斯(Raymond Williams, 1921—1988)、汤普森(E. P. Thompson, 1924—1993)和斯图亚特·霍尔(Stuart Hall, 1932—)等。他们大多是英国的"新马克思主义"者,但抛弃了狭隘的经济决定论,其知识结构遍及马克思主义、结构主义、解构主义、拉康理论、后现代媒体理论等领域。该学派认为,政治、经济与文化之间存在复杂的相互关系。他们将传统的文学文本研究扩展到文学与文化不同形态的研究。文化研究中的"文化"已经不再是传统意义上的知识产物和活动,而是纷纭复杂的日常生活方式。它不再简单地阐释文本的艺术和审美特征及其诗意,而是更多地从生产方式、意识形态机制、文化消费等种种权力关系中去揭示对象产生的复杂背景和过程。早期伯明翰学派的文化研究主要包括亚文化研究、历史研究和语言研究三大块。后期的伯明翰学派,研究范围逐渐扩大,研究方法也异彩纷呈,主要包括阶级和性别问题、种族问题、大众文化研究、媒体和观众研究、电影研究、身份政治学、美学政治学、文化机构与文化政策、文本与权利话语以及后现代时期的全球化问题等。经过半个世纪的努力,伯明翰学派的文化研究终于形成了自己独特的学术传统和研究方法。

1. 重新界定文化的内涵

人们对文化内涵的不同理解反映出不同的价值立场。伯明翰学派之前的文化研究有一种精英主义的流脉,可以追溯到马太·安诺德、F. R. 利维斯、T. S. 艾略特等人。他们强调文化是人类高尚的道德价值的体现。面对高雅文化与通俗文化鸿沟的模糊,社会集团和阶级的不断分化,意识形态和权力结构的不断重组,生活方式呈现出鲜明的多元模式,威廉斯对"文化"一词进行了正本清源的辨析,他梳理了从工业革命直至当代"文化"内涵的变迁,批评了利维斯关于全部文化遗产都是由语言和文学承载的观点。利维斯的文化定义忽略了其他的知识形式、制度、风俗、习惯等,夸大了文学的作用,实际上,"文化"一词含义的发展,记录了人类对社会、经济以及政治生活中诸多历史变迁所引起的一系列重要而持续的反应。因此,"对于文化这个概念,我们必须不断扩展它的内涵,使之成为我们日常生活的同义语"①。威廉斯从文化的历史变迁角度提出了"文化"的三种界定方式:第一种是理想的文化定义;第二种是文化的文献式定义;第三种是文化的"社会"定义,认为文化是对一种特殊生活方式的描述,这种描述不仅表现艺术和学问中的某些价值和意义,而且也表现制度和日常行为中的某些意义和价值。② 他认为,文学与社会之间有多重关系,文化分析可以揭示文学与社会的多重关系。从这样一种定义出发,文化分析就是阐明一种生活方式、一种特殊文化隐含或外显的意义和价值。雷蒙·威廉斯关于文化的第三种定义确定了"文化研究"的独特方向,即平民化和非精英化的特点。

2. 精英意识的消退

传统的文化概念主要指艺术和美学方面的创造力,它潜移默化地实现道德的价值。威廉斯通过重新界定文化一词,对传统的精英主义立场进行了解构。他认为 mass 一词所指代的大众并不存在,而是精英观念出于偏见而构造的结果;mass culture 常被用来指代工人阶级消费的低层次文化产品,或者等同于工人阶级文化,这是完全没有道理的。威廉斯明确指出,"大众"(popular)是从民众的视角,而不是从那些在民众之上追逐利益或权力的人的视角出发来考察的。大众文化(popular culture)不被民众认可而被其他人认可;而且它依然保留着两种较早的含义:即下等作品(可参照通俗文学、有别于上流报刊的通俗报刊)和一味哗众取宠的作品(与平民报刊区别开来的大众报刊或大众娱乐);此外,它还包含着更现代的意义——为许多人所喜爱,当然,这种含义在很多情况下与较早的含义有些许重叠。大众文化的新近含义实际上是指由民众为自己创造的文化。它与早先的所有文化都不相同,经常被用来替代以往的民间文化,同时,这种文化还是对现代的一种重要强调。基于以上认识,威廉斯以"共同文化"、"共同利益"、"多元社群"、"多元利益"等概念取代"大众"(mass)一词。他对英国的阶级社会以及维护阶级特权的精英文化保持清醒的、毫不妥协的批判态度。他站在民众的立场,身体力行,积极主张接受并扩大文化的内涵,解构精英文化与大众文化,高雅文化与通俗文化间的二元对立,提升大众文化的地位,倡导建立一种"民主的共同文化",并以文化领域作为突破点,打破英国社会中固有的阶级分化,为大多数人提供一种想象空间和精神家园,从而让社会文化在雅俗共赏中提高整体水平。理查德·霍加特在《文化的用途》里描绘了他青年时代英国工人阶级的

---

① 〔英〕雷蒙·威廉斯:《文化的分析》,罗钢等编:《文化研究读本》,北京:中国社会科学出版社 2000 年版,第 124 页。

② 同上书,第 125 页。

生活状态,记述了20世纪50年代美国"大众文化"对传统工人文化的冲击。与E. P. 汤普森的《英国工人阶级的形成》比较,《文化的用途》更为细致地论述了英国工业革命早期工人阶级意识和文化的形成过程。斯图亚特·霍尔的编码/解码理论关注大众群体对资本主义媒体霸权的解码能动性,批判主流意识形态和官方政治权力结构对大众文本所造成的意义上的断裂。费斯克特别强调大众文化消费者的抵抗性阅读和创造性阅读。他在罗兰·巴特"文本理论"的基础上提出了"生产性文本"的主张。这种"生产性文本"是一种"大众性的作者性文本",它既是通俗易懂的,又是开放的。媒介接受者在解读电视讯息时会建构起主导/霸权立场、协商立场和反对立场三种立场,从而相应形成偏好阅读、协商阅读和对立阅读三种取向的解读。总之,费斯克强调大众文化的参与性、快乐性、抵制性、反抗性以及大众文化对社会变革的潜在进步意义。通过对具体的大众文化文本进行解读和分析,他们修正并超越了早期研究对大众文化的单一看法,提出了新的大众文化理论。

3. 批判精神

文化研究带有强烈的现实价值关怀与政治批判倾向。文化研究的明确性就在于文化政治或政治文化。伯明翰学派具有鲜明的英国新左派政治背景,文化研究的开创性人物威廉斯、霍加特和汤普生,以及霍尔本人,都有浓重的马克思主义背景。他们原本来自一个远离英国学术中心的传统,却关心现实的文化变革问题。文化研究中心是他们退隐其中的一方土地。伯明翰大学当代文化研究所先是因为撒切尔政府,后是因为学校当局的压力,几度被关闭。因为这个研究中心是一个发出"不同声音"或"抵抗之声"的机构。从1960年代至今,文化研究的明确方式就是不断反思文化层面和政治层面、符号层面和社会层面之间的关系。

4. 跨学科的联合

文化研究涉猎的领域几乎横跨全部人文学科和社会学科,如心理学、语言学、政治学、政治经济学、历史学、音乐学、哲学、地理学、教育学甚至商业管理学。它的理论支柱是西方马克思主义(阿尔都塞、葛兰西)、女性主义、符号学和后结构主义、后现代和后殖民主义。其他理论还包括结构主义、科技文化理论、东方主义、种族与认同政治、多元文化理论、侨民散居、第三空间、大众文化理论、同性恋理论和全球化理论。当今的文学研究已不满足于从文化角度看待文学,而有向多领域和多学科蔓延的趋势。文化研究与其说是一个学科或一个知识体系,不如说是一种政治策略或干预现实的立场。它是反学科、后学科或非学科的努力的结果。文化研究注重当代的"大众文化",注重那些被主流文化排挤的"边缘文化",注重对文化背后社会政治、经济运作机制的分析,注重对传统学科界限的超越。

5. 强调经验和理论的结合

文化研究一方面对一系列概念如阶级、意识形态、霸权、语言、主体性等等重新定义,另一方面在经验层面上,也更多转向注重实地调查的民族志方法以及文化实践的文本研究,进而揭示大众如何开拓现成的文化话语,来抵制霸权意识形态的意识控制。这一研究思路与威廉斯的文化研究理念是有关的。威廉斯认为生活在同一文化中的人们所共同拥有的"经验"是无法替代的,这种"经验"包含着特定的文化内涵。伯明翰学派在文化分析中特别重视"经验"作为个体性体验的价值,采取"民族志"方法,深入某一群体文化长期体验,重视田野调查,从生活经验中解读文化意义。文化研究不仅关注文化的内在的价值,更关注文化的外在的社会关系。所以文化研究不仅研究电影、电视、小说、音乐,同时也研究这些艺术品生产、流通和消费的过程,研究人们如何创造和体验文化。过去被主流文化忽略的文化形式,例如工人阶级的文化形式或者大众文化形式都被纳入视野之中。①

总之,伯明翰的当代文化研究中心由英国影响及北美、澳大利亚以及中国、日本、印度和韩国,在世界范围内掀起了一股学术风潮。

二、文学社会学研究的介绍

从文学生产到文学消费,这是一个组织化、连续性的社会文化过程。这一过程受到一定的社会关系的制约,从而浸润着社会思潮,反映着社会风貌。因此,从社会学的角度来研究文学无疑是一个非常重要的视角。文学社会学的立足点在于文学批评,从社会学的角度或利用社会学的观点和方法分析和评价文学。文学社会学吸取多种社会科学尤其是社会学的理论而形成了自身的观念和方法。文学社会学的渊源可以追溯到文学思想史的早期。19 世纪欧洲的实证科学及实证主义为文学社会学提供了方法论的指导。实证科学的创始人及"社会学"这一概念的提出者、法国学者和思想家孔德认为,社会学的精髓是"实证精神"。实证科学最能体现科学精神,是一切科学的指南,也位于所有学问的顶端。

法国的斯达尔夫人的《从社会制度与文学的关系论文学》是文学社会学批评的奠基之作。丹纳则提出"种族"、"环境"、"时代"作为文学生成和发展的理论。

马克思认为,文学是社会意识形态之一,受一定时代的社会经济条件的制约。豪塞尔则指出"艺术作品与产生它的历史环境有着密切的关系","每一个创造主体总是处于一种真实暂时的、特定的社会环境之中",所以艺术是社会的产物;但是艺术和社会又是互相作用和互相依赖的,伟大艺术总是社会批判的一种形式,总是触及现实生活与人类经验的问题,并寻求答案。②

埃斯卡皮在《文学社会学》一书中,从社会学的角度分析了文学活动的诸要素。他认为,凡是文学事实都必须有创作者、作品和大众这三个方面,并且这三个方面形成一个循环系统。书籍是一种工业品,由商品部门分配,受到供求法则的支配。从文

---

① 关于文化研究的具体方法参见陆扬、王毅:《文化研究导论》,上海:复旦大学出版社 2007 年版。

② 参见〔匈〕豪塞尔:《艺术社会学》,居延安译,上海:学林出版社 1987 年版,第 32—65 页。

学生产方面说,关注作家的出身、世代与群体、职业与资助对创作的影响,同时也注意研究文学销售与阅读中的问题,如销售制度、版权法、消费群体等。埃斯卡皮提出应该建立一门文学社会学来研究这些文学事实。他强调只有经过对系统地、不带任何成见地整理出来的客观资料的研究,才能更好地分析文学事实。

吕西安·戈德曼提出发生学结构主义。他所说的"发生学"是指作品如何在特定的社会环境中产生,"结构"是指把文学作品看成一个整体,构成作品的不同元素聚合成一种意义。发生学结构主义的方法,就是要研究作品的意义结构和特定的社会结构以及特定的社会集团的意识结构即世界观之间的"同源"关系或"意指"关系。

本雅明认为,艺术家的创作固然对社会起到变革作用,但更值得关注的是媒介,媒介体现了社会生活中生产关系、技术手段以及社会阶层、阶级或团体的变化。电影因其"可复制性"改变着大众与艺术的关系。以往欣赏者津津乐道的"趣味"为"震惊"的效果所替代,审美也变成了"消遣"以及消费。

洛文塔尔在《文学、通俗文化与社会》(1961)中指出,作家对材料的支持和运用与他们所处的社会环境有紧密的联系,通过分析这些主客观原因可以对作者自我意识的导向有更深入的了解。而文学作品在一定程度上反映了社会历史的真实存在状况,因此,对主题和母题的社会学讨论,有助于理解文学作品中人物形象的社会意义和时代的特征,并对社会发展作出一定的科学性预测。

伊格尔顿认为,马克思主义批评不只是一种"文学社会学",只考虑小说怎样获得出版、是否提到工人阶级等等。马克思主义批评的目的是更充分地阐明文学作品,在特定的历史条件下敏锐地注意文学作品的形式、风格和含义。文学社会学可能因为过分强调实证及"科学"而容易陷入机械的决定论,也可能过于偏重文学的社会属性而忽略了其美学的特质。因此,他认为,马克思主义文学批评的内容要比文学社会学深厚,而且目的在于文学作品的审美特征;对社会和历史的看重是为了更好地理解文学作品的审美特征。

三、意识形态学说与批评的一般状况

意识形态(ideologie)这个概念自从诞生至今大约有两百多年的历史,最早是由法国哲学家特拉西(Destuttde Tracy,1754—1836)提出来的。他的《意识形态的要素》(四卷本,1801—1815)一书中,法语词 idologie 可以直译为"观念学",指哲学上的基础科学,关注的是认识的起源、界限和性质。他希望该学科能像动物学和生物学一样享有科学学科的地位。

马克思在政治学意义上对意识形态的内涵进行了重要的发展。他在《德意志意识形态》中首创德语词"ideologie"(意识形态),把意识形态看做阶级社会中统治阶级的社会意识形式。马克思说:"人们在自己生活的社会生产中发生一定的、必然的、不以他们的意志为转移的关系,即同他们的物质生产力的一定发展阶段相适合的生产关系。这些生产关系的总和构成社会的经济结构,即有法律的和政治的上层建筑竖

立其上并有一定的社会意识形式与之相适应的现实基础。物质生活的生产方式制约着整个社会生活、政治生活和精神生活的过程。不是人们的意识决定人们的存在,相反,是人们的社会存在决定人们的意识。"①恩格斯晚年在《路德维希·费尔巴哈和德国古典哲学的终结》等一系列重要论著中反复揭示了意识形态的虚假本质。在1893年7月14日致弗·梅林的信中,恩格斯总结了他和马克思的意识形态理论,并最后对意识形态作论断说:"意识形态是由所谓的思想家通过意识、但是通过虚假的意识完成的过程。推动他的真正动力始终是他所不知道的,否则这就不是意识形态的过程了。因此,他想象出虚假的或表面的动力。因为这是思维过程,所以它的内容和形式都是他从纯粹的思维中——不是从他自己的思维中,就是从他的先辈的思维中引出的。他只和思想材料打交道,他毫不迟疑地认为这种材料是由思维产生的,而不去进一步研究这些材料的较远的、不从属于思维的根源。而且他认为这是不言而喻的,因为在他看来,一切行动既然都以思维为中介,最终似乎都以思维为基础。"②因此,作为科学的社会主义理论,马克思主义的宗旨就是要将人们从意识形态的幻觉中拯救和解放出来。

列宁根据意识形态与生产方式的对应性,将在马克思那里主要作为否定性概念来使用的意识形态概念改造成描述性的中性概念,把马克思主义看做与资产阶级意识形态相对立的无产阶级的意识形态。在列宁、毛泽东等人的无产阶级革命理论中,意识形态变成了一个描述性的中性概念,辩证唯物主义与历史唯物主义就是无产阶级意识形态。

在意识形态的批判领域,葛兰西提出了霸权(hegemony,又译领导权)概念。他认为,霸权意指统治阶级为获取被统治阶级的认同而采取的各种手段,其中包括意识形态,它是一种"含蓄地表现于艺术、法律、经济活动和个人与集体生活的一切表现之中"的世界观③。意识形态的这个世界观特性意味着正是意识形态创造了主体并促使他们行动。葛兰西认为意识形态不是"任意的意识形态",即单个人的成见,而是一定社会团体的共同生活在观念上的表达,即"有组织的意识形态"。这种意识形态是由知识分子制造并传播的,其载体是葛兰西所谓的"市民社会",由政党、工会、教会、学校、学术文化团体和各种新闻媒介构成,它区别于"政治社会",后者由军队、法庭、监狱等构成。资本主义社会的统治主要不是靠政治社会的暴力来维持,而是在相当程度上依靠市民社会广泛宣传而被人民所普遍接受的世界观来维持。文化霸权的提出,其意义在于通过引入霸权、世界观等范畴,把意识形态和一般文化及日常生活实践联系起来,这一思路对于文化研究具有重要的参考价值。

---

① 《马克思恩格斯选集》第2卷,中央编译局编译,北京:人民出版社1995年版,第32页。
② 《马克思恩格斯选集》第4卷,中央编译局编译,北京:人民出版社1995年版,第726页。
③ 〔意〕安东尼奥·葛兰西:《狱中杂记》,曹雷雨等译,北京:中国社会科学出版社2000年版,第237页。

法兰克福学派认为,意识形态不仅包括社会意识形态的各种形式,而且还包括科学和技术。他们更多是从意识形态的消极社会职能这一角度进行论说的。他们将资本主义意识形态的本质特征描述为虚假性或非真实性,并将虚假性扩展为一切意识形态所固有的普遍特性。这种普遍性表现为操纵、欺骗大众和为统治现状辩护等消极功能,需要结合精神分析理论,对个体的精神幻象和社会文化传播行为进行更为彻底的祛魅和批判。在霍克海默和阿多诺看来,理性是资产阶级意识形态的支柱,它本质上就是具有暴力性和操纵性的东西,残暴地驾驭着大自然和肉体的感性的独特性。人们为了能一致地同自然界作斗争和进行生产,往往对人的本能、欲望进行压抑和管制。"同一性思考"的机制建立了统驭一切的意识形态。马尔库塞宣称,资本主义意识形态已经渗透到思想、文化、技术、社会生活等各个领域,并使艺术整合到资本主义的社会结构之中。在这个过程中,科学技术也同一般意识形态一样,具有工具性和奴役性,因此科学技术本身成了意识形态。

阿尔都塞认为意识形态作为一种精神结构是无时不在、无处不在的。"意识形态是一个诸种观念和表象(representation)的系统,它支配着一个人或一个社会群体的精神。"[①]他借鉴了拉康关于镜像阶段的婴儿如何通过身份确认而形成自我的精神分析理论,认为"意识形态是个体与其真实的生存状态想象性关系的再现"。当我们承认意识形态并不与现实对应时,亦即承认意识形态构成了一种幻觉时,我们就是认可意识形态构造了一个现实的幻觉,它们只需被"解释"为发现了"隐含在那个世界想象的表象后面的世界之现实(意识形态 = 幻象/暗示)"。[②] 意识形态通过对社会现实的想象性关系而作用于主体,参与主体的建构过程,因此,意识形态对人的控制是无形的,甚至是无意识的。阿尔都塞强调"不仅必须注意国家政权和国家机器的区别,而且还要注意另一类明显支持(强制性)国家机器的实体,但一定不要把这些实体同(强制性)国家机器混淆起来。我将这类实体称作意识形态国家机器(the ideological state apparatuses,简称 ISA)"。因此,国家权力的实施可以通过两种方式、在两种国家机器中进行:一种是强制性和镇压性国家机器,包括政府、行政机构、警察、法庭和监狱等等,以暴力或强制方式发挥功能;另一种则是意识形态国家机器,包括宗教的、教育的、家庭的、法律的、政治的、工会的、传媒的(出版、广播、电视等)、文化的(文学、艺术、体育比赛等)等各个方面的意识形态国家机器,以意识形态方式发挥作用。

伊格尔顿把文学看做一种意识形态的生产,这是他的审美意识形态生产理论的核心观点。他认为,文学是一种意识形态的生产,特别是一种审美意识形态的生产。然而,文学并非直接反映意识形态,它与意识形态的关系是一种文化生产的关系。他把文学研究的重心放在研究"作为文学的意识形态话语的生产规律"。文学的生产

---

① Louis Althusser, "Ideology and Ideological State Apparatuses", in Slavoj Zizek, ed., *Mapping Ideology*, London: Verso, 1994. p.120.

② Ibid., p.123.

就是审美意识形态的生产。

詹姆逊认为,现在人们认为统治阶级的意识形态的任务是合法化和领导权(这两个词分别来自哈贝马斯和葛兰西),换句话说,没有任何一个统治阶级能够永远依靠暴力来维护其统治,虽然暴力在社会危机的动乱时刻完全是必需的。统治阶级必须依靠人们某种形式的赞同,起码是某种形式的被动接受,因此庞大的统治阶级意识形态的基本功能就是去说服人们相信社会生活就应该如此,相信变革是枉费心机、社会关系从来就是这样,等等。而同时,可想而知,一种相对抗的意识形态的功能就是——例如马克思主义本身,作为无产阶级的意识形态,而不是作为关于社会状态的"科学"——向占领导权地位的意识形态提出挑战,揭穿、削弱这种意识形态,使人们不再相信它,作为更广阔范围内夺取政权斗争的一部分,还必须发展与之相对的意识形态。①

【学术选题参考】

1. 如何处理文化研究与审美研究的关系?
2. 感物说与摹仿说的主要差异。
3. 回顾20世纪中国文学史,评判反映论文学观的功过得失。
4. 意识形态作为文学批评方法的主要内容。
5. 文学社会学与文化研究的联系和区别。

【拓展指南】

1. 〔德〕霍克海默、阿多诺:《启蒙辩证法》,上海:上海人民出版社2006年版。

本书阐述了启蒙精神的发展过程,说明启蒙精神已从历史上的教育推进作用,发展成了欺骗群众的工具。同时揭露批判了法西斯主义的罪行,特别是迫害犹太人的罪行,指出了当代极权主义正在增长的倾向。作者认为,只有揭露和反对法西斯主义的暴行,向有秩序的世界过渡,社会才能发展。

2. 〔英〕威廉斯:《关键词:文化与社会的词汇》,北京:三联书店2005年版。

本书是对文化转变中的语言的考察与探究。作者考察了131个彼此相关的"关键词",追溯这些语词意义的历史流变,并厘清这些流变背后的文化政治;当其所处的历史语境发生变化时,它们是如何被形成、被改变、被重新定义、被影响、被修改、被混淆、被强调的。这些语词不仅引领我们了解英国的文化与社会,也帮助我们了解当代的文化与社会。威廉斯一生的知识工作与文化唯物主义息息相关,《关键词》无疑为此提供了详尽而有系统的注释,也为他的"文化与社会"的方法提供了实际有用的

---

① 参见〔美〕詹姆逊:《后现代主义与文化理论》,唐小兵译,西安:陕西师范大学出版社1986年版,第237—238页。

工具。

3.〔美〕詹明信:《晚期资本主义的文化逻辑》,张旭东等译,北京:三联书店1997年版。

本书辑选詹姆逊的九篇重要论文及三篇附录。他对资本主义的文化设置和逻辑进行了解构性的分析,并运用"辩证法"的叙事原则,重新审视人与环境及历史变化的无穷尽的搏斗。

4.〔法〕罗兰·巴特:《神话——大众文化诠释》,许蔷蔷、许绮玲译,上海:上海人民出版社1999年版。

巴特通过对后现代化状况下的文化现象的分析,揭示了隐藏在这些现象下的资产阶级意识形态。

5.〔德〕本雅明:《机械复制时代的艺术作品(摄影小史)》,王才勇等译,杭州:浙江摄影出版社1993年版。

本雅明着重分析了摄影的出现对现代文明的重大影响,尤其是对艺术活动的革命性颠覆。他认为以摄影(包括电影)为代表的机械复制手段已从根本上改变了人类艺术的认知方式,并预言机械复制的手段将最终消解古典艺术的崇高地位,艺术的权利将从"专业人士"手中解放出来,成为普通公众的一般权利。本雅明在这两本著作中提出的"震惊体验"、"韵味的消散"、"复制/创造"等概念和观点对现代摄影理论和文化理论影响深远。

6.〔英〕斯图尔特·霍尔编:《表征——文化表象与意指实践》,徐亮等译,北京:商务印书馆2003年版。

本书是一部传播学和社会文化理论教科书,作者通过一个文化研究理论的概述和五个专题的文化个案研究,阐述了:文化是通过表征和意指实践构造出来的;它所使用的符号具有任意性,因而与外部的物质世界不存在符合的关系;它是一个解释的和意义的世界;表征过程的所有参与方(包括制作方与消费方)都卷入了意义的争夺,但这种争夺是通过话语的方式进行的;意义不可能是纯个人的,而是各方协商和表征运作的结果;意义总是有偏向、有优先方面的。

第五章　文学与过程

任何事物都有一个发生与发展的过程,都有它的历史与逻辑的起点。文学也不例外,它是社会历史发展的产物,本身也经历了一个发生与发展的过程。人们对于文学发展的历史线索与性质形成了不同的看法,从而形成了不同的文学史观。随着社会经济、政治、文化的演变,具有一定规模的文学思潮也随之形成。

本章将从文学的发生与发展、文学史观、文学思潮及其演变三个方面论述文学的历史过程。

第一节　文学的发生与发展

文学的发展是一个历史地积累和进化的过程,不仅适应社会发展的需要,同时也是文学自身不断地继承与革新、各民族文学相互交流影响的结果。研究文艺发生问题,可以解释文艺起源的最早环节,将有助于解决一系列与之密切相关的问题,诸如文艺的本质、文艺的特征、文艺与社会生活的关系、文艺与人类心理的关系等等。文学是随着社会的发展而发展的,社会生活的发展是文学发展的客观基础。作为一种社会意识形态,文学的发展归根结底要受到人类社会生活发展的制约:社会形态和社会生活决定了文学的性质、内容和形式,社会生活的发展变化引起文学思潮和文学流派的兴衰更替。但文学还有自身发展的历史规律。从各个时代文学的关系来看,文学的发展有继承和革新的规律;从不同民族文学的关系来看,它又有互相影响和互相促进的规律。

本节首先介绍文学发生的三种观点:巫术说、游戏说、劳动说。然后分析文学发展的外部因素。

一、文学的发生

关于文学发生的理论很多,历史上影响较大的主要有摹仿说①、巫术说、游戏说、心灵表现说②、劳动说等。这些理论都有其合理的成分,都从某一方面对人类的这种精神活动进行了探讨和追寻,但它们大多对文学起源的因素作了较为单一的处理和解释,而没有从根本上考虑其复杂多元性。

(一) 巫术说

巫术说是指从人类早期的原始宗教巫术现象入手来探索与解释文学艺术起源的学说。它认为,文学艺术的出现与巫术的思维与仪式有关系。那么,巫术思维是什么呢?巫术仪式与艺术又有什么关系呢?人类学家泰勒认为,原始人具有"万物有灵"的思维机制,这是人类一切社会活动和世界观的基础。"野蛮人的世界观就是给一切现象凭空加上无所不在的人格化的神灵的任性作用⋯⋯古代的野蛮人让这些幻想来塞满自己的住宅,周围的环境,广大的地面和天空。"③弗雷泽则认为原始巫术体现了原始人思维的"相似律"和"接触律"规则。他说:"如果我们分析巫术赖以建立的思想原则,便会发现它们可以归结为两个方面:第一是'同类相生'或果必同因;第二是'物体一经互相接触,在中断实体接触后还会继续远距离的互相作用'。前者可称为'相似律',后者可称为'接触律'或'触染律'。巫师根据第一原则即'相似律'引申出,他能够仅仅通过摹仿就实现任何他想做的事;从第二个原则出发,他断定他能通过一个物体来对一个人施加影响,只要该物体曾被那个人接触过,不论该物体是否为该人身体之一部分。基于相似律的法术叫做'顺势巫术'或'模拟巫术'。基于接触律或触染律的法术叫做接触巫术。"④这两种巫术形式反映了原始人的一种朴素的信仰,即认为通过事物之间的摹仿或者接触,二者会相互影响、相互渗透,从而使具体的事物具有灵性。因此,他们为了实现生活中某些愿望而创造出了一些巫术形式,包括仪式、舞蹈、绘画以及具体的行为。而这些巫术形式都是艺术早期的萌芽状态。史前艺术学者萨洛蒙·赖纳许(Salmon Reinach)将前述巫术理论的解释应用于社会个案,他举出许多洞穴壁画作为证据。例如,

---

① 关于这一问题,本书第四章第二节有过论述。
② 关于这一问题,本书第二章第一节有过论述。
③ 转引自朱狄:《艺术的起源》,北京:三联书店1988年版,第131页。
④ 詹·乔·弗雷泽:《金枝》(上),徐育新等译,北京:中国民间文艺出版社1987年版,第19页。

著名的"黑厅"壁画在深入洞穴 800 米的地方;而法国的冯·特·昌姆洞穴中的犀牛图,画在只有人平躺在地上方能看到的岩石缝隙。有的画还被一画再画,如拉斯科克斯洞穴的一处壁画前后重叠三次,据推测,这幅画被认为可以给狩猎者带来运气,所以格外受到重视。原始人相信动物的图形与动物的实体之间有一种神秘的互渗联系,描绘动物就能够影响动物和占有动物。

(二)游戏说

游戏说是一种从文学创作的发生、性质及功能的整体上将文学归结为无功利的自由活动的理论。康德首先从游戏的无功利性特点来界定艺术。他认为,艺术是一种游戏,这种游戏的根本特征就在于它是排除一切外在强制的自由活动。他将文学艺术与手工艺作了区分,认为文学艺术活动的本质是自由的游戏。他说:"艺术也和手工艺区别着。前者唤做自由的,后者也能唤做雇佣的艺术。前者人看做好像只是游戏,这就是一种工作,它是对自身愉快的,能够合目的地成功。"①根据康德的说法,文学能把想象力的自由游戏当做知性的严肃事情来进行。席勒指出:"野蛮人以什么现象来宣布他达到的人性呢?不论我们深入多么远,这种现象在摆脱了动物状态的奴役作用的一切民族中间总是一样的,对外观的喜悦,对装饰和游戏的爱好。"②席勒将游戏视为人类区别于动物界的最重要的标志。他认为人的天性中对立地存在感性冲动和理性冲动,不可避免地造成对人感性的压迫与理性的压制,只有在游戏冲动中人才能有效地解决这二者的冲突,从而实现人性的完整与和谐。艺术活动的根本动力在于精力过剩,因为"不满足安于自然和他所欲求的事物,人要求有所盈余。起初当然还只是一种物质的盈余,这是为了免使欲望受到限制,保证不仅限于目前需要的享受。但后来就要求在物质的盈余上有审美的补充,以便能同时满足他的形式冲动,以便使他的享受超出各种欲求"③。人的审美游戏,与动物出于物质剩余引发的本能性身体器官的游戏是不能同日而语的。人在物质需要满足的前提下,有了追求精神满足的需要。在想象力和理性的共同作用下,人类通过游戏活动创造出了体现人的主体价值的艺术作品。英国哲学家斯宾塞从心理学的角度发挥了席勒的美学观点,他补充说,人是一种高等动物,区别于下等

---

① 〔德〕康德:《判断力批判》(上),宗白华译,北京:商务印书馆 1964 年版,第 149 页。
② 〔德〕席勒:《美学书简》第 26 封信,《古典文艺理论译丛》1963 年第 5 期。
③ 〔德〕席勒:《美育书简》,徐恒醇译,北京:中国文联出版公司 1984 年版,第 139—140 页。

动物的特征在于,下等动物要把全部机体力量都消耗在维持生命所必需的活动上,而人类则在维持和延续生命之外,还有过剩精力。因此,游戏和艺术都是过剩精力的发泄,是非功利性的生命活动。美感起源于游戏的冲动,艺术在实质上也是种游戏。正如斯宾塞所说:"我们称之为游戏的那些活动是由于这样的一种特征而和审美活动联系起来的。那就是它们都不以任何直接的方法来推动有利于生命的过程。"①伽达默尔认为,与艺术有关的游戏不是指行为或游戏活动中所实现的主体性的自由,而是指艺术作品本身的存在方式,因为这种游戏活动与严肃事物有着关联。朱光潜对比了游戏和艺术的相似点,认为"游戏和艺术有四个最重要的类似点:一、它们都是意象的客观化,都是在现实世界之外另创意造世界。二、在意造世界时它们都兼用创造和摹仿,一方面要沾挂现实,一方面又要超脱现实。三、它们对意造世界的态度都是'佯信',都把物我的分别暂时忘去。四、它们都是无实用目的的自由活动"②。朱先生的这个对比说明游戏和艺术都有无功利性,也不妨视为游戏说的依据。

(三) 劳动说

劳动说认为,艺术起源于劳动,原始文学艺术活动是生产劳动的结果。

第一,劳动造就了文学艺术的主体。原始人通过长期的生产劳动锻炼了体格、训练了大脑,培养了认知能力和语言能力。这些身心发展是原始人进一步从事物质劳动和精神活动的基础。马克思说:"只是由于人的本质的客观地展开的丰富性,主体的、人的感性的丰富性,如有音乐感的耳朵、能感受形式美的眼睛,总之,那些能成为人的享受的感觉,即确证自己是人的本质力量的感觉,才一部分发展起来,一部分产生出来。因为,不仅五官感觉,而且所谓精神感觉、实践感觉(意志、爱等等),一句话,人的感觉、感觉的人性,都只是由于它的对象的存在,由于人化的自然界,才产生出来的。"③通过劳动实践过程,人类积累了丰富的感觉经验,提高了基本的审美能力。

第二,文学艺术是劳动过程的产物。普列汉诺夫是"艺术起源于劳动"理论的有力倡导者。他是俄国早期的马克思主义者。在《没有地址的信》

---

① 〔英〕赫伯特·斯宾塞:《心理学原理》第 2 卷,朱狄:《艺术的起源》,北京:中国社会科学出版社 1982 年版,第 121 页。

② 朱光潜:《文艺心理学》,《朱光潜美学文集》第 1 卷,上海:上海文艺出版社 1982 年版,第 187 页。

③ 《马克思恩格斯选集》第 4 卷,北京:人民出版社 1995 年版,第 126 页。

一书中,他根据考古学和人类学方面的大量材料,在批判总结和具体发挥前人观点的基础上,阐述了艺术起源于劳动的理论:劳动为艺术的产生提供了物质的前提,是艺术起源的基础。正如恩格斯所说:"只是由于劳动,由于和日新月异的动作相适应,由于这样所引起的肌肉、韧带以及在更长时间内引起的骨骼的特别发展遗传下来,而且由于这些遗传下来的灵巧性的愈来愈新的方式运用于新的愈来愈复杂的动作,人的手才达到这样高度的完善。在这个基础上它才能仿佛凭着魔力似的产生了拉斐尔的绘画,托尔瓦德森的雕刻以及帕格尼尼的音乐。"①

第三,文学艺术是劳动需要的产物。原始人在劳动过程中为了减轻疲劳、协调关系、交流感情,发展了文学艺术的形式。他们"在自己的劳动生产过程中乐意服从一定的拍子,并且在生产性的身体运动上伴以均匀的唱和声音和挂在身上的各种东西发出的有节奏的响声"。中国古代文献《淮南子·道应训》有生动的描述:"今夫举大木者,前呼'邪许',后亦应之,此举重劝力之歌也。"鲁迅也主张艺术起源于劳动:"我们的祖先的原始人,原是连话也不会说的,为了共同劳作,必需发表意见,才渐渐的练出复杂的声音来,假如那时大家抬木头,都觉得吃力了,却想不到发表,其中有一个叫道'杭育杭育',那么,这就是创作;大家也要佩服,应用的,这就等于出版;倘若用什么记号留存了下来,这就是文学……"②

第四,劳动是文学艺术再现的内容。传为黄帝时所作的《弹歌》曰:"断竹,续竹;飞土,逐宍(肉)。"这段文字描述了远古时代的狩猎生活。又据《吕氏春秋·古乐篇》记载:"昔葛天氏之乐,三人操牛尾,投足以歌八阕:一曰载民,二曰玄鸟,三曰遂草木,四曰奋五谷,五曰敬天地,六曰建帝功,七曰依地德,八曰总禽兽之极。"③这些载歌载舞的原始舞蹈再现了各种动物的动作以及劳动生产过程。

总之,文学起源于以劳动为中心的人类生存活动。文学的发展归根结底受一定社会的经济基础的决定和制约,政治、道德、哲学、宗教等上层建筑部门也都在一定程度和范围上,从不同角度对文学产生影响。

二、文学的发展

文学与其他事物一样,具有自身的演变过程。文学总是伴随着社会历

---

① 《马克思恩格斯选集》第3卷,北京:人民出版社1995年版,第515页。
② 鲁迅:《门外文谈》,《鲁迅全集》第6卷,北京:人民文学出版社1981年版,第94页。
③ 《吕氏春秋·古乐》。

史的变化而发展的。随着人类历史不断演变,文学的性质、文学的内容与形式,也必然会发生变化,这是不以人的意志为转移的客观规律。文学的发展既是文学内容、形式各种要素的流变史,也是文学与社会、环境、意识形态等因素之间的关系史。

(一) 文学发展与社会的关系

研究文学的发展,应该用历史的观点考察文学现象,探讨其发展的原因及规律,才能对文学的发展作出科学的解释。刘勰的《文心雕龙·时序》篇对晋宋以前的文学发展概况进行了历史的总结,说明了各个历史时期文学盛衰的原因:

> 昔在陶唐,德盛化钧;野老吐"何力"之谈,郊童含"不识"之歌。有虞继作,政阜民暇;"薰风"诗于元后,"烂云"歌于列臣。尽其美者何?乃心乐而声泰也。至大禹敷土,九序咏功;成汤圣敬,"猗欤"作颂。逮姬文之德盛,《周南》勤而不怨;大王之化淳,《邠风》乐而不淫。幽厉昏而《板》《荡》怒,平王微而《黍离》哀。故知歌谣文理,与世推移,风动于上,而波震于下者也。

他要论述的观点是,这些歌谣的写作,是和时代一起演变的;时代像风一样在上边刮着,文学就像波浪一样在下边跟着震动。刘勰根据他对先秦至宋齐间文学演变的考察,认为"蔚映十代,辞采九变。枢中所动,环流无倦。质文沿时,崇替在选。终古虽远,旷焉如面"。他的意思是:在这十个朝代中,文学经历了许多的变化。时代是中心,文学围绕着它不断演进。文风的朴质与华丽随时而变,文坛的繁荣与衰落也与世相关。历史虽然很长久,只要掌握文学和时代的关系,就清楚得如在眼前了。刘勰总的看法是"时运交移,质文代变","歌谣文理,与世推移","文变染乎世情,兴废系乎时序"。

韩愈通过对先秦作家作品的研究,指出"周之衰,孔子之徒鸣之","秦之兴,李斯鸣之","楚大国也,其亡也,以屈原鸣之"。[①] 他认为随着时代的发展,文学"不得其平则鸣"的呼声也随之出现。李贽在为《水浒传》写序时,把司马迁的"发愤著书"说与文学的时代性结合起来。他说:"水浒传者,发愤之所作也。盖自宋室不竞,冠屦倒绝,大贤处下,不肖处上",故"水浒出焉"。赵翼诗曰:"李杜诗歌万口传,至今已觉不新鲜。江山代有才人

---

① 韩愈:《送孟东野序》。

出,各领风骚数百年。"①认为文学的发展与时俱进,文学经典的认定也因时而变。

文学的发展有自身的轨迹,从文体演变过程中尤其可以清晰地看到这一点。王国维在《宋元戏曲史》中认为:"一时代有一时代的文学,唐之诗,宋之词,元之曲,明清之小说,不可更替和重现。"中国古典诗歌的流变经历了四言诗、楚辞、乐府民歌、五言诗、七言诗、长短句的词、散曲等阶段。文体的演变和社会的发展呈现出某种关联性。一种文体的孕育、成熟和衰亡,往往反映了文化和历史的变迁。唐宋时代商业经济发达,人与人之间的交往也日益频繁,原有的诗歌、散文体裁,已不足以表现越来越丰富多彩的生活内容,因而也就需要有容量更大的文学形式适应市民阶层的要求,这种需求促进了传奇、话本等文学形式的形成和发展。随着明清时代资本主义的萌芽,小说、戏剧等文学体裁勃兴、成熟。五四时期思想启蒙的需要,召唤反帝反封建的现代小说、白话诗的崛起。内容的发展引起文学形式的变化,文学形式的发生发展与演变归根结底是由社会生活的发展变化引起的。日新月异的社会生活,使人们的精神生活日益丰富多彩,就必然要求文学形式不断更新、变化,以表现新的内容。这一切都说明社会的发展决定着文学的发展。社会前进了,文学在内容和形式上都要发生变化。这是文学发展的一条客观规律。

也有人否认文学发展与社会有关,认为文学的发展过程是一种偶然性过程,文学发展的历史是少数天才的个人创造的历史,认为文学的发展过程是某种"绝对精神"、"绝对理念"自身发展过程的表现,如黑格尔把艺术的发展划分为象征艺术、古典艺术、浪漫艺术三个阶段,认为它们是"绝对理念"自身发展的结果。

(三)文学发展与经济基础的关系

经济基础决定上层建筑,文学作为一种特殊的意识形态,其性质、内容和形式都要受到经济基础的制约。马克思说:"物质生活的生产方式制约着整个社会生活、政治生活和精神生活的过程。"②随着生产力的进一步发展,出现了物质劳动和精神劳动的分工,社会上一部分人有可能脱离生产劳动,专门从事文化活动,包括从事文学艺术创作。文学随社会生活的发展而

---

① 赵翼:《论诗》。
② 《〈政治经济学批判〉导言》,《马克思恩格斯选集》第 2 卷,北京:人民出版社 1995 年版,第 82 页。

发展。文学的发展,具体表现为文学的内容、形式的演变。

　　文学作品是作家对一定时代的社会生活的审美反映。每当社会生活发展到一个新的阶段,就为文学提供了新的社会内容和新的表现对象;同时,作家的审美意识也是随时代而变化的。因此,文学的内容总是随着时代的演变而演变的。马克思曾经指出,某些艺术形式只能出现在人类社会的不发达阶段。他说:"任何神话都是用想象和借助想象以征服自然力,支配自然力,把自然力加以形象化;因而,随着某些自然力之实际上被支配,神话也就消失了。"①马克思主义认为,经济基础的改变决定文学的发展变化,但是经济发展与文学发展之间的关系是不平衡的。马克思提出了"艺术生产和物质生产发展的不平衡关系"说。"关于艺术,大家知道,它的一定繁荣时期决不是同社会的一般发展成比例的,因而也决不是同仿佛是社会组织的骨骼的物质基础的一般发展成比例的。"②这就是说,艺术的繁荣和发展,决不是简单地、机械地按照经济发展的步子前进,两者的发展水平并不总是成比例的。可见,他虽然强调经济基础对于意识形态的决定作用,但并没有把文学艺术发展的社会原因仅仅归结为经济基础,而是同时强调了上层建筑之间的交互作用。恩格斯指出:"政治、法律、哲学、宗教、文学、艺术等的发展是以经济发展为基础的。但是,它们又都互相影响并对经济基础发生影响。并不是只有经济状况才是原因,才是积极的,而其余一切都不过是消极的结果。这是在归根到底不断为自己开辟道路的经济必然性的基础上的互相作用。"③这就说明了影响文学艺术发展的原因是复杂的、多层次的、多方面的。在特定的时期,哪种因素起主要作用,应进行具体的分析。应该看到,社会生活对文学形式的影响必须通过审美意识这一中间环节。而审美意识的变化是潜移默化的,并不与社会生活的变化同步进行,各种文学形式具有无可置疑的连续性。然而,庸俗社会学文学研究认为,文学的发展与社会的发展有直接的对应关系,这无疑是错误的。

---

① 《马克思恩格斯选集》第 2 卷,北京:人民出版社 1995 年版,第 113 页。
② 同上书,112—113 页。
③ 《马克思恩格斯选集》第 4 卷,北京:人民出版社 1995 年版,第 732 页。

（三）文学发展与其他意识形态的关系

1. 文学与政治的关系

文学作为社会意识形态的一部分，它的发展除了与上述社会环境、经济基础密切相关以外，政治、哲学、道德、宗教等社会意识形态都与文学艺术互相联系、互相影响。当某种意识形态在一定社会发展阶段得到高度发展时，就会对文学发展产生突出作用。它们不仅是文学内容的重要组成部分，也会影响到作家的世界观、审美观以及艺术方法等。

文艺与政治是相互作用的，体现在三个方面：

第一，文艺反映政治。文艺是政治治乱的反映。《左传》记载的季札观乐的史实可以说明这一点。乐匠为之歌《郑》，季札曰："美哉！其细已甚，民弗堪也，是其先亡乎！"他认为，《郑》乐的音节过于繁促，反映了郑国的政令过于烦苛。《国语》记载州鸠论乐，有"政象乐，乐从和"的说法，意思是政治状况会反映于音乐，音乐就成了政治的表象。《乐记》提出了"声音之道与政通"的观点："凡音者，生人心者也。情动于中，故形于声；声成文，谓之音。是故治世之音安以乐，其政和；乱世之音怨以怒，其政乖；亡国之音哀以思，其民困。声音之道与政通矣。"这段话从音乐与情的关系说到音乐与政的关系。音乐产生于人的情感，而情感因缘于社会生活。大体而言，什么样的世道出现什么样的情感，什么样的情感产生什么样的音乐。一个时期的文学观念或明显或隐晦地表达某些阶层的政治诉求。有些作家本人就是政治家、思想家、革命家，他们的政治理想和观点直接影响其文学创作。

第二，文艺具有政治批判的功能。荀子论述了音乐有正反两方面的作用："凡奸声感人而逆气应之，逆气成象而乱生焉。正声感人而顺气应之，顺气成象而治生焉。"①意即乐之"正"、"奸"会直接导致社会治乱。汉代《诗大序》曰："情发于声，声成文谓之音。治世之音安以乐，其政和；乱世之音怨以怒，其政乖；亡国之音哀以思，其民困。故正得失，动天地，感鬼神，莫近于诗。先王以是经夫妇，成孝敬，厚人伦，美教化，移风俗。"这段话前面部分认为文艺是社会政治状况的反映，后面部分认为文艺对于改善社会政治状况有积极作用。

第三，政治影响文学。政治作为上层建筑，最直接、最集中地反映本阶级的经济利益。列宁说"政治是经济的集中表现"，它在上层建筑中处于主

---

① 《荀子·乐论》。

导地位,是经济基础和其他意识形态之间的中介。与其他意识形态相比较,政治对文学的影响比经济对文学的影响更为直接。政治意识形态对文学的渗透与控制具体表现为文艺政策的制定、文学出版与阅读的政治控制等等。总之,文艺与政治是相互作用的关系,政治作用于文艺,文艺也反作用于政治。

2. 文学与道德的关系

道德是调整群体关系、维系伦理信念的精神力量。它渗透在人类的一切活动中。道德关系是比人们的政治关系、经济关系、宗教关系和法律关系等更为普遍、更为深沉的人际关系。孔子把文艺当做修身成仁的重要手段:"兴于《诗》,立于礼,成于乐。"①周敦颐提出:"文所以载道也……文辞,艺也;道德,实也。"②这里的"道"便是关乎道德心性的义理之学。柏拉图之所以要把诗人逐出他的理想国,其背后是有道德规范的隐忧的。如前所引,他认为,专事摹仿的"诗人的创作是真实性很低的;因为象画家一样,他的创作是和心灵的低贱部分打交道的。因此我们完全有理由拒绝让诗人进入治理良好的城邦。因为他的作品在于激励、培育和加强心灵的低贱部分,毁坏理性部分"③。贺拉斯在《诗艺》中提出了后来影响深远的"寓教于乐"的观点。欧洲基督教教义深刻影响了后世文学中的道德伦理观念。文艺复兴时期的锡德尼认为诗人是历史家和道德家之间的仲裁者,因为诗歌可以正确地评价善恶。④ 浪漫主义诗人雪莱也说:"诗是最快乐最良善的心灵中最快乐最良善的瞬间之记录。""诗增强人类德性的机能,正如锻炼能增强我们的肢体。"⑤可见,道德伦理直接影响文学作品的内容,同时也从世界观、道德伦理观方面为作家提供判断是非、善恶的标准,直接影响文学的创作。历来的文学创作都受到一定的道德观念的制约。

(四) 文学发展与民族之间影响的关系

在政治、经济的长期发展过程中,每个民族都形成了相对稳定的文化习俗、心理结构和审美传统。审美情趣、审美理想等方面的差异恰恰成为各民

---

① 《论语·泰伯》。
② 周敦颐:《通书·文辞》。
③ 〔古希腊〕柏拉图:《理想国》,郭斌和、张竹明译,北京:商务印书馆1986年版,第404页。
④ 〔英〕锡德尼:《为诗一辩》,钱学熙译,伍蠡甫主编:《西方文论选》(上),上海:上海译文出版社1979年版,第233页。
⑤ 〔英〕雪莱:《为诗辩护》,缪灵珠译,刘宝端编:《十九世纪英国诗人论诗》,北京:人民文学出版社1984年版,第154、129页。

族彼此互补的基础。不同的民族的文化环境构成了文学的民族特性,这表现在独特的民族性格、独特的社会生活、独特的自然环境、独特的语言、独特的体裁、独特的表现手法等方面。各民族之间的文学交流和影响,包括文艺思想的影响、艺术形式的影响、创作原则和艺术流派的影响。

首先,同一国度里各民族的文学之间发生相互影响。各个时代的文学,都是在批判地继承本民族的文学遗产,并吸取其他民族文学的影响的基础上,根据反映现实生活的需要不断地进行革新与创造而向前发展的。这是文学发展的内在的基本规律。各民族文学之间的相互影响和相互促进,是中外文学发展史上的客观事实,也是文学的自觉意识之一。在一个由多民族组成的国家里,各民族文学必然相互影响、相互促进。例如,神话方面,南方少数民族和汉族有大量共同母题;诗歌方面,屈原在楚地各民族神巫文化的基础上,吸收北方文化的理性精神,形成了自由驰骋、神奇瑰丽的艺术风格;民间故事方面,从元代开始,经过明代,直到清代,来源于汉族文学的各种故事,诸如《孔子之歌》、《屈原吟》、《朱买臣》、《蔡伯喈》、《李旦与凤姣》、《梁山伯与祝英台》、《孟姜女》、《董永》等,被改编为叙事诗在南方各少数民族之中广泛流传。如此等等,我们都可以发现中国各民族之间在文学上的相互联系。

其次,在世界范围内,不同国家、不同民族文学之间的相互交流,也是促进文学发展不可或缺的重要条件。各民族文学一经形成,不仅是自己民族的,更是人类共有的精神财富,迟早要趋向于与世界其他民族的交流。优秀的民族文学常常能突破时代、民族、阶级的界限,表现世界范围内的人们某种普遍的思想感情。各民族文学的相互影响有它的历史发展过程。远在古代的奴隶社会和封建社会时期,不同民族之间,因经济、文化联系的发展,文学也开始了相互交流,并发生相互影响。如古希腊文学对罗马文学,印度文学对东南亚各国和阿拉伯的文学,中国文学对东亚各国文学,都有过不同程度的影响。在欧洲文学史上,从文艺复兴到19世纪西欧诸国文学的发展、繁荣,也是和这些国家文学间的相互影响分不开的。

各民族的文学之间的相互交流和彼此影响对文学的发展具有重要意义。每个民族的文学都有自己的独特性,都对丰富的世界文学宝库做出了各自的贡献。随着社会生活的发展和各民族经济、政治、文化上的频繁交往,各民族文学的相互影响也越来越大。随着资本主义生产方式的出现,随着资本主义经济的发展,各民族之间的文学交流和影响进入了全球化阶段。

第二节 文学史观

在文学史研究中,研究者通常以文学作品在时间上的线性发展序列为中心目标,寻绎文学发展的内在规律和逻辑线索。不同的研究思路相应就会形成不同类型的文学史观。文学史(Literary history)与文学史理论是有区别的。美国史学家贝克尔对"两种历史"进行的区分可以给我们以启发。他说:"我们承认有两种历史:一种是一度发生过的实实在在的一系列事件,另一种是我们所肯定的并且保持在记忆中的意识上的一系列事件。第一种是绝对的和不变的,不管我们对它怎样做法和说法,它是什么便是什么;第二种是相对的,老是跟着知识的增加或精炼而变化的。"[1]可见,文学史是指文学存在与发展的历史,而文学史理论是指研究者对文学发展历史的认识和评价。按照韦勒克的说法,文学史理论是文学理论研究的重要组成部分,它涉及文学史研究的对象、目的、方法,文学史研究中的主客体关系、文学史的编撰原则等等问题。文学史观是文学史理论的一部分,是指关于文学发展历史的观念和看法。每一种文学史观背后都有一种相应的文学史理论。

本节介绍文学史的历时性与共时性、文学史观的类型以及文学史的述史模式。

一、文学史的历时性与共时性

(一) 文学的历时性

文学的历时性表现在,文学在线性的时间长河中变化、发展,其语言、文体、思想、情感都在历史中变化、延续。每一时代的文学都是依据前代的文学资源演变而成,文学的发展历史具有前后相继的延续性。文学史的运行有其自然的轨迹,既表现在文体更替、作家代际转换、风格承继上,也表现在创作观念、审美规范以及文学模式的前后影响方面。"文学模式对文学传统的形成起着根本作用。由于文学模式和文学形态的稳定性,才形成某种文学传统。这种文学传统所具备的基本文化符码(重要的是基本艺术方法和艺术语言)不容易打破,因此,它带有超时空性质。但某一文学传统中的各种文学模式和文学形态,在传递的过程中,又带有可选择性。随着时间的

---

[1] 田汝康、金重远编:《当代西方史学流派文选》,上海:上海人民出版社1982年版,第260页。

推移,接受主体不断发生转移,文本的意义也不断地被再创造。而文学模式和文学形态的转换,又造成传统的变迁,这就造成文学史的历时性。例如,我国南北方文学模式又都有自己的历时性情节,以诗歌而言,尽管南北诗的基本风格不同,但作为诗歌形态,它则经历了一个从四言诗体、五言诗体、七言诗体到自由诗体的历时性故事。"①苏联美学家鲍列夫曾用"创作场"的概念来说明这个道理。他说:"前辈艺术的启示作用不是伟大先驱的创作对后代艺术家产生直接的影响上面,而是表现在它能造成一个后代艺术家经常要陷入其中的、特殊的创作场。这种影响比较隐蔽,但影响力更大。"②在这种"创作场"中,后代作家对前代作家的既有成就展开继承、扬弃与竞争。鲍里斯·托马舍夫斯基认为,文学史把文艺作品作为不可分割的、统一的整体来加以研究,并把它作为其他个别现象族系中的个别的和具有自身价值的现象来加以研究。他分析作品的个别部分和某些方面,仅仅力求对整体进行阐释和理解。韦勒克提出,文学史研究的关键在于把历史过程同某种价值或标准联系起来,历史只能参照不断变化的价值系统来写,这些价值系统则应当从历史本身中抽象出来;如果没有一个适当的参照系统作依据,是不能写出真正的历史来的。姚斯则从历时与共时的辩证角度讨论文学史的接受史研究。他提出,必须以三重方式考察文学的历史性,即历时性地考察文学作品的接受的相互关系,共时性地考察同时期的文学参照系,考察文学发展同历史的一般过程的固有关联。从这一认识出发,文学史研究者可以对文学发展的原初状态进行理性的秩序重塑,因而文学史理论体现为述史模式从无序到有序的建构过程。

(二) 文学史的共时性

文学史的共时性表现为三个方面:

第一,文学的形式结构或者文学模式是一种超历史的稳定的结构,文学的历史被它们打断和分割,也借这种结构的转换而延续。

雷纳·韦勒克把文学史理解为动态结构:"艺术确实也有某种结构上的坚实特性是在很长一段时间里都保持不变的。但是这种结构是动态的;在历史过程中,读者、批评家和同时代的艺术家们对它的看法是不断变化的。解释、批评和鉴赏的过程从来没有完全中断过,并且看来还要无限期的继续下去。或者,只要文化传统不完全中断,情况至少会是这样。文学史的

---

① 刘再复:《文学史悖论》,《二十一世纪》1990年10月创刊号。
② 〔俄〕鲍列夫:《美学》,乔修业等译,北京:中国文联出版公司1986年版,第329页。

任务之一就是描述这个过程,另一项任务是按照共同的作者或类型、风格类型、语言传统等分成或大或小的各种小组作品的发展过程,并进而探索整个文学内在结构中的作品的发展过程。"①例如,后面将要谈到文学理论家弗莱的循环论文学史观。他认为最基本的文学原型是神话,它是原始人类欲望和幻想的结构模式,后世各种文学类型无不是神话的延续和演变。从神的诞生、历险、胜利、受难、死亡,直到神的复活是一个完整的循环故事,象征着昼夜更替和四季循环的自然节奏,这种季节的自然节奏又对应着不同的文学类型。

第二,文学的审美价值具有超越时空的共时性。

社会发展固然是文学发展的外部条件和外部原因,但文学也有独立自足的超历史存在的一面。在审美层面上,文学的发展是超历史的,每个时代都有独特的美学特色。从宏观上看,文学发展受制于社会历史规律,但是,从微观上看,文学又是个人创造的结果。个性化的创造往往并不循规蹈矩,而是标新立异、特立独行的。如前面所述,文学既有历时的延续性,又无所谓发展。"这是因为文学艺术属于超越性文化。它既有与现实生活的流迁发展相连结的一面,又有超越现实和超越时空的独立自足的一面。一部具有艺术价值的作品产生之后或一种文学模式、文学传统形成之后,它便成为一种独立自足的存在,并不随着时间的流动而失去审美价值,这就是文学的永久性。"②屈原、李白、杜甫、苏轼的诗歌流布千年,成为中国人共同的审美意识,至今依旧不减其魅力。"从这一意义上说,文学无所谓发展,更无所谓从低级到高级进化。不能说李白、杜甫是屈原的进化,也不能说胡适、郭沫若是李白的进化。与此相通,荷马史诗,莎士比亚戏剧、托尔斯泰和陀思妥耶夫斯基的小说、海明威和福克纳小说,形成文学高峰之后,便具有超时空的永久性魅力,成为独立自足的符号系统,前高峰与后高峰只是并列关系,而不是发展关系。"③从这个意义上来说,文学具有超越时空、地域、民族、性别、阶级的自足性、超越性与永久性。

第三,由于地理空间的差异而形成文学的共时性。

我国的南方文学与北方文学也具有鲜明的地域风格特征。南方文学风格上清丽婉约,北方文学风格上豪放悲壮。"文学的地理大势(空间位置)

---

① 〔美〕韦勒克、沃伦:《文学理论》,刘象愚等译,北京:三联书店1984年初版。
② 刘再复:《文学史悖论》,《二十一世纪》1990年10月创刊号。
③ 同上。

所形成的文学特征(不同的地方的文学特征),总是常有共时性的特点,这种因空间位置而形成的文学模式继承自身的原始文化符码,形成一种稳定的艺术特征系统。例如,中国的南方文学模式和北方文学模式,欧洲的古希腊文学模式和希伯莱文学模式,就形成相对稳定的特徵系统。在整个文学史向前流动的过程中,它仍然保持自己相对稳定的审美特点,自外于不断流动的文学思潮,形成对文学史进行分割的特殊现象。"① 尽管中国文学的发展跨越浩瀚的历史长河,但是这种因为空间差异而存在的文学风格在唐以前一直跨越时代而保持着稳定性特点。这种共时性是超越时间的共时性,或者说共时的空间性。

如上文所述,胡适强调文学发展的历时性、时代性,而梅光迪强调文学发展的超越性、自足性。刘再复认为,"两极互不相容,而实际上两种观念都符合充分理由律,都道破文学史悖论中的一端。今天,我们不应当再把这两种观念的对立,视为'革命'与'反动'(或称保守)的对立,而应视为各持文学史悖论的一端。这样,对现代文学史的评述将更加合理"②。总之,文学史的历时与共时构成了延续与断裂的两个方面。"延续与断裂的双重构造,是文学史特有的个性。双重构造,为文学研究提供了广阔的思维空间,有利于突出文学的特殊性,是正确评价创作实绩及样式兴衰的理论依据。"③ 历时性的文学史观与共时性的文学史观在不同的层面上都有其合理性。

二、文学史观的类型

(一) 进化论文学史观

进化论的思想依据来自达尔文、斯宾塞的生物进化论思想。丹纳认为,艺术"如同标本室里的植物和博物馆里的动物一般。艺术品和动植物,我们都可以加以分析;既可以探求动植物的大概情形,也可以探求艺术品的大概情形"④。无独有偶,韦勒克发现,从温克尔曼、赫尔德、施莱格尔开始,西方艺术史根据某种"器官学"的进化概念,将文学史的发展看做如生物的生存一样,描述成生长、增殖、开花、成熟及衰亡的过程。韦勒克并不否认进化

---

① 刘再复:《文学史悖论》,《二十一世纪》1990年10月创刊号。
② 同上。
③ 张荣翼:《文学史,延续与断裂的双重构造》,《洛阳师专学报》1996年第3期。
④ 〔法〕丹纳:《艺术哲学》,傅雷译,北京:人民文学出版社1981年版,第11—12页。

论文学史观,但是,他认为:"并不存在同生物学上的物种相当的文学类型,而进化论正是以物种为基础的。文学中并不存在着不可避免的发展和退化这些现象,不存在着一个类型到另一类型的转变。在类型之间也不存在生存竞争。"①显然,韦勒克认为进化论文学史观是以物种进化理论为基础的,而将文学发展与生物进化相提并论是有问题的。

中国近代的进化论文学史观取代了古代的循环论文学史观。近代中国人"进步"信仰的确立既有来自本国古代文化的思想基因,也有西方观念的外来影响。康有为在《孔子改制考》中阐发了公羊三世说(据乱世、升平世、太平世)与大同理想。他的三世说与基督教传统的直线式历史观(原罪——救赎——天堂)具有异质同构的关系。后来他进一步认为:"一世之中可分三世,三世可推为九世,九世可推为八十一世,八十一世可推为千万世、为无量世。"②康有为社会进步的观念源于对今文经学的激发,而严复则依照西学资源将进化论适时地本土化。严复受斯宾塞《社会学研究》的影响,将"社会达尔文主义"在《天演论》一书中演绎为"物竞天择,优胜劣汰"的进化法则。"自严氏之书出,而物竞天择之理,厘然当于人心,中国民气为之一变。"③如刘师培说:"天演之例,莫不由简趋繁,何独于文学而不然?故世之讨论古今文字者,以为有浅深文质之殊,岂知正进化之公理哉?故就文字之进化公理言之。"④侠人更把进化论作为为小说张目的一种重要的思想武器,他说:"由古经以至《春秋》,不可不谓之文体一进化,由《春秋》以至于小说,又不可谓之非文体一进化。"⑤进化论社会史观直接影响了近代以来中国的文学史观念以及文学史的编撰理念。黄人的《中国文学史》、谭正璧的《中国文学进化史》是以进化论史观作为叙述构架的。最著名的是胡适的进化论文学史观。胡适主张文学革命所依据的是"历史的文学观念",也就是文学进化论。他认为"文学者,随时代而变迁者也,一时代有一时代之文学","古人已造古人之文学,今人当造今人之文学"。他把文学发展看成一环扣一环的链条,每一环都各有所工,"因时进化,不能自止"。他的

---

① 〔法〕韦勒克:《批评的诸种概念》,转引自钱中文:《文学原理发展论》,北京:社会科学文献出版社1989年版,第381页。
② 康有为:《论语注》七。
③ 《述侯官严氏最近之政见》,《民报》第2号。
④ 刘师培:《论文杂记》,《中古文学史论文杂记(合刊本)》,北京:人民文学出版社1984年版,第109页。
⑤ 侠人:《小说丛话》,黄霖、韩同文:《中国历代小说论著选》(下),南昌:百花洲文艺出版社2000年版,第64页。

《五十年来中国之文学》以进化论的眼光看待新文学的形成,以进化的系列去构设文学史。他认为,新文学的发生完全符合文学进化的态势,所以应以发展的眼光给予充分的肯定。胡适的进化论文学史观对20世纪的文学史观念影响很大。

进化论文学史观非常注重时间直线式发展的单向性、不可逆性,通常使用"进步"、"腐朽"、"发展"、"停滞"、"演进"、"新"、"旧"等词语描述文学发展的动态过程。这种文学史观坚信文学史也类似生物学,有逻辑地产生、发展、成熟、分化、衰落,有某种不可逆转的必然的"规律"。进化论史观包含着一元论、意志论、二元对立论的历史观念,这些看法在文学史研究实践中具有一定的局限性。

(二) 精神史式的文学史观

黑格尔认为,艺术的发展是有规律可循的。依据"美是理念的感性显现",他按照理念的运动来论述艺术史的运动,论证艺术的"各个部分如何从艺术即绝对理念的表现这个总概念推演出来的"。进而指出,"艺术类型不过是内容和形象之间的各种不同的关系,这些关系其实就是从理念本身生发出来的"。① 他将艺术的发展划分为三种类型。第一种情况是形式压倒内容,物质超越精神。古埃及的金字塔建筑即是例证。理念作为艺术的内容采用象征的方式表现自己。象征是一种符号,通过形象或感性存在,表现对象的意义或某种观念。第二种情况是内容和形式、物质和精神达到完满和谐的一致。希腊古典艺术特别是它的雕刻即是例证。总之,"古典型艺术的对象并不是单纯的自然,而是已由精神意义渗透了的自然。所以要扬弃的就是象征型艺术用直接的自然形体去表达绝对的那种表达方式"②。精神于是寻求回到自己的家园的途径。第三种情况是内容压倒形式,精神溢出物质。只有到浪漫型艺术中,精神才真正回到自己家园,也就是精神摆脱了物体的束缚,返回到精神本身。它的原则是内在主体性原则,不仅其内容是真正的绝对的内心生活,而且其形式也相应地是精神的主体性,即不是现成的,而是自由创造的。按照历史顺序出现的三种情况,体现为艺术领域的象征型艺术、古典型艺术、浪漫型艺术三种类型。

(三) 唯物论文学史观

马克思在《〈政治经济学批判〉序言》中,提出了一定时代的生产方式决

---

① 〔德〕黑格尔:《美学》第1卷,朱光潜译,北京:商务印书馆1979年版,第104页。
② 〔德〕黑格尔:《美学》第2卷,朱光潜译,北京:商务印书馆1979年版,第177页。

定了上层建筑及意识形态的历史唯物主义基本观点。按照这种观点,一定时代的文学是该时代社会经济结构在文化上的表现。马克思主义的唯物主义文学史观主张从社会和时代的广泛联系中去观察和分析文学现象。马克思又认为文学艺术作为精神生产有其特殊性,与物质生产存在不平衡关系。这种不平衡关系表现在两个方面,一是某些艺术形式如神话、史诗只有在物质生产的低级阶段才能产生并繁荣;二是艺术发展水平与物质发展水平并不成正比例,如古希腊和莎士比亚时代的英国经济上与 19 世纪相比相对落后,却产生了第一流的文学。

唯物论文学史观对 20 世纪中国的文学观念产生了深远影响。例如,谭丕模的《中国文学史纲》以唯物史观的社会发展史阶段以及阶级斗争学说构建全书框架。刘大杰的《中国文学发展史》根据丹纳的种族、时代、环境三要素来分析文学现象。郭绍虞认为:"文学批评又常与学术思想发生相互联带的关系,因此中国的文学批评,即在陈陈相因的老生常谈中也足以看出其社会思想的背景。"[①]朱东润认为:"伟大的批评家不一定属于任何的时代和宗派。他们受时代的支配,同时他们也超越时代。"[②]上述文学史家的观点既体现出与唯物史观的某种吻合,同时又没有完全拘泥于历史决定论。

(四) 形式主义的文学史观

形式主义的文学史观反对根据作家的生平、社会环境、时代背景以及哲学、心理学去研究文学,强调文学的独立自主性,主张从文学内部的语言、结构、功能等方面来研究文学的独特规律。俄国形式主义文学批评从文学的语言特征出发集中关注"文学性"问题。雅各布森说:"文学科学的对象不是文学,而是文学性,也就是说使一部作品成为文学作品的力西。"[③]形式主义文学史观的研究方法是,将与作者有关的生活经历、社会环境等方面去除,针对文学作品的技巧、结构等形式因素进行分析。雅各布森认为,文学性不存在于某一部文学作品中,它是同类文学作品普遍运用的一种构造原则和表现手段。文艺学的任务就是要集中研究文学的构造原则、手段、元素等等。文学研究者应该从具体的文学作品中,把它们抽象出来。雅各布森等形式主义者如此看重文学性的探讨,强调艺术形式的分析,重要原因之一

---

① 郭绍虞:《中国文学批评史》(上),北京:百花文艺出版社 1999 年版,第 3 页。
② 朱东润:《中国文学批评史大纲》,上海:开明书店 1944 年版,第 3 页。
③ 〔法〕茨维坦·托多罗夫编选:《俄苏形式主义文论选》,北京:中国社会科学出版社 1989 年版,第 24 页。

是,他们认为文艺学只有从形式分析入手,才能达到科学的高度。因为对作品的结构原则、构造方式、韵律、节奏和语言材料进行语言学的归类和分析,就如同自然科学一样,较为可靠和稳定,很少受社会政治环境等因素的影响。相反,如果从作品的内容展开研究的话,很容易受政治形势等外部因素的左右,文艺学很可能成为社会学、政治学、历史学、思想史等学科的阐释者。在俄国形式主义者看来,文学史发展的动力在于文学自身的内部规律,也就是存在于陌生化与自动化相互矛盾、消解、位移的张力之中。新的陌生化艺术程序或艺术模式的诞生是以旧的陌生化艺术程序的消解为前提的。程式化的艺术程序对于艺术的发展是一种限制性因素,而且,一种形式一旦达到鼎盛期,就会因为僵化的程式而走向衰落。文艺发展的危机意味着对新的艺术程式的召唤,反抗既有的程式化和审美规范的任务需要陌生化去完成。一种新的陌生化,以其独有的新奇性、奇异性对既定的审美规范和既定手法实行"背离、反拨、变形、偏离和背反",从而导致了文学演进中的革命性突破——一方面表现为对现有诗学语言用法的偏离、对现实的创造性变形、对程式化的文学性审美标准和套板反应模式的反拨,以新的文学性标准即陌生化取代自动化;另一方面表现为一种自动化向陌生化的位移。文艺发展的具体规律表现为,从陌生化——程式化到背离——新的陌生化,诸如此类的演变规律。

俄国形式主义文论家普洛普认为,文学史的变迁是由于文学固有因素的不同组合引起其形态变化。他在《民间故事的形态学》一书中对 100 多个俄罗斯神话与民间故事进行甄别后发现,这些叙事作品都可用 31 种功能中的某些功能来概括,任何一个故事都不可能具备全部 31 种功能,各个不同的民间故事无非是这 31 种功能的不同组合呈现的不同样式。迪尼亚诺夫认为,文学史研究中所谓的"传统",不过是某一种体系中有一定用途、起一定作用的一个或者几个文学要素组成了文学演变系列。"文学作品是一个体系,文学也是一个体系。只有在这种约定的认识基础上,才能建立起文学科学。"[①]

形式主义的文学史观关注文学内部诸因素的功能变化,以及文学形式的变迁和文学样式的兴衰等问题,但是,它对文学的考察完全脱离时代与社会而在孤立、封闭的系统内进行,难免偏颇。把形式创新看成文学的一切,

---

[①] 〔俄〕尤·迪尼亚诺夫:《论文学的演变》,〔法〕茨维坦·托多洛夫编选:《俄苏形式主义文论选》,蔡鸿滨译,北京:中国社会科学出版社 1989 年版,第 102 页。

无法解释包括内容在内的文学的全面发展。

（五）接受美学的文学史观

实证主义和形式主义的文学史观，都将对文学意义的理解局限于审美的生产与表现领域，都忽略了读者接受对意义阐释的影响，忽略了文学作品为读者的阅读而创作，并在阅读中实现其意义的事实。

姚斯的《文学史作为文学科学的挑战》是接受理论的奠基之作，该书系统阐述了"接受美学的文学史观"。姚斯提出："文学的历史性并不取决于对过去神圣的文学事实的组织整理，而无宁说是取决于读者原先对文学作品的经验。"因此，文学历史的建立是把若干代作者、读者和批评家的文学经验延续起来，成为一个历史的链条。"第一个读者的理解将在一代又一代的接受之链上被充实与丰富，一部作品的历史意义就是在这一过程中得以确定，它的审美价值也是在这过程中得以证实。在这一接受的历史过程中，对过去作品的再欣赏是同过去艺术与现在艺术之间，传统评价与当前的文学尝试之间进行着的不间断的调节同时发生的。"在这个理论前提上，姚斯认为，与其说文学史是一部部文学作品累积的历史，不如说是一部文学作品的接受史或者说是读者的消费史。就是说，一方面，文学作品体现了作家创造的特性和意图；另一方面，作品对读者的影响和效果也是这一"事实"不可分割的一部分。文学的历史发展是由各个时代的作家和接受者共同创造的。所以，姚斯得出结论：必须走出传统文学史研究方法论的窠臼，"用一种接受和作用的美学去取代传统的生产与表现的美学"。[①] 在姚斯看来，"一部文学作品的历史生命如果没有接受者的积极参与是不可思议的。因为只有通过读者的传递过程，作品才进入一种连续性的经验视野"；"文学事件的连续性首先必须体现在当代的和后代的读者、批评家和作家的经验的期待视野之中"。[②] 就是说，各种文学现象和文学作品之间根本上是通过各个时代的各种读者的期待视野建立起联系的，这也就意味着，文学的历史性存在于每个读者的变化以及读者之间期待视野的关联之中。由于文学作品的历史生命并不是作者或作品本身单方面来决定的，需要读者的积极能动才能实现，因此读者意识的变迁必然带来审美标准的变迁。

---

① 〔德〕汉斯·姚斯：《文学史作为文学科学的挑战》，《世界艺术与美学》第九辑，北京：文化艺术出版社 1988 年版，第 2 页。

② 〔德〕汉斯·姚斯：《接受美学与接受理论》，周宁、金元浦译，沈阳：辽宁人民出版社 1987 年版，第 24 页。

(六) 互文性文学史观

互文性(intertextualité)或称文本间性的概念出现于20世纪60年代,为法国后结构主义批评家克里斯蒂娃所创,其界定是:"任何文本的构成都仿佛是一些引文的拼接,任何文本都是对另一个文本的吸收和转换。互文性概念占据了互主体性概念的位置。诗性语言至少是作为双重语言被阅读的。"[1]互文性的理论基础是后结构主义、解构主义,来源于对 T. S. 艾略特、巴赫金、布鲁姆等人文学观念的继承和发展,罗兰·巴特、德里达等人作了革命性发挥。就互文性内涵的复杂性和历时性发展来看,对它的理解应该基于这一概念渐进性的流变。互文性以文本的交互性和文本的生产性为重要特征,可以为文学史的研究提供一些新的思路。互文性视角的文学史观,以符号系统的共时结构去取代文学史的历时性进化模式;放弃只关注作者与作品关系的传统批评方法,转向一种宽泛语境下的跨文本文化研究。这种研究强调多学科话语分析,从而把文学文本从心理、社会或历史决定论中解放出来,投入到一种与各类文本自由对话的批评语境中。既然历史只是人类对于客观存在的一种阐释,而不等于客观存在本身,那么不妨试图放弃以绝对的客观真理为核心的传统史学观,走向以现象学和心理学为基础的话语阐释。

1. 文本的交互性

巴赫金把文本中的每一种表达都看做是意义众声喧哗、渗透与对话的结果,指出了文本互动理解的特点。克里斯蒂娃的互文性理论由此得到启发,她认为互文性概念虽然不是由巴赫金直接提出,却可在他的著作中推导出来。克里斯蒂娃进一步提出一切文本都具有互文性,巴特则接下去阐释"任何文本都是互文本"。

文本的互文性主要包括如下三种类型。第一,拟作体的互文性。就文本与文本之间互动关系的研究而言,文学史上的拟作体是指文学创作中文人之间在文体或风格方面摹拟创作的现象。第二,同题文本的互文性。上述拟作体是指文学创作中的摹拟现象,而同题创作研究是探讨文学史上作家们就某一相同题目进行同题改写、同题扩张、同题解构的写作现象。文本的同题对举为我们树立了两者对比的考察角度。1920年代朱自清和俞平

---

[1] Julia kristeva, *Bakhtīne, le mot, le dialogue et le roman, Sèméiotiŏkè, Recherches pour une sémanalyse*, Paris, Seuíl, 1969, p. 146.

伯同游秦淮河并相约创作同题散文《桨声灯影里的秦淮河》,两个文本在思想、情调、语言方面交织着似与不似的张力。第三,主题学的互文性研究。从同题创作研究可以看出写作者超凡的想象力与创造力以及写作的多种可能性,而文学的主题学研究不一定局限于同一题目这一表面约定,它关注的范围很宽泛,通常以特定主题人物、情节单元、意象、纯粹母题等文本为核心。这种研究方式的思路是,在文本的阅读中通过读者的主观联想、研究者的实证研究和互文分析等阅读方法来研究某一主题在文本之间的流变脉络,包括明引、暗引、摹仿、重写、抄袭、改编、套用等互文关系。

2. 文本的生产性

如上所述,结构主义者可以用互文性说明各种文本的结构功能、整体内的互文关系,进而揭示其中的交互性文化内涵,并在方法上替代线性影响和渊源研究。同时,后结构主义、解构主义者利用互文性颠覆结构主义的中心关系网络,破解其二元对立系统,揭示众多文本中能指的自由嬉戏现象,进而突出意义的不确定性。德里达把文本的意义归结为"延异"(differance)和"撒播"(dissemination)。延异否定了能指与所指的一一对应关系,那么在写作或阅读的过程中字符是没有所指的能指,字符构成的文本没有固定的意义而是流动的"意指"(signifying);而"意指"的意义是在意指化的过程中创造出来的,这一过程即意义的"撒播"。他的观点从哲学、文学、语言学等不同的领域出发走向对结构、符号、意义、主体等范畴的彻底质疑。就哲学而言,便是用"书写"、"差异"、"延异"的概念来颠覆以"语音的在场"为基础的逻各斯中心主义和形而上学大厦;就文学而言,便是反对传统的表现论和再现论,超越结构主义的文学观和批评方法,在更广阔的范围内把握文学的本质。"互文性"概念的提出与这种超越形式主义——结构主义的努力是联系在一起的。在这种理论背景中,"互文性"与"书写"、"生产"等概念相结合,作为一种批判武器直接支持了巴特同时期提出的"作者死亡"论。从巴特的《文本的欣悦》、《S/Z》中,可以看出他在文本实践中发现了制造文本互联的主体,就是作者、读者和批评家。他们的写作、阅读、理解、分析和阐释的能力,取决于他们对于不同互文本的累积以及将其置于特定文本中加以重组的能力。

在互文性理论中,作者的权威位置被取消,读者阐释的能动性与自由性得到了尽可能的放大。只要是读者视野之内的文本,尽可以在互文本网络中建立思维的链接。互文性解读不是去探究王实甫的元杂剧《西厢记》怎样受到唐朝元稹《莺莺传》的影响,而是指出两者作为互文本,后者作为前文本为前者的解读提供了参照,前者的出现也丰富了人们对于《莺莺传》的理解。读者在对《西厢记》进行互文性解读时,可以激活古今中外所有与《西厢记》有关的文本,而无须顾及它们之间有无事实上的影响联系。同样,《三国志》与《三国演义》,《红楼梦》的各种版本,《水浒》、《西游记》及其各种话本之间也是如此。广而言之,互为文本的可以是前人的文学作品、文类范畴或整个文学遗产,也可以是后人的文学作品,还可以泛指社会历史文本。总之,互文性的研究方式是,通过摆脱将历史与真实、作品与作家紧紧束缚的传统文学史轨道,去寻求游戏于作品与作品、作品与社会之间的千变万化的踪迹。

三、文学史述史模式简评

文学史的述史模式是文学史最为基本的机制,它使文学史上纷纭芜杂的作家、作品、流派、运动等等,被整合到一个理论统合下的秩序中,使得繁杂的文学史现象井然有序,也使得文学史的演进过程有一条较为清晰的线索。下面拟对逆溯式、扩充式和线性进化式三种基本模式进行述评。

(一) 逆溯式

所谓逆溯式,是"逆"时间之流而往上溯,从当今的或晚近的文学状况来追本求源,了解过去文学的状貌,进而又再将这一文学系列用线索来加以贯穿的文学史模式。从文学史的实际演进过程上来讲,事件、事实的发生是由前往后、由前代影响后代,在这个意义上,逆溯式模式是从后代文学的特征上来寻觅前代文学可能具有的因子,从而将这种因子从当时繁杂的文学现象中提取出来,给予专门的研究、评价。从史学理论上讲,逆溯历史线索的方式带有一定的必然性。克罗齐曾经说过:"显而易见,只有现在在生活中的兴趣才能使人去研究过去的事实。因为这种过去的事实只要和现在生活的一种兴趣打成一片,它就不是一种针对过去的兴趣,而是针对一种现在的兴趣的。"[1]克罗齐的这一论断,容易使人想起当年马克思说过的一段名言:"使死人复生是为了赞美新的斗争,而不是为了勉强摹仿旧的斗争。"[2]人们对过去事件加以关注的热情,与对当时问题思考的焦点是相关的,甚至在看待过去的同一问题时,也会由于现实需要的差异而有不同见解。

---

[1] 转引自刘昶:《人心中的历史》,成都:四川人民出版社1987年版,第143—144页。
[2] 《马克思恩格斯选集》第1卷,北京:人民出版社1972年版,第605页。

（二）扩充式

逆溯式模式是从现实出发来看过去的文学，它实际上也是人们对待历史故事的唯一可能的眼光。但是，从逆溯的观点来看文学史时，由于现时、当代这个出发点是随着时间不断后移的，所以逆溯式模式也就不可避免地要不断移换视点；反过来，它也就会使得文学史不断地、持续地改换容貌。对同一历史时段的文学，在某一个时期人们可能会这样看，而在另一时期就可能持另一看法。在历史内涵变化不大的时段，这一移换也许不算什么，但在社会出现急剧变革的时段，或者时差跨度太大的时段，这一移换就可能使得文学史的学科体系之间显示出断裂感。如对魏晋文论的认识，鲁迅先生曾经说过，曹丕的时代可以说是文学的自觉时代。这一"自觉"说是对当时文论的极高评价。因为在此之前的文论主要有两种操作方式，一是直接由思想家提出，其文论主张无非是他的整个社会主张的一个方面，如孔子、孟子、庄子等人的文论观都同其整个思想体系有关，或者说是从其思想（尤其伦理思想）出发来看待文学的；二是由一些专门的学者来表述，但所持的态度则是代圣人立言，其立论是以他所仰慕的思想家的思想体系作为基本坐标。而到曹丕以降的魏晋六朝文论，虽然也可能有代圣人立言的动机，但已开始将文学的艺术规律、审美特性等作为专门性的课题，而在深入到这一层次后就更多将文学自身的特点作为重点来认识和表达。应该说，从文学和文学理论自身发展的角度来看，鲁迅的评价是中肯的。而再看唐代韩愈在古文运动中的主张则不同，韩愈曾自述"愈之所志于古者，不惟其辞之好，好其道焉尔"①。从韩愈的立论角度来看，则魏晋以降的文学和文论脱离了道统的路子，恰恰是有问题的。在这一罅隙中，我们不能简单地肯定或否定其中一方。事实上，放在各自时代的文化语境来看，他们都是合理的。韩愈观点的合理性在于，六朝时期的文风是形式主义的，文学是贵族们娱乐消遣的一种方式，而韩愈推崇古文，就是要以汉以前的"文以载道"的文学来驱逐绮靡文风。而鲁迅推崇魏以后"文学的自觉时代"，则是站在五四运动要破除传统文化中束缚人心的一面的立场，其中文学中的"道统"也是要破的一个重点，而这种破除不能全以新的观点来立论，这会显得有些单薄，那么，六朝文学中对道统的有意忽视可以说是一个很恰当的历史材料，将其说成"文学的自觉"，算是一种正面的评价。就是说，他们的观点都各自体现了

---

① 《韩昌黎文集校注》卷三《答李秀才书》。

合理的内容。那么,由这样不同的立论就会对文学史有不同的"逆溯",各自从文学史上找出自己需要的东西。由于它们的合理性是撰写文学史必须充分注意的,又由于后来的撰史者还会不断地从自身立场出发找出具有合理性的立论点,因此文学史的撰写就不能不是一种扩充的过程;过去的写法不能简单否定,后来的写法又有必要推出。

(三) 线性进化式

如果说逆溯式是指明文学史的立论支点,扩充式是承认文学史内容与时俱进的扩充而又不宜简单汰除的观点,那么,线性进化式则是针对这一状况的更高层次的建构,它力图梳理出文学史所述对象甚至文学史自身的发展轨迹,即进化的轨迹。这一进化轨迹将前代文学视为后代文学的基点和起始阶段,这种前、后两端的对举,形成了一种线状的结构。

进化模式有广义和狭义之分。狭义的进化模式认为,后代文学优于前代文学。它的理论基础可以追溯到查尔斯·达尔文。他在1858年7月1日宣读了关于进化论的论文,该论文中提出了"一个崭新的包括从远古到现今的世界历史观,并构成了现代第一个发展思想的重要雏形"①。这一进化论思想,在解释生物过程,甚至在解释社会历史进程时所遇到的难点、障碍,都远远比不上在文艺问题上碰到的麻烦。因为文艺上很难找到一个恒久的关于审美价值的标准,它就如同时装一样,穿了大裤腿又会时兴小裤腿,而在小裤腿风靡之后又可能会再度盛行大裤腿。由于狭义的进化模式有着这一粗陋的、难以同文学现实榫合的状况,因此也就有了修改的、广义的进化模式。譬如我们从马克思的艺术史观中就可以见出这一倾向。英国学者柏拉威尔在论述马克思文艺观的专著中写道:"马克思也同浪漫主义作家一样,把艺术的发展比做植物的不同季节,他用了开花的季节,繁盛时期(BLIITEXEITEN)这样一个词。"②而浪漫主义的文学史观正是比较典型地持艺术进化观念的。但是,马克思的这种"进化"观念,是将文学艺术放在整个社会、文化背景下来看才显示出来的,社会进化是马克思历史观的基本信条。文学艺术要适应社会的发展,因而在逻辑上它也是有着进化的。马克思举例说:"成为希腊人的幻想的基础、从而成为希腊(神话)的基础的那种对自然的观点和对社会关系的观点,能够同自动纺机、铁道、机车和电

---

① 〔美〕里夫金、霍华德:《熵:一种新的世界观》,吕明、袁舟译,上海:上海译文出版社1987年版,第120页。

② 〔英〕柏拉威尔:《马克思与世界文学》,梅绍武等译,北京:三联书店1982年版,第382页。

报并存吗？在罗伯茨公司面前,武尔坎又在哪里？在避雷针面前,丘必特又在哪里？在动产信用公司面前,海尔梅斯又在哪里？"①马克思在这里其实是明确了一个道理,即文学是时代精神的折射。当时代变迁时,就呼唤新的文学来表达它的吁求,在时代进步的背景下,文艺也可以说有进步的趋势,然而在文艺内部来看,则情形可能复杂得多。马克思作了说明:"在艺术本身的领域内,某些有重大意义的艺术形式只有在艺术发展的不发达阶段上才是可能的。"②这种广义上的进化模式,是现今大多数文学史论著的述史模式。

文学史是一种对文学的历时性描述。在描述中,它是由撰史者分别从不同的视角来勾勒的,各种勾勒的方式都有着其合理性与局限性。在这些不同的述史模式的对话、碰撞的过程中,实际上体现了一种文学史述史机制的总体整合效果。如线性进化的模式必然是将早期作品作为晚近作品的准备阶段,而扩充式则更愿意将它们看成一种共时的系列。如艾略特曾说:"荷马以来的整个欧洲文学和他本国的整个文学,都有一个共时性的存在,构成一个共时的序列。"③在这一模式中,不同时期文学的差异,是被比较抽象的文学性冲淡了的,至少是不被强调的。至于文学史的万花筒模式,则更倾向于将不同时期各种风格的文学看成由人们出于不同意愿而拼合的多面体。因此,不同文学史的模式之间仿佛是一个充满喧嚣的对话场所,大家各说自己的话,而总体的文学史机制其实在其间隐伏,并不直观地显现。恩格斯曾经说,历史是由"许多单个的意志的相互冲突产生出来的","由此就产生出一个总的结果,即历史事变,这个结果又可以看做一个作为整体的、不自觉地和不自主地起着作用的力量的产物。因为任何一个人的愿望都会受到任何别一个人的妨碍,而最后出现的结果就是谁都没有希望过的事物"。④ 由此来看文学史的机制,不无启迪意义。或许可以这样来看,文学史写作要在众多的文学作品中选取那些杰出的作品,将它们作为文学史上的经典,同时还要对那些并不那么杰出但足以代表一个时期文学作品、文化状况的作品加以论说,然后再将一些既不杰出、又对文学发展史没有什么影响的作品加以剔除、存而不论,在这一筛选、提取的过程中,难免会有一时的疏忽,也难免有撰史者个人偏见的干扰。那么,从几种不同述史模式的矛盾

---

① 《马克思恩格斯选集》第 2 卷,北京:人民出版社 1995 年版,第 113 页。
② 同上。
③ DH. Richter ed. , *The Critical Tration*, New York, 1989, p. 469.
④ 《马克思恩格斯选编》第 4 卷,北京:人民出版社 1995 年版,第 478 页。

中,就可以通过互补关系,减少一些由于视角误差带来的失误。

如果从各个述史模式自身的立场来看,另外的模式都可能被看成"噪音",而从文学史写作要将过去作品筛选和经典化的进程来看,则几种模式间的矛盾、冲突、罅隙都是必要的,这种不和谐导致的是一个整体的动态中的和谐。文学史由各种模式的消长关系来达到对过去作品经典化和汰劣化的目的,其总目标是明确的,而这一目标的实现则有必要采取各种不同的途径。文学史的述史机制及大体的模式,如上述已有了大致的勾勒。文学史在完成经典化与汰劣的过程中,还有哪些模式是值得提出来的?既有的文学史论著中,还可以归纳出其他什么模式?这些模式之间有着什么样的矛盾关系?文学史的撰史机制如何体现出撰史者的当代视点,以及这一视点与作品创作时所处文化氛围间的对话关系如何?文学传播过程在文学史中具有什么意义?如此等等,这些都是值得进一步思考的问题。而这些问题的提出与思考,都有待于对文学史的述史机制进行梳理之后才便于展开。

文学史研究的目的是,完整展示文学发展的历史进程,完整揭示文学史的真正面目,深入探讨文学进步的历史规律与悖论。汉斯·罗伯特·姚斯从接受美学的立场出发提出:"文学史是一种审美接受与生产的过程。这个过程,就接受的读者、反思的批评家和不断生产(创作)的作者而言,是在文学作品文本的实现中发生的。传统文学史所包容的无限增长着的大量无限'事实',只是通过上述过程得以保留下来;它只是被收集起来分了类的过去,所以根本不是历史,而是伪历史。任何人,若将一系列这类事实看做文学史的一个片断的话,他都混淆了艺术作品与历史事实的重要特征。"① 文学的发展历史是一种自在性的自然结构,但是对文学发展历史演变规律的研究和思考,即上升到文学史理论的思想建构,必须经过历史阐释与文学阐释才能进入现代人的视野,所以文学史研究具有阐释学的性质。

文学史研究的过程是一个不断思考文学史各种悖论的过程。单一模式的文学史观,或者说单独一部文学史并不能涵盖文学发展史的全部。无论编写何种类型(包括文体史、断代史、通史等)的文学史,都应该从文学史发展中看到多种走向、多种模式、多种意识系统和话语系统互相交汇的过程。

---

① 〔德〕汉斯·姚斯:《接受美学与接受理论》,周宁、金元浦译,沈阳:辽宁人民出版社1987年版,第32页。

第三节 文学思潮及其演变

文学史上出现的文艺思潮集中反映了一定社会历史条件下形成的文艺思想、审美意识、创作倾向等问题。研究文学思潮及其演变过程,是一种动态的观照方式。通过认识各个不同的历史时期文学所呈现出的各不相同的面貌、状态,就可以在漫长的历史演变与发展过程中看清文学所呈现出的不同思想潮流。

本节首先界定文学思潮的内涵,然后介绍中外文学史上主要的文学思潮的类型,最后分析文学思潮演变的外在影响与自律性因素。

一、文学思潮的界定

随着社会经济、政治、文化的变化,文学思潮也随之变化。文学思潮形成于一定的历史时期和一定的地域,它的出现与经济、政治、文化等发展要求相适应,往往会形成具有广泛影响的文学思想和文学创作的潮流。文学思潮的含义包括如下要素:具有确定的时空范围;带有鲜明的时代性和阶级性;在题材、主题、人物、风格等方面具有普遍的审美倾向和艺术主张;与特定的社会思潮、哲学思潮等相关联;往往会形成一定规模的文学与文化运动,并影响一部分作家的创作活动。

要理解文学思潮,附带还要廓清文学思潮与文学流派、创作方法的关系。第一,文学流派通常反映了一定的文学创作群体共同的思想倾向与艺术追求。一定的文学流派并不必然形成文学思潮。但是,文学思潮可以促进文学流派的产生和发展,反过来,文学流派在一定程度上也可以促进文学思潮的产生和发展,二者相互促进,相互影响。第二,创作方法体现了作家认识和反映现实生活所依据的总的原则。文学思潮可以包容各种不同的创作方法,但是创作方法与一定的文学思潮并不存在必然联系。当然,在特定的历史条件下,文学思潮、文学流派和创作方法三者也会发生重合的情况。如欧洲17世纪的古典主义、18世纪末至19世纪前期的浪漫主义以及后来批判现实主义,它们既是大规模的文学思潮,又是文学流派,也是文学创作方法。

二、文学思潮的类型

纵观西方近现代文学思潮的发展,西方文学史先后经历了古典主义、浪漫主义、现实主义、现代主义、后现代主义五个阶段,下面选取其中主要的文学思潮进行梳理。

(一) 浪漫主义

浪漫主义(Romanticism)产生于18世纪末到19世纪初的欧洲,它不是一个单一的思想运动,而是对18世纪中叶以来西方社会发展的综合反映。浪漫主义运动的鼎盛期是18世纪90年代到19世纪30年代,其理论基础是德国古典哲学。作为流派,浪漫主义在西欧各国都有过很长的尾声,或者是作为传统而成为其他流派的组成部分,不过到了1830年以后,它的鼎盛时期就过去了。

浪漫主义文学的第一个浪潮(18世纪末到1805年),英国的主要作家有彭斯、布莱克、"湖畔派"三诗人(华兹华斯、柯勒律治与骚塞);德国有"耶拿派"施莱格尔兄弟、诺瓦里斯、蒂克;法国有夏多布里昂、斯达尔夫人。浪漫主义的第二个浪潮(1805—1827)批判性增强,英国有拜伦、雪莱、司各特;德国有"海德尔堡"派(布伦塔诺、阿尔尼姆)、格林兄弟、艾兴多尔夫、霍夫曼;法国有维尼。浪漫主义的第三个浪潮(1827—1848),法国有雨果、大仲马;德国有海涅(后转向现实主义);俄国有茹科夫斯基、雷列耶夫、普希金、果戈理(后转向现实主义)、莱蒙托夫;波兰有密茨凯维奇;匈牙利有裴多菲;美国有欧文、爱伦坡、霍桑、惠特曼、麦尔维尔、朗费罗。

浪漫主义作为创作方法或者文学思潮来说,主要有如下三个特点。

1. 理想主义精神

浪漫主义突出的特征表现为浪漫主义精神,也就是理想主义精神。与现实主义的关注现实、尊重现实、忠实于现实不同,浪漫主义作家一般都对现实生活的客观描绘感到不满,他们以一种超越现实的文学精神执著于生活理想的追求,用美丽的理想来代替不足的现实。在欧洲文学中,像盗天火给人间的普洛米修斯,生命危在旦夕,用心来照明道路,领人走出黑暗的丹柯等等,是理想化的艺术形象。这些文学形象表现的是作家追求真理、向往理想的精神。中国文学也有深远的浪漫主义传统。《诗经·魏风·硕鼠》中的"乐土",陶渊明笔下的"世外桃源",李白《梦游天姥吟留别》中的神仙世界等等,都不是已有生活的真实写照,而是作家理想的生活,是人类应该有和可能存在的生活。它们都属于浪漫主义作品的范围。与理想主义精神相联系,浪漫主义文学塑造人物也是通过理想化的手段把人物理想化。中国古代文学中这类理想化的人物是很多的。例如,屈原《离骚》中为追求美好的理想而上下求索、九死不悔的灵均,《西游记》中上天入地、识妖降魔、无所畏惧的孙悟空,《聊斋志异》中那个魂入阴间为父告状伸冤,不顾严刑峻法终获胜利的席方平等等,都是这样的人物。

2. 主观色彩

浪漫主义具有强烈的主观色彩,注重表现作家鲜明的主观情感和个性。

浪漫主义向往和追求生活的理想,这种理想源于作家、艺术家的心灵。雨果说:"人心是艺术的基础,就好象大地是自然的基础一样。"①浪漫主义作家沉浸在自己的内心世界中,更倾向于直觉体验和激情感受。英国浪漫主义诗人华兹华斯说:"诗人比一般人具有更敏锐的感受性,具有更多的热忱和温情,他更了解人的本性,而且有着更开阔的灵魂;他喜欢自己的热情和意志,内在活力使他比别人快乐得多……"②波德莱尔也说:"浪漫主义既不是选择题材,也不是准确的真实,而是感受的方式。"③可见浪漫主义作家侧重于表现作家的主观心灵。

3. 艺术手法

浪漫主义文学体现出丰富的想象、强烈的对比、夸张的描写、奇特的情景、非凡的人物形象。在艺术表现手法上,浪漫主义作家多采用大胆的想象和夸张的手法。浪漫主义在欧洲作为一种文学思潮运动兴起,是直接与对"想象"的推崇联系在一起的。例如,以华兹华斯和柯勒律治为代表的英国浪漫主义理论非常重视想象的创造能力,并把它作为浪漫主义诗学的一个基本出发点。从古今中外文学史的实际看,大胆的想象、奇特的夸张的确是浪漫主义显著的特点之一。浪漫主义的其他相关特点还有:注重对生活理想和理想境界的表现;崇尚自然,强调以自然为对象和表现人性的自然本质;着力描写和歌颂大自然或远方异族;利用民间文学的题材进行再创造。

总之,浪漫主义文学是一种强调表现理想、抒发情感的文学类型。

(二) 现实主义

现实主义文学思潮前期主要发生于19世纪30—60年代,以英国、法国为中心。法国的主要作家有司汤达、巴尔扎克、梅里美、小仲马、都德、欧

---

① 〔法〕雨果:《论文学》,柳鸣九译,上海:上海译文出版社1980年版,第9页。
② 〔英〕华兹华斯:《〈抒情歌谣集〉第二版序言》,曹葆华译,刘若端编:《十九世纪英国诗人论诗》,北京:人民文学出版社1984年版,第13页。
③ 中国社会科学院外国文学研究所外国文学研究资料丛刊编辑委员会编:《欧美古典作家论现实主义和浪漫主义》(二),北京:中国社会科学出版社1981年版,第184页。

仁·鲍迪埃、米雪儿、瓦莱斯、克莱芒;德国有海涅、维尔特、凯勒;英国有狄更斯、勃朗特姐妹、安妮、盖斯凯尔夫人、哈代。现实主义后期主要是在19世纪70年代至20世纪初,以俄国、北欧、美国为中心。丹麦有安徒生;挪威有易卜生;美国有希尔德烈斯、斯托夫人、哈特、马克·吐温、亨利·詹姆斯、诺里斯、克莱恩、欧·亨利、杰克·伦敦;俄国有普希金、莱蒙托夫、果戈理、别林斯基、冈察洛夫、屠格涅夫、车尔尼雪夫斯基、杜勃罗留波夫、奥斯特洛夫斯基、涅克拉索夫、陀思妥耶夫斯基、谢德林、列夫·托尔斯泰、契诃夫。

批判现实主义是欧洲19世纪中叶出现的一个强大的文学流派和思潮。它在理论方法和创作实践上都比以前的现实主义更具自觉性。批判现实主义最显著的特色是对资本主义社会现实的深刻认识和无情批判,其作品普遍重视刻画典型人物和典型环境。批判现实主义的代表作家有巴尔扎克、狄更斯、托尔斯泰、果戈理、屠格列夫、契诃夫等。20世纪现实主义作家们始终坚持现实主义创作的基本原则,以人道主义和民主主义作为重要的思想武器。其描写方法具有"内倾性",人物塑造上强调性格的多重性。主要作家有罗曼·罗兰、海明威、福克纳、布莱希特等。

现实主义文学具有如下两个方面的主要特点:

1. 现实主义的创作精神

现实主义文学的首要特征是它的现实主义的创作精神。现实主义作家注重艺术与现实的关系,按照生活本身所具有的逻辑,以近似生活本来面目的方式来描写生活。其基本精神是正视现实、直面人生。现实主义作家尊重生活的逻辑,客观、真实地把握和再现现实生活。恩格斯说:"我所指的现实主义甚至可以违背作者的见解而表露出来。"[1]契诃夫说:"现实主义文学就应该按生活的本来面目描写生活,它的任务是无条件的、直率的真实。"[2]高尔基说:"对于人和人的生活环境作真实的、不加粉饰的描写的,谓之现实主义。"[3]韦勒克说:"现实主义是'当代社会现实的客观再现。"[4]现实主义对生活的忠实甚至可以达到这样的程度,即作家为了如实地反映生活,违背自己的主观愿望而如实、客观地描写社会的真实面貌。

---

[1] 〔德〕恩格斯:《致玛·哈克奈斯》,《马克思恩格斯选集》第4卷,北京:人民出版社1972年版,第462页。

[2] 〔俄〕契诃夫:《契诃夫论文学》,汝龙译,北京:人民文学出版社1958年版,第35页。

[3] 〔苏〕高尔基:《论文学》,北京:人民文学出版社1978年版,第163页。

[4] 〔法〕韦勒克:《批评的诸种概念》,丁泓等译,成都:四川文艺出版社1988年版,第230页。

2. 注重写实

现实主义注重写实,主张按照生活的本来面目表现生活;追求细节描写的真实性和典型性的统一,着力塑造典型环境中的典型性格。

现实主义作家既然尊重生活,按照生活的本来面目来描写生活,就决定了它在艺术表现手法上也有不同于其他创作方法的鲜明特点。巴尔扎克说:"小说在细节上不是真实的话,它就毫无足取。"①乔治·桑说:"我们倒情愿给现实主义取一个简单名字,那就是:细节的科学。"②在细节描写方面,现实主义作家,尤其是19世纪的现实主义作家做过相当艰苦认真的努力。比如,巴尔扎克在《高老头》中对伏盖公寓的细节描写非常逼真,令人如临其境。恩格斯说,在经济细节方面,巴尔扎克的《人间喜剧》所提供的比当时所有"职业的历史学家、经济学家和统计学家"还要多,这也说明现实主义作家在细节表现方面的确具有超凡的能力。

总之,现实主义标举反映现实、干预生活的文学精神,既是一种文学思潮,也是一种重视艺术再现的文学类型。

(三) 现代主义

现代主义文学产生于19世纪末,20世纪初开始波及西方各国。20世纪20—30年代是现代主义文学艺术的鼎盛时期,二战以后,作为文学思潮的现代主义开始逐渐衰落,所谓的后现代文化在西方各国崭露头角,并逐渐成为20世纪后期文化和文学艺术的主要事件。现代主义文学思潮主要由象征主义、意识流、超现实主义、表现主义、存在主义、荒诞派戏剧、黑色幽默等文学思潮或文学流派构成。唯美主义和早期象征主义文学的产生,是现代主义的萌芽。爱伦·坡和波德莱尔等人被公认为现代派的远祖。后期象征主义则被视为现代派文学的第一个流派,其代表人物有叶芝、艾略特、瓦莱里、里尔克、庞德和梅特林克等。西方现代主义不是一个统一的文学流派,包括了20世纪众多的文艺思潮和创作主张,文学观点庞杂,创作方法五花八门,表现形式多种多样。现代主义产生的社会根源和思想根源是:资本主义内外矛盾的发展和加剧;两次世界大战带来的灾难性后果;社会主义革命风起云涌;物质生产和科学技术飞速发展;反传统和非理性的社会思潮成为主流观念。总之,作为现代工业社会和垄断资本主义历史时期的产物,现

---

① 〔法〕巴尔扎克:《巴尔扎克论文学》,北京:中国社会科学出版社1986年版,第68页。
② 中国社会科学院外国文学研究所外国文学研究资料丛刊编辑委员会编:《欧美古典作家论现实主义和浪漫主义》(二),北京:中国社会科学出版社1981年版,第139页。

代主义文学表现了 20 世纪西方社会动荡不安的思想、情感和生活。对既往文学理论传统的颠覆是现代主义文学最为显著的特点。

20 世纪 20—30 年代后期象征主义盛行,这一阶段的主要成就体现在诗歌上。代表作家有英国的艾略特、爱尔兰的叶芝、法国的鲍尔·瓦莱里、奥地利的里尔克、美国的庞德。象征主义强调诗歌应有鲜明的个性,要表现出诗人的创造才能;创作应侧重于表现诗人的心灵,不能满足于摹仿现实;创作就是暗示与象征,以此去表现隐秘的内心世界。表现主义关注现实生活中的迫切问题,带有某种哲理性;作品的主人公大都身份不明、来去无踪;惯于用象征性的手法去表现抽象的真理。意识流小说出现于 20 世纪 20—30 年代,着重表现人物的意识活动本身;注重自由联想;注重内心独白。代表作家有法国的普鲁斯特、英国的伍尔夫、爱尔兰的乔伊斯、美国的威廉·福克纳。荒诞派戏剧从各个方面表现资本主义社会的荒诞性和人的全面异化;表现人与人之间相互隔绝、孤独、陌生的状态;艺术表现形式和手法上一反传统,别出心裁,没有故事情节,也没有矛盾冲突,使用象征手法,道白常是枯燥无味、不断重复唠叨的絮语。从内容来看,荒诞派戏剧可以说是以存在主义哲学来理解和表现人生与社会的戏剧。荒诞既是荒诞派戏剧所表现的基本主题和艺术表现手法,也是它的人生观和世界观。未来主义 20 世纪初产生于意大利,它否定、抛弃传统,歌颂机械文明和都市混乱,打破形式规范,属于文化虚无主义。代表作家有意大利的马利奈蒂、法国的阿波利奈尔、俄国的马雅可夫斯基。超现实主义产生于两次世界大战期间的法国,追求"内部现实"与"外部现实"的统一;注重幽默的手法,主张采用"非理性知识"的自发性方法进行"无意识写作"、广泛使用"自动写作法"和"梦幻记录法";风格晦涩艰深、离奇神秘。它对后来的荒诞派、黑色幽默、魔幻现实主义都有重大影响。代表作有法国布勒东的《磁场》、《第一号超现实主义宣言》、《娜佳》等等。

现代主义文学的特点主要表现为如下三个方面:

1. 强调表现内心生活和心理真实

现代主义强调表现内心生活和心理真实,具有主观性和内倾性特征,注重表现和象征,反对再现和摹仿。现代主义文学倾向于表现人的心理,包括潜意识与非理性的思想。象征是现代主义文学常用的表现手法和技巧,它通过暗示的方式来表达抽象的、隐晦的意义,读者通过符号形式、象征意象来理解、感悟其隐含的意蕴。

超现实主义作家布勒东提出"下意识写作",意识流小说着力记录人内心的潜意识的流动。现代派文学普遍重视直觉、梦幻、象征等手法。现代派文学还提出了心理现实主义的理论。普鲁斯特认为,不是现实本身,而是心理回忆和体验才是最真实的东西;艺术也不是生活的拓片,相反,艺术中的生活才是真实的生活。福克纳要求作家描写人类的"内心冲突"和"心灵深处亘古至今的真实情感"。伍尔夫则认为一切都是恰当的小说题材,作家可以以每一种感情、每一种思想、每一种头脑和心灵的特征为题材。现代主义文学对心理的重视和开掘,丰富了文学经验,也有助于更深刻地揭示人们复杂的心理世界,在文学发展史上是有重要意义的。

2. 强调艺术形式的创新

现代主义运用象征、隐喻的神话模式追求艺术的深度;提倡"以丑为美"、"反向诗学",大量描写丑的事物;热衷于艺术技巧的革新与实验,具有形式主义倾向,信奉艺术本体论,认为形式即内容,追求"艺术的非人格化"。

现代主义文学认为传统的文学形式和文学观念属于过去的时代,已成为束缚作家创作的绳索,必须破除。赫伯特·李德在《现代艺术》(1933)中说,现代艺术"对全部传统进行了一次突然的爆炸"[①]。伍尔夫在《论现代小说》中认为现代派作家是"精神主义者",他们和物质主义者相反,"不惜任何代价来揭示内心火焰的闪光"。[②]

现代主义文学的形式创新有某种积极因素,但过于标新立异,甚至违反文学创作的规律去猎奇、杜撰,一味否定传统的文学创作技巧和手法,则给文学创作带来了消极的影响。

3. 关注现代社会的人性异化现象

现代主义文学产生于19世纪末、衰落于20世纪中叶,它是现代工业社会和垄断资本主义历史时期的产物。现代主义文学表现了动荡不安的20世纪西方社会的思想、心理和生活,体现了作家对人与自然、人与社会、人与自我之间异化现象的揭示、批判与反思,表达了文学对于解决现代各种社会矛盾的愿望。

三、文学思潮演变的外在影响

文学思潮的形成原因,可以分为外部的和内部的两个方面。虽说文学思

[①] 《英国作家论文学》,刘保静译,北京:三联书店1985年版,第564页。
[②] 〔英〕弗吉尼亚·伍尔夫:《论小说与小说家》,瞿世镜译,上海:上海译文出版社2000年版,第4页。

潮的形成有文学自身的运动规律和审美因素,但是还有许多对文学思潮的形成产生了重要作用的外部原因。一个时代的社会观念、哲学观念、道德观念乃至政治观念的发展变化,影响着一定的社会思潮、文化思潮或哲学思潮的形成。即便是文学审美的新要求,往往也来自哲学、政治和道德上的变化。

(一) 文学思潮与社会的发展

文学思潮与社会的发展存在非常密切的关系。刘勰《文心雕龙·时序》曰:"歌谣文理,与世推移","文变染乎世情,兴废系乎时序"。白居易认为,"文章合为时而著,歌诗合为事而作"。文学思潮的出现往往是由多种因素形成的。其中最主要的是社会经济形态的变化和由此产生的新的思想要求,这两者是文学思潮形成和发展的客观基础。此外,历史文化的传统与文学思潮的形成也具有渊源关系。文学史上任何一种新的文学主题的出现,都可以从它产生的时代找到原因。李长之在《论研究中国文学者之路》一文中就认为文学与文化之间有内在联系:"专就文学而了解文学是不能了解文学的,必须了解比文学的范围更广大的一民族之一般的艺术特色,以及其精神上的根本基调,还有人类的最共同最内在的心理活动与要求,才能对一民族的文学有所把握","不了解一个民族的文化的整个,依然不能了解一个作家",因为"文学的内容不是独立的,而是有文化价值的整个性的"。[①] 在中国文学史上,我国从汉末到魏晋时期突然出现了一大批具有很强的主体意识的诗作,这是一个现代意义的文学观念觉醒的时期,对于以后中国文学的发展产生了巨大的影响。如《古诗十九首》等作品表现出对个体生命的珍视与对美好爱情的向往;曹操等人的诗作表现出用个人奋斗去创造历史的豪情与自信;阮籍、嵇康等人的诗作表现出对世俗名利的蔑视与对个性自由的追求。此外,李白等人诗歌的大气磅礴也与盛唐社会的繁荣有关,诗人们由国力的强大而产生强烈的自信心态。

(二) 文学思潮与政治思潮

文学不可能完全摆脱政治,政治思想和思潮不可避免地对文学思想和思潮产生一定影响。文学思想和思潮也常常会反映出一个时代的政治思想和思潮。不同阶级为了自身利益的需要,总是要对文学加以利用和控制,总是力图将本阶级的政治思想贯穿到文学中去。政治思潮对文学思潮的影

[①] 李长之:《论研究中国文学者之路》,郜元宝编:《李长之批评文集》,珠海:珠海出版社1998年版,第402页。

响,主要是对文学思潮性质的影响。例如,法国大革命所信奉的自由、平等、博爱等观念是当时政治思潮的主要内容,这些理念出现于法国资产阶级面对封建王朝的政治大革命氛围之中,它们也是浪漫主义文艺思潮的核心观念。浪漫主义所提出的"文学上的自由主义"有着特定的政治意向,是法国新兴资产阶级政治思潮激起的回声。

(三) 文学思潮与哲学思潮

哲学思潮往往是一种新兴文学思潮的先导,同时,一种新的哲学思想往往也是与此相呼应的文学思潮的核心观念。17 世纪古典主义文学与笛卡尔的唯理论,18 世纪启蒙主义文学与洛克·狄德罗的唯物主义哲学,19 世纪浪漫主义文学与空想社会主义、德国古典哲学,批判现实主义文学与黑格尔的辩证法、费尔巴哈的人本主义唯物论,20 世纪现代派文学与非理性主义哲学,社会主义现实主义文学与马克思主义哲学等等之间,存在着鲜明的对应关系。当一种哲学成为一种社会思潮时,它将影响一定时期文学的面貌,使作家的思想和创作方法被某种世界观所支配。如西方现代文学思潮就是在西方现代哲学思潮影响下形成的,西方现代哲学思潮是西方现代文学思潮的先导。叔本华的直觉主义、柏格森的生命哲学、尼采的权力意志、萨特的存在主义等都对西方现代文学思潮产生了深刻的影响,也是西方现代文学的核心观念。中国文学的发展情况也不例外,明代李贽提倡"童心说",在以他为代表的重情哲学思潮影响下,形成了以袁宏道、汤显祖为代表的重情文学思潮。

四、文学思潮演变的自律性因素

正如阿多诺所说,艺术具有双重本质,它既有自律性,又是一种社会现象,人们必须从两个方面考虑艺术的本质。"一方面是作为自为存在的艺术,另一方面则是它与社会的联系。艺术的这种双重本质显现于一切艺术现象中;这些现象本身则是变化和矛盾的。"[①]我们在思考文学思潮的演变规律时,应该注意文学发展的这种双重性质。

文学除了外在的历史文化影响作用之外,还有自身的发展轨迹及其内在原因;而且外在的历史文化因素对文学的发展产生影响,必然通过文学自身内在各要素的调整、变化来体现。五四时期梅光迪说:"盖文学体裁不

---

① 〔德〕阿多诺:《艺术与社会》,周宪等编:《当代西方艺术文化学》,北京:北京大学出版社 1988 年版,第 67 页。

同,而各有所长,不可更代混淆。而有独立并存之价值,岂可尽弃他种体裁,而独尊白话乎? 文学进化至难言者,西方名家(如美国十九世纪散文及文学评论大家韩士立),多斥文学进化论为流俗之错误,而吾国人乃迷信之。且谓西洋近世文学,由古典派而变为浪漫派,由浪漫派而变为写实派,今则由写实派而变为印象、未来、新浪漫诸派,一若后派必优于前派,后派兴而前派即绝迹者。然此稍读西洋文学史,稍闻西洋诸论者,即不作此等妄言。"①文学思潮的产生往往也是文学自身演进、变化的结果。文学思潮的变迁推动文学的发展,由于文学思潮涉及的范围广、延续的时间长,所以对于文学发展的影响尤其重大。文艺复兴运动从意大利发源以后,波及德国、法国、西班牙、英国等广大的国家和地区,涌现出薄伽丘、彼特拉克、马丁·路德、拉伯雷、塞万提斯、莎士比亚等文学巨匠。

总之,文学思潮具有作家的集团性、文学纲领的共同性以及在社会上影响的广泛性和特殊性等特点。文学思潮的影响远远大于文学思想,它包括时代、民族、阶级、地域各个层次上的共同的文学思想倾向,并对文学创作起着导向作用。它与政治、经济、文化的发展变革相一致,也与一定时代人们的审美意识和思想文化心理相一致。马克思主义经典作家运用唯物史观看待文学现象,把文学当做社会意识形态之一,因此也非常重视从思潮的角度研究文学发展的历史。丹麦的文学批评家勃兰兑斯撰写的《十九世纪文学主流》,就是一部全面考察一个历史时期文学思潮的有影响的著作。

研究文学思潮具有不可忽视的意义:可以从宏观视野把握作家的创作;可以在文学运动和文学潮流中把握文学与一定历史条件以及与社会思潮、哲学思潮、读者审美需求的关系;可以从总体上发现和把握文学的特性及文学的发展规律,有助于更深刻地理解文学和时代的关系,从而推动文学的发展;可以发现影响文学发展的诸多因素,总结文学发展的规律,从而顺应这些规律,促进文学的繁荣。

【导学训练】

一、关键词

巫术说:雷纳克、泰勒、哈特兰特、弗雷泽等人认为,原始人的一切创作活动都包含着巫术的意义,都是原始巫术的直接表现,巫术的思维法则促成了艺术的诞生。

---

① 梅光迪:《评提倡新文化者》,《学衡》1921年第1期。

游戏说：源于康德，后来由席勒、斯宾塞、格罗斯等加以发挥和补充。这种观点认为，人们总是想利用剩余的精力创造一个自由的天地，这就是游戏。艺术与游戏一样是一种非功利性的纯粹审美的生命活动，艺术起源于人类摆脱物质与精神束缚、追求自由天地的游戏本能。艺术和游戏，都是过剩精力的发泄。

潜意识欲望说：奥地利心理学家弗洛伊德认为，在作家的心灵深处，有着为社会伦理道德所不容的本能欲望，这种被压抑的性本能是文学艺术的内驱力；文学艺术的创造类似于白日梦，经过压抑、转移和感官意识的加工，使作家被压抑的欲望与本能得到幻想形式的升华与满足。

劳动说：代表人物有马克思、普列汉诺夫、高尔基等。这种观点认为艺术起源于劳动，原始艺术是适应劳动的需要并在劳动实践过程中产生的，具有明显的功利目的。

文学思潮：指文学发展史上一定历史时期产生、流行的一种文学潮流，它是一定社会历史背景下形成的美学思想、文艺思想、创作倾向的集中反映，对文学创作实践起着积极的或消极的影响。它的兴起和消亡，与一定时代的政治、经济、文化有着密切的联系，具有历史的必然性。文学思潮往往会形成一定规模的文学文化运动。

现实主义：现实主义是作家在一定世界观和文艺观的指导下，按照实际生活存在的样子，通过艺术概括和典型创造，真实具体地认识和反映生活，塑造艺术形象的一种创作原则。

浪漫主义：浪漫主义是指在现实生活的基础上，采用大胆的想象、夸张和变形等手法来塑造理想化的形象，通过直接抒发内心的激情来表达对理想世界的热切追求的一种创作原则。

现代主义：西方现代主义文学产生于19世纪末，20世纪初开始波及西方各国。20世纪20—30年代是现代主义文学艺术的鼎盛时期。它不是一个统一的文学流派，包括象征主义、意识流、超现实主义、表现主义、存在主义、荒诞派戏剧、黑色幽默等文学现象或文学流派。它强调表现内心生活和心理真实，艺术形式上强调创新，热衷于艺术技巧的革新与实验。

二、思考题

1. 文学继承与创新的关系。
2. 文学史与文学史观的联系与区别。
3. 文学史观的主要类型。
4. 文学思潮演变的规律。

【研讨平台】

一、文学发生学的概貌

关于文学起源的原因，本书有多个章节论述了几种代表性的观点。下面对这些观点进行辩证的评述。

(一) 与巫术的关系

根据人类学研究与考古学发现,原始民族都经历过巫术统治的阶段,巫术在人们日常生活中扮演着极其重要的角色,巫术思维与观念渗透了人类生产和生活的一切领域。艺术作为生活的一部分,与巫术有着千丝万缕的联系。作为宗教意识萌芽的巫术观点,与萌芽的审美意识各自产生并相互渗透、相互促进。同时,巫术与艺术活动还具有多方面的共同的思维特点,如想象和情感投射等。巫术说从原始文化、原始思维的角度解释文学艺术的起源。但是,巫术并非审美意识之源,从而也不可能是艺术发生的最终根源。在这个意义上,巫术说显出了它的片面性。

(二) 与游戏的关系

艺术与游戏具有共同的特点:在娱乐功能上,原始艺术是无功利性的;在审美感受上,艺术活动如同游戏一样可以获得审美快感。游戏说从上述两个方面揭示了艺术生成的重要条件。但是,艺术活动毕竟不是绝对无关功利目的的。它不能脱离原始社会生活的实际状况。游戏说偏重于从生物学和生理学的意义上来看待艺术及其起源,因而有忽视艺术的社会内容和动因的缺点。游戏说大多形成于假设的推理,缺乏对原始社会和原始艺术的田野调查。在研究文学艺术起源时,有必要掌握史前考古学资料、原始部族的民族学资料、古籍中关于文学艺术起源的记述等等。对比起来看,史前考古学资料最为可靠。但主要凭借口头流传的原始文学,同音乐、舞蹈等艺术形式一样,很难在史前考古学资料中留下痕迹。这是我们研究艺术起源的难处所在。

(三) 与潜意识欲望的关系

潜意识欲望说强调文艺与潜意识欲望的密切关系,强调无意识在艺术创作中的重要作用,有一定的合理性。但是,我们不能将人的社会活动降至动物本能的无意识的层面。第一,人与动物的最大区别恰恰在于动物只是按生物本能活动,而人类虽然也有无意识的本能活动,但绝大多数的活动是受社会思想意识支配的。第二,艺术是一种社会行为,它的产生的原动力应该具有社会性的因素。第三,潜意识欲望说只是一种心理学的假设。这种理论抹煞了艺术家的个性,与艺术创造的实际并不完全吻合。

(四) 与劳动的关系

根据马克思主义关于社会存在决定社会意识这种历史唯物主义思想,艺术起源的劳动说解释了劳动作为人类实践活动对艺术起源的决定性作用。艺术起源于劳动的观点,其基本核心是可取的。然而,劳动说也不是没有缺陷。第一,劳动说只是指出了艺术起源的终极原因和基本动力,而不是直接起因。第二,劳动说过分排斥其他因素而有单一化之嫌,面对原始艺术中与劳动呈间接关系或不反映劳动生活的艺术活动和艺术形式时,就显示出它的不足与局限。可见,艺术的起源是一个历史过程,推动这个历史过程的不可能是某一单一性的动因,所以我们研究原始艺术的产生,不应仅仅停留于人类最基本的实践活动——劳动,人类的生存活动是多方面的,我们应从社会、审美、心理等诸多方面来扩大探讨问题的视野。

总之,上述四种说法共同的不足之处在于,它们都对艺术起源的复杂的、多元混合的因素,作出了较为单一化的处理和解释,从而不能涵盖原始艺术门类和现象的丰富性和复杂性。也就是说,它们各自的合理性是与某种程度上的片面性交织在一起的。

二、文学发展学说的概貌

继承与革新,是文学发展历史过程中普遍存在的现象,体现了文学发展的内在规律。继承体现了文学发展的延续性,革新体现了文学发展的变异性,它们从不同角度体现了文学发展的需要。对文学属性的认识,必须以这种矛盾运动的动态观察为基础。继承文学遗产并不是目的,它是为了创造新文学。没有继承,革新和创造就失掉了基础,文学当然不能发展;而没有革新创造,一切效法前人,亦步亦趋,文学同样不能发展。文学发展的历史证明,有革新才会有真正的继承,否则就会阻碍文学的发展。我国明代以李梦阳、何景明为代表的"前七子"和以李攀龙、王世贞为代表的"后七子"曾提出"文必秦汉、诗必盛唐"的主张,本意是要纠正以歌功颂德为主要内容的"台阁体"诗文的弊病,结果却忘记了革新创造的根本目的,结果走入了复古主义的死胡同。而唐代诗人创造了一个前无古人的诗歌高峰,就是缘于其不断继承和创新。

(一)"通变"说

《周易·系辞下》曰:"《易》,穷则变,变则通,通则久。""变通者,趋时者也。"这是通变说的哲学基础。《易传》总是把通与变这两方面联系起来、统一起来。而在这种联系和统一中,《易传》更为强调的还是变。"日新之谓盛德。生生之谓《易》。"①正是天地万物连续不断的变化生新,才体现了宇宙的永恒生命,才生成了无穷无尽的宇宙整体。也就是说有变才有通,有变才能久,变是主要的、决定性的方面。《系辞下》说:"神农氏没,黄帝、尧、舜氏作,通其变,使民不倦,神而化之,使民宜之。易穷则变,变则通,通则久。"意思是,神农氏死后,黄帝、尧、舜氏开始,通达其变革,使百姓不怠倦,神奇而化育,使民众相适应。易道穷尽则变化,变化则(又重新)通达,能通达才可以长久。《系辞下》又说:"《易》之为书也不可远,为道也屡迁。变动不居,周流六虚,上下无常,刚柔相易。不可为典要,唯变所适。"意思是,《周易》这部书不可疏远,它所体现的道,经常变迁,变动而不固定,周流于(卦的)六位,或上或下无常规,阳刚阴柔相互变易,不可当成不变法则,唯有随爻之变而有所(生成)之卦,其(阴阳)

---

① 《周易·系辞上》。

屈伸往来皆有法度。这就是说,"变"是《易》的基本精神。

刘勰的《文心雕龙·通变》从文学理论上提出了"通变"说。中国古代文论中的通变说是指文学发展中继承与革新的关系。在南朝的文坛上,"竞今疏古"的风气盛行,普遍存在着"俪采百字之偶,争价一句之奇"①的倾向。刘勰反对这种偏重于形式上诡诞求奇的文风,主张"还宗经诰",因而提出了"通变"说。"通变"并非复古,而是主张探本知源,做到"通则不乏"、"变则可久";把继承和创新结合起来,才是"通变"精意所在。

首先,刘勰论述了文学创作"通"和"变"的必要性。

> 夫设文之体有常,变文之数无方,何以明其然耶?凡诗赋书记,名理相因,此有常之体也;文辞气力,通变则久,此无方之数也。名理有常,体必资于故实;通变无方,数必酌于新声。故能骋无穷之路,饮不竭之源。②

刘勰的意思是,作品的体裁是一定的,但写作时的变化却是无限的。例如,诗歌、辞赋、书札、奏记等等,名称和写作的道理都有所继承,这说明体裁是一定的;至于文辞的气势和感染力,惟有推陈出新才能永久流传,这说明变化是无限的。名称和写作道理有定,所以体裁方面必须借鉴过去的著作;推陈出新就无限量,所以在方法上应该研究新兴的作品。这样,就能在文艺领域内驰骋自如,左右逢源。

其次,他联系魏晋以前历代作家作品的发展情况来说明文学史上承前启后的关系,强调继承与革新应该并重。"矫讹翻浅,还宗经诰。斯斟酌乎质文之间,而隐括乎雅俗之际,可与言通变矣。"意思是,要纠正文章的不切实际和浅薄,还要学习经书。如能在朴素和文采之间斟酌尽善,在雅正与庸俗之间考虑恰当,那么就能理解文章的继承与革新了。

最后,他论述了通变的方法和要求,提出必须结合作者自己的气质和思想感情来继承前人和趋时变新。"参伍因革,通变之数也。是以规略文统,宜宏大体。先博览以精阅,总纲纪而摄契;然后拓衢路,置关键,长辔远驭,从容按节。凭情以会通,负气以适变;采如宛虹之奋鬐,光若长离之振翼,乃颖脱之文矣。"③他认为,应该在沿袭当中又有所改变,这才是继承与革新的方法。所以考虑到写作的纲领,应该掌握住主要方面。首先广泛地例览和精细地阅读历代佳作,抓住其中的要领;然后开拓自己写作的道路,注意作品的关键,放长缰绳,驾马远行,安闲而有节奏。应该凭借自己的情感来继承前人,依据自己的气质来适应革新;文采像虹霓的拱背,光芒像凤凰的飞腾,那才算出类拔萃的文章。

在此之前,陆机的《文赋》已经触及继承与革新的问题。"收百世之阙文,采千载

---

① 《文心雕龙·明诗》。
② 《文心雕龙·通变》。
③ 同上。

之遗韵;谢朝华之已披,启夕秀之未振。"他认为,应该博取百代未述之意,广采千载不用之辞。前人已用辞意,如早晨绽开的花朵谢而去之;前人未用辞意,像傍晚含苞的蓓蕾启而开之。

"通变"是一个矛盾的两个方面。在文学发展过程中,就其先后传承的一面而言,则为"通";就其日新月异的变化而言,则为"变"。把"通变"连缀成一个完整的词义,是就其对立统一的关系而说的。因此,必须于"通"中求"变",同时又要"变"而不失其"通",把"会通"与"运变"统一起来。刘勰讲"通变"是兼顾这两个方面的。他在《通变》正文里强调继承,认为"楚骚"是"矩式周人","矫讹翻浅,还宗经诰",侧重继承;在"赞"里则强调革新,如所谓"日新其业"、"趋时必果"、"望今制奇"等。

(二)"新变"说

"新变"一说出自南朝梁萧子显《南齐书·文学传论》:

> 文章者,盖情性之风标,神明之律吕也。……习玩为理,事久则渎,在乎文章,弥患凡旧。若无新变,不能代雄。建安一体,《典论》短长互出;潘、陆齐名,机、岳之文永异。江左风味,盛道家之言,郭璞举其灵变,许询极其名理,仲文玄气,犹不尽除,谢混情新,得名未盛。颜、谢并起,乃各擅奇,休、鲍后出,咸亦标世。朱蓝共妍,不相祖述。

萧子显指出,两汉以来的复古文风成为经学的附庸,他提出了"新变"的文学发展观以救弊。他认为文学具有赏心悦目的娱乐性、观赏性,若久而无变,便会使人失去新鲜感,从而产生厌倦,诗歌作品尤其如此。因此,如果诗人要求自己的作品为人所赏识,并企求取代过去作家的重要地位,便必须重创造求新变。

(三)"因革"说

刘勰在《文心雕龙·通变》中提出了"因革"说:"参伍因革,通变之数也。"其《文心雕龙·物色》又进一步阐释道:"情晔晔而更新。古来辞人,异代接武,莫不参伍以相变,因革以为功;物色尽而情有余者,晓会通也。"①历代作家前后相继,其文学创作错综复杂地演变着,他们在一面继承、一面改革中取得新的成就。要使文章写得景物有限而情味无穷,就必须把《诗经》、《楚辞》以来的优良传统融会贯通起来。

叶燮认为,"学诗者不可忽略古人,亦不可附会古人。忽略古人,粗心浮气,仅猎古人皮毛"②。他论述了诗歌前后之间的承续关系。他说,前后代诗歌之间,"前者启之,而后者承而益之;前者创之,而后者因而广大之。使前者未有是言,则后者亦能如前者之初有是言;前者已有是言,则后者乃能因前者之言而另为他言"。总之,"后人

---

① 刘勰:《文心雕龙·物色》。
② 叶燮:《原诗·外篇下》。

无前人,何以有其端绪;前人无后人,何以竟其引伸乎?"①叶燮讲的是继承和创新之间的辩证关系。

(四)"转益多师"说

唐杜甫《戏为六绝句》(之六)提出文学发展的师法问题。

> 未及前贤更勿疑,递相祖述复先谁?
> 别裁伪体亲风雅,转益多师是汝师。

杜甫这首诗的意思是,轻薄之徒看不起前贤,这是错误的;前人总有值得后人学习的地方,但学习和继承离不开鉴别,对于那些毫无生命力的"伪体"之作应该剔除。而杜甫正是由于善于师法百家之长而成就"诗圣"之典范。元稹评杜诗道:"上薄风骚,下该沈宋……尽得古今之体势,而兼人人之所独专矣。"②秦观说:"犹杜子美之于诗,实积众家之长,适当其时而已。……于是杜子美者,穷高妙之格,极豪逸之气,包冲淡之趣,兼峻洁之姿,备藻丽之态,而诸家之作所不及焉。然不集诸家之长,杜氏亦不能独至于斯也。"③清代毛先舒提出的"稽古日新"与杜甫的主张有相通之处。他说:"始于稽古,终于日新。"④说明诗人从事创作必先经过一个学习古人的阶段,然而最终又须以追求创新为目的。诗人进行创作,必须学古与创新、继承和发展相结合。

(五)"夺胎换骨"、"点铁成金"说

北宋著名诗人黄庭坚提出"夺胎换骨"、"点铁成金"的创作理论和写作纲领。据宋代惠洪记载:

> 山谷云:诗意无穷,而人之才有限,以有限之才,追无穷之意,虽渊明、少陵不得工也,然不易其意而造其语,谓之换骨法,窥入其意而形容之,谓之夺胎法。⑤

黄庭坚认为,诗人诗意无穷而自身之才力有限,因而往往心有余而力不足。如何克服自身的局限呢? 他提出"夺胎换骨"的思路。"换骨"的意思是,通过自己语言上的创造去表达他人诗歌中同样的意义,但是自己所作之诗在境界比他人更胜一筹。黄庭坚诗曰:"瘦藤拄到风烟上,乞与游人眼界开。不知眼界阔多少,白鸟去尽青天回。"⑥即化自李白的"鸟飞不尽暮天碧"、"青天尽处没孤鸿"。"夺胎"的意思是,深入体悟他人的诗意,而自己进一步根据自身体验加以开拓,从而达到求新的目的。苏轼《南中诗》云:"儿童误喜朱颜在,一笑那知是醉红。"诗中的"醉红"来自白居易。白居易

---

① 叶燮:《原诗·内篇下》。
② 元稹:《杜工部墓系铭》。
③ 秦观:《淮海集》卷二二。
④ 毛先舒:《诗辩坻》卷一。
⑤ 惠洪:《冷斋夜话》卷一。
⑥ 黄庭坚:《登达观台》。

诗曰:"临风杪秋树,对酒长年身。醉貌如霜叶,虽红不是春。"该诗中的"醉貌"指的是秋天的霜叶。苏轼诗中的"醉红"意思是并非青春时的容颜,这一词语是对白居易"醉貌"的借用与发挥。

有人曾经诟病黄庭坚的这种创作方法。王若虚说:"鲁直论诗有'夺胎换骨、点铁成金'之喻,世以为名言,以予观之,特剽窃之黠者耳。"①元人韦居安则认为:"'夺胎换骨'之法,诗家有之,须善融化,则不见蹈袭之迹。"②韦居安说出了黄庭坚这一创作方法的关键处,即"须善融化",否则容易弄巧成拙,甚至无异于剽窃。

黄庭坚在《答洪驹父书》中提出了"点铁成金"的观点。他说:

> 老杜作诗,退之作文,无一字无来处,盖后人读书少,故谓韩、杜自作此语耳。古之能文章者,真能陶冶万物,虽取古人之陈言入于翰墨,如灵丹一粒,点铁成金也。③

黄庭坚的原意是,建议他的外甥应该学有渊源,师法大家。"熟读司马子长、韩退之文章","更需治经,深其渊源"。他认为,古代的大家往往能够融汇万物、陶冶于胸,撷取古人之陈言,通过自己的创造性转化,化腐朽为神奇。黄庭坚强调诗人要在学习古人诗文精华的基础上创造升华出新的诗歌意境。借用古人词语融于自己的诗作,贵在恰到好处,贵在赋予陈语以新意。

人类社会经历过很多历史阶段,但是每一个阶段都是在前一个阶段的基础上发展的,无论是社会生产还是意识形态,都具有继承性。马克思说:"人们自己创造自己的历史,但是他们并不是随心所欲地创造,并不是在他们自己选定的条件下创造,而是在直接碰到的、既定的、从过去承继下来的条件下创造。"④文学发展中的继承性不仅表现在作品的思想内容上,在艺术形式上表现得更为突出。文学体裁一旦形成,就具有自己发展的独立性和相对的恒定性。文学的继承并不是对古人的一味摹仿,也不是对文学遗产和传统的因袭与照搬,而是需要在继承的同时勇于革新和创造。社会生活的发展为文学创作提供新的内容,也提出新的要求。文学光继承是不够的,还需要在继承的基础上进行革新和创造,以产生异于前人和超越前人的作品,这就是文学的革新性。文学的传统与创新的关系是文学的重要理论问题。

【学术选题参考】

1. 文学发生学各种观点的主要成就和存在的问题。

---

① 王若虚:《滹南诗话》。
② 韦居安:《梅磵诗话》卷上。
③ 黄庭坚:《答洪驹父书》。
④ 〔德〕马克思:《路易·波拿巴的雾月十八日》,《马克思恩格斯选集》第1卷,北京:人民出版社1972年版,第585页。

2. 文学发展的自律与他律的关系。
3. 各种文学史观的哲学基础。
4. 文学思潮发展演变的内在关联。

【拓展指南】

1. 刘勰:《文心雕龙·通变》,《文心雕龙》,周振甫注释,北京:人民文学出版社1981年版。

刘勰认为文学发展的规律体现为"穷则变,变则通,通则久"的逻辑关系,在日新中要参古定法,同时法规也要与世推移。

2.〔美〕韦勒克:《文学史上进化的概念》,《批评的诸种概念》,丁泓等译,成都:四川文艺出版社1988年版。

韦勒克考察了进化观念在文学史上的变迁,他认为进化论文学史观是以物种为基础的,但将文学与生物学上的物种相对应并不恰当。他认为黑格尔的进化论承认艺术中竞争与革命的作用、将艺术与社会的关系视为一种平等交易的辩证过程有其合理之处。他对文学史模式建构中影响很大的进化观念进行了清理,并作出了中肯的剖析。

3.〔德〕马克思:《政治经济学批判》导言,《马克思恩格斯选集》第2卷,北京:人民出版社1972年版。

马克思认为,一定时代的生产方式决定了上层建筑及意识形态,这是历史唯物主义的基本观点。由此推论,一定时代的文学艺术是这一时代社会经济结构在文化上的表现。同时,马克思又认为文学艺术作为精神生产有其特殊性,与物质生产存在不平衡关系。

4.〔俄〕迪尼亚诺夫:《论文学的演变》,托多诺夫编:《俄苏形式主义文论选》,蔡鸿滨译,北京:中国社会科学出版社1989年版。

迪尼亚诺夫认为,文学史的对象是文学的手段和形式,文学史研究的是形式的创新史,也就是艺术中的旧形式与规范不断被破坏,而新的技术和规范不断涌现的历史。它的任务是研究形式要素的功能的可变性,在某个形式要素中这种或那种功能的出现以及该要素与这一功能的结合。

5.〔德〕姚斯:《作为向文学科学挑战的文学史》,汤姆金斯编:《读者反应批评》,王卫新译,北京:文化艺术出版社1989年版。

姚斯认为,读者在作者、作品与读者这一三角形关系具有重要的能动性。读者在阅读文学作品之前,总是处于一种前理解和阅读期待之中,那么,文学接受过程就成了不断建立、修正与再建立期待视野的过程。作品总是处于其他作品与接受者的历史链条之中,处于这一链条上的接受者总是处于从已有状态到预期更新状态的变化之中,因此所谓期待视野是不断建立和改变的。

后 记

目前国内外文学概论类的教材数量众多、观念各异、体例有别,我们在充分了解文学概论写作现状,总结文学概论教学经验的前提下,尝试通过本书对文学概论写作的思路和方法作一些探索。

一、现有的文学概论的思想观念

大体而言,目前文学概论的思想观念体现在以下五个方面。第一,反映论。建国后,中国文艺学界的文学观念深受苏联影响,文学概论的写作自然也不例外。季摩菲耶夫的《文学原理》①、毕达可夫的《文艺学引论》以反映论作为文学理论的哲学依据,以马克思主义唯物史观解释社会主义社会的文学现象和问题。这两本书在主题上强调文学与政治的关系,在结构上分为本质论、作品构成论、发展论三部分。20世纪60年代初,周扬主持全国文科教材编写工作时,提出文学概论的体系设计,包括本质论、发展论、创作论、鉴赏论和社会主义文学前途五大块。周扬的思路直接影响了以群主编的《文学的基本原理》②与蔡仪主编的《文学概论》③。前者的论述体系分为本质论、创作论、作品论、鉴赏批评论。这一论述框架对后来的文学概论教材产生了很大的影响。后者的体系分为本质论、发展论、创作论、鉴赏批评论四个部分。童庆炳主编的《文学理论教程》④根据文学活动的四要素将文学理论分为本质论、创作论、作品论、接受论,从这一架构可以看到前面两本教材的影响。第二,意识形态论。伊格尔顿的《当代西方文学理论》⑤贯穿着鲜明的意识形态观念。该书评述了20世纪西方的文学理论批评流派,认

---

① 〔苏〕季摩菲耶夫:《文学原理》,查良铮译,平民出版社1953年版。
② 以群主编:《文学的基本原理》,1963年初版,1979年再版,1983年三版。
③ 蔡仪主编:《文学概论》,北京:人民文学出版社1979年版。
④ 童庆炳主编:《文学理论教程》,北京:高等教育出版社1992年版。
⑤ 〔英〕特里·伊格尔顿:《当代西方文学理论》,王逢振译,北京:中国社会科学出版社1988年版。

为纯文学只是某些特定的意识形态给人造成的错觉,提出文学是审美意识形态的主张。童庆炳主编的《文学理论教程》则提出了文学活动的审美意识形态属性的观点。马克思主义理论研究和建设工程重点教材《文学理论》①是近年来国内具有鲜明意识形态特性的作品。该书坚持以马克思主义为指导,体现了鲜明的政治导向。第三,形式主义文论。以形式主义文学理论作为思想资源建构文学理论的观念体系,最著名的是美国的韦勒克与沃伦合著的《文学理论》②,影响了20世纪80年代中国整个文学理论界。该书将文学研究分为外部研究和内部研究:外部研究包括个人经历、社会、时代精神等问题;内部研究包括文学作品的符号结构和体系,例如声音层面、意义单元、意象和隐喻等问题。第四,文化论。英国马克思主义文学理论家雷蒙·威廉斯将文学视为一种社会文化现象,认为文学理论不能与文化理论相分离。乔纳森·卡勒也把"文学"的发展看做随一定时代文化观念的改变而不断地建构的一个过程,他认为文学是一定文化的产物。第五,反本质主义论。文学理论研究中的反本质主义是中国近些年来的重要趋势。卡勒的《文学理论》从五种角度透视"文学"的做法,解构了通常寻找文学普遍本质的思路。国内学者陶东风主编的《文学理论基本问题》③具有十分鲜明的反本质主义意识。该书反对先验地设定文学的"本质",主张历史化地理解各种文学定义。阎嘉主编的《文学理论基础》④、汪正龙等编著的《文学理论研究导引》⑤也属于同一思路。

二、现有的文学概论的写作体例

目前国内外文学概论教材的写作体例主要有如下两种类型。第一,体系型。蔡仪主编的《文学概论》、以群主编的《文学的基本原理》具有典型的教科书体系。其他代表性教材有十四院校《文学理论基础》编写组编著的《文学理论基础》⑥、童庆炳主编的《文学理论教程》⑦、王元骧的《文学原

---

① 本书编写组:《文学理论》,北京:高等教育出版社、人民出版社2009年版。
② 〔美〕韦勒克、沃伦:《文学理论》,刘象愚等译,北京:三联书店1984年版。
③ 陶东风主编:《文学理论基本问题》,北京:北京大学出版社2004年第一版,2005年第二版,2007年第三版。
④ 阎嘉主编:《文学理论基础》,成都:四川大学出版社2005年版。
⑤ 汪正龙等编著:《文学理论研究导引》,南京:南京大学出版社2006年版。
⑥ 十四院校《文学理论基础》编写组编著:《文学理论基础》,上海:上海文艺出版社1981年版。
⑦ 童庆炳主编:《文学理论教程》,北京:高等教育出版社1992年版。

理》①、王一川的《文学理论》②等。第二,问题型。卡勒的《文学理论》③、拉曼·塞尔登的《文学批评理论:从柏拉图到现在》④、南帆主编的《文学理论新读本》⑤、陶东风主编的《文学理论基本问题》⑥属于此类著作。这些著作将文学理论的基本问题和前沿问题结合起来,始终贯穿着问题意识。

三、本书的体例和思路

本书认为,文学是文学活动的产物,它包括五个最基本的要素,即作品、作家、读者、社会以及发展过程。因此,在体例上也以上述五个论域与问题作为章节框架的依据。在每一章论述的时候,强调文学理论知识的历史性、建构性因素。

在写作思路上,本书注重如下四个要领。第一,知识性。作为教材,首要的任务是从中立角度教给学生全面、丰富、客观性的知识,而不是先入为主带着强烈的意识形态观点和立场去灌输。我们在行文方式上注意以第三人称视角进行陈述和解释,从古今中西文论思想资源中汲取经典性的、代表性的、多元的、新颖的知识。第二,历史性。文学理论史不但要呈现文学理论演化的历史轨迹,揭示文学理论的变化规律,以便人们把握这些规律,而且要注意梳理文学理论知识生成的历史过程与具体语境,引导学生形成历史主义的思维方法,理解历史演化的主要线索和内在逻辑,对历史的复杂性和丰富性有充分认识。我们并不企图通过构建完整的文学理论体系,或设定关于文学本质、文学规律的界说去规约整个知识结构,而是放弃对普遍有效的抽象理论原理的追求,从对具体的文学文本的阅读出发寻找解说阅读经验的理论话语。第三,问题意识。本书以基本问题作为论述的框架,结合文学理论的历史语境认识到知识的建构性特征,避免以本质主义、普遍主义或观念先行的方式设定理论前提,甚至以观念硬套事实。以问题为核心的历史书写方式对文学理论史的写作而言,有利于理清并呈现文学思想形成和发展的历史脉络。第四,启发性。为了将文学问题纳入一定的历史语境

---

① 王元骧:《文学原理》,桂林:广西师范大学出版社2002年版。
② 王一川:《文学理论》,成都:四川人民出版社2003年版。
③ 〔美〕卡勒:《文学理论》,辽宁教育出版社、牛津大学出版社1998年版。
④ 〔英〕拉曼·塞尔登:《文学批评理论:从柏拉图到现在》,刘象愚、陈永国译,北京:北京大学出版社2003年版。
⑤ 南帆主编:《文学理论新读本》,杭州:浙江文艺出版社2002年版。
⑥ 陶东风主编:《文学理论基本问题》,北京:北京大学出版社2004年版。

中加以考察,展示多元对话的情景,架构一个中西对话、古今对话和师生对话的平台,激活学生的文学理解的潜能,我们在体例安排上设计了导学训练、研讨平台、学术选题参考、拓展指南四个部分,试图培养学生的独立思考能力与科学研究能力,体现开放、多元化的文学观念与教学理念。

  由张荣翼制定了本书的大纲和细目,之后和李松分头撰写部分章节。最后,经张荣翼审定后,由李松负责统稿。在本书的写作过程中,我们尽量吸收了国内外现有教材的优点,以及同行专家的最新研究成果,借此机会对学界前贤表示衷心感谢。对于本书存在的问题,欢迎读者批评指正。

张荣翼 李 松
2012 年 10 月于武汉大学